韓国文学セレクション

きみは知らない

チョン・イヒョン　橋本智保 訳

新泉社

너는 모른다
정이현

You Never Know
by Jeong Yi Hyun

This book is published with the support of
The Literature Translation Institute of Korea (LTI Korea).

Jacket design by KITADA Yuichiro
Illustration by MISSISSIPPI

目次

装画　MISSISSIPPI
装幀　北田雄一郎

きみは知らない

0

＊

死体が発見されたのは五月最後の日曜日だった。時刻はちょうど、麻袋のようなグレーのガウンをかぶった聖歌隊が直射日光の降り注ぐ教会の裏庭に並んで座り、二部の礼拝で歌う賛美歌の練習をしている頃。昨夜知り合ったばかりの男女が二日酔いでこめかみがズキズキ痛むのをこらえて、熱く燃えるような、それでいて何となく気まずい二度目のセックスをしている頃。早朝サッカークラブのユニフォームを着た身勝手な夫たちが、太ももと向こう脛《ずね》の筋肉を引き締めたり緩《ゆる》めたりしながら中学校のグラウンドを走っている──そんな頃だった。

韓国の上空はからっと晴れて、青空の広がる初夏らしい天気だった。羽毛のような雲がふわふわ流れ、北東の風がそよそよ吹いていた。ソウル、仁川《インチョン》、京畿《キョンギ》地方の気温は二十四・三度、湿度は五十七パーセント。例年に比べるとかなり高めだ。地球の表面温度が急激に上昇していることを知らない人はいないだろう。週末に雨が降ると言っていた天気予報は外れた。そのわりに気象庁に抗議の電話が少なかったのは、会社員が折り畳み傘をカバンに入れようかどうしようかと悩まなくてもいい休日だったからだ。

日曜日の午前十時。会社員たちは朝寝坊をし、キリスト教信者たちは祈りを捧げ、恋人たちは愛をささやき合い、男たちはサッカーボールを蹴る。夢精が始まったばかりの少年がわけもなく川辺をほっつき歩いていても、川底を流れていた死体が突然、水面に浮かび上がってきても、別に驚くことではなかった。

漂流死体の第一発見者である少年は、初めはまさか人間が浮いているとは思わなかったと証言した。当直の警察官が現場にやって来たとき、小学六年生の少年とその友人二人はひどく興奮していた。窓からY大橋が見下ろせるマンションに住む彼らにとって、橋の下は遊び場だった。

「ずうっと向こうの方に、大きなものがプカプカ浮いてるのが見えたんだ。僕、視力が一・二と一・〇だし。一緒にいた子たちはゴミ袋だよって言ったけど、気になって家にこれを取りに帰ったんです。僕って怖いもの知らずだから」

少年の家には倍率八倍の小型双眼鏡があった。家まで自転車なら十五分ほどかかる。しかし少年が戻ってきたときには、もう双眼鏡はいらなかった。怪しげな物体は陸地近くにまで押し流されていた。視力が一・二と一・〇なら充分その正体を肉眼で見分けられる。少年は思わずつま先立って、胸を突き出した。さすがの勇敢な少年も、手に双眼鏡を握っているのを忘れ、言葉を失った。しばらくして戻ってきた二人の友人に名前を呼ばれるまで、少年は蠟《ろう》人形のように固まっていた。

「僕たち二人は自転車で橋の向こうまで行ったんだけど、こいつだけここにずっと立ってるから、なに見てるんだろって。そしたら……ひ、ひとが」

三人のうちの一人は携帯電話を持っていた。その子の両親は、息子が六年生になったときに買って持たせた。ちょうど京畿道《キョンギド》の安養《アニャン》市で小学生が行方不明になった事件が世間を騒がせていた。電話を消防署にかけるべきか、それとも警察署かをめぐって、三人の間にちょっとした論争が起きた。携帯電話を持っていた子は、とりあえず親に知らせようと言い張ったが、あとの二人は相手にしなかった。警察に通報して十分ほど経つと、近くの交番から数人の警察官がやって来た。続いてY警察署刑事課の当直班も出動し、最後に黒い鑑識キットを持った鑑識要員たちが現場に駆けつけた。

漂流死体は男性で、全裸だった。たいていの水死体がそうであるように、死斑は見当たらず、死体の外皮はパンパンに膨らんでいた。体内の硫化水素と浸透圧作用によるものらしい。屍蠟《しろうか》化の進んだ皮膚は灰白色と化し、石鹸を塗ったようにテカテカしていた。手のひらと足の裏は雨に濡れた習字紙のように皺《しわ》が寄り、鼻と口からは赤い血の混じった液体が唾液のようにあふれていた。それらは男が長い間、川底をさすらったことを裏づける状況証拠でもあった。固く目を閉じた顔には、何の表情もなかった。

1 始まりの始まり

二月の太陽は冷たく昇る。

二〇〇八年二月二十四日、日曜日、午前九時。キム・ヘソンは六人用のダイニングテーブルの端の席であくびを噛《か》み殺していた。部屋の中は蒸し暑かった。昨夜飲んだアルコールが分解されないまま血管を通り、全身を駆けめぐっていた。

ヘソンは飯粒を舌の先でゆっくりと転がしながら、牛肉の入ったわかめスープを乾いた口の中にむりやり押し込んだ。スープはいつもと変わらない温かくて優しい味だけれど、にんにくのにおいが少しきつかった。義母の作る料理はどれも、『韓食家庭料理大百科』に出ている調理法を真似たような味だった。ふだんは平均的で控えめな味なのに、どうしたわけか今日は微妙に違った。

荒削りした氷のような沈黙が食卓に漂っている。ヘソンの父キム・サンホは、妻のチン・オギョンとさっきからひと言も口をきいていない。この頃ずっとそうだ。食事をするときのサンホの動きは機械的で、食べ物を箸で挟むときも、奥歯でそれを噛むときも、彼の目には妻や子どもたちが映っていなかった。彼は何かにひどく腹を立てていた。それを見せようとする意図があまりに見え透いていたので、むしろ自分の存在を忘れられるのではないかと怯《おび》えているようでもあった。

それにひきかえ、オギョンの動きは優雅だった。彼女は夫の冷ややかな態度など気に留めるふうもなく、水の入ったグラスをみんなの前に置いたり、キッチンに出入りしたりしながら、妻の役割をごく自然にこなしていた。スープもほとんど飲み終えていた。彼女は立ち上がろうとして、急にヘソンの名前を呼んだ。

「ヘソン。午後は家にいる?」

「どうかな」

「悪いけど二時までいてくれないかしら? 今日はユジの若い方のヴァイオリンの先生にレッスン代を渡す日なのよ」

ヘソンの知っている限り、妹のユジにはヴァイオリンの先生が二人いた。大学院生による今日のレッスンは、有名私立大学の器楽科の教授から週一回、正式なレッスンを受けるための、いわば予備レッスンのようなものだった。去年からユジは本格的に芸術中学の受験に備えている。ヘソンは快くうなずいた。オギョンが今日、大田《テジョン》の実家に行く予定なのは、家政婦と昨日話しているのを小耳に挟んで知っていた。彼女は二日おきに来る家政婦に、しばらくは毎日来てほしいと頼み、「木曜日には戻ってこられると思うけど、もし遅れるようだったら連絡しますね」と言った。

「ありがとう。もし忙しかったらレッスンが始まる前に渡してくれてもいいから」

「はい」

「それと、明日からしばらく、夕食の支度は家政婦さんがしてくれるわ。食べたいものがあったらリクエストしてね」

「あ、車で行くの? 今日は雪が降るかもしれないって」

「そうみたいね、ニュース見たわ。でもまあ、そんなに降らないでしょ。それにこの頃はすぐに塩化カルシウムを撒くから大丈夫よ」

穏やかに言葉を交わしただけで、どこに行くのか、どのくらい家を空けるのか、互いに何も言わず何も訊かなかった。数年の間に成立した、一種の暗黙のルールだった。サンホは二人の会話が聞こえないふりをして、黙々と食べ続けた。ヘソンは父親の方をちらっと見て、またすぐに視線をそらした。道路が大雪に埋まって麻痺しない限り、サンホは真冬でも週末はゴルフに出かけた。こんな時間まで家にいるのを見ると、今日の約束は午後に入っているのだろう。

「ユジ」

オギョンが手を伸ばして、娘のユジの肩にのせた。

「ママがいないからって練習をさぼらないこと。薬もちゃんと飲むのよ」

聞こえているのかいないのか、ユジは茶碗に顔をうずめたまま軽くうなずいた。まだ半分も食べていないごはんを、スプーンでギュッギュッと押し潰している。それに何か意味があるわけでも、ふざけているわけでもなさそうだった。ヘソンはユジの頑《かたく》なな顎《あご》を見つめた。初めてユジを見た日のことは、いまでも鮮明に覚えている。

ユジが生まれたのは、じっとしているだけでも汗が吹き出る真夏だった。そのとき数えで十一歳だったヘソンは、いまのユジよりも背が低く、豆ごはんと味噌チゲ《テンジャン》に入った豆腐が嫌いで、一卵性双生児である母方の祖母姉妹と、姉のウンソンと一緒に、禾谷洞《ファゴクトン》〔ソウル市江西区〕で暮らしていた。古い路地には似たような二階建ての家がずらりと軒を並べていた。母は一週間に一回、父はひと月に一回、娘と息子に会いに来た。

その日、ヘソンの父サンホは、路地の奥まった所にある家の前まで車で入ってきた。初めてのことだった。いつもなら到着する五分前に電話をかけて、子どもたちを大通りに呼ぶのに。居間の床で夏休みの宿題をしていたヘソンが、玄関のドアを開けた。ヘソンは半月ぶりに会う父親の前で深々と頭を下げた。サンホはテレビドラマに出てくる父親のように、幼い息子の頭をぎこちなく撫《な》でた。ひどく蒸し暑いのに長袖のジャケットを着ていた。いまでは赤の他人になってしまった婿《むこ》が突然やって来たことに、祖母はいささか戸惑った様子だった。表情を取り繕《つくろ》うことのできない姉に代わって、双子の妹がコーヒーを運んできた。サンホはソファの隅に膝《ひざ》をぴったり揃えて座り、氷の浮かんだ甘ったるいアイスコーヒーを一気に飲み干した。上着は脱がなかった。祖母の妹が扇風機の向きを客の腰のあたりに固定させた。

「ウンソン、お父さんだよ」

気づいているはずなのに、ウンソンは部屋に閉じこもったきり何の気配もさせなかった。

「昼寝でもしてるのかねえ。ずっとあくびばかりしてたけど」

祖母の妹が代わりに言い訳をした。

「気になさらないでください」

サンホが手を振った。彼は床いっぱいに広げてある本に視線を移し、ヘソンに尋ねた。

「学校はどうだ?」

「……いま夏休みだよ」

本人の意図とは関係なく、消え入るような声がこぼれた。「ああ、そうか」とサンホがため息をつくようにつぶやいた。長いようで短い静寂を破ったのは、居間の隅の方に座っていた祖母だった。

「それで、身ふたつになったのかい?」

「はい、昨日」

身ふたつになった、という聞き慣れない言葉がヘソンの耳の中で不吉に響いた。祖母は細やかな気配りのできない無愛想な人だったが、自分がその場の雰囲気を壊しやしないかと極度に恐れる性格でもあった。祖母はヘソンに、早く着替えてくるように言いつけた。着替えてどこに行くのか、誰も教えてくれなかった。

父のシルバーグレーのソナタ〔ヒュンダイの中型セダン〕に乗った。後ろの席ではなく助手席に乗ったのも、姉を置いて父と二人きりで外出するのも初めてだった。両親はヘソンが四歳になった頃から別居を始めた。正式に離婚をしたのはその翌年で、その後はヘソンたち親子が顔を合わせるのもせいぜい一年に十五回ほどだった。十一歳のヘソンにとって父親という名の大きな体をした男は、一緒にいると窮屈だけれど憧《あこが》れの人で、憧れの人だけれど窮屈な存在だった。

車はファミリーレストランの駐車場に止まった。うさぎのカチューシャをしたウェイトレスが注文を取りにきた。父はウェイトレスが勧めるものをすべて注文した。祖母たちがめったに飲ませてくれないコーラもラージサイズで頼んだ。やがてテーブルは丸い皿でいっぱいになった。サンホはマスタードソースが滴《したた》る大きなハンバーガーをヘソンの方に寄せた。かなり気をつけても、黄色いソースがヘソンの指のあちこちについた。うさぎのカチューシャをしたウェイトレスがウェットティッシュを持ってきた。サンホが手を伸ばしてヘソンの手を握った。そしてベトベトになった十本の指を一本一本拭き始めた。誠実だがまだ熟練されていない時計修理工のように、ゆっくりと、そして念入りに息子の指を拭いた。無防備な状態で父親とスキンシップをしたことがなかっただけに、ヘソンはどうしたらいいのかわからなかった。そのときなぜ、父の分厚い手を振り払って逃げ出したくなったのか、いまでもよくわからない。

レストランを出て車に乗るなり、父はタバコを取り出して口にくわえた。タバコの煙がヘソンの鼻の奥にまで入った。ヘソンは息を半分ほど吸い込んでみた。片方の手を無造作にハンドルにのせている父は、さっきまで息子の指を一本一本ていねいに拭いていた人とは別人のように見えた。車は危なっかしいスピードで漢江《ハンガン》を渡った。初めて見る街だった。

七階建ての建物全体が産婦人科の病棟になっていた。サンホは病院のロビーをコツコツと靴の音を立てて歩いた。ヘソンは父を見失わないように早足でついていった。

病室の前で父は少し迷っていた。

「ちょっとここで待ってろ」

ヘソンは廊下にある一人掛けの椅子に座って待った。長くて狭い病院の廊下はしんとしていた。閉ざされた長方形のドアはどれも不気味だった。また逃げ出したくなった。やがてドアが開き、中から父が手招きした。入ってこいと言っているのだ。病室はオンドル部屋だった。ヘソンはおろおろしながら運動靴を脱いだ。汗で靴下が濡れているかもしれないと思うと、足の指と指との間に冷や汗をかいた。

女の人は白い布団をかぶっていた。床《とこ》から上半身だけ斜めに起こしたような中途半端な姿勢だった。さっきヘソンが廊下で思い出した人だった。ちょうど一年前、一緒に食事をしたことがある。振り返るほどの美人ではないけれど、目鼻立ちのはっきりした、それでいて派手な顔でないのが、むしろ女性らしく優しそうに見えた。彼女の態度はその日食べた平壌《ピョンヤン》冷麺のように淡白だった。子どもたちにわざと親近感を持たせるようなことをするわけでもなければ、そっけないわけでもなかった。終始一貫大げさなジェスチャーで、ぐいぐい焼酎を飲み干していたのは父の方であり、やたらつんと澄ました顔をして、肉が焦げているのに箸も取ろうとしなかったのは姉の方だ。その女の人との関係を明かす前に酔っぱらってしまった父の代わりに、その人がハンドルを握りヘソンたちを家まで送った。そして「じゃあね、また会いましょう」と、親切な客室乗務員のように言った。

ところがいま、眉《まゆ》が半分しかない目の前の女の人には、あの日の澄んだ生気がなかった。彼女の顔はイーストをたっぷり含んだ小麦粉のように真っ白く膨らんでいて、見苦しかった。それもそのはず、彼女はほんの二十時間前に骨盤が砕けんばかりの産痛と闘って生き残ったのだから。股が裂け、バケツ一杯分の羊水と血とともに、三キログラムを超える赤ん坊を世に生み出したのだ。ヘソンにとって産婦を間近で見た最初で最後の経験だった。

「来てくれてありがとう」

彼女は力なく笑みを浮かべた。前に会ったときは気づかなかったが、笑うと鼻の脇にほうれい線ができる。ヘソンは何と答えたらよいのかわからなくて、ただ笑って見せた。父もつられて笑った。彼女は父に持ってきてもらったうがい薬で口の中をゆすぎ、たらいに吐いた。歯茎が腫れて歯磨きができないのだと父が教えてくれた。

「エアコンがつけられないのよ。暑いでしょ？　早く赤ちゃんを見せてあげて」

彼女がゆっくりとそう言うまで、ヘソンは部屋の隅で正座をしたまま、非現実的な感覚によって引き起こされる眩暈《めまい》と、足の指にかいた汗に耐えていた。父と息子は部屋を出ると、非常階段を下りていった。大きなガラス張りの中に新生児がずらっと並んでいた。サンホはその真ん中あたりで立ち止まった。ユジと名づけられる前のユジ。布に包まれた赤ん坊は信じられないほど小さくて、皺《しわ》くちゃで真っ赤だった。千年は生きたような顔をしていた。父が拳でガラスをトントンと叩いた。

「ほら、おまえの兄ちゃんだぞ」

赤ん坊は瞬《まばた》きすらしなかった。ヘソンは中途半端に右手を広げたが、すぐに引っ込めた。何か巨大な力によって蹴り飛ばされたような気がした。赤ん坊は顔をしかめたかと思うと、急に大声で泣きだした。看護師が駆け寄ってきて、赤ん坊を胸に抱いてあやした。ヘソンは泣かなかった。

あの日、父がなぜ自分をわざわざそこに連れていったのか、深く考えたことはなかった。キム・サンホにも意外と純粋な一面があり、だから時には本人でさえ理解に苦しむようなことを平気でやってのける。そのことをヘソンは成長の過程でおのずと知った。生命はどのように生まれるのか。不思議に思ったこともあったけれど、やがてそれも解消した。男が女の身体に性器を挿入し精液を放つと、その結果として子どもを孕むのだと知ったとき、ヘソンは静かにトイレに行って嘔吐した。

ヘソンにとって十歳から二十歳までの時間は、自動車のやかましいエンジンルームの中でひっそりと磨《す》り減っていく、タイミングベルトのようなものだ。腹違いの妹とその母親、実の父とともに朝を迎える自分は、まだ二十歳なのだとあらためて自覚するのだった。

日曜日の朝、家族は食事を終えると、それぞれの空間に散っていった。サンホはこの複層構造の高級ヴィラを三年前の秋に購入した。広さは七十坪足らずだ。下の階には夫婦の寝室とドレスルーム、キッチンがあり、上の階には似たような広さの部屋が三つ並んでいた。一年に三百日以上は空いているウンソンの部屋が真ん中にあり、その両側の部屋をヘソンとユジが使った。

ヘソンは自分の部屋に入るなり、いつものように鍵を閉めた。実際、姉のウンソン以外、ノックもしないで入ってくる人はいなかった。父は階段に足をのせようともしなかったし、義母はユジの部屋と、タオルを取り替えにバスルームに入るだけだった。しょっちゅう替わる家政婦だけがヘソンの部屋に定期的に入ってきた。部屋のドアを開けると、ほのかなレモンの香りがする下着がきちんと畳まれてあった。

ヘソンはベッドの上にごろんと横になった。口の中がざらついた。喉《のど》の奥の方から酸っぱいものがこみ上げてきた。軽くげっぷをし、携帯電話の電源を入れた。タヒから一件、メッセージの着信があった。いまからでも「夕べはあれから帰ったの?」と返信しようかと思ったけれどやめた。昨夜、酒を飲んで店を出た後のことをぼんやり考えた。時折、停電したかのように頭の中が真っ暗になったので、無理に思い出そうとはしなかった。

じわじわと首を絞めつけるような圧迫感を覚えた。あと十日ほどでまた新学期が始まる。本当は休学したいと父に告げるつもりでいた。しかし、そうするには不確定要素が多すぎた。何より授業料が欲しかった。彼はまたしても自分に負けた。ケーブルテレビのゴルフ番組を見ている父に、数日前、苦労して作った授業料の納入通知書を見せた。LPGA決勝戦の録画放送だった。キャスターの誇張じみた感嘆詞と感嘆符を聞きながら、ヘソンは自分の心臓が拍子っぱずれに速く脈を打っているのに気づいた。サンホは書類の印刷状態までくわしくチェックするような人間ではなかったが、かといって安心もできなかった。もしかしたらその場で金を出す代わりに、自分が銀行に行って払ってやると言いだすかもしれないのだ。だがそんな心配はよそに、父はその紙切れを一瞥《いちべつ》しただけで、財布から小切手を数枚取り出した。

「泥棒猫めが」

その言い方に殺伐とした悪意はこもっていなかった。悪意どころか、久しぶりに公然と非難できる相手に出会えてうれしそうだった。ヘソンはわざと無関心を装って「そうだよね」と答えた。小切手をジャージのズボンのポケットに突っ込んで、ていねいに礼を言った。相手が誰であれ、どんな宗教の神であれ、感謝の気持ちだけは本心だった。

その金も、もう五分の一ほど使ってしまった。僕は狂っている。恐ろしいほどうす汚く、ぞっとするほど怪しく。目を閉じた。疲れが冷たい海水のように押し寄せてきた。もう取り返しはつかないと彼は思った。

いつの間にか眠ってしまったようだ。目を覚ますと、携帯電話の画面に〈キム・ウンソン〉という文字が点滅していた。ヘソンは思わず顔をしかめた。姉のウンソンとひと月でも付き合ったことのある人なら、朝一番に彼女と話したいとは思わないだろう。ヘソンはその推論に現金十万ウォン〔日本円で約一万円〕を賭けてもいいと思った。ただ、ヘソンの場合はもう少し複雑だった。姉の電話は迷惑だった。彼女の声を聞くと、うまく説明できないけれど、怒りのようなものがこみ上げてくる。でも、その怒りに対して罪悪感を覚えるのも確かだった。

いつだったか、ヘソンの電話のアドレス帳を覗いたタヒが首をかしげた。

「キム・サンホ、キム・ウンソン、チン・オギョン、カン・ミスク？　なによこれ？　ふつう、お父さん、お姉さん、お義母さん、実のお母さんって登録しない？」

ヘソンはうなずいただけで、変えようとはしなかった。彼は、お母さん、お父さん、姉さん……、そういったたぐいの気恥ずかしい言葉から滲《にじ》み出てくる、生臭《なまぐさ》くて甘ったるいにおいが怖かった。

電話はなかなか鳴りやまなかった。どうせ朝っぱらから泣きごとを言うに決まっている。ため息をこらえ電話を耳に当てた。

電話の声はウンソンではなかった。

「ええと、いますぐこっちに来てもらえませんか」

男の声は高音で早口だった。ひどく興奮しているらしく、息を切らしていた。

「……どなたですか？」

ヘソンの曖昧な反応に男はうろたえていた。

「も、もしもし？　ジェニファーの弟さんですよね？」

ジェニファー？　初めて聞く名前だが、おそらく姉のことだろう。彼女がその名前をハリウッドスターにちなんでつけたことも容易に想像できた。ジェニファー・アニストン、ジェニファー・ラブ・ヒューイット、ひょっとしたらジェニファー・ロペスかもしれない。そんなばかばかしい冗談に救いを求めているのだろうか。

「そうですけど。なにか？」

「あ、だからその、いまこいつ、酔っ払ってて」

「……」

「大して飲んでないのに、死んでやるとか言ってナイフを……」

それ以上聞かなくてもわかる。男の声が聞こえてきた瞬間から、ある程度予想はしていた。ヘソンは三秒待って言った。

「それで？」

「それでって、慌ててケータイの一番を押したら弟になってたから」

男もまだ酔いが醒めていないようだった。

「いまどこですか」

「え？」

「いまこうやって電話をかけているってことは、ナイフ持って騒いでいたキム・ウンソンは、そこにいないんでしょ？」

「トイレです。ここはジェニファーの家で、あ、とりあえずナイフは離したんだけど」

最初よりもさらにしょげた声で男が答えた。まだ慣れていないのを見ると、きっと付き合って間もないのだろう。ウンソンは自分の心臓を突き刺すような真似はしない。生命線を伸ばしたくても、怖くてペーパーナイフで手の相に線も引けないくらいなのだから。少なくともヘソンの知っている限りでは。

「大丈夫ですよ」

ちょっとそっけなかったかなと思い、ヘソンは続けて言った。

「よくあることですから。もうお帰りください」

「あ、ちょっと待って」

男は急いで言葉を切った。とてもヘソンの忠告を最後まで聞いていられる状況ではなさそうだった。

「おい、なにやってんだ！　やめろって！」

電話の向こうから叫び声が聞こえた。むしろ哀願に近い叫びだった。しばらくして、か細い女の悲鳴が聞こえてきた。そして電話がぷつっと切れた。ヘソンは力なく電話のスライドを閉じた。両手を組んで上に伸ばした。何度背伸びをしても、固まった背中の筋肉はほぐれなかった。大して広くもない部屋の中がやけにがらんとしていた。

姉とは電話がつながらなかった。電源が入っていないというアナウンスが流れた。ヘソンは床に放ってあったコートを拾った。他に方法がなかった。ときどき自分が天涯孤独だったらいいのにと思うことがある。この世の人がみんな赤の他人だったらいいのに、と。彼はコートの袖にゆっくりと腕を通した。服は何のにおいもしなかった。部屋を出る前にちらっと壁時計を見た。十時五分。周囲は静まり返っていた。日曜日の朝が夢のように深まっていった。

2　彼女の偏食習慣

その日の夜更け、またしても彼氏から別れようと言われたとき、ウンソンはガスレンジの前に立っていた。

「ちょっと時間をくれないか？」

いままでと違うのは、今度の彼氏はウンソンの後頭部を見ながらそう言ったことだ。小心者は電話で、卑怯者は文字メッセージで、それほどの誠意もない男は連絡を絶つことで、自分の気持ちを伝えた。今回のようなやり方は初めてだった。ある意味、奇襲攻撃だ。後頭部を殴られたように息が止まった。唯一の頼みは手に持った即席麺だったので、それをぎゅうっと握り潰した。

さっきまで二人の間に何の問題もなかった。少なくともウンソンはそう信じていた。彼氏の名前はスティーブ。ウンソンが以前通っていた英語学校で講師をしている。彼は決して女子に人気のあるタイプではなかった。下顎《したあご》の骨が発達した四角い顔に縁なし眼鏡をかけ、いつも無彩色のシャツを着てボタンを全部留めているので、一見、誠実で善良そうだが魅力に欠けた退屈な若い神父のようだった。ウンソンにしてもその英語学校に通った二か月の間、彼に対して特別な感情を抱いたことはなかった。当時付き合っていた彼氏とうまくいかなくなるまでは。

　スティーブと二人きりで会うようになって、ようやくウンソンは断ち切れずにいた元カレとの関係に終止符を打った。ウンソンが新しい恋に落ちるときの典型的なパターンだ。それは失恋の痛みから自分を守るための防衛手段でもあった。

　スティーブが突然こんな宣言さえしなければ、今頃、二人は平和な土曜日の夜を送っていただろう。スティーブは仕事が終わると、ピザを買ってウンソンの家にやって来た。二人は一緒にピザを食べ、冷蔵庫に残っていたワインとビールを飲んだ。思ったより早く酔いがまわったが、記憶がなくなるほどではなかった。もちろん、これまでも些細な喧嘩は何度かあった。例えばピザを食べているとき、ウンソンが野菜のトッピングをフォークでつまみ出すのを見て、スティーブが不機嫌になったとか。

「またかよ。食ってみろよ」

「放っといて」

「キノコ、コーン、ピーマン、たまねぎ……、うまいし栄養だってある。口に放り込んで、ぐっと呑み込めばいいじゃないか」

　いつもと違う彼の執拗さに、ウンソンはうんざりした。

「ああもう、なんなの？　こっちだって言いたいこと我慢してんだからね。あたしが草なんか食べないの知ってるくせに、こんな野菜いっぱいのピザ買ってきたりしてさ。わざとでしょ」

「はー、もういいよ」

　そう言って彼は口をつぐんでしまった。黙ってしまうのはウンソンが一番嫌いなやり方だった。

「なによ。自分から喧嘩ふっかけといて。なんとか言いなさいよ」

「……」

「ねえ、あたしのこと馬鹿にしてる？　黙ってるなんて卑怯よ」

「……疲れてるんだ」

「うそ。ここんとこ、ずっとヘンだもん。ひょっとして他に好きな人ができたとか。え？　そうなの？」

　ウンソンはとうとう感情を抑えきれずに泣きだした。魅力がなく退屈だけど、誠実で善良なだけが取り柄のスティーブが彼女の肩を抱き寄せた。二人はベッドに行き、前戯もなしにセックスをした。彼がいつもより焦っていたし、熱く燃えていたので、ウンソンの怒りはあっという間にほぐれた。スティーブは自分が悪かったとは言わなかったが、寛大な気持ちで許してやることにした。シャワーを浴びた頃にはすっかり酔いも醒め、小腹がすいていた。食べ残しのピザは固くなっている。ウンソンはインスタントラーメンを作ってやると言いだした。

「いいよ。もう一時だぜ」

　スティーブがどんなに止めてもウンソンは聞く耳を持たず、鍋に水を入れた。面倒なことはさせまいと気を遣ってくれる彼の気持ちがありがたかった。それなのになぜ？　ガスにかけた鍋はグツグツ、沸点をめがけて沸き立っていた。

「おまえのせいじゃない、悪いのは俺なんだ」

　彼女から去っていこうとする男たちはいつも同じ言い訳をする。最後まで善人ぶる彼らは、充分ボロボロになっているウンソンをいっそう惨《みじ》めにさせる。

「もしかして、コーン、ピーマン、たまねぎのせい？」

　地下鉄の線路に小便をかけている人を見たときのように、スティーブは啞然《あぜん》とした。

「そんなんじゃないよ」

「じゃあどうして？　ちゃんと理由を説明しなさいよ」

「……疲れたんだ」

彼はまつ毛を震わせた。先の尖《とが》った串がウンソンの胸を突き刺した。

「うそつき！」

ウンソンは、彼の言ったことが本当かもしれないとは考えなかった。

「なんで急にそんなこと言うの？　あたしのこと好きなんでしょ？　なのにどうして疲れるわけ？」

さっきから勢いよく沸騰している鍋の湯は最高温度に達していた。湯があふれそうになり、彼女はとっさに鍋に手を伸ばした。琺瑯《ホーロー》引きの蓋《ふた》はとても熱かった。彼女が指先に痛みを感じたと同時に、蓋はけたたましい音を立てて床に転がった。スティーブが急いで駆け寄り火を止めた。彼女は崩れるようにしてその場に座り込んだ。二本の足では身も心も支えられなくなっていた。

「怪我はない？」

驚いている彼の声を聞きながら、ウンソンは確信した。いま自分が耐えられないのは、彼が別れたいと言ったからではない。ウンソンはスティーブの目をじっと見つめた。彼の日は、ひと昔前のスーツジャケットのボタンホールを思わせた。彼が別れたがっている本当の理由なんか、別に知りたいとも思わなかった。肉体関係を持つのが早すぎたからかもしれないし、野菜を食べない彼女に嫌気がさしたからかもしれない。もしかすると本当に新しい彼女ができたのかもしれない。ウンソンにとってはどれも同じ強度のショックだった。

ウンソンは新しい彼氏ができるたびに、これこそ運命の出会いだと思ってきた。ようやく手にした二人だけの城、前もって決めた親密なルール、土曜日の夜から日曜日の朝にかけてののんびりした時間、二人分の箸、二本の歯ブラシ、肩を寄せ合ってテレビドラマの再放送を見た時間などが、ずたずたに裂かれようとしていた。光のない部屋でうずくまっていた痩《や》せっぽっちの少女の頃から、彼女の生は不吉な気運に包まれていた。いま、それがまた二人を引き裂こうとしているのだ。

「本当に平気？」

スティーブが念を押した。その優しさがウンソンに一縷《いちる》の望みをもたらした。この人の気持ちを取り戻すためなら、こっそりやって来てはスカートをめくって逃げていく運命の神に抵抗するためなら、なんだってできると思った。また独りぼっちになる。そう思うだけでからだじゅうが震え、息が詰まった。だからウンソンは長い長い悲鳴をあげた。

湯が沸騰した鍋を床に放り投げたり、冷蔵庫に入っている酒を何本もがぶ飲みしたり、それを止めようとするスティーブの肩を思いっきり突き飛ばしたのは、誓って彼を脅すためではなかった。果物ナイフを取り出して自分の手首に当てたり、やめさせようとする彼の胸に刃を突きつけたのも、決して死のうとか殺そうとか思ったからではなかった。ただ見せつけたかったのだ。自分がどんなに傷ついているのか、どんなに別れたくないと思っているのか、そしてどんなに恐れているかを。

泥酔したまま時間だけが過ぎていった。もうやめてくれと哀願していたスティーブも、窓の外が薄明るくなり始めた頃には、頼むから家に帰らせてくれ、さもないと警察を呼ぶぞ、と繰り返し言った。ウンソンがトイレに入っている隙に、スティーブは誰かに電話をかけていた。もしかして警察？　ウンソンはいきなり、壁に掛かった鏡に額《ひたい》を力いっぱいぶつけた。冗談のように赤い血が流れた。彼女はスティーブの手から電話を取り上げて電源を切った。それが自分のものだとも知らずに。

「クレイジー」

　スティーブは首を横に振った。

「おまえって、ほんと最低だな」

　そう言うと、ウンソンがぐずぐずしている間に玄関に向かって走った。コートも着ずに一目散に逃げた。しばらくしてドアチャイムが鳴った。スティーブが戻ってきたのかと思ったら、弟のヘソンが立っていた。ひょろっと背が高く、だぶだぶの黒のコートを着たヘソンは、まるで幼い冬の木のようだった。弟を見るなり、ずっと我慢していた涙がどっとあふれた。血の混じった涙がとめどなく頬を流れ落ちた。彼女は玄関に崩れるように座った。

「悔しい。あたしってなんでいつもこうなんだろ。ほんと、どうして」

　ヘソンは黙って手を伸ばし、姉を引っ張り起こした。

「殴られたの？」

　ウンソンは洟《はな》をすすりながら手を振った。ヘソンはそれ以上何も訊かなかった。ずかずか部屋の中に入ってくる弟を見て、ウンソンは思わず後ずさった。荒れた部屋を弟にだけは見せたくなかった。リビング兼キッチンと寝室の境を薄い引き戸で仕切ったワンルームには、割れた酒の瓶とガラスの破片が飛び散っていた。

　ウンソンの傷口にタオルを当てて止血しているときも、電気ポットで湯を沸かして割れていないマグカップに注いで彼女に差し出したときも、タクシーを呼んだあと部屋の片づけをしているときも、ヘソンは無言だった。彼はやるべきことを黙々とこなした。ウンソンはタオルで額を押さえ、ベッドに横になった。半分ほど開いた引き戸越しに弟が動いている気配を感じた。奇妙なほど静まり返った、穏やかな朝だった。暴れ狂っていたさっきまでの時間が、遠い昔のように思えた。

　総合病院の救急室で、ウンソンは額を四針縫った。右の眉頭《まゆがしら》から親指ほど上だ。針の先が皮膚に入ったとき、ウンソンは思わず足を引っ込めたが、悲鳴はあげなかった。どうしようもなかった。傷跡は残るのかと彼女が尋ねると、疲れ気味の若い医者は、残るかもしれないし残らないかもしれないと答えた。ということは残るのだろう。幸運と不幸——その微妙な生の別れ道で、優しくほほ笑みかけてくれる天使なんているはずがない。

救急室の簡易ベッドで点滴を受けながら、彼女はふと思った。ヘソン。そうだ。あたしにはこの子がいるじゃない。ヘソンは補助椅子に体を斜めにして座り、携帯電話でテレビを見ていた。ウンソンは弟の細い首筋をぼんやりと見つめた。ヘソンという思いがけない贈り物が彼女の人生に存在するのだ。

「ねえ、駄々っ子」

彼女は愛称で弟を呼んだ。三歳のときにつけたその愛称を、ヘソンがどれだけ嫌がっているのか彼女は知らなかった。ヘソンがイヤホンを取って彼女の方に向き直った。

「悔しいよ。悔しすぎて息ができない」

「なら、すんなよ」

ヘソンがぶっきらぼうに答えた。ウンソンはふっと笑った。そういえば夕べから一度も笑っていない。弟はまたイヤホンをつけた。そのなにげない動きが彼女をほっとさせた。実の両親に一つだけ感謝していることがある。それは、まったく似合わないうえに意見の合わない男女が二人目を産む決心をしてくれたことだ。

「あんたたちの母親は、いったい何を考えているのかわからない女だったよ。人はいいけど、どうしようもなくてね。だけどあの頃、よく言ってたよ。ウンソンが大きくなって寂しい思いをしないように、弟か妹を作ってやらなくちゃって」

その話をしてくれたのは祖母の双子の妹だ。ウンソンが高校に入った頃だから、祖母が死んで、その妹が倒れる直前――まだ禾谷洞《ファゴクトン》で平和な日々を送っていた頃だった。寂しくないように弟か妹を……。ヘソンがいないときにその話を聞いたのは幸いだった。一つの生命が別の生命のためだけに生まれてくることに、彼女は強いショックを受けた。姉のために、姉を独りぼっちにさせるなと、使命を帯びて生まれてきた子！　それがヘソンなのだ。

もちろん自ら強く望んで生まれてくる子なんていない。ウンソンは自分がどのようないきさつで生まれてきたのかを、弟の誕生秘話よりも正確に知っていた。いや、この文はこう修正するべきだ。ウンソンはどのようないきさつで自分の命を守ったのか知っていた。知りたくて知ったわけではない。彼女が母語と、そこに隠された意味を理解するようになった頃から、母にいつも聞かされたからだ。

「あんたがいなきゃ結婚なんかしなかったわよ、死んでも」

また、こうも言った。

「あんたがいなきゃ一緒に暮らさないわよ、絶対に」

後悔と嘆き、そしてひそかな渇望が混じったその強烈な言葉は、ウンソンの小さな心臓にぐさっと突き刺さった。もちろんそれ以外に、愛してるとも、ごめんねとも、ありがとうとも言った。そう言うのは、お風呂の中で幼い娘と息子の背中を流しているときだったり、ハンバーグステーキの分厚いパティを焼いているときだったり、あるいは蚊《か》に刺されたふくらはぎに薬を塗ったり、腑抜けになった自分の顔を取り繕おうとしているときだった。好きな男の人と暮らすからと、二人の子どもを実家に預けた日にもそう言った。おかげでウンソンは、愛してる、ごめんね、ありがとう、の間にとくに違いがないことを幼くして知った。それから、無力な子どもには大人の身勝手な言葉を拒む権利がないことも。

ウンソンはいつも疑問に思い、悔しかった。あんた一人のためにわたしの人生は変わってしまったの、と母に言われるほどの過ちを犯した覚えはなかった。過ちはむしろ彼らの方にあった。男は一時の欲情を抑えられず、女は生理周期をきちんと把握していなかったのだから。ウンソンの親、キム・サンホとカン・ミスクは、一九八四年の夏に結婚式を挙げた。ウンソンはその三か月後に生まれた。一九八〇年代でも二〇〇〇年代でもよくある話だ。サンホは数えで二十五歳。いまのウンソンと同い年の、兵役を終えて復学した学生で、ミスクは二十二歳、大学三年生だった。うっかりできてしまった干し柿の種ほどの胎児を受け入れるために、彼らは多くのものを手放した。大学の卒業証書と大卒者の平均賃金、明るく住み心地のよい新居、人生はたとえ不安で不確かでも外に向かって大きく開かれた活気に満ちた未来、などを。

母が手放したものの上位に美しいウェディングドレスがあった。結婚式場には母のような新婦のために大きいサイズのドレスが用意されていた。それでも母は式のあいだじゅう、思いきり息を吸い込んで澄ました顔をしていた。純白のベールをかぶった彼女は、そのときばかりはお腹の中に何も入っていませんと自己催眠をかけ、来客たちがまんまと騙されてくれることを心から願ったことだろう。その日、ドレスの腹部についた滑稽なレースのバラ模様の内側で、見つかってはいけないと怯えていたはずの赤ん坊のことを思うと、ウンソンは悲しくて鎖骨が砕けてしまいそうだった。

「初めから間違ってたんだよ」

禾谷洞に住んでいた頃、夕飯のときに母の話をしながら祖母が深いため息をついた。その張本人がすぐそばで箸を動かしているのに、お構いなしだった。

「でも責任はとらないといけないからね」

祖母の双子の妹がつぶやいた。ウンソンは箸をテーブルの上にバーンと置いた。みんな目を真ん丸くして彼女を見つめた。

「こんなまずいもの、いらない！」

「な、なんだい、この子は。父親にそっくりだよ」

祖母が最悪の呪いを浴びせかけた。その晩、ウンソンは布団の中で若い頃の両親を想像してみた。同じ大学に通っていたのは知っていたが、二人がどうやって知り合ったのか聞いたこともなかった。別れた夫婦のラブストーリーをロマンチックな物語に仕立てて聞かせてくれる人なんていなかった。彼らがキャンパスのどこで出会って、震える眼差しを向け合ったのか、初めて手を握ったのはいつで、初めて一緒に見た映画のタイトルは何だったのか、そのとき映画館の売店で貰ったのはポップコーンだったのか焼きイカだったのか、誰か教えてくれたらいいのに。ウンソンは心からそう願った。そうすれば、この青白いスノードームみたいな地球に間違って産み落とされた理由が少しでもわかるだろうに。

知り合って間もないのに、きょうだいはいるかと尋ねてくる人がいる。どの政党を支持しているのか、通帳の残高はいくらなのか、と尋ねるよりも無難だと思っているからだろう。そんなときウンソンは、弟が一人いるとあっさり答えた。別に十四も歳《とし》の離れた腹違いの妹がいることを隠そうと心に決めていたわけではない。ユジを憎んでいるわけでもない。ただ、ユジのことを心から「妹」だと思えなかっただけだ。

ユジと二人でゆっくり話をしたこともなかった。方背洞《バンベドン》〔ソウル市瑞草区、富裕層が多く住む〕の家に行っても、ユジと同じ空間にいることもなかったし、ユジもあまり懐《なつ》いてこなかった。どちらかといえば感情を表に出さない子だった。訊かれたことには答えるが、大人の話に割り込んだり自分から話を切り出すこともなかった。ウンソンにとっては気楽でもあり、居心地が悪くもあった。ユジはウンソンだけでなく、誰に対しても無関心だった。ヘソンにも、父親にも、母親にさえ、ミルク入りのいちごゼリーのようなふわふわした甘い笑みを浮かべることなどなかった。ユジの前では父も義母も――それぞれやり方は違うけれど――片想いをしているかのようにおろおろするのを見て、ウンソンはひそかにいい気味だと思った。

それと同時に、取り返しのつかない苦々しさを味わわせた。なぜならユジが無関心なのは生まれつきではなく、環境によるものだったからだ。ユジは望むものを手に入れるために努力しなければならない人生を知らなかった。知る必要すらなかった。生まれたときから、目をぱちぱちさせて大人の関心を引いたり、媚びへつらって親の愛情を求めたりしなくてもよかったのだ。

ユジの存在を初めて知ったのはいつだったか、ウンソンは記憶になかった。ただ、ユジの初めての誕生日パーティーの光景だけは鮮明に覚えている。麻浦《マポ》にある大きな中華料理店だった。祖母の双子の妹がウンソンとヘソンを店の前まで連れていった。うす汚れた赤い絨毯《じゅうたん》が敷かれた廊下の前で、ウンソンは弟の手をぎゅっと握った。二人は大きな部屋に案内された。久しぶりに父のきょうだいやその家族と顔を合わせた。生まれて初めて見る人たちもいた。たぶん義母の親戚だろう。義母は横髪を耳にかけたショートボブに、端正な紺色のスーツを着ていた。誕生日会の女主人というよりも、選挙の開票放送を進行するアナウンサーのように見えた。

見たこともない脂ぎった料理が次々に運ばれてきた。円卓の中央にある回転盤に、大きくて丸い皿が並べられた。回転盤をまわして遊んでいたいとこは、母親に手の甲を叩かれた。ヘソンは炒った落花生を箸でつかもうとしてテーブルの上に落としてしまった。おばが「大丈夫。いまはうまく使えなくても、大人になったら自然と上手になるよ」と慰めた。いつもは上手なのに。ウンソンは内心、腹が立った。ガツンとひとこと言ってやりたくて言葉を探しているうちに、ユジの選び取りが始まった。大人たちはみんなハラハラしていたが、ユジには何かをつかもうとする意志が見られなかった。あれやこれやと大騒ぎをしたあげく、ようやくユジは糸巻きに向かって手を伸ばした。

「ほお、こいつは長生きするぞ」

誰かが大声で叫んだ。父はそれなりに満足したのか、馬鹿みたいに口を開けて笑っていた。照れくさそうに、幸せそうに笑った。父のそんな顔は見たことがなかった。ウンソンは目を閉じた。パーティーも終わりに近づいた頃、一人の初老の女の人が話しかけてきた。背が低くて、肩を揺さぶると粉々に砕けてしまいそうな小柄な人だった。彼女の着ていたくすんだ赤のチャイナドレスが旗袍《チーパオ》だということを、ウンソンは後になって知った。

「一度会いたいと思ってたんだよ……」

チャイナドレスを着た女の人の口から、忠清道《チュンチョンド》の方言が混じった韓国語が聞こえてきた。その人が財布から一万ウォン札を何枚か取り出すのを見て、ウンソンはびっくりした。彼女はヘソンにお札を差し出した。弟は困った顔をして姉の方を見た。

「お礼を言って、貰《もら》いなさい」

おじがヘソンの肘《ひじ》を突いた。ヘソンはおずおずと手を伸ばした。

「ありがとう」

その声はつぶやきよりも小さくて、隣の人にも聞こえなかった。チャイナドレスの女の人は深くうなずいた。次はウンソンの番だった。一万ウォン札を二枚受け取ろうとしたそのとき、ウンソンは気づいた。彼女の切れ長の目を見て、既視感のようなものを覚えたわけに。義母とよく似ていたのだ。ウンソンの理性が判断力を失った途端、指よりも先に手の甲が金を振り払った。パリパリの新札が宙に浮いたかと思うと、はらはらと絨毯の上に落ちた。一瞬、周りは緊張に包まれた。それらはウンソンの記憶違いかもしれない。誰がその金を拾ったのか覚えていない。覚えているのは誰にも叱られたりなじられたりしなかったことだ。ウンソンは謝る機会も、わざとじゃなかったと言い訳をする機会も逃した。悔しくてたまらなかった。

翌朝、ウンソンは初めて家出をした。カバンの中には教科書の代わりに、さんざん悩んだ末に選んだいくつかの服と靴下、歯みがきセット、預金通帳と認め印を入れた。誰が見ても家出だった。彼女は出ていく前に、机の上に日記帳をこれ見よがしに広げた。

汚い。

赤いハイテックポイントのペンで一字一字はっきりと書いた。ウンソンは〇・五ミリのそのナーバスな質感が気に入っていた。汚いのは誰なのか、主語は省いたが、見れば誰でも見当がつくだろうと思った。かといって、誰か特定の人を指しているわけではなかった。そもそもこの世は反吐《へど》が出そうなくらい汚い所だ。饐《す》えた飯粒と食べ残しの魚の骨がともに腐っていく、真夏のごみ箱のような所なのだ。

昼は明洞《ミョンドン》のマクドナルドに行き、夕ごはんは食べずに地下鉄二号線の最後尾の車両に座ったまま、五周した。夜十時近くにもなると、酔っ払いの乗客が一人二人と増えてくる。安っぽいシャツを着た中年男がウンソンの隣に座り、左の膝《ひざ》をじわじわすり寄せてきた。腐った豚カルビとマッコリのにおいが魂の中に沁み込んでくるような気がして、ウンソンは身を震わせた。

家に着いたときは十一時も過ぎていた。リビングのソファでうたた寝をしていた祖母の双子の妹が、門を開けてくれた。

「遅かったね。友達の家にでも行ってたのかい?」

優しくそう尋ねる祖母の妹も、祖母も母も父も義母も義母の母親も、ウンソンには気軽に遊びに行けるような友達が一人もいないことを知らなかった。電気をつけると、机の上に広げてあった日記帳が目に入った。そのままだった。堂々と、寂しげに。よく見ると、「汚い。」の最後の句点が少し滲《にじ》んでいるようだった。日記帳を広げた角度が、朝と比べてほんの少しゆがんでいるような気もした。

「誰？」

ウンソンはドアの外に向かって鋭い声をあげた。

「なんだって？」

祖母の妹が目をぱちくりさせた。

「誰が、なんの権利で、どうして、勝手に人の日記帳を見るわけ？」

「何をわけのわからないこと言ってるんだい。今日はその部屋に入りもしなかったよ」

「うそつき。みんなおんなじよ。汚い、汚い！」

驚いて目を覚ました祖母が、駆け寄ってウンソンの背中を思いきり引っぱたいた。それが合図にでもなったかのようにウンソンは激しく泣きじゃくった。祖母の妹が、温めた紅参湯《ホンサムタン》を持ってきた。そんなはずはないだろうけれど、あのときもし日記帳を盗み見した人がいたとすれば、ヘソンだったかもしれない、とウンソンは思った。「汚い。」の意味をわかってくれる人は地球上にたったひとりしかいないのだから。

ウンソンが点滴を受けている間に、ヘソンは薬局で薬を買ってきた。病院を出るなり、冷たく吹きすさぶ風が二人を覆った。ウンソンは小さく咳《せき》をした。ガーゼを当てた額がズキズキした。タクシーがずらっと並んでいた。ヘソンは一番前の車のドアを開けた。

「一緒に行かないの？」

「うん」ヘソンは短く答えた。

「ちゃんと薬飲めよ」

ウンソンはまたひとり残された。

3　行ったことのある窓の外

　二月のソウルは、永遠に呪いが解けそうにない季節だ。春はもうすぐそこまで来ているのに、風は思いもよらないほど冷たい。日曜日の午前九時半。オギョンは、ドレスルームに広げた二十四インチのハードスーツケースを閉じようとしていた。最後に少し迷ってからハイネックのセーターを取り出した。青緑がかったカラーは顔色をよく見せるが、厚手のセーターはあの場所には似合わなかった。そこでは、人生を持て余している女たちが動物の毛皮を鞣《なめ》したコートを身に纏《まと》って、白い息を吐きながら足早に歩いたりはしなかった。

　歳をとるにつれ、家を空ける前にやるべきことが多くなった。昨夜はいくつかおかずを作って冷蔵庫に詰め、今朝は目を覚ますなりベランダのプランターに水をたっぷりかけた。朝ごはんに鮭をオーブンで焼き、わかめスープも作った。食事を終えたあと、食器は水でざっとゆすいでから食器洗浄機に入れた。明日の朝、家政婦が来たら乾いた食器を取り出すだろう。明日の朝。二十四時間もすればやって来るはずの時間が、果てしなく遠く感じた。

「家に帰ろうと思って」

夫にそう言ったのは三日前だった。

「家ってどこの家だ」

大田《テジョン》の実家に決まっているのに、彼は額に深い皺《しわ》を寄せて訊き返した。自分の機嫌が悪いことを知らせる合図でもあった。そんなときは第二次性徴期に差しかかった少年に言い聞かせるように、優しく断固とした声で、根気よく教えなければならないことをオギョンはよく心得ていた。

「お母さんの腰がよくならないのよ。病院で精密検査を受けた方がいいと思うし、ついでにこの前の心臓の件も訊いてみたいから」

「トシだからだろ」

誠意のない返事をされても、オギョンは別に悲しくはなかった。夫はこの頃、他人に対して最小限のエチケットすら見せなくなった。だが、真実とか誠意というモラルに縛られて余計な干渉をするよりは、まだましかもしれなかった。

「それで、いつ行くんだ」

「日曜日」

日曜日、と夫が独り言のように繰り返した。

「月曜日じゃダメなのか」

月曜日じゃダメだ。あそこにいないといけないから。そうしたかった。彼女はわざとさりげなく訊いた。

「どうして？　その日は何かあるの？」

「日曜日は高速道路だって混むだろ」

これといった理由が見つからないと、夫は強気になる。

「そうね」

オギョンは面倒くさそうに言葉を濁した。二人はそれ以上話さなかった。そして昨夜、夫が帰ってきたときに、明日行くことにしたから、と報告した。夫は彼女を三秒睨《にら》みつけたあと、ネクタイを外してベッドに放り投げると、そのまま口を閉ざしてしまった。実際、日曜日だろうとどうだっていいはずだ。腹を立てているのは自分の意見が黙殺されたからなのだ。オギョンは夫のことなどお構いなしに計画どおりに動いた。夫の機嫌が悪いのは、彼女にとってむしろ都合のいいことかもしれなかった。

レッスン代の入った封筒を直接ヘソンに渡そうかとも思ったが、リビングのテーブルの上に置いていくことにした。ヘソンとはそれくらいの無言のコミュニケーションはとれる間柄だった。あと、ユジの様子を見てから出かけようかとも思ったけれどやめた。なぜか、そうしてはいけない気がした。スーツケースを押す音が聞こえているはずなのに、夫は書斎に閉じこもったまま出てこなかった。オギョンは荷物を車のトランクに入れた。運転席に座ってシートベルトをきつく締めた。家から五分ほど走るとオリンピック大路《テロ》に出る。何があっても十一時までには空港に着かなければならない。

午後十二時三十分発、OZ711便。一年ぶりに台北《タイペイ》行きの飛行機に乗る。

飛行機はゆっくりと空に沁みていった。体が宙にぽっかり浮き、雲の端に入っていくときの感じは、いつも彼女の心の深淵を揺さぶる。オギョンは目を閉じた。違う世界に行くという実感よりも、むしろずっしりと重い不安が先立った。彼女は十七歳のときに初めて台北行きの飛行機に乗った。「学生故国訪問団」のメンバーだったのだ。全国の華僑《かきょう》高校から百人余りの生徒が集まった。金浦《キンポ》空港の出国ゲートの前で集合写真を撮ろうというので、彼女は一番後ろの端に立った。漢字だけで書かれた悲壮なプラカードを、周りの人たちが横目で見ているような気がして顔がほてった。故国訪問だなんて。しかし、真剣な顔をした父親の前で不服そうにするわけにもいかなかった。体の弱かった二番目の姉を除いて、兄や姉たちはみんな参加していた。父は本当にそこが故国だと信じていたのだろうか。たった二、三回しか行ったことのない南の島国を。

父は二十代の半ばで中国本土の山東省を後にした。妻と二歳になる息子を故郷に残したまま。それから古希《こき》を目前にして息を引き取るまで、二度とその地を踏むことはなかった。台湾のパスポートでは数日の訪問すらできなかった。肺がんの宣告を受けてからも父は食後に三度、一日に三本のマルボロレッドを吸ったのだが、本当においしそうにタバコを呑む顔を見ていると、とてもやめろとは言えなかった。信じられない話は他にもあった。仁川《インチョン》、瑞山《ソサン》を経て、大田《テジョン》に定住するまでの四十五年間、彼が流暢に操る韓国語はせいぜい十個ほどだった。生涯を通して一番多く口にしたと思われる「いらっしゃいませ《オソオセヨ》」すらたどたどしかった。韓国人の発音とは明らかに違っていた。

「大声で話すな」

それは子どもたちに残した父親の遺言だった。もちろん中国語で言った。

「聞いてあきれるわよね。タバコを吸うな、ならわかるけど」

一番上の姉が目に涙をためて笑いながら愚痴をこぼしたが、彼女もまたそんな父親の娘である以上、当然だとでもいうように、蚊の鳴くような小さな声で話した。ずっと華僑の学校に通い、高校卒業後は台湾に留学したものの、卒業もせずにアメリカ華僑と結婚してロサンゼルスに渡った彼女は、自分の韓国語に対して微妙なコンプレックスを持っていた。父親の葬儀で霊安室の関係者や葬儀屋の人と話をするときになると、決まってオギョンを呼んだ。

「玉鈴《ウィリン》、あたしたちの中ではあんたが一番できるから」

その後にどんな言葉が省かれているのか、オギョンには痛いほどよくわかった。あたしたちだと馬鹿にされるから。遺影の中で、痩せこけた父がいまにも泣きそうな顔をして娘たちを見ていた。

飛行機は二時間半ほどで台湾桃園《タオユエン》国際空港に着いた。外国人専用の入国審査場で順番を待っている間、胸の震えが止まらなかった。韓国のパスポートになってから、このような症状がよく現れる。入国審査官は彼女と同じ年頃の女性だった。何しに来たの？　女性が英語で尋ねた。オギョンも英語で答えた。友人に会いに。わたしの友人がここに住んでるから。いつまでいるの？　木曜日まで。帰りのチケットはちゃんと持ってるわ。ソウル、わたしの家があるソウルに戻るための。

空港を出ると細い雨が降っていた。涼しいけれど少しムンとする空気が鼻の先についた。台北のにおいだった。スーツケースの取っ手が何度も手のひらから滑り落ちた。タクシーに乗り、予約しておいたホテルの名前を言った。携帯電話の電源を入れた。緊急時には近くの在外公館に連絡せよというメッセージが届いていた。台湾は韓国の移動通信会社の国際ローミングサービスエリアだった。人工衛星の位置情報システムが彼女の行動を一つひとつ監視しているのだ。彼女は汚れた革シートに深く腰を沈めた。日曜日の昼。なぜここに来てしまったのか、自分でもわからない。納得していたはずの理由が脳裏にちらついたかと思うと、消えてなくなった。

「あ、すみません。ホテルに行くのはやめます」

彼女は思わず大声をあげた。そして運転手に中国語ではっきりと、台湾大学まで行ってください、と言った。国立台湾大学は一九二八年の創立で、もともとの名称は台北帝国大学だったが、一九四五年十一月、蔣介石《しょうかいせき》政府が急いで名前を変更した。地下鉄に乗って公館《ゴングアン》駅で降りると、台湾大学の正門が見える。道を渡った所にある路地には、学生相手の店が立ち並ぶ。ワンタンや卵焼き、豚肉の揚げ物などを売る露店や、コンビニ、低価格のカジュアルウェアのチェーン店、スニーカーの店などが、粗末な壁を挟んで軒を並べている。いつ来ても二十年前と変わらない。美しく刻まれた青春の日々を懐かしみ、ここを訪ねてくる中年男も時折いるが、じつは騒がしいだけのみすぼらしい場所だったことに気づき、疲れた足取りで帰っていくのだった。

ミンはなぜ四十を過ぎたいまもここに住んでいるのだろう。いつだったかオギョンは尋ねたことがある。ミンはにっこり笑って言った。

「もっと正確に言ってくれよな。まだここに住んでいるんじゃなくて、ここに戻ってきたんだよ」

そしてつけ加えた。

「安いからね、このあたりは」

本心なのか冗談で言っているのかわかりかねた。オギョンはその頃、彼の懐《ふところ》事情についてくわしくは知らなかった。彼はしょっちゅう仕事を変えた。最後に会ったときは、現地の旅行会社の通訳兼ガイドとして働いていた。ミンが韓国人相手の仕事をしている。オギョンはこめかみが痛くなるほど強いショックを受けた。給料を貰っているのか、それとも手数料《コミッション》とチップだけで暮らしているのか、訊くにも訊けなかった。観光バスの中でマイクを持ったミンが、「左に見えますのは陽明《ヤンミン》山《シャン》です」とか「もう少しで故宮博物館に到着いたします」などと言っている光景は想像もできなかった。

「両替しすぎちゃったから」

ソウルに帰る日の朝、オギョンはひと晩じゅう口の中で練習した言葉をどうにか吐き出した。新韓《シナン》銀行のカラフルなロゴが入った封筒を、ミンはわけもわからず受け取った。ずいぶん驚いたはずなのに平気なふりをしていた。

「また来るんだろ？　次に来たときに使えばいいじゃないか」

「いいの。大した額じゃないから」

「俺にくれるの？　マジ？」

ミンはとっさに中国語を使った。二人だけでいるときは韓国語で話した。二十歳のときからそうだった。それは彼らの間に内在するレジスタンス倫理綱領――つまり、二人は外部や他人から分離された監獄にいるとか、一つの共同体に属しているというたぐいの非理性的で奇妙な暗示だった。ミンの中国語を聞いてオギョンは容赦なく現実に呼び戻された。オギョンは韓国語でつぶやいた。

「早くして。そうじゃないと、この手が可哀想でしょ」

しばらくうつむいていたミンが言い返した。

「馬鹿。おまえってほんと馬鹿だな」

抑揚のない韓国語だった。

「そういうときは、バツが悪いって言うんだよ」

彼は封筒を返した。オギョンは腹を立てた。

「ありがたく受け取りなさいよ」

そう言って、しまった、と後悔した。

「ミンミン、あたしたちの仲ってこんなもの？」

そのときの彼の困った表情を、オギョンは長い間忘れられなかった。彼女は黙って封筒を低いテーブルの上に置いた。ミンはひとり、部屋の中に入った。ドアがバーンと音を立てて閉まった。知り合ってから二十年、ミンのそんな姿を見たのは初めてだった。オギョンは別れも告げずに立ち去った。自分でタクシーを呼び、スーツケースを持って階段を下りた。彼が呼び止めてくれたらいいのにと願いつつも、もし呼び止められたらどうしようと思って急いで駆け下りた。一年前のことだった。

オギョンはアパートの入口で、ミンはもうここにはいないかもしれないと思った。とりあえずスーツケースに腰を下ろしてミンに電話をかけた。

「喂《ウェイ》？」

一年ぶりに聞く声。オギョンは息を吸った。

「あたし」

舌の先で発音を吟味するかのように、ゆっくりと言った。

「来ちゃった」

ミンが下りてきた。七分のワイドパンツに、くたびれたTシャツ姿だった。何か食べていたのか、口もとが少し脂ぎっていた。五分前にトイレに行ってくると言った恋人の顔でも見るように、彼はにっこり笑った。

「電話してくれたら空港まで迎えに行ったのに」

「面倒でしょ」

オギョンもつられて穏やかな笑顔を浮かべた。

部屋の中は何も変わっていなかった。むしろ頭の中でぼんやり思い出していた光景とあんまりそっくりだったので、思わず拍子抜けした。ミンはオギョンのスーツケースを玄関の隅に置いた。彼のベッドには相変わらず地味なグレーの綿シーツが敷かれ、枕も一つだった。テレビを見ながら食事をしていたのか、テーブルの上には使い捨ての容器がいくつかあった。スープの器の中にはステンレスのスプーンが入っていた。中身のない貝殻が一つ、澄んだスープに島のように浮いていた。

「昨夜飲んだのね」

「まあね。二日酔いにはやっぱりソンジヘジャンクク〔牛の血を固めたソンジが入った酔いざましスープ〕だよな、清進洞《チョンジンドン》の」

ミンの瞳に懐かしさとは言いきれない感情がよぎった。韓国を離れた華僑《かきょう》たちは、舌や脳を麻痺させるほど刺激のある辛さに深い郷愁を覚えた。大学生の頃は韓国から来た華僑たちが集まると、まるで論山《ノンサン》陸軍訓練所で軍事教育を受ける新参兵のように、あれが食べたい、これが食べたいと語ったものだ。例えば武橋洞《ムギョドン》の手長ダコ炒めとか、新堂洞《シンダンドン》の即席トッポッキ、五壮洞《オジャンドン》の咸興冷麺《ハムンネンミョン》など。

「ソウルにいるときは食べなかったくせに」

オギョンがそう言うと、ミンは顔をしかめた。

「そりゃ、食べたきゃいつでも食べられるって思ったから。俺の代わりにおまえが行ってやってくれよ」

ソウルにいたらわざわざ食べに行かないって知ってるでしょ、とオギョンは低い声でつぶやいた。

「それより座らないか。突っ立ってないでさ」

オギョンは自分がまだ立っていたことに気づいた。この部屋に足を踏み入れたときから、出ていくときのことを考えていた。ミンが入れたウーロン茶を二人は床に座って飲んだ。生ぬるかった。胸が張り裂けそうなほんのりとした甘みが口の中いっぱいに広がった。彼らはようやく互いを見つめた。ミンはちょっと老《ふ》けたかもしれない。微妙に、老けた。肌は生気がなく荒れているし、口もとのほうれい線は少し濃くなった。

「相変わらずだな、おまえは」

ミンが大げさに、真面目な顔をして言った。以前はそんなことを言う人ではなかった。そう思うとオギョンは悲しくなった。二人はそれぞれ知人の安否を尋ねた。彼女は、母親が近頃、腰の痛みを訴えるようになったこと、アメリカでチャイニーズレストランをやっている一番上の姉夫婦が経営難で店を閉めたこと、夫の娘が一年間、ひと言も口をきいてくれなかったことなどを、とりとめもなく話した。

「相当な意地っぱりだなあ。で、おまえは大丈夫なのか？」

「一緒に暮らしているわけじゃないから」

「じゃあ、一緒に暮らしている男の子はどうなんだよ。医大に受かったんだったっけ？」

去年の今頃オギョンがなにげなく言ったことを、ミンは覚えていたのだ。

「うん、でも……」

オギョンは肩をすくませて見せた。

「よくわからないのよ。いま学校に通っていないのは確かなんだけど、受かったあと行かなくなったのか、それとも初めから嘘をついているのか」

そしてつけ加えた。

「だけど、あの子は一緒にいても気が楽よ。ポーカーフェイスだから。あの家の一員にしてはバランス感覚もあるし」

「おまえと似てるな」

「うん、ルックスもいいしね」

オギョンは冗談ぽく調子を合わせた。ミンはいつものように声を出して笑い、彼女のコップに湯を足した。

「いつかそいつに会ってみたいな」

二人ともユジの名前は口にしなかった。形にならない思いが宙を舞った。ミンがオーディオをつけた。オールドポップスが流れた。タイトルは思い出せない。曲に合わせてミンが低い声で歌った。

彼は以前、小さなバンドのボーカリストだった。仁川《インチョン》にある華僑の高校に通っていたときだから、オギョンは実際に彼がステージで歌っているのを見たことはなかった。二人が恋に落ちて間もなく──つまり一九八七年のある日、オギョンは初めて写真の中で一九八五年のミンがタイトなジーンズを履き、目をぎゅっと閉じて熱唱しているのを見た。好きな人が渾身の力を込めて、自分の知らない何かに熱中している姿を見ると、心の奥深いところで怖くなる。主人公の死が描かれた最後のページが気になって本をめくるときの感じと似ている。オギョンの漠然とした予感はいつも的中した。それから十年間、彼らの恋は続き、いまは十年かけて別れようとしている。とうとう最後のページになった。

初めのページにはいくつかの偶然が重なり合っていた。そもそも歴史とはそうやって始まる。オギョンの父は、娘が台湾大学に合格したと聞いて大喜びした。オギョンは受話器の向こうの父がずっと黙っているので、もともと異常のあった脳血管が破れたのではないかと心配になった。しばらくして父は咳払いをし、じっとり潤んだ声で、ありがとうと言った。大田《テジョン》の郊外に構えた中華料理店がわりと繁盛しているときだったが、末の娘を大学に行かせるほどの余裕があるわけでは決してなかった。彼はそこそこの暮らしをしている他の華僑の父親と比べ、ずばぬけて教育熱心だった。その理由については家族もくわしく知らなかった。父は店を切り盛りしながら家族六人を細々と養ったけれど、仕事にはあまり興味がなく、情熱を傾けなかった。それと何か関係があるのかもしれなかった。

韓国に来たのち、貿易業などいくつかの小さな事業を興したが、どれもこれも失敗した。あるとき父は、平澤《ピョンテク》市〔京畿道南部〕で中華料理店をやっている故郷の友人を訪ねていった。父の知り合いのほとんどは、各地で中華料理店の店長、あるいは厨房長をやっている中国人だった。一九六〇年代半ばの二年間、父は平澤にある小さな中華料理店で、厨房の仕事をしながら料理を習った。オギョンはそこで命を授かり、端山《ソサン》〔忠清南道西部〕で生まれた。父が初めて自分の店を持った所だった。

家族のために一日中憂いに満ちた顔をして、光の差さない狭い厨房で下ごしらえをする父が、子どもたちに望んだことはたった一つ。家では必ず中国語を使うこと、だった。そのたった一つが厳格で過酷だった。オム・ヒジャの漫画『四人姉妹』を借りてきて読んでいるのを父に見つかった長女は、ふくらはぎを鞭で十回打たれた。父よりも十歳若く、幼い頃から韓国で過ごした母がいてくれたのがせめてもの救いだった。母と子どもたちだけのときは韓国語と中国語を混ぜて話すのだが、店と隣り合わせになった住居に父が帰ってくる気配を感じると、ささっとあちこちの部屋に散らばった。食事のときはみんな無言で食べた。

人間の内部にはきっといくつかの空間がある。父は豚肩肉のぶつ切りが入ったキムチチゲをとりわけ好み、華僑の男たちと集まると花札をした。韓国と日本がサッカーの試合をするときは、あらん限りの声で韓国を応援した。かと思うと、ことあるごとに、韓国人は信じられないと言い、意地でも韓国人の友人は作らなかった。たまに妻や子どもたちの韓国人の友人が家に来ても、無愛想に沈黙を保った。

二十歳のオギョンとミンが初めて自分の家族について語った日、彼らは涙が出るほど笑っては深いため息をつき、また大笑いした。二人の父親は、ひと言で偶然というにはあまりにそっくりだった。仁川チャイナタウンの近郊で食堂をやっているミンの父親も、決してハングルを習おうとはせず、店のガラス越しに外を眺めては深いため息をついていたらしい。

「でも、あんたのお父さんは韓国人と結婚したんだから、うちの爸爸《バーバ》よりずっとマシよ」

オギョンがそう言うと、ミンはなおも笑いながら答えた。

「逃げたよ、たった十年で。あとは想像がつくだろ？　きれいな女の人を見ると皮肉るんだ。どうせ腹の中は真っ黒だろって」

オギョンはミンの顔をまっすぐ見つめた。そのとき、二人ともまだ若かった。風のない湖畔のベンチでのことだった。彼らはキャンパスの中央にある「酔月湖《ズイユエフー》」を「そこ」と呼び、酔月湖がまるごと見下ろせるそのベンチを「二人の場所」と呼んだ。彼らはよく「そこ」で一緒に夕日の沈む空を見た。その日、黄色い太陽が半ば沈んでいた。お互いの家庭の内情を打ち明けた二人の瞳に、涙は溜まっていなかった。オギョンはミンの手の甲に手のひらをそっと重ねた。温かかった。こうしていれば、どこに行っても怖くないと思った。いつまでも。

人生には、そよそよと吹く風に身をゆだねてもいいときがある。二十歳、二十一歳、二十二歳……。人生は、少し右に傾いた列車に乗って、時速五十キロのスピードに耐えることと似ているのだが、二人はまだそのことに気づいていなかった。オギョンとミンは猛スピードで互いの心を読んでいった。すぐに相手のことを隅々まで知り抜いた。そう信じた。信じない理由もなかった。二人はミルクの代わりに互いの毛を舐める二匹の子猫のように、クリスマスの豆電球に囲われて、不器用にも恋に夢中になった。かといって、宇宙は自分たちを中心にまわっていると錯覚したわけではない。外の世界に目を向けなかっただけだ。いまになって彼女は思う。バランスの問題ではなかったかと。そして、そう決めつけなければ不安で仕方なかった自分は、なんて卑怯だったのかと。

もう少し客観的にいえば、二人が恋に落ちたのは自然のなりゆきだった。同じ学年で同じ学科、しかも韓国から来た華僑は二人しかいなかったのだから。新入生オリエンテーションで、お互いどこから来たのかすぐにわかった。どんなに隠しても、彼らの発音には山東省と韓国語のアクセントが混ざっていて、独特の響きがあった。

国立台湾大学は、台湾の高校生が最も憧れる大学だ。当然、彼らのプライドは天にも届くほどだった。相対的にやさしい試験を受けて入学してきた華僑をそれとなく無視したり、区別しようとするのは人間の本能だろう。あからさまではないけれど、敏感な人なら充分わかるレベルだ。例えば、金曜日の夜に学科の飲み会があるとしたら、オギョンにはその日の午後遅くに連絡が来る。そんなときは同じ境遇のミンにどうするのか尋ねた。

「へえ、そうなの？　俺、知らなかったよ」

ミンは大したことでもなさそうに言うのだった。オギョンには遅くてもいちおう連絡が来るのだが、ミンにはまったく知らされていないことも多かった。自分だけ仲間外れにされているのではないかとひそかに神経質になっていたオギョンに比べ、ミンはわりと無頓着だった。彼は団体活動を一切しなかったし、誰の顔色もうかがわなかった。ミンは生まれつきの一個人だった。自分が一匹オオカミであることを知らない一匹オオカミ。暗い棚の中にしまってある缶詰のように、安全な一個体。生まれながらにして寂しい運命を背負った人間。それがミンだ。一人分の夕飯が入った黒いビニール袋を下げて、薄暗い台北《タイペイ》の街角を歩いている彼の後ろ姿を想像すると、オギョンはヒリヒリするような痛みを感じるのだった。

「相変わらずみんなスクーターに乗ってるのね。八〇年代も、二〇〇〇年代も」

二〇〇八年のオギョンが窓の外を眺めながら、いまさらのようにつぶやいた。

「そうだよ、韓国の女は乗らないけど」

「じゃああたしは？　あたしって韓国の女だっけ？」

ミンがふっと笑って答えた。

「こっちの女じゃないだろ」

外はまだ細い雨が降っていた。色とりどりのレインコートを頭まですっぽりかぶり、スクーターに乗った人たちが、二車線の道路をのろのろ走っていく。窓の隙間から湿った冷たい風が漏れてきた。

「あのさ」ミンが淡々とした口調で言った。「まだ覚えてる？」

「え？」

「南太平洋に浮かぶ島を買いたい、って言ったの」

「……」

「そこで俺たちだけで、華僑だけで暮らしたいって」

「そうね」

「俺さ、この頃思うんだよね。それも悪くないかなって」

ミンが少しためらったように打ち明けた。オギョンはうなだれた。

「ミンミン」

「うん？」

「あたし、どうしても行きたい所があるの」

「ここで？　台北で行ったことのない所なんてあったっけ？」

「指南宮《ジナングン》」

ミンの顔から笑顔が消えた。そのとき、オギョンのバッグの中で電話が鳴った。現地時間、午後五時半。ソウルの時刻では、日曜日の午後六時半が過ぎようとしていた。

4　一番よく見える所に存在するもの

日曜日の朝、玄関のドアが閉まる音がしたとき、キム・サンホは口の中に薬を放り込んでいた。妻は何も言わずに出ていってしまった。俺は妻に何か反応を見せてほしいと望んでいたのだろうか。そう思うとにわかに気が滅入った。彼は錠剤をごくりと飲み下すなり、タバコをくわえた。ひと口、深く吸い込んだ。いつの頃からだろう。自分は復讐するために自らを虐待する少年のようだと思うときがあった。

病院に行ったのは先週の火曜日だった。最近はよく、急に何かを思い立つ。遅めの昼食をとって事務所に戻る途中、アクセルに軽く右足をのせたまま放心したようにぽかんとしていたので、余裕で通過できたはずの交差点で赤信号に引っかかってしまった。横断歩道の線を踏んで中途半端に停まっているときに、ふと、向かいのテナントビルの二階に掛かっている「ヒューマン幸福クリニック」という看板が目に留まった。

ヒューマン幸福クリニックの待合室は、歯科や耳鼻咽喉科の待合室とあまり変わらなかった。満四十七歳の男性患者キム・サンホは、しばらくして密閉された狭い空間に通された。刑務所の独房ほどの正方形の部屋には、テーブルと椅子しかなかった。彼はそこに座って、かなり長い時間をかけて問診票を作成した。動悸がしますか？　まったくしない。少しする。よくする。いつもする。どれにチェックすればよいのか判断に困った。動悸がするのは肉体的な症状なのか、それとも精神的なものなのか、わからなかった。初めて来た場所で黒のボールペンを握って冷や汗をかいているいまは、左の胸のあたりに少し動悸を感じる。彼は迷ったあげく二番目にマルをつけた。

答えやすい質問もあった。何もかも順調だと思いますか。深く考えるまでもなく、まったく思わないと答えた。こんなはずではなかったのに、と思うことがありますか。よくそう思う、いつもそう思うで迷ったが、いつもそう思うを選んだ。素直になろうと思った。もしかするとこれこそが、自分の足で病院を訪ねた一番の理由なのかもしれない。担当医はサンホと同年代の男性で、倦怠感にじっと耐えているような顔をしていた。ガウンの胸元から見えるオレンジ色のネクタイは、おそらくエルメスだろう。まあ、閑古鳥が鳴いているような病院じゃないな。彼は心の中でつぶやいた。カウンセリングの間、医者は眉ひとつ動かさなかった。こんなヤツに限って酒の席では派手に遊ぶんだろうな。彼の心の中を見透かしたかのように、医者は答えにくい質問ばかり投げかけた。

「眠れなくなったのはいつ頃ですか」

「うーん、二年前、いや、三、四年は経ったかもしれない」

「怒りを抑えられなくなったのは？」

「もともとすぐカッとなる方なんだが」

「いいでしょう。ひどくなったと感じたのはいつ頃ですか」

サンホはよくわからないと答えた。医者は一種の衝動制御障害だろうと診断を下した。軽いうつの症状も見られると言った。病名を聞いてサンホはほっとした。自分の苦痛が、少なくとも仮病ではなかったことを証明できたわけだ。彼は実体のないものには不安を感じない部類の人間だった。薬を処方してもらい、次のカウンセリングの予約をしてから、そこを足早に立ち去った。次にまた来るか来ないかは決めていなかった。

サンホの書斎は、東南の方角に大きな窓があった。けだるい二月の朝の陽ざしがカーテンの隙間から染み込んできた。部屋の中はタバコの煙でもうもうとしていたが、彼は窓を開けようとはしなかった。三本立て続けに吸ったあとでようやく、タバコは控えた方がいいと言ったヒューマン幸福クリニックの院長の忠告を思い出した。妻は今頃、京釜《キョンブ》高速道路を走っているだろうか。電話をかけて、俺が悪かった、安心して行ってこい、と言おうかと思ったが、行動には移さなかった。何事もそのときの気分次第で行動してはいけないと言った医者の言葉が、いかにももっともらしく聞こえてきたからだ。何もかもぶち壊してしまいたい衝動と、それを阻止しなければならないという衝動が、彼の中で熾烈な闘いをしていた。錠剤に効き目があったのか後者が勝った。少なくとも、その瞬間はそうだった。

リビングはしんとしていた。二階からは何の音も聞こえてこなかった。サンホはレザーソファに横になった。ひとりで過ごす日曜の午前は、静かすぎて慣れなかった。慣れないことには耐えられないものだ。急用を思い出したかのように、テレビのリモコンを取ってあれこれチャンネルを変えてみた。一般人が出場するクイズ番組をやっていた。肥った中年女性の顔がアップで映された。首元で揺れているおかっぱ頭がひどく不釣り合いだった。女は保険会社のライフプラン・コンサルタントをしていた。保険営業のかたわら、一般常識を勉強したらしい。もし優勝したら賞金の半分は義父の病院代に、残りは高校生の娘のために使うつもりだと言った。

ふん、自分の尻拭いもできないくせに何言ってやがる。もし妻がそばにいたら、彼はおそらくこんなセリフを言い放っただろう。それに対しオギョンは何も答えない。せいぜい、ふうっと短くため息をつくだけで、内心イラッとしていても顔には出さないはずだ。それが、オギョンと前の妻ミスクとの決定的な違いだった。ミスクはそんなとき、苦虫を噛み潰したような顔をした。

「なに、その言い方。わざとでしょ。そんなこと言って面白い？」

するとサンホは待ってましたとばかりに、カッとなって言い返す。激しい喧嘩はいつもそうやって始まるのだった。ときどき前の妻が無性に恋しくなるときがある。淡白な機内食を三食続けて食べた長距離旅行者が、とんでもなく甘くて辛くて酸っぱいものが食べたくなるのと似ていた。肥ったライフプラン・コンサルタントは、一回戦であっけなく脱落してしまった。サンホは思わず笑ってしまったが、すぐにまたむすっとした顔になった。自分のそばに誰もいないからだ。むなしいとか退屈だとかいうのとはまた違う感情だった。他の男たちも休日の午前に、自宅のリビングでひとりゴロゴロしていると、こんな居心地の悪い気分になるのだろうか。

そのとき、コートを着たヘソンが二階から下りてきた。

「こんな朝っぱらからどこ行くんだ？」

「友達のところ」

ヘソンがはきはきと答えた。サンホは息子の礼儀正しく落ち着いた口調が気に入らなかった。何を訊いてもそうだ。いつも前もって答えを用意しているかのように、取り乱したためしがない。

「さっき母さんが午後は家にいろって言ってただろ」

「わかってる。すぐ帰ってくるよ」

「遅くなるなよ」

「うん」

サンホはひょろっと背の高い息子の後ろ姿をしばらく眺めていたが、視線を元に戻した。どこの家の父親もそうだろうが、成長していく息子を見ていると複雑な気持ちになる。誇らしく思う気持ちと、不憫で痛ましく思う気持ちが交差するのだ。時には羨《うらや》ましさが割り込んでくる場合もある。周りの人たちは、サンホとヘソンはあまり似ていない親子だと言う。そうかもしれないし、そうではないかもしれない。ただ、ヘソンはサンホにとっていまさら取り返しのつかない、自分の若い頃の失敗を思い起こさせる存在であることだけは確かだった。時折、彼が息子に無関心を装うのは、どう接したらよいかわからないからだった。サンホは、ヘソンが自分とは違う大人になってほしいと心から願った。きっと大丈夫だ。親が何も言わなくても医大に進学するくらいだから。ヘソンが大学に受かった日、父親がゴルフ仲間たちに豪華な食事を振る舞いながら、「最近の子は俺たちのときとはまったく違う。すでに将来の見通しを立てている」などと気恥ずかしい自慢をしたなどとは、ヘソンは夢にも思わないだろう。専攻をどうするのか知らないが、ヒューマン幸福クリニックの院長のようにエルメスのネクタイを自分の金で買えるくらいになってくれたら安心だ、とサンホは思った。

時間はのろのろと流れた。最初の約束は午後二時。サンホが家を出たのは一時十分頃だった。すぐ帰ってくると言っていたヘソンからは、何の連絡もなかった。サンホがもう少し繊細な人間だったら、ふだんから真面目で約束を破ったことのない息子の身に何かあったのではないかと、一度くらいは疑ったはずだ。だが彼は、わざと関心を向けたり、おのずとそうなってしまった場合を除くと、すべてがうわの空だった。とくに自分のことと関わりのない他人に対してはそうで、その日も同じだった。

リビングのソファのそばにあるサイドテーブルに、白い封筒がぽつねんと置かれていた。それに目をやった瞬間、サンホは息子がいないことを思い出したが、またすぐに忘れた。レッスンは二時からだから、まだ小一時間ある。それまでにヘソンが帰ってこなかったら、それはそれで仕方ない。たかが子どものレッスン代だ。数日くらい遅れてもいいじゃないか。サンホの頭の中でそんな思いが、素早く、無意味によぎった。

「ユジ！」

出かける支度を終えた彼は、階段に足をのせて娘の名前を呼んだ。何の反応もなかった。ヴァイオリンの練習をしている様子もなかった。この家に引っ越してきて、真っ先にユジの部屋に防音壁を取りつけた。妻が決めたことだった。それでもユジがヴァイオリンを弾く音は防音壁から漏れることが多かった。防音壁を越えると弦楽器特有の病弱で鋭い音色は消え、くぐもったような、鈍《にぶ》い音が一階のリビングをつたって玄関にまでかすかに響く。

ユジが音楽にすぐれた才能があると知ったときも、彼はとくに何も感じなかった。別世界のことのように思えたからだ。彼の家も妻の家も、芸術的な雰囲気とはほど遠かった。両家の家系をさかのぼってみても、芸術と関連のある専攻をしたのは長女のウンソン以外に誰もいなかった。同級生たちが大学を卒業した頃に、あたかもウィンドウショッピングをするかのように専攻を変え、大学を転々としたウンソンは、一度、専門大学の美術科に入学したことがあった。もちろん一学期も終わらないうちに休学届を出した。予想していたことなので、サンホはとくに驚きもしなかった。それにしても不思議だ。ウンソンもヘソンも幼い頃から、遊んでいるときでさえ歌を口ずさんだりしなかったのに。実際は子どもたちが歌わなかったのではなく、サンホが知らないだけかもしれないが、彼はそこまで考えが及ばなかった。

「ユジ！」

もう一度、娘の名前を呼んだ。さっきよりも大きな声を出してみたが、やはり返事はなかった。昼寝でもしているのだろうか。少し迷ったが出かけることにした。数えで十一歳〔満九歳〕にもなれば少しくらいひとりでいたって大丈夫だろう。もうすぐヴァイオリンの先生が呼び鈴を押すだろうし、その前にヘソンが帰ってくる。よりによって家政婦が来ない日に家を空けるとは。サンホはまた妻に腹が立った。彼は床に置いてあったキャディバッグを持ち上げ、地下駐車場までエレベーターで下りた。屋内駐車場のコンクリートの床から、ひんやりとした空気が漂ってきた。なんだか悪寒《おかん》がするな。サンホは口の中でつぶやきながら、エンジンをかけ、シートヒーターのボタンを押した。

二時に、三成洞《サムソンドン》にあるインターコンチネンタルホテルのロビーのカフェで会う約束をしていた。北京《ペキン》での事業パートナーであるカンがソウルに帰ってきていると連絡を受けたのは、先週の金曜の夜だった。「父の法事もありますし、母の体の具合もよくないので一時帰国しました」。カンは信用できるやつだった。そばで見ているだけでイライラするほど不器用なところもあるが、根っからの優しい男だった。何よりも義理堅かった。歳は三十五、六だろうか。中国で暮らし始めて七年になる。警察官の試験に受かっていたらしいが、すぐに辞め、中国と韓国を行き来する行商を始めた。なぜ警察を辞めたのか、それについては彼の口から聞いたこともなければ、こちらから尋ねたこともなかった。いくら親しくてもビジネスパートナーである以上、根掘り葉掘りプライベートなことを訊くのはまずいのではないかと、サンホは思うのだった。

約束の時間より十分早く着いたのに、カンはもう来ていた。ジェルをつけて髪を後ろにかき上げたヘアスタイルが目に留まった。初めて会ったときよりもずいぶん洗練されていた。カンはコーヒーを、サンホは緑茶を注文した。四十を過ぎた頃から、自分で飲み物を頼むときはコーヒーを選ばなくなった。サンホは、自分と同年代にはそういう人がかなり多いのではないかと思った。カンは現地クライアントとの先週の会合のことを報告した。クライアントは中国人で、北京でいくつかの飲食店チェーンを興した、かなり金まわりのよい人士らしかった。カンによると、彼はとても満足して帰ったらしい。現地で現地の顧客を相手に成功したのだから、サンホはその成果にいくぶん気持ちが奮い立った。二人はあれこれ話をして、三時五十分頃に別れた。カンはこれから母親に会いに行くのだと言った。サンホは「そうなのか」と答えただけで、その後の予定については何も訊かなかった。これはソウル式のビジネスマナーだった。

　地下の駐車場から地上に出ると、天気予報の言うとおり霰《あられ》が舞い散っていた。道はまだ滑るほどではなかった。江南大路《カンナムテロ》に出たあと、このあとどうしようかとしばらく迷った。約束の時間までまだ余裕があった。テヘラン路で左折し、まっすぐ走っているうちに、いつの間にか第一生命のある交差点まで来ていた。ひときわそびえるレンガ色の建物は江南教保《カンナムキョボ》タワーだ。インターコンチネンタルホテルの駐車場から、江南教保タワーの駐車場の入口までの所要時間は二十三分。サンホは閑散とした地下五階に車を止めて、地下一階に上がった。教保文庫《キョボムンゴ》〔韓国を代表する大型書店〕の中は多くの人で賑わっていた。日曜日だし、もうすぐ新学期が始まるからだろう。恋人同士や家族連れが多く、誰かと待ち合わせをしているのか一人でぶらぶらしている人も少なくなかった。サンホはごく自然に人混みの中にとけ込んだ。人が一番多く集まっている語学コーナーで、中国語の会話用例集と、漢字資格試験の教材をぱらぱらとめくってみた。そのあと、各分野のベストセラーをランキング順に並べた棚の前で足を止めた。書店の従業員たちはみな忙しそうだった。こっそり外に出ていく中年男を気に留める人は誰もいなかった。

　サンホは早足で横断歩道を渡った。そこなら漢南大路《ハンナムテロ》方面に向かうタクシーをつかまえやすい。案の定、タクシーはすぐにつかまった。すべてが順調だった。男と会うことになっている場所は現代《ヒョンデ》デパート狎鴎亭《アックジョン》店だ。場所は男が決めた。サンホは快く応じた。タクシーの運転手にはデパートの名前を言う代わりに、手前の東湖《トンホ》大橋の交差点まで行ってくれと言った。そういう習慣が身についていた。目的地の向かいで車を降りた。ゾクッとする冷気が首元から入ってきた。彼は薄茶色のカシミアのマフラーを巻き直した。霰が肩に積もった。地下鉄狎鴎亭駅に下り、向かい側に渡った。駅はデパートの地下二階とつながっている。しかし地下二階は、カジュアル婦人服と靴の売り場だ。四十男がひとりで歩いていると、知らぬ間に誰かの脳裏に刻まれるかもしれない。彼は駅の階段を上がって、一階の正面入口からデパートに入る方法を選んだ。用心するにこしたことはない。うっかり残した痕跡が命取りになるものだ。

デパートは大勢の客で賑わっていた。セール期間中で、しかも退屈な冬の天気が三か月も続いていた。彼は行き交う人たちと肩がぶつからないように、広い歩幅で一階の売り場をすり抜けた。エスカレーターで五階に上がった。日曜の午後六時は、デパートのレストラン街がかなり混み合う時間らしい。いや、一日中混んでいるのかもしれない。彼はずかずかと日本料理店の中に入っていった。テーブルは満席のようだった。タイトなロングスカートを履いたウェイトレスが近づいてきた。ウェイトレスがサンホに話しかけるよりも先に、男がサンホに気づいた。ホールに向かって左側の、角のテーブルに座っていた男が、右手を高く振り上げた。サンホも男と同じように、右の手のひらをぱっと開いてみせた。

男は思ったよりずいぶん若かった。血色のよい色白の顔に、小柄でがっしりしていた。二人は軽く握手を交わした。周りの人は、久しぶりに会った大学時代のサークルの先輩後輩、あるいは以前勤めていた会社の同僚ぐらいに思うだろう。

「何か食べましょう」

「ああ、そうですね」

「この店、寿司定食がいけるんですよ」

サンホはうなずき、同じメニューを二人前頼んだ。

「雪が降ってますね」

男がそう言うと、サンホはあらためて窓の外に目をやった。男も同じ所を眺めていた。

「珍しく天気予報が当たったようですな」

「そうですか。しかし今年の冬は、去年ほど雪が降りませんね」

「そういえばそんな気もしますが……。この頃は去年はどうだったか一昨年《おととし》はどうだったか、思い出せんのですよ。早くも認知症が始まっているようで、困ったものです」

サンホが大げさにそう言うと、男が豪快に笑った。品数の少ないコース料理が順番に運ばれてきた。柔らかい茶碗蒸しをすくって口に入れながら、サンホは昼食を食べていなかったことを思い出した。なぜ空腹を感じなかったのだろう。彼はおよそ九時間ぶりに食事にありつけた者が平均的に見せる食欲で食べた。彼らはずっと会話が途切れなかった。「一時はパターに手こずりましたが、最近はドライバーが合わないようです」と片方が言うと、もう片方が「私もそうでしたが、日本製に替えたら少しよくなりましたよ」と調子を合わせた。するとまた片方で「やはりメイド・イン・ジャパンですな」と受け答えする。時折、沈黙が流れることもあったが、ぎこちなくなる前にどちらかが先に話題を見つけた。

「それはそうと、お休みのところを申し訳ありませんでした」

デザートのメロンを呑み込むと、男があらためて詫びた。

「じつは一番上のが高三でして。バレエをやってるんですけど」

サンホは背筋をまっすぐに伸ばした。こういう場で家族の話をするのは珍しかった。

「妻が運転しないので仕方ありません。平日の夜は、否応なく待機させられているんですよ。ハハハ」

サンホはつられて笑いながら、男の表情をしげしげと見つめた。娘は芸術高校に通っていて、成績はいつも学年でベスト5に入ると話すその男の顔には、プライド以外は何もなかった。サンホは余計な緊張がほぐれた。そもそも会話の内容など、どうでもよかった。一番の目的は互いに顔を合わせることだった。いわば、取引が成立したことを証明するもので、生肉を分け合って食う共謀者同士の初の会食というわけである。

サンホは隣の席に置いてあるショッピングバッグを手に取った。現代デパートのロゴがついている白い紙袋だった。サンホが来る前に男がそこに置いたのだ。サンホは初めから自分の荷物であるかのように、ごく自然にバッグの持ち手を腕にかけた。ショッピングバッグは中くらいのサイズで、セロテープで横に長く封をしてあった。男はカウンターの前でクレジットカードを出した。Visaプラチナカード。サンホは唾をごくりと呑み込んだ。

「いや、ここは私が」

男が軽く手で遮《さえぎ》った。

「今度、もっといい所でご馳走してください」

カードの端末機にサインするのを待っている間、男は妻と子どもたちが下の階で買い物をしていると言った。

「カードを限度額ぎりぎりまで使ってしまう前に、早く行って止めなければ」

強いてここで会うことにした理由が、家族の買い物のためだとでも言うような口ぶりだった。サンホは片方の口角を上げて笑いたくなった。二人はもう一度握手を交わした。そのときまでも互いの名前を明かさなかった。別れるまぎわに名乗り合うのもおかしなものだろう。サンホが駅三洞《ヨクサムドン》のキム社長として知られているように、男は永登浦《ヨンドゥンポ》のパク社長だった。その情報すら事実かどうかわからないが、いずれにせよ、八〇年代式の——時代遅れの——ジョークのように無意味なことだった。

「それではよろしくお願いします」

男の手はがっしりとしていた。

「またご連絡します」

サンホはていねいに答えた。別れたあと、複雑な気持ちになった。もちろんこれまでも、百パーセント信頼できるクライアントだけを相手にしてきたわけではなかった。百パーセントの信頼なんて、この畑に限らず、どこのフィールドにも存在しやしないだろう。ただ、ボルトとナットがしっかり締まっていない、微妙に食い違っているこの感じを、言葉でうまく言い表せなかった。そもそも、ここで会おうと言った男の提案をすんなり聞き入れたのが間違いだったのではないか。もちろんルームサロンの奥の部屋よりは、セール期間中のデパートの方が安全ではある。人混みの中で匿名性を確保するという点では確かにそうだ。しかしデパートには至る所に防犯カメラがついている。万が一、面倒なことになったら。サンホはそこまで考えてやめた。エスカレーターに乗って下りていく間、彼は不吉な予感を振り払おうとした。釜山《プサン》のハン氏の紹介だ。手落ちがあるはずがない。

これというのも、最近どうも過敏になっているからだろう。サンホはもうすぐ五十になる。五十男だ。ぞっとする。どんなかたちであれ、根本的に生き方を変えなければならない。彼はこれまで人生に挑戦してきたと自負している。少なくとも妥協はしなかった。しかし、何が挑戦で何が妥協なのか、よくわからなくなってきた。こめかみがズキズキした。タバコが吸いたくてたまらなくなった。彼は巨大な禁煙区域であるデパートを急いで抜け出した。ポケットの中をいくら探してもタバコはなかった。

サンホは道路に沿って少し歩いた。やはりタバコは買わないことにした。今朝、目を覚ましてから初めて満足感に浸った。日々の代わり映えのない習慣は、いつの日か身を滅ぼすだろう。さっきより少し大降りになった雪が、静かに肩に積もった。百メートルほど歩き、タクシーをつかまえた。雪のせいだろうか。書店の中は人が少なくなっていた。彼はベストセラーの棚をゆっくりと見てまわった。あれこれ手に取って表紙をめくった。そして四、五冊、適当に選んで代金を払った。書斎に置いておけば妻が見るかもしれない。彼は眠れない夜に読書をするタイプではなかった。処世術であれ自己啓発であれ、最後まで読み終えたのはいつだったろう。サービスカウンターで駐車券にスタンプを押してもらい、駐車場に下りていった。助手席に置いてあったキャディバッグのファスナーを開け、デパートと書店のショッピングバッグを順に入れた。キャディバッグはずっしりと重くなった。駐車券に記された入庫時刻は午後四時二十五分、出庫時刻は七時四十五分だった。

家に向かって車を走らせた。首筋から腰のあたりにかけてだるかった。先月、ゴルフ練習場でスイングしているときにギクッとした余波が残っていた。次の瞬間、サンホは高速バスターミナルの交差点でUターンした。とっさにそうした。すぐ近くに男性専用のサウナがある。仕事を終えて家に帰りたくない夜、時折、立ち寄っていた。三、四十分ほど汗をたっぷりとかけば体調もよくなるだろう。どうしようか迷った末に、キャディバッグを持って入ることにした。安全の面からしても、誰のものなのか満天下に知られている車の中よりは、サウナのコインロッカーの方がましだった。

サウナの仮眠室でうっかり眠ってしまった。隣にいた人の携帯電話のバイブレーションに驚いて目を覚ました。壁の時計は九時二十分を指していた。外に出ると、雪はやんでいた。家まであと一キロほどだ。家の前の路地に入ったとき、彼ははっと我に返った。バッグがない。こんなミスをしたのは初めてだった。慌てて、来た道を引き返した。俺に限ってこんなことが。彼は言葉を失った。バッグはカウンターで保管してくれていた。従業員がさりげなく差し出すキャディバッグを見た途端、サンホは苦痛を感じるほどの脱力感に見舞われた。早く家に帰って、ヒューマン幸福クリニックの医者に処方してもらった錠剤を口の中に放り込みたかった。

彼はいつもの癖で呼び鈴を押した。何の応答もなかった。そのとき、妻が実家に帰ったことを思い出した。彼は財布からカードキーを取り出し、ドアを開けた。リビングは真っ暗だった。誰もいなかった。そのとき彼は本能的に、何かよくないことが起こっていると思った。リビングの電気をつけ、頭の中に浮かんだ名前を大声で呼んだ。

「ユジ！」

返事はなかった。

彼は階段を大股で駆け上がった。足音が奇妙に鳴り響いた。ユジの部屋は二階の一番右にある。ドアは固く閉ざされていた。取っ手を思いきりひねった。部屋の中は真っ暗だった。ほのかに石鹸の香りが鼻の先についた。彼は壁のスイッチを押し上げた。暗闇に閉じ込められていた小さな空間が、ふっと姿を現した。部屋はきれいに整頓されていた。セットで買った子ども用のベッドと机、タンスがあり、部屋の中央では鉄製のスタンド型譜面台が主《あるじ》顔をして立っていた。

ユジはそこにいなかった。

5　笑わない少女

ユジは真夏に生まれた。満八歳の誕生日の朝、オギョンは例年と同じように牛の胸肉をごま油で炒め、最高級のわかめを入れてスープを作った〔韓国では誕生日の朝にわかめスープを食べる習慣がある〕。ユジは、湯気がもうもうと出ている白く濁ったスープにごはんを混ぜて、ゆっくりと食べた。母が白菜キムチを箸で細く裂いて、ごはんの上にのせた。ユジは黙ってそれを口に入れた。キムチはあまり好きではないけれど、まったく食べないわけではなかった。どちらかというと、生のままよりもキムチチャーハンにする方が好きだった。ユジの好物は薄い衣をつけて揚げたエビフライと、ふわふわ卵の握り寿司だ。

朝の食卓は母と娘の二人だけだった。高校生のヘソンは夏休みでも七時になるとカバンを持って出かけたし、サンホは中国に出張中だった。その頃のサンホは少なくとも二、三か月に一回、たいていひと月に一回は出張した。一週間ほど家を空けるときもあれば、数日で帰ってくるときもあった。昼食は大田《テジョン》から来た祖母と一緒に中華料理店に行った。母方の家族が集まるとよく行く店だ。祖母はカウンターに座っている年老いた店主と、まくし立てるように中国語で挨拶をした。甘辛のベトベトしたソースをからめた揚げた豚肉を、母が取り皿によそった。母と祖母はたいてい韓国語で話したが、中国語を使うこともあった。子どもに聞かれたくない話をするとき、例えばお金のことや前妻の子どもたちのことを話すときにそうすることを、ユジはかなり前から気づいていた。ユジは両足を宙に浮かせ、ワルツのリズムでぶらぶらさせた。知らんぷりをして豚肉を噛みながら、大人たちの話に耳を傾けた。ひそひそ話をするのに中国語って本当に似合わない、と思いながら。

　オギョンはその日、娘の誕生日パーティーを公に開かなかった。そうするのは容易ではないことをよく知っているだけに、ユジは母に感謝した。パーティーを開かなければ学校で仲間外れにされるかもしれないからだ。子どもよりはむしろ、母親に及ぼす影響の方が大きいかもしれない。ユジの通っている私立小学校では、ほとんどの場合、誕生日パーティーを盛大に行った。ファミリーレストランやキッズカフェは当たり前で、高級ホテルのホールを貸切にして開くことも少なくなかった。一昨年の春には、おじいさんが大臣だとかいう男の子の誕生日パーティーが、楊平《ヤンピョン》〔ソウルの東方に位置する京畿道の郡〕にある個人の別荘で開かれた。ユジはその子と一度も口をきいたことがなかったけれど、その子の母親がクラス全員を招待したため、日曜日のヴァイオリンのレッスンを休んで参加した。そこには、水洟《みずばな》を垂らした幼い男の子たち、すでに自分たちのグループを作っているおませな女の子たち、一歩後ろで、今日のパーティーにはいくらかかっているのだろう、と見積もっている母親たちが大勢集まっていた。ユジはそんな騒がしさのなかで、早く家に帰りたくてたまらなかった。部屋でひとり静かにヴァイオリンを弾いていたかった。ふと、少し離れた所にいる母の方を見て、ユジは驚いた。たくさんの母親に囲まれた彼女もまた、何となく居心地悪そうに見えたのだ。ママはどこに帰りたいのかなあ。ユジは思った。

「ほんとにいいの？」

　誕生日の数日前からオギョンがしつこく尋ねた。ユジは頑なにうなずいた。

「夏休みだし、みんな集まるのも大変よね。そうよ、いいのよ」

最後の言葉は呪文のように聞こえた。娘にではなく、自分に言い聞かせているようだった。祖母は誕生日プレゼントにセーラーワンピースを買ってくれた。ユジは母に言われたとおり、「謝謝《シエシエ》」と礼を言った。祖母はユジの小さな肩を抱き寄せた。昼ごはんを食べ終わると、母の電話が鳴った。

「うん、あたし」

彼女が「もしもし」と言わないのは父だけだったが、受話器の向こうにいる人が父ではないことは明らかだった。父と話すときの母は元気がなかったし、賞味期限の過ぎたガーリックバケットのように硬く、パサパサに乾いていた。

「ほんと?」

母はそうつぶやきながら外に出ていった。祖母がユジの皿に落花生の煮物をよそった。しばらくして、母は少し上気した顔で戻ってきた。

「友達がね、ソウルに来るんだって」

祖母に説明する声がいつもよりハイトーンだった。

「急に来ることになったみたい。明日帰るんだけど」

ママとおばあちゃんが友達みたいに話してる、とユジは思った。

「大学の同級生かい?」

ひと言そう言うと、祖母はそれきり口をつぐんでしまった。母娘の三代は車に乗って漢江《ハンガン》を渡った。押し潰されそうな沈黙が車の中に漂った。エアコンの冷たい風にまじって出てきた、やや濃い悪臭が澱《よど》んでいた。道路は一本の線のようにまっすぐ伸びていた。急に不安になったユジは目をぎゅっと閉じ、頭の中でヴァイオリンを弾いた。どこかに隠れてしまいたいとき、ときどきそうした。

音符たちは空中できらきらと羽を広げ、沁み込むように、滑るようにして遠くに飛んでいった。

祖母が静寂を破った。

「ユジ、おばあちゃんと一緒に大田に行くかい？」

思ってもみなかった提案だった。ユジは唇をかすかに動かした。

「いいの、いいの、お母さん。別に会わなくったっていいんだから。うん、会わない」

どうしてママはあんなに手を振っているんだろう。おばあちゃんはなぜもっと強く言わないんだろう。ユジは不思議に思った。でも、何も訊かなかった。祖母は予定どおり、江南《カンナム》高速バスターミナルで降りた。オギョンは車を家の方に走らせた。逆らうことのできない陽ざしが窓越しに降り注いだ。頭の中で演奏を続けたかったけれど集中できなかった。ユジはうす目を開けて、空をびゅんびゅん流れていく雲をぽかんと眺めた。家に着いてリビングに入ると、母はいいことを思いついたかのようにささやいた。

「一時間休んでから出かけましょ」

なぜ急に彼女の決心が揺らいだのか、ユジにはわからなかった。二人は本当に一時間だけ休んで家を出た。母はいつもと変わりなかったけれど、よく見ると念入りに口紅を塗っていたし、頬にもバラ色のチークをほんのりつけていた。ユジに祖母から貰ったセーラーワンピースを着せ、髪も二つ結びにした。二人はまた漢江を渡った。車は梨泰院《イテウォン》通りの小さなホテルに入っていった。地下駐車場に下りていく道はひどく暗くて曲がりくねっていた。ユジはようやく安心した。以前、母の友達と会った所だった。頭も顔も体もテニスボールみたいに真ん丸い女の人で、母とは大学時代の友達だという彼女は、韓国語がまったくできなかった。ホンモノの中国人らしかった。母とその人はしばらく中国語で機関銃のように喋った。ところが、今回はユジの予想は外れた。まるで間違って届いた宅配便のように、ロビーの片隅のソファで両膝を揃えて座っていたのは、見知らぬ男の人だった。

その人は父のサンホより少し背が低くて、ずっと痩せていた。どことなくみすぼらしく、それでいて清らかな印象を与えた。ホテルのロビーはがらんとしていた。午後の三時か四時頃だった。室温がびっくりするほど低かったので、ユジは体がぞくぞくした。母と男の人は、昨日会ったばかりのように淡々と話した。

「預ける所がなかったから」

オギョンがゆっくりと言った。男の人はさらにゆっくりと答えた。

「そっか」

男の人の視線がユジの額、鼻筋、鼻の下、唇へと無造作に止まった。目をしきりに泳がせ、どうすればよいのか困っていた。

「僕は、僕は王明《ワンミョン》って言うんだ」

そんな自己紹介をする大人は初めてだった。少し変だけれど嫌ではなかった。ひとりの人間として尊重されているような気がした。

「わたしはキム・ユジ」

「ああ、ユジはこんな声なのか」

男の人はひと言ひと言、力を込めてそう言うと、にっこり笑った。顔のすべての筋肉が無防備にぱっと緩《ゆる》んだような笑顔だった。無数の皺が寄ってゆがんだ彼の顔は、歳をとったいたずらっ子のように見えた。ユジはほっとした。

「ママのお友達よ」

母がようやく口を挟んだ。いつもと違っておろおろしている。不自然さを隠そうとするあまり、さらに不自然な行動をしているのを自分でも意識しているようだった。

「台北《タイペイ》からさっきソウルに着いたのよ。だからすごくお疲れなの」

そして、そうよね？　と言うように男の人を見た。自分がなぜそんなことを言っているのか、わかっていなかった。笑みを浮かべてはいるけれど、母の顔はこわばっていた。この気まずい雰囲気を変えられるものなら、心の動揺を隠せるものなら、何だってしそうに見えた。母は自分がとっさに決めたことを後悔していた。彼と娘が互いに目を合わせたその瞬間から。彼の方もそんな母の気持ちに気づいていた。

「ずるいなあ、いま会ったばかりなのに帰れって？　僕はぜんぜん疲れてないからね」

ワン・ミョンという彼は、冗談と本気を混ぜ合わせて、ポンと投げかける才能があった。

「そう？　じゃあこれからどうする？」

ユジはなぜかそうしないといけない気がして母の手を握った。彼女の手はいつものように、柔らかくて冷たかった。

「誕生日パーティーしようよ。おいしいものも食べて」

彼が誕生日を知っていることに、ユジはびっくりした。彼らはホテルを出た。風のない午後だった。三人は並んで歩かなかった。片方の肩に小さな登山用のリュックを掛けた彼が前を歩き、母とユジがその数歩あとを並んで歩いた。すれ違う人の目には、赤の他人のように映るだろう。母と男の人は、自分たちが家族に見えてはいけないと必死になっていた。

三人はレストランに入り、ピザとサラダ、パスタなどをいっぱい頼んだ。ユジのお腹にはまだ、揚げた豚肉が消化されずに詰まっていた。母も男の人もあまり食べなかった。二人はしばらく黙りこくっていたかと思うと、急に思い出したように言葉を交わした。そのあとまた黙りこくった。台湾から来たという彼は、母のように韓国語が上手だった。彼もホンモノの中国人ではなかった。それはホンモノの韓国人でもないという意味だった。突然、母の電話が鳴った。母は「ごめんね」と言って、電話を持ったままトイレの方に行った。パパからの国際電話だ、とユジは思った。まだ少し胸がむかむかしていたけれど、ユジはピザをひと切れ口に運んだ。

「ユジ、ユジかあ。いい名前だね」

彼が静かにそう言った。

「僕の名前っておかしいよね。ワン・ミョン。でも、中国語にするとマシなんだよ。ワン・ミンだから」

ミン。異国的な響きだ。

「仲のいい友達は僕のことを明明《ミンミン》って呼ぶんだけど、僕より年上の人は小明《シャオミン》、僕より年下だと老明《ラオミン》って言うんだよ。これは秘密だけどね。僕自身もときどききこんがらがるんだ。とくにお酒を飲んだときなんかはね」

彼は冗談ぽくウィンクした。

「そうだ、よかったら僕のことを老明《ラオミン》って呼んでくれる?」

ラオミン。ユジは口の中で言ってみた。ラオミン。優しくて柔らかい。

「歳をとったミンおじさんって意味だよ」

彼がつけ加えた。ユジは小さな声で言い返した。

「歳とってないよ……、ラオミン」

ラオミンと呼ばれた男は、この世で一番誇らしそうな顔をして笑った。ラオミンが椅子の背もたれに掛けてあったリュックを開けて、小さな紙袋を取り出した。

「ユジのだよ」

青色の紙のバッグだった。

「家に帰ったら開けてみて」

そう言いながら彼は恥ずかしそうにした。ユジも恥ずかしがり屋なのでよくわかった。手に四角い箱が感じられた。少し前に祖母に言ったように、ユジは「謝謝《シェシェ》」と礼を言った。ミンが大げさに口を開けて驚いたふりをした。

「ママに習ったの？」

ユジは首を横に振った。母方の家族に会うと挨拶をするくらいで、とくに習ったわけではなかった。食事のとき、大人たちが箸をつけるまで食べないのと同じように、ユジはエチケットの一つとして受け入れていた。

「僕がユジよりもっと小さかった頃だから、六歳か七歳頃だったかな。僕は韓国語がほとんどできなかったんだよ」

低くて不透明な彼の声は、コントラバスのソロ演奏の音色を思わせた。

「僕の父さんは中国人で、いつも子どもたちに中国語を使えって言ってた。母さんは韓国人なんだけど、僕はあまり覚えていないんだ。たまに姉さんと兄さんが母さんに習った韓国語を使うと、父さんからこっぴどく叱られたよ」

彼の声色には悲しみが滲《にじ》んでいなかったので、まるではるか遠くの国に住む子どもの話を聞いているようだった。

「近所でも韓国人の子どもは韓国人同士、華僑の子どもは華僑同士で遊んでた。ところが一人だけ、僕と遊んでくれる韓国人の子がいたんだ。僕より二つ年上だったから、お兄ちゃんだね。そのお兄ちゃんが韓国語をいくつか教えてくれた。誰かに悪いことをしたらこう言えとか、何かを貰ったらこう言えばいいとか」

ユジは、ごめんなさい、ありがとう、を九九のように繰り返し覚える少年をイメージした。どこからかピリッとした風が吹いてきた。

「ある日、父さんの店に遊びに行ったんだ。ちょうどそこにいた韓国人のお客さんが、僕がかわいかったんだろうね、お釣りをくれた。僕は心臓がドキドキしたよ。ついに実践するときが来たんだから」

ユジは噛みかけのピーマンをごくりと呑み込んだ。

「いっぱい練習したから発音には自信があったんだ。店が割れんばかりの大きな声で言ったよ。〝シエシエ〟の代わりに、そのお兄ちゃんが教えてくれた韓国語を」

ユジは思わず唾を呑み込んだ。

「この馬鹿者めが！」

彼が目配せして笑った。

「この馬鹿者めが！　だって。その日、父さんにどれだけこっぴどく叱られたことか」

いつの間にか母が戻ってきていた。夏の日は長かった。三人でゆっくり食べ、ときどき笑い、次第に夕暮れていく風景を窓越しに眺めた。

家に帰ってから、ラオミンに貰ったプレゼントを開けてみた。大人の手のひらほどの四角い箱には香水が入っていた。子ども用の香水だった。〈Ptisenbon〉。なんて読むのかわからないけれど、レモンの香りがほんのりと漂ってきた。カードは入っていなかった。何も起こりそうになかった誕生日が過ぎようとしていた。ユジは不思議に思った。彼はなぜ消えてしまうものをくれたのだろう。もちろん、目に見えないからといって消えてしまうわけではない。すべての瞬間が散り散りばらばらになっても、短くて拙《つたな》い初めてのラブレターは、記憶の一番下の引き出しにいつまでも残るものだ。ユジはまだそのことを知らなかった。

6　たった一つの名前

　キム・サンホという男は、何かおかしいと感じると冷静になれないタイプだった。彼は二階のすべてのドアを順番に開け放った。家の中はがらんとしていた。一番左にあるヘソンの部屋を開けた瞬間、我に返った。いないのはユジだけではなかった。ヘソンもいなかった。二人は一緒にいるのか？　遅い夕食にピザでも食べようかと出かけたのかもしれない。きっとそうだ。彼は上着のポケットから携帯電話を取り出した。ところが、ヘソンの電話番号をどのように登録したのか思い出せない。〈キム・ヘソン〉でもなければ〈ヘソン〉でもなかった。〈ㄱ〉から順番〔日本語の五十音順に相当する〕に探しているうちに、〈息子〉と入力された番号を見つけた。ボタンを押すと、サンホには騒音としかいいようのないロックミュージックが耳を襲った。ヘソンは出なかった。

　サンホは眉をひそめた。一体全体どうなっているんだ。最近、なぜ俺はつまらないことに神経を尖らせるのだろう。どうやら先に薬を飲んだ方がよさそうだ。途中で脱落したマラソンランナーのように、肩を落として階段を下りた。地上に片方の足を下ろしたそのとき、携帯電話の着信音が鳴った。彼はいまさらのように驚いた。

「電話した？」

息子の声はいつもと変わらず穏やかだった。よい兆候なのか、それとも悪い兆候なのか。

「ああ、したよ」

サンホはわざと平静を装って話を続けた。

「ユジは？　一緒にいるのか？」

「ユジ？」

サンホは体の一番奥にある内臓器官が、ドスンと音を立てて落ちたような気がした。

「僕はいま家に帰る途中なんだけど。ユジ、家にいないの？」

サンホは電話を切るなりバスルームに行った。長い間、冷たい水で顔を洗った。五分もしないうちにヘソンが帰ってきた。

「おかしいな。どこに行ったんだろ」

ヘソンが独り言のようにつぶやいた。彼は、朝出かけてから一度も家に帰ってこなかったと言った。

「もっと早く帰ってくるつもりだったんだけど、急ぎの用があって……」

ヘソンは語尾を濁した。サンホには言い訳のように聞こえた。だが、咎《とが》める気にはなれなかった。この不吉な予感を誰にも感づかれたくなかった。とくにヘソンには。ヘソンがオギョンに電話をかけようとするのを、サンホは止めた。

「心配させるな。もう少し待ってみよう」

サンホは人生の決定的な瞬間に、人を気遣うときが稀《まれ》にある。父と息子はソファに並んで腰を下ろした。ユジは携帯電話を持っていなかった。たまに妻がユジの友達のことを話しても、サンホはうわの空で聞き流していた。ヘミン、ジミン、ジョンミン……。本当にいるのかいないのかわからない名前がいくつか頭の中に浮かんでは消えた。最近の女の子たちは何をして遊ぶのだろう。ままごと？　人形遊び？　そんなものがいまも存在するのだろうか。ユジが同じ年頃の女の子たちとひそひそ話をしたり、くすくす笑っているところなど、想像もつかなかった。リビングの壁時計は十時になろうとしていた。

いつの間にか時計の二つの針が12に重なっていた。待つ以外に何ができるだろう。ヘソンは窮屈そうにソファにもたれ、慌ただしく流れる時間に耐え続けた。動線を見失い迷っている三文役者のように、サンホはリビングとキッチンの間をジグザグに歩きまわった。ヘソンはそんな父親を見ながらぶるっと肩を震わせた。嫌な予感がした。ユジがひとりで玄関のドアを開けて入ってくるとは思えなかった。からだじゅうの血がすべて頭にのぼっていくような気がした。ヘソンは何も言わなかった。

二人は何もせずにぽかんとしていたわけではなかった。十一時になるまでは、ユジはきっとヴァイオリンの先生と一緒にいるのだろうと思っていた。

「そいつの電話番号、知ってるか」

サンホが責めるようにヘソンに訊いた。まさか僕が知っているとでも思っているのだろうか。ヘソンは「知るわけないじゃないか」と言う代わりに、おとなしく首を横に振った。

「たぶん女の人だよ」

ヘソンがそうつけ加えると、父はひどく慌てた様子だった。彼が理性を失うほどうろたえたのは、単に性別によるものではなかった。状況が一変したのはそのときからだったと、ヘソンは後になって思った。暗闇の中で触っていた象の足跡がじつは象のものではないかもしれないという恐怖、地面に残っている足跡は恐竜やダチョウのものかもしれないという不安が、初めて父を襲った瞬間だった。サンホはさっと電話を取った。オギョンに電話をかけるためだ。さっきまで、心配させるなと言ってたのに。しかめっ面をした父を見ながら、ああ、これでやっといつものキム・サンホに戻った、とヘソンは思った。オギョンはなかなか電話に出なかった。

「寝てたのか?」

サンホの声は、狭い食道に引っかかった魚の骨のように鋭かった。オギョンは何か変だと思うに違いない。サンホは受話器を左手から右手に持ち替えた。

「ユジの先生の電話番号を教えてくれないか、……いや、今日来た……大学生だかなんだか知らんが。い、いや。紹介してくれって言うやつがいるんだ」

ユジのことはあくまで言わないつもりらしい。父らしくない行動だった。そのときはまだ、ユジは帰ってくると信じていたからだろう。受話器の向こうから少し待つようにと言われたようだった。電話番号はいま話している携帯電話に入力されているのだから。しばらくして、父は十一個のアラビア数字を大声で読み上げた。ヘソンは自分の電話にその数字を押し、通話ボタンを押した。ヴァイオリンの先生の呼び出し音は、どこかで聞いたことのあるヴァイオリン演奏曲だった。じっくり考えたら曲名を思い出せそうだったが、そんな余裕はなかった。二回続けてかけても彼女は電話に出なかった。

くそっ!　父が罵声を浴びせた。彼はタバコを少し吸ってから、グラスに唾を吐きかけた。オギョンが大切にしているクリスタルグラスだった。窓の外からは何の音も聞こえてこなかった。ヘソンが近所を捜してみようと言った。

「もしかしたら、家の近くで遊んでるかもしれないし」

ヘソンは自分でもおかしなことを言っていると思ったが、サンホは息子がそう言うと同時にすっと立ち上がった。さっきまで雪が降っていた通りは静まり返っていた。歩くとシャリシャリ音がした。思いつくままにあちこち捜してみたけれど、店はどこも閉まっていた。日曜日の夜、十時まで開いているトッポッキの店や、ファンシー文具店などあるはずがなかった。幼い子どもはふつう、その時間は家にいるものだ。何度もヴァイオリンの先生に電話をかけてみたが、つながらなかった。何の手がかりもつかめないまま家に帰る途中、大通りの入り口付近で、ライトをつけてゆっくりとパトロールしているパトカーを見かけた。ヘソンは絶望感に襲われた。いつの間にかまた霰《あられ》が降り始め、世の中に積もっていた。

江南《カンナム》のセントラルシティバスターミナルを捜してみると言って出ていったサンホが、肩を落として帰ってきた。家からほど近いそこの地理をヘソンは隅々まで知りつくしていた。夜遅い時間に小学生の女の子がほっつき歩くような所ではなかった。父はひとりで帰ってきた。無駄足だったのだ。彼は、唯一の救いであり希望である通話ボタンを押し続けたが、いきなり電話を放り投げるようにして振り下ろした。

「ちくしょう!」

ヴァイオリンの先生の電話から、名前のわからないヴァイオリン曲ではなく、電源が入っていないため後でかけ直してくれと、そっけないアナウンスが流れてきた。

「……警察に連絡しようよ」

ヘソンは「警察に連絡」と言った途端、自分が本能的にその言葉を避けていたことに気づいた。限界まで我慢していたことを他の人は知るよしもない。彼が何を恐れているかについても。しかし、どうしようもなかった。ユジの行方はいまだわからないし、ヘソンはすでにその単語を舌の先に押し出してしまったのだ。ヘソンは自分が無意識のうちに思っていること――つまり、複雑で入り組んだ考えが頭をよぎったけれど、それらをきっぱりと拒んだ。彼は自分に言い聞かせるようにもう一度言った。

「捜索願、出そうよ」

父は何も答えなかった。上の前歯で下唇をしきりに噛んでいるだけだった。焦点の定まらない濃い茶色の瞳が揺れていた。キム・サンホでも人前でこれほど無防備で抜け殻のようになるのかと思うと、ヘソンは怖くなった。父はいったい何を考えているのだろう。彼の心の中を一度覗いてみたいと思っている自分にヘソンは驚いた。同じ家で暮らしながら初めて抱く感情だった。

ヘソンは感情をコントロールしようと努めた。自分だけでも頭を明瞭にさせておく必要があった。簡単なことだ。十一歳の女の子が夜の十二時になっても帰ってこない。どこに行ったのかも、誰と一緒にいるのかもわからない。見かけた人もいない。常識ある保護者ならどうするだろう。インターネットの検索エンジンや、電話番号案内サービスの助けを借りて、とっくに捜索願を出しているだろう。もう少し血の気の多い人なら、近くの交番に連絡しているはずだ。サンホはずっと黙っている。沈黙が現実をさらに重たくしている間も、時間は絶え間なく流れた。陰険な口を開けた時間は、ここにあるすべてのものを――空気の波動、家族写真のかかっていない硬い壁、不安に震えている二人の男の魂などを――一つ残らず呑み込もうとしていた。

サンホがゆっくりと頭を上げた。

「……おまえは自分の部屋にいろ」

「え?」

「ユジはヴァイオリンの先生と一緒にいるんだ。気にせず、二階で寝てろ」

サンホは息子の目を斜めに避けて言った。声は低かったが、逆らえないほどせっぱつまっていた。ヘソンは静かに息を止めた。この世の中はわからないことだらけだ。壊してはいけないもの、必ず守らなければならないもの、そうしなければならないものの基準について、その瞬間、サンホがどれだけ必死で計算したか、ヘソンは想像もできなかった。そのときサンホの味わった恐怖と孤独を少しでも理解したなら、ヘソンは一杯の温かい牛乳を父親という名の男に差し出したかもしれない。

「もう少し他を当たってみない？　友達の家とか」

ヘソンが注意深くそう言ったが、サンホは何も答えなかった。ヘソンは後ずさりするようにそこを離れた。一日に何度も上り下りする階段がいやにきつく感じた。ユジの部屋のドアは大きく開いていた。ヘソンは歩いていき、主のいない部屋の電気を消そうとしてはっとした。なぜかそうしてはいけないような気がしたのだ。帰ってくる、きっと。さっき父が言ったことを真似てみた。落ち着かなかった。ヘソンは誰もいないユジの部屋の前で、しばらく立ちつくしていた。

ユジ。白い布に包まれていた子。信じられないほど小さくて皺くちゃで、真っ赤だった。

夜明けの薄明かりの中で、ヘソンはびっくりして目を覚ました。眠りも浅く、夢も見なかった。彼がこんな時間に起きるのは珍しかった。父が家にいる日曜日を除いて、平日は寝たいだけ寝た。学校に義務的に行かなくなった一年前からずっとそうだった。彼は背伸びもしないでベッドから起き上がった。カーテンの隙間から見える窓の外は、淡い墨色をしていた。ひと晩じゅう舞い散っていた雪はいつしかやんでいた。ヘソンはユジの部屋に向かった。おのずと足が動いたのだ。

ドアは閉まっていた。ヘソンはそっと取っ手をまわした。目に飛び込んできたのは父の後ろ姿だった。彼はお尻を床につけたまま、ベッドのマットレスに頭をもたげていた。体を九十度に曲げていた。ユジの姿はなかった。電気がついていたので昼間のように明るかった。ヘソンは少しためらったが、父の背骨に手をのせた。

「あ……ああ」

サンホが罠《わな》を見つけた獣のように、ぎょっとした顔で振り向いた。

「ユジは？」

訊かなくてもわかることなのに、つい口から出てしまった。サンホがくぼんだ目をしばしばさせた。白目が充血して赤みがかっていた。数時間のうちにめっきり老けたように見えた。

「帰ってこなかったの？」

サンホが右手で前髪をかき上げた。ヘソンの膝ががくんと折れた。ヘソンは父のそばに座り込んだ。とても現実とは思えなかった。意味もなく一夜が過ぎてしまった。こうなったいま、ユジの不在は新しい領域に入った。これは事故だ。事故なんだ！ それ以外の表現が思いつかなかった。ヘソンは深く考えずにこう言った。

「とりあえず警察に連絡しよう。いますぐ」

「……したよ」

父がゆっくりと答えた。金属でコンクリートの壁を引っかくような声がした。

「いつ？」

「さっき」

サンホがベッドのヘッドボードを押さえて体を起こした。重くて鈍い動作だった。

「近所をもう少し捜してみるか」

そう言うと、茫然と見上げているヘソンに向かってひと言投げかけた。

「おまえはもう少し寝てろ」

「眠れるわけないじゃないか」

サンホは息子の言葉を遮った。

「大丈夫だ。父さんがなんとかするから。おまえは気にするな」

ヘソンは言葉を失った。初めは唖然としたが、次第に嫌な気分になった。つまり、父はくっきりと線を引いたのだ。この家で起こることは厳密に言えばおまえと関係がないのだから、これ以上介入してくれるな、と宣言し、ヘソンを線の外に押し出したのだ。残酷だ。ヘソンは唇を噛んだ。権利がないのなら、いくら心配しても気を揉んでも無駄だった。


サンホは一階で何をしているのか、何の気配もなかった。ヘソンはふとベッドから起き上がってインターネットに接続した。聯合《ヨナプ》ニュースのサイトに入って、リアルタイムで昨夜の事故のニュースや速報を隅から隅まで探している自分に腹が立った。それでもマウスをクリックする手を止められなかった。昨夜から今朝にかけて、全羅北道《チョルラブクト》益山《イクサン》では四十五歳の女性、キム某氏が同棲中のアン某氏四十四歳のナイフに刺されて死に、江原道《カンウォンド》洪川《ホンチョン》では一家族の乗った乗用車が雪で滑って転覆する事故があった。死亡者は一名。残りの負傷者は近くの病院に運ばれ治療を受けているらしい。家族の中で誰が生と死の境目で取り残されたのかについては報道されていなかった。幼い女の子と関連のあるニュースは、短信の欄にも見当たらなかった。

インターネットでソウル市内の総合病院の電話番号をリストアップした。すべての救急救命室に電話して問い合わせているうちに、夜もすっかり明けていた。昨日の午前、姉を連れていった病院の名前が目に入るなり、ヘソンの腹の底から何かがぐっとこみ上げてきた。ヘソンはとっさにウンソンの電話番号を押した。ウンソンは「もしもし」とも言わずに、電話に出るなり弟の名前を呼んだ。

「ヘソン、どうしたの？　何かあったの？」

寝ていたのか、それとも泣いていたのか、声がくぐもっていた。

「いや」


ヘソンが嘘をついているのは明らかだった。わからないはずがない。早朝だった。ひと晩じゅう泣いては目を覚まし、また眠っていた彼女には、いま何時なのか見当もつかなかった。そんなときに弟が電話をかけてきたのだ！　電話であれ、メッセージであれメールであれサイワールド〔コミュニティサイト〕のメモであれ、ヘソンから先に連絡をしてくるのは初めてだ。ウンソンが記憶している限りではそうだった。電話をかけたりメッセージを送ったりメールを書くのはいつもウンソンの方だったが、かといって彼女は別にそのアンバランスな関係に神経質になっていたわけではなかった。むしろ気にしないようにしてきた。しかしその長い習慣が崩れてしまうと、これまでずっともやもやしていたものの正体が明らかになった。もちろん、いまそんなことを問いつめている場合ではないけれど。

「何があったの？　早く言いなさいよ、駄々っ子」

弟に何かとんでもないことが起こったに違いない。彼女はわざとヘソンの幼い頃のニックネームで呼んだ。ヘソンを最初に「駄々っ子」と呼んだ祖母の妹は、反語法のセンスがある人だった。ヘソンは手のかからない赤ん坊だった。ふっくらとして柔らかい、バラ色の頬でいつもにこにこ笑っていた。深刻なほど泣かなかったので、親たちは、もしかしたら障害を持って生まれたのではないかと心配した。ヘソンがようやく赤ん坊らしく駄々をこね始めると、親たちは胸をなで下ろし、愛らしい赤い頬のヘソンを「駄々っ子」と呼ぶようになった。爪の垢ほどの陰りもないぽっちゃりした赤ん坊が、見ているだけで癒されるような笑みを浮かべていた赤ん坊が、二十歳を過ぎてこんなに無愛想になると誰が想像しただろう。弟の変わりようを思うと、口蓋《こうがい》にできた傷をざらざらした舌で触るようにウンソンは胸が痛んだ。

「ユジ、そこにいる？」

「ユジ？」

彼女は反射的に声をあげた。

「いないけど、なんで？」

自分なりに感情を抑えて言ったつもりでも、ウンソンは心の内を隠すのが下手だった。ヘソンはため息をついた。

「わかった。切るよ」

「どうしたの？　いったい何があったのよ？」

「なんでもない」

弟の声はずいぶん沈んでいて、最後は割れていた。ウンソンは自分の不吉な予感に確信を持った。ヘソンがなんでもないと否定すればするほど、彼女の声のデシベルはそれだけ高潮した。

「言いなさいよ、早く。ユジがどうしたって？　どこ行ったの？」

「……わからない」

「どういうこと？　母親と家出でもしちゃった？」

ウンソンはそう言ってから、しまったと思った。なぜ、わざわざこんな意地悪なことを言うのだろう。

「そんなんじゃない。そんなんじゃなくて……」

ヘソンがゆっくりと、苦しみを隠しきれずに言った。

「ユジが、だからユジが帰ってこなかったんだ。いなくなったんだよ、姉さん」

電話を置いたあと、ウンソンは自分がずっと首を横に振っていたことに気づいた。ガーゼを当てた額がズキズキ疼《うず》いた。心臓が激しく高鳴った。彼女は流しに置きっぱなしにしたグラスに水道水を入れて一気に飲み干した。落ち着かなかった。信じたくなかった。そんなはずはないと頭《かぶり》を振りたかった。でも、あまりに辻褄が合いすぎていた。

まさか、あいつ？　あいつのしわざ？　ウンソンは力なく体を震わせた。彼女はジェウの電話番号を押した。現在使われていない番号だとアナウンスが流れた。ジェウは電話番号を変えていた。ウンソンは、マイナス四十度の冷凍庫でカチコチに凍った肉の塊で頭をぶん殴られたような気分だった。彼が最後に連絡してきたのがクリスマスの日だったから、ちょうど二か月前だ。二か月間、ジェウの電話番号を知らないでいたのだ。これこそ決定的な証拠だ。もっと長く連絡が途絶えたこともあったが、互いの電話番号は知っていた。連絡しないのと連絡先を知らないのとでは、まったく次元が違う。ジェウへの連絡手段を必死で考えている間、ウンソンは右手の親指を前歯でギシギシ噛んでいた。できれば手の指と足の指もみんな噛み砕いて、呑み込んでしまいたかった。

もしも、もしも、本当にユジに何かあったとしたら、みんな自分のせいだ。最後にジェウに会ったとき、邪険に扱ったのが悔やまれた。あのときもう少し親切にしていれば、ごはんでも奢《おご》ってやっていれば、事業資金の半分でも調達してやっていれば、こんなとんでもないことは起こらなかっただろう。十二月のある日、突然やって来たジェウがハワイアンチョコレートを差し出した。

「こんなんでゴメンな」

七年余り、別れたりくっついたりを繰り返している間、ウンソンは彼から少なくとも一万回は謝られたような気がする。いちおう、ありがとうと答えた。ジェウはタイやベトナムあたりをしばらく飛びまわっていたらしい。仕事も兼ねて、とつけ加えるのも忘れなかった。このうえない穏やかな表情で嘘をつく癖は相変わらずだった。以前のウンソンなら根掘り葉掘り訊いたり、わけもなく腹を立てて暴れたりしたけれど、そうしなかった。「ふうん、そうなんだ」とうわの空で生返事をし、チョコレートをバッグに入れた。スティーブとかなり親密な仲になっていた頃だった。慎重で大人びたスティーブと比べ、三十にもなるのに軽率でお調子者のジェウは、ずいぶん世間知らずに見えた。新しい恋人と熱愛中なので当然のことなのだが、ウンソンはジェウが鬱陶《うっとう》しかった。

まだコーヒーを飲んでいるのに、ジェウはドライブに行かないかと言いだした。どこで拾ってきたのか、こぎれいな中型車がカフェの前に止まっていた。

「オッパ〔女性が親しい年上の男性を呼ぶときの呼称〕、免許取り消しになったんじゃないの?」

彼女が知っている限り、ジェウは飲酒運転スリーストライクス・アウトで、一昨年だったか免許を取り消された。いますぐ罰金を払わなければならないと泣きごとを言う彼に、百万ウォンを貸した覚えがある。百万ウォンを貸してくれと父に言うと、その金をどうするんだと訊くので、「妊娠したから堕ろしにいくのよ」とぶっきらぼうに言い放ったんだった。父は、つまらん冗談はやめろ、と厳しい顔をしながら、まさか本当ではあるまいと内心恐れているのがありありと見えた。そのとき、ウンソンはひとこと厭味《いやみ》を言った。たしか、ユジのひと月のレッスン代にもならない金額で大騒ぎしないで、だったと思う。父は財布から小切手を一枚取り出した。背を向けて出ていこうとするウンソンの後頭部に向かって、無駄遣いするなよ、と叫んだ。金遣いの荒い娘が小遣いを前借りしにきただけだと、自分に言い聞かせているようだった。

「免許？　うん、取り直したよ」

なんだ、そんなこと？　ジェウはそんな口ぶりだった。もし彼女がもっと問いつめていれば、叔父が、あるいはもっと遠い親戚にあたる有力な人士が助けてくれたんだと、けろっとして言うだろう。年末だからか、ソウルの市内はずいぶん渋滞していた。ジェウは一山《イルサン》〔京畿道の北西部に位置する〕のどこかのモーテルの前にごく自然に車を止めた。とくに逆らわずに一緒に入ったのは、そうしないと彼が傷つくかもしれないと思ったからだった。自分の方から相手の気持ちを傷つけたり、それによって相手に憎まれるのを、ウンソンは死ぬほど恐れていた。一人だけ例外がいた。父親だ。

ジェウとのセックスはいつものように息が合った。失神してしまうほどいいとか、そういうのとは違う。幼いときから同じコーチのもとで訓練を受けてきたバドミントンの選手同士でシングルスの試合をするように、彼らは機械的に一所懸命体を動かした。

二人はシャワーも浴びずにベッドの上で伸びていた。ウンソンは授業を終えたスティーブが電話をかけてくるのではないかと、ずっと気になっていた。ジェウが急に思い出したように言った。

「あのプロジェクトのことだけどさ」

「え？」

「ほら、前にソギとジュンモと一緒に計画を立てた、あれ」

ジェウはベッドに突っ伏したまま、さりげなく話を続けた。ゆっくり流れていた時間が、急にぷっつり切れた。ウンソンは顔をしかめた。

「なによ、急に」

「別に。思い出しただけさ。おまえんちの家族、みんな元気にしてるかなって」

「……」

「あの子、いくつになった？　継母はいまもイヤなやつ？」

ウンソンは起き上がった。一匹の虫が這っているように、胸を隠したシーツの中がもぞもぞした。

その計画を大げさにプロジェクトと呼んだのかどうかまでは覚えていない。いまさら細かい内容は思い出せないほど時間が流れていた。彼女がまだ高校生のときだった。よくジェウをはじめ、タチの悪い仲間とつるんでいた。彼らと何かを企んだのは確かだった。時には笑いながら、時には真面目に。そもそも、ふざけているときはそういうものだ。そうだ。ふざけただけだ。それ以上は聞きたくなかった。ウンソンは早口で言った。

「オッパ、あたし約束あるんだ。早く、服着て」

彼らは手も握らずにモーテルの廊下を歩いた。ジェウは、新しく始めた事業は見通しはいいけれど資金が融通できなくて困っている、と自由路《チャユロ》〔京畿道の高陽市と坡州市を結ぶ道路〕を時速百二十キロで走りながら話した。

「十日でいいんだよ。ウンソン、二千万ほど都合つかない？　千ウォンでもいいから。貸してくれる人いないかなあ。このオッパが銀行と同じ利子をつけて返してやるのに」

ウンソンは黙っていた。その日突然の再会をしたのち、ジェウとの連絡は途絶えた。そのあとも彼の話が心の片隅にずっと引っかかっていたけれど、別に訊きもしなかった。どうせジェウの口から出てくる言葉の九十五パーセントは嘘かでたらめ、あるいは口先だけだった。そう思っていた。ユジがいなくなったという話を聞くまでは。

7　宙を歩く

ホテルの部屋は十七階にあった。窓から台北駅《タイペイ》がひと目で見下ろせた。菱形《ひし》に近い屋根と、建物を取り囲むようにしてぎっしりと並んだタクシーが、ジオラマの一風景を思わせた。灰色の風景の中で、雨が降り続いていた。どこかに旅立つ人々が建物の中に押し寄せる様子を、オギョンはぼんやり眺めていたが、やがてカーテンを閉めた。

朝早くホテルの部屋でひとり目を覚ますときほど、自分が独りぼっちであると痛切に感じさせられることはない。オギョンはベッドに横になった。朝食はとらないつもりだった。食欲もないし、胃がもたれていた。よく眠れなかったからかもしれない。昨夜見た夢が、ストーリーはとっくに忘れてしまったけれど、ばらばらになってかすかに残っていた。ただ、何かから必死で逃げているときにはっと驚いて目を覚ました感触は、かつてないほど強く彼女を刺激した。

ミンと会うのは昼過ぎになるだろう。昨日、「迎えに行こうか?」と訊く彼に、好きにしていいと答えた。

「明日のスケジュールはまだわからないんだ。もしかすると空港にお客さんをピックアップしに行くかもしれない。会社に行ってから電話するよ」

ミンはいまも旅行会社で働いていると言った。以前は一つの職場で一年ももたなかったのに。四十を過ぎて面倒くさがり屋になってきたと、ミンは独り言のようにつぶやいた。オギョンは歯を見せずに笑った。

「あたしは急がないから。部屋で休んでてもいいし、ひとりで街をぶらぶらしててもいいし」

「わかった。もし遅くなるようだったら、先に行ってて」

「一緒に行こうよ、あそこには」

オギョンはできるだけ柔らかい口調で言った。

「……一緒に行こうよ、あそこには？」

韓国語の授業を聞いている受講生のように、ミンはゆっくりとオギョンを真似て言った。潤いのない沈黙をオギョンが先に破った。

「そうしたいの。そうしよう」

ミンの耳には、冷たくきっぱりと念を押しているように聞こえたのではないだろうか。そうじゃなければいいのに、とオギョンは思った。二人は顔を見合わせなかった。オギョンは深夜二時頃、ホテルに着いた。ミンのアパートではなく、なぜわざわざホテルで泊まることにしたのか、彼女は説明しなかった。ミンも訊かなかった。ソウルでホテルを予約してきたことについても、ミンは何も言わなかった。腹を立てたり、そんな必要があるのかと咎《とが》めたりもしなかった。ヒルトンだって？　金持ちは違うな、などと皮肉を言ったりもしなかった。ミンはそんな人間ではなかった。彼はタクシーのトランクに彼女の荷物を入れてホテルまで送り、彼女がチェックインするのを見届けてから、またタクシーに乗って家に帰った。

うとうと眠ってしまい、目を開けると朝の九時半を過ぎていた。台湾とソウルは一時間の時差がある。ソウルは十時半だ。月曜日の午前、方背洞《パンベドン》の家の光景を頭の中に描いてみた。平日はたいてい、朝食をとらないか禅食《ソンシク》〔穀物などを粉末にしたもの〕で済ませる夫は、もう出勤したはずだ。ユジは家政婦が用意した朝ごはんを嫌々口に入れるふりをしただろう。英語教室の送迎バスは十一時に来る。家政婦には、大通りの銀行の前までユジを連れていってバスに乗せてほしいと頼んでおいた。迎えに行くときも遅れないように、と何度も念を押した。ヘソンはユジが英語教室から帰ってくる頃はまだ、自分の部屋に閉じこもっているだろう。

オギョンはソウルの家に電話をかけた。家政婦とユジと話がしたかった。昨夜、夫がいきなり電話をかけてきて、ヴァイオリンの先生の連絡先を訊いたのがずっと心に引っかかっていた。オギョンが敏感に反応すると、夫は慌てて言い繕った。

「大したことじゃない。子どもにヴァイオリンを習わせたがっているやつがいて頼まれたんだ」

いつもの夫ならこういう場合、親切に説明などせずに、「まあ、そういうことだ。長く話している暇はない」と声を荒《あら》らげるはずだ。呼び出し音が二回ほど鳴っただろうか。誰かがさっと電話に出た。ヘソンだった。

「起きてたの？」

「……うん」

「声がヘンよ。どこか具合でも悪いの？」

「いや、大丈夫」

「珍しく早起きしたからかしらね」

冗談で言ったのにヘソンが何も答えないので、オギョンは少しきまりが悪くなった。

「家政婦さんに代わってくれる？」

ヘソンは少し戸惑った。

「……いないんだけど」

「どういうこと？　来なかったの？」

ヘソンが咳払いをするのが、かすかに聞こえた。

「来たけど、帰っていいって言ったんだ、父さんが」

それならユジに代わってくれと言うと、ヘソンは、ユジは寝ているみたいだと言った。寝ている、ではなく、寝ているみたい？　何とも言えない不自然さに、オギョンは訝《いぶか》しくなった。そう言う前に、受話器を置き、ユジの部屋に行って確かめるべきではないのか。

「英語教室に行く時間だけど、あの子、ひょっとして具合でも悪いの？」

「……わからない」

「父さんは？　仕事に行った？」

「あ、いや、そうじゃなくて、ちょっと出かけた……」

ヘソンは他に説明をしようとも電話を切ろうともしなかった。何かが変だった。彼は省略記号の後ろに身を隠しているようだった。オギョンはヘソンのことをよく知っているつもりだった。一緒に暮らしてもう五年になる。ヘソンの母方の祖母が亡くなり、祖母の妹の具合も急に悪くなったので、子どもたちの住む家を決めなければならなくなった。サンホは二人を家に連れてきたがった。オギョンは見て見ぬふりをしたが、子どもたちと食事をしているときに、夫はいきなり本音を吐いた。まだきちんと話し合う前だった。オギョンは眉をひそめる代わりに、足もとに視線を落とした。

「馬鹿なこと言わないでよ。なんで一緒に暮らすわけ？」

ウンソンがキンキン声をあげた。オギョンの思ったとおりだった。店の薄い仕切りをドンドン叩くようなその勢いに驚いたユジが、立て続けにくしゃみをした。ヘソンは黙ったままだった。初めて会ったときからそういう子だった。夫と前妻はそれぞれに親権と養育権を持ち合った。そのとき、彼らの協議対象は二人の子どもだった。しかし時間は壊れたメトロノームのように流れ、二人はそれぞれ高校生と中学生になった。離婚手続きで忙しかった若い夫婦は、二人の子どもが急に成長した後のことまで考える余裕がなかったのだ。子どもでもなく大人でもない中途半端な存在になること、前かがみでひょろっと背の高い肉体や、無感動でうつろな目についてもだ。

　前妻は富川《プチョン》〔仁川とソウルの間に位置する京畿道の市〕のどこかで大企業のフランチャイズの製菓店をやっていた。離婚するなり強行した再婚にまたしても失敗したが、付き合っている人はいた。相手は離婚しているのか、それともまだ書類の手続きを終えていない妻子持ちなのか、くわしくはわからないが、その相手は前妻のビジネスパートナーでもあった。ウンソンは学校の近くでひとり暮らしをすると言い張ったけれど、自分の意見が通らないのがわかると、次善の策として母親の家を選んだ。ヘソンはサンホの家に来た。意外にもヘソン自身がそう決めたのだった。オギョンは、ウンソンではなくヘソンでよかったと心から思ったが、本音はミン以外の誰にも打ち明けなかった。ヘソンは転校し、塾も移った。慣れない生活に彼がどうやってなじんだのか、オギョンもあまりよく知らない。ヘソンが何の素振りも見せなかったからだ。固く閉ざされた彼の部屋の中からすすり泣きが聞こえてきたこともなければ、学校の先生から呼び出しをくらうような問題を起こしたこともなかった。同じ屋根の下でヘソンが家族とうまくやってきたかどうか確信はないけれど、よく辛抱してきたことだけは確かだと、オギョンは思った。

　いくつもの季節が過ぎ、互いに少しずつなじんできた頃、オギョンはそれとなく訊いてみた。なぜ、あのとき実のお母さんの所に行かなかったのかと。すると、ヘソンは「そうすると公平じゃないと思ったから」と答えた。オギョンはヘソンが好きになった。五年間、二人は毎日顔を合わせ、相手の魂を侵害しすぎないくらいの距離を保ってきた。友情のひとつの形だといってもいいだろう。

そしていまこの瞬間、台北ヒルトンホテルのツインベッドルームで、オギョンは確信した。ヘソンは自分にメッセージを送っているのだと。ソウルに、わが家に、何かが起こったのだ。間違いない。家政婦を帰らせ、自分も仕事に行けないほど、サンホの気分を刺激したこと、ヘソンが言うにも言えず、沈黙することで伝えようとしていることとは何だろう。頭がぼうっとした。妻が実家に帰っていないことを夫が知ってしまった。それ以外にあるだろうか。怒り狂うサンホの顔が脳裏にちらついた。オギョンは焦点の定まらない目で、ホテルの部屋を見まわした。夫はどこまで知っているのだろう。いまいる場所だけは絶対に知られてはいけない。

オギョンはいったん何かを決めると、すぐに行動に移すタイプだった。電話を切ってから一時間後には桃園《タオユエン》国際空港にいた。彼女は昨日、アシアナ航空の往復チケットで台北にやって来た。帰りの飛行機は木曜日だ。ハイシーズンではないので日程を変更するのは無理ないだろう。仁川空港に飛ぶアシアナ航空は、毎日、現地時間の午後三時十分に出発する。仁川に着くのは韓国時間で夕方六時半頃だ。オリンピック大路《テロ》のラッシュアワーと重なる。空港から家までどのくらいかかるのか見当もつかなかった。彼女は迷わず大韓航空のブースに行った。大韓航空はアシアナよりも二時間早い、一時十五分発のフライトがあった。運よくチケットを手に入れた。チェックインをし、荷物を預け、保安検査場を通り抜ける間に、だいぶ落ち着きを取り戻していた。ミンとは最後に公衆電話で話した。

「急ぎの用なの」

ミンはつけ間違えたコンマのように、ワンテンポおいて「そっか、わかった」と答えた。それ以上、何も言わなかった。飛行機が大空を羽ばたき始めたときになってようやく、オギョンはミンに謝らなかったことに気づいた。台北の地はすでに果てしなく遠ざかっていた。台北で過ごした時間が頭の中をよぎった。目頭《めがしら》が熱くなった。これで終わりにしようと思った。台北の恋人たちは絶対に行かない指南宮《ジナングン》——他人の恋を妬む神様がいて、どんなに愛し合っていてもすぱっと切り裂いてしまうらしい——に、今度こそ行くつもりだった。ミンと手を取り合ってその寺院の階段をゆっくりと上り、下りてきたかった。上るときは一つでも、下りてくるときは別々になっていたかった。真昼でもいいし、暗闇が静かに森を包んだ真夜中でもいい。神の力を借りてでも、この長く続いた物語をなんとか平和に終わらせたかった。それなのに、まだその時ではないらしい。いや、もしかすると二人には、そうした虚飾すら許されないのかもしれない。

飛行機は仁川空港に予定より十分ほど早く着いた。飛行機の中でオギョンは心の準備をした。夫はカッとなると前後の見境がつかなくなるけれど、緻密で執拗な性格ではなかった。一度怒りを爆発させると、その後はたいてい後悔し、自分の過剰な行為を反省するかのように、そもそも腹を立てた原因には触れず、うやむやにしてしまう場合が多かった。こちらができるだけ低姿勢に出て、彼の怒りが最高潮に達してから落ち着くのを待てば、何とかなるだろう。そう思うしかなかった。

玄関のドアは固く閉まっていた。カードキーでドアを開けるなり、誰かがささっと走ってきた。ヘソンだった。ヘソンは、オギョンと彼女のスーツケースを代わる代わる見つめた。ヘソンは彼女が一度も見たことのない顔をしていた。その表情はオギョンの胸に突き刺さった。

「ユジは？」

なぜ娘の名前を出したのか、自分でもわからない。彼女が口を開くよりも先に、ヘソンのまつ毛がぶるっと震えた。ヘソンがわっと泣きだした。ひと晩じゅう我慢していた涙が出たのだが、オギョンは知るよしもなかった。彼女は玄関に突っ立ったまま、目をぱちぱちさせた。足がすくんだ。からだじゅうの感覚が麻痺した。オギョンは必死で唇を動かした。

「ユジは？」

「……」

「ユジはどこ？」

「僕のせいで……僕が悪かったんだ……、ごめんなさい……ごめんなさい……」

ヘソンの涙ぐんだ声が耳もとでこもったように響いた。オギョンは泣かなかった。悲鳴をあげたり倒れたりもしなかった。彼女は行動に出た。ユジの友達の家はもちろん、少しでも関わりのある人には連絡した。ユジのクラスメイトだけでなく、幼稚園のとき一緒だった子たち、六歳の頃に通っていた子どもバレエ教室の先生にも電話をかけた。彼女の方から何かを言う前に、ほとんどの人は「ユジちゃんママ、久しぶりね。どうなさったの？」と言った。電話番号が変わった人もいた。短い通話が終わると、すぐにまた次の番号を押した。彼女は余計な力を使うまいと努めていた。その様子は感覚が麻痺した動物のようだった。

オギョンが帰ってきて間もなく、ヴァイオリンの先生から連絡があった。ヘソンの携帯電話にかかってきた。オギョンは、サンホとヘソンが昨夜、彼女に百回近く電話をかけたことは知るよしもなかった。二人が彼女に訊けばユジの居場所がわかるのではないかと思っていたことも知らなかった。ヘソンはひと言ふた言話してから、電話をオギョンに渡した。ヴァイオリンの先生は二十五、六歳の修士課程の学生だった。社交的な笑顔を浮かべるタイプではなかったが、誠実で慎重なところにオギョンは好感を持った。一年近く見てきたけれど、自分の都合でレッスンの時間を変えることもほとんどなく、ユジに対しても一貫性のある態度で接してくれていた。

「お母さん、何があったんですか、ユジはいったい」

彼女はいつもと違って取り乱していた。それがオギョンに絶望感を呼び起こした。オギョンはひと言ひと言、ゆっくり話そうと努めたが、いま自分が何を話しているのかわかっていなかった。声が震えているのも知らなかった。どうやって息をしているのかも知らなかった。

「昨日、ユジに会ったのはいつ？　何時だったの？」

「昨日ですか？」

先生は戸惑ったように訊き返した。

「昨日……って、日曜日ですよね？　あ、ご存じなかったんですか。昨日はレッスンなかったんですけど」

レッスンまであと三十分というとき、方背洞《パンベドン》の家から電話があった。先生は同じ年頃の女性たちにありがちな、携帯電話を二十四時間、手に握っているタイプではなかった。友達と一緒にいたカフェは音楽がうるさかったので、電話が鳴っているのに気づかなかった。しばらくして見ると、電話の着信履歴があった。彼女はきっとオギョンからの電話だろうと思った。オギョンは前にも直前にレッスンを延期したいと言ってきたことがあったからだ。ユジがひどい風邪を引いたときと、学校から団体で見に行った演劇が予定より遅く終わったときがそうだった。今回も似たようなことだろうと思いながら、発信ボタンを押した。するとユジが電話に出たのだ。

「ユジが、今日のレッスンは無理って言うから。わけを尋ねたら、出かける用があるって。……いいえ、何も。わたしはてっきりお母さんか、ご家族と一緒に出かけるものだと思ったから」

ごく自然に会話をしたらしい。

「いつもと同じでした。ユジはもともと声の大きい活発な子じゃないですし。静かでおとなしくて。レッスンを始めて一年近くになるのに、いまだに恥ずかしそうにして。……はい、短かったです。じゃあ次のレッスンはいつにするって訊いたら、わからないって。だからわたしは、わかった、後でママに電話するね、って言ったんです」

オギョンは、出かける前にテーブルの上に置いた白い封筒のことを思い出した。封筒はなかった。リビングの床や家具の隙間まで調べても出てこなかった。オギョンは寝室に走っていった。タンスや引き出しを手当たり次第に開けた。誰かが開けた形跡はなかった。ベッド脇のチェストの一番下には、分厚い革の手帳が入っていた。数年前に何かの景品で貰ったもので、いくつかの証券会社の通帳と、ファンド預金通帳のようなものを挟んであった。通帳はすべてあった。

サンホは夜明け前に出勤した。二十坪余りの事務所は、白《しら》んだ明け方の空気の中に沈んでいた。埃《ほこり》だけが渦《うず》のように空中を舞っていた。妻は昨夜《ゆうべ》、予定より早く帰ってきた。ひどく戸惑った。彼としてはもう少し時間を稼ぎたかった。三日、いや二日もあれば何とかなるのに。自分に襲いかかったことの輪郭を、もう少し具体的に把握した後で妻と向き合いたかった。この底知れない残酷なまでに不安な気持ちを、彼女にそっくりそのまま味わわせるようなことはしたくなかった。

イ課長とミス・ヤンには、しばらく会社に来なくていいと告げた。彼らは何も訊かなかったが、家の事情で、とひと言つけ加えておいた。いつか話すときが来るかもしれない。だが、いますぐではなかった。とにかくいまは面倒なことを起こさないようにするのが第一だった。彼は倒れるように椅子に座った。喉から酸っぱいげっぷがこみ上げてきた。胃の中は空っぽだった。水を二、三杯飲んだだけで、昨日から何も食べていない。だけど空腹は感じなかった。

サンホはじっと考えた。ここは人間の住む世界だ。人間の論理で説明できない、超自然的な事件など起こるはずがない。いったいどこのどいつだ！　やつらが陰険で汚い口を開けて狙っているものは何だ。動機はいくらでもある。疑惑はますます深まった。その中におそらく手がかりがあるはずだ。偽りではない、真の手がかりが。二日目だ。まだ何かを確信するには早すぎた。相手が何か言ってくるまで待つしかない。そのことが彼を絶望的な気分にさせた。このとてつもない恐怖を分かち合える人が誰もいない、この凄まじい罪の意識を打ち明けられる人が誰もいない、そう思うと彼の魂は悲嘆に暮れた。

昨夜、妻も眠れなかったようだ。妻は夜遅くまで近所を捜し歩いた。その前の晩にサンホが捜したコースとほぼ同じだった。しかし、無駄なことはやめろ、そんなことで解決しない、などと言う勇気はなかった。一緒に捜そうと言ったが、妻は振り払って出ていった。彼女の耳には何も聞こえていなかった。ヘソンが黙って彼女のあとをついていった。サンホは、家族には警察に連絡したと言った。実際、連絡しようと思ったのは嘘ではない。月曜日の明け方、サンホは事業パートナーのカンに会って相談した。カンはその話を聞くなり、時期尚早だと忠告した。

「とりあえず落ち着いて待ちませんか。いくらなんでも、こっちから警察に乗り込んでいくわけにはいかないでしょう」

第三者がとっさに下した判断を前にして、からだじゅうに鳥肌が立った。娘がいなくなってから数時間、ぼんやりしたかたちで彼の頭の中を漂っていた疑念が、ようやく姿を現した瞬間だった。恐ろしくて想像もしたくなかった。交番や迷子センターに捜索願を出すようなことは絶対にしてはいけないと、カンは何度もくぎを刺した。最近は届けが受理されるとすぐ、管轄の警察署に失踪した児童の追跡班が設けられるらしい。

「お宅の箸の数に至るまで、すべて暴かれますよ」

サンホは箸について考えた。箸とスプーン、おたまと鍋、フライパンと花瓶、妻と三人の子ども、イタリア産チェリー材の本棚と、四段の引き出しがついた机、その高級感のあるシルエットなどについて。カンの言うことは正しかった。このままあっさり捨てられるわけにはいかない。それこそやつらの望みどおりになってしまう。今回のことは誰かの仕掛けた罠かもしれないのだ。

「警察時代の仲間に連絡して、それとなく探ってみますから。どうするのが一番いいのか」

次第に空が明るんできた。また果てしなく長い一日が始まろうとしていた。サンホは唇を噛みしめた。黙って見ているつもりはなかった。彼は父親なのだ。娘に指一本でも触れたら、やつらの首の骨をへし折ってやる。もしも万が一、それ以上のことがあったら、そのときは機関短銃で打ち砕いてやる、そう思っていた。

サンホは自分の人生を三つの時期に分けて振り返るのが好きだった。誰でも思いつく典型的な分類法である。その核心に前妻のカン・ミスクがいた。ミスクと結婚する前、ミスクとの結婚生活、そしてミスクと別れたあと、というふうにだ。人間には二つのタイプがあり、運を奪い取る人間と、運をもたらす人間がいるらしいが、まったくそのとおりだった。ミスクと赤の他人になってからは、次第に事業運が開けてきた。オギョンと新しい家庭を築いたあと、とくにユジが生まれた頃から加速度がついた。サンホは心の中でひそかに、ユジが幸運を運んできたのだと思っていた。滑るようにして走っている所がじつは薄氷の上であることを、忘れることが多かった。朝、目を覚ますと反射的に歯を磨き、交通渋滞にイライラしながら出勤し、昼は何を食べようかと悩む毎日を送っていれば、誰でもそうなるものだ。

もっと慎重にしていれば、こんなことにはならなかっただろうに。悔やまれてならない。もう少し注意深く周りを見ていたら、充分に予想できたはずだ。四、五年前、仲間内で木浦《モッポ》のシン社長と呼ばれていた男の愛人が拉致される事件があった。愛人にソウルのマンションを買ってやるほど親密な仲だった。相手はそのマンションの伝貰《チョンセ》〔家賃を払う代わりに住宅価格の五十〜八十パーセントを契約時に貸し手に払う、韓国独自の住宅賃貸制度〕に近い金額を要求してきた。釜山《プサン》のハン氏から豆腐《トゥブ》チョンゴル〔豆腐鍋〕の店でその話を聞いた。

「しかし、伝貰《チョンセ》とはみっともないですね。どうせなら売買値にすりゃいいのに。肝っ玉の小さいやつらだ」

ハン氏がステンレスのおたまでスープをすくいながら、クックッと笑った。ベジタリアンの彼は、小さく刻んだ肉が受け皿に入らないように注意深く入れていた。

「まったくです。度胸のないやつらだ」

サンホはたしかそう言って一緒に笑った。人間とはまったく愚かなものだ。彼らは、この世で最も卑劣な人間とは、他人の弱みを握って胃袋を満たすやつらだ、ということで同意した。

「そりゃ苦しいわな。二重苦じゃないか。警察に行って、俺の女を捜してくれとも言えない。そのうち女房にばれたりでもしたら、それはそれで頭が痛いだろうし」

「ハハハ、さぞかしじりじりしたでしょうね。で、誰のしわざだったんですか」

「ちょっと頭をひねりゃ犯人が誰かすぐわかるでしょう。身辺をよく知っている者のしわざだ。ああ、こいつはいいカモだ、死んでも警察には言わないぞ、そう思うのは案外すぐそばにいる人間ですからね。たしか犯人は後輩か何かで、シン社長の運転手をやっていたやつらしい」

「女房も信じられない世の中ですからね。それで?」

「それでってそりゃ、誰のしわざかわかれば、あとは教科書どおりにすればいいんですよ。刃物が使えるやつらを引き連れて、乗り込んでいったらしい。ああ、この店のスープはうまいなあ」

ハン氏は手拭きで額の汗をぬぐった。

「お好きだと思いました。この店、他にもピジチゲ〔おから鍋〕が絶品です」

「昔、うちの母親が作るピジチゲは天下一品だったなあ」

「一つ、頼んでみましょうか」

「いやいや、こんなに腹が膨れていては食べられないからね。キム社長は何も言うことないんだが、なかなかセンスがおありだ」

冗談のつもりだろうか。他の人に同じことを言われたら嫌な気分になっていたはずなのに、サンホはハハハと笑った。彼は強い人間の前ではおのずとしっぽを巻いた。五、六歳年上のハン氏は、サンホにていねいな言葉遣いをするかと思えば、くだけた言い方をするときもあった。同業者になって十年も経つが、サンホはいつも彼に礼儀正しく接した。その方が楽だったし、仕事の面では恩人ともいえる人だったからだ。

「ところが話はこれで終わりじゃないんだ」

ハン氏はいたずらっぽく目配せした。

「女が拘束された場所に助けに行ったら、なんと、ジャージャー麵と焼き餃子を食いながらじゃれ合っていたらしい。犯人と二人で、しかも下着姿で」

あまりに通俗的で悲しい話だった。そのとき、サンホはシン社長を哀れみつつも、その一方であざ笑った。俺たちみたいな仕事をやっていて、お抱え運転手がいるだと？　しかも、どこの馬の骨ともわからない女にうつつを抜かしてマンションまで買ってやるなんて。自ら招いた災いだ。つねに気を引き締め、自分さえうまくやっていればいい。サンホはそう信じて疑わなかった。人生とはそんな甘いものだと思っていた。ところが、いまになって驕慢《きょうまん》の代価を払わされている。彼はいま手もとに現金がいくらあるのか計算してみた。汚いやつらめ。結局は金が目的なのか。この世に金で解決できないものは何もない。そうでも思わないことにはやってられなかった。

いくつかの濁った雲が空を流れていき、ゆっくりと昼になった。その間サンホは約束を二件キャンセルし、タバコを一箱吸い、迷惑《スパム》メールを三件受け取った。カンとはまだ連絡がつかなかった。ユジを連れ去った者からは、何の音沙汰もなかった。ひとりだから息ができなくなるほど孤独で、ひとりだからどうにか耐えられた。誰もいない事務所には静寂が漂った。誰にも邪魔されることのない空間があるのは幸いだった。

事務所はわりと質素だった。什器《じゅうき》や備品などは適度に古く、必要なものだけが備えつけられていた。二十階建てのオフィステルビル〔オフィス＋ホテルの造語で、商業用施設と住居部分を兼ね備えた建物〕は、江南大路《カンナムテロ》から少し外れた位置にあった。ビルの中には、この部屋と同じような構造のオフィスが数百あった。内部の空間は二つに分かれていた。イ課長とミス・ヤンが外側の空間を使い、サンホが内側を使った。敷金一千万ウォンに月々の家賃が八十万ウォン。社長と二人の従業員が働く小さな貿易商にお似合いの規模だった。他人の目にそう映れば充分だ。ドアには「Ｋ＆Ｋ通商」と彫られた、手のひらほどのアクリルの扁額《へんがく》が掛かっていた。前のＫは自分の苗字「キム」から取ったもので、後ろのＫは「コリア」を意味した。大して意味のない名前だった。

サンホの机の上には、コンピュータ一台と卓上カレンダーだけが置かれていた。彼はきれいに整頓する方ではなかったが、かといって散らかす方でもなかった。椅子だけはワンランク高級なものを買い、机やキャビネット、コンピュータのスペックは他の社員と同じものだった。彼は他人の目を恐れた。毎日朝九時には出勤し、事務所に長くいるわりには、実際には仕事に没頭する時間は多くなかった。

朝、コンピュータの電源を入れて重要なメールをいくつかチェックし終わると、インターネットの中をあちこち渡り歩き、時間を潰した。ポータルサイトのメインニュースを見て舌打ちをしながら国の未来について余計な心配をしたり、ゴルフの動画を見ながらスイングの練習をしたりした。クライアントとの待ち合わせ場所をどこにしようかと、「草端洞《ソチョドン》のグルメ」などを検索することも多く、そうしているうちに意味もなく「キムチチゲ」の正しい綴《つづ》りが気になり、確かめたりもした。時には歓楽街歩きについて書かれた男性専用の掲示板で、法螺《ほら》まじりの書き込みを読みながらクックッと笑い、いつの間にか怪しい成人サイトに誘導されると、コンピュータに悪意あるプログラムがダウンロードされるのを恐れ、慌てて逃げた。彼の本格的な業務は午後五時半、社員たちが帰ってから始まった。

卓上カレンダーは、昨年の暮れに銀行で貰った。賢明な人は自分が見つけるよりも多くの好機をつくり出す――フランシス・ベーコン。二〇〇八年二月のカレンダーに書かれた名言だ。秘密の暗号でも見るかのように、彼はその草書体の文字を覗き込んだ。視界が次第にぼやけてきた。目に見えない敵と向かい合っているようで、嫌な気持ちだった。きっと妻も同じだろう。ユジがいなくなってから、彼女はからだじゅうの毛を逆立てたメス猫のようだった。今朝もトイレから出てくるなり倒れそうになったので、サンホは駆け寄って抱きかかえた。彼女はサンホの手を振り払った。憎しみや嫌悪が込められているようではなかった。ただ、第三者の存在そのものが鬱陶しいのだろう。彼女は完全にひとりだという痛みに耐えていた。このまま放っておけば大変なことになる。一刻も早く解決しなければならない。好機がないのならつくり出せばいい。

彼は一日のスケジュールをぎっしり書き込むタイプではなく、〈pm 7:00〉とカレンダーに約束の時間を記すのが長らく習慣になっていた。日曜日のところ――まだ二日しか経っていないが――

には、黒のペンで〈pm 2:00〉〈pm 6:00〉と書き殴ってあった。六時。永登浦《ヨンドゥンポ》のパク社長と初めて会った。彼はバーゲンセール中のデパートのレストラン街で会いたいと言ってきた、少し変わった男だった。娘が芸術高校に通っていると言った。オギョンがユジを通わせたがっている学校だ。日曜日の夜が、すっかり昔のことのように思われる。サンホは長いため息をついた。血まみれになったふた晩が、声を殺してやって来たかと思うと去っていった。そういえば、あの日、男から受け取った紙袋がゴルフのバッグに入ったままだ。

　ゴルフクラブとボールを入れるキャディバッグと、服などをしまっておくボストンバッグは、セットでアメリカのキャロウェイ社の製品だ。全国のゴルフショップやデパートなどで、一日に数十セットは売れるごくありふれたモデルである。サンホはボストンバッグのファスナーを開けた。教《キョ》保文庫《ボムンゴ》と現代《ヒョンデ》デパートのショッピングバッグが重なるようにして入っていた。彼はデパートのショッピングバッグを取り出し、封をしているテープをカッターナイフで切った。中から出てきたのは、緑色をした正方形の箱だった。USBメモリを入れるには大きすぎた。蓋の中央にはおどけたようにワニのロゴが刻まれていた。ふだんなら、おかしなやつもいるもんだと笑い飛ばしただろう。だが、いまは状況が状況だけに、不吉な予感がした。彼は乱暴に蓋を開けた。そこには、誰もが当然入っていると思うものが、しれっとした顔で入っていた。

　首元にボタンが三つ、縦についている長袖のピケシャツ。成人男性ならタンスの中に一、二枚は入っていそうな品だった。白い綿のシャツで、サイズは一〇五だった。サンホには少しゆったりめだ。服に挟まれた厚紙を取り、服を逆さにして振ってみた。埃《ほこり》が舞い上がった。それ以外には何も入っていなかった。彼は血走った目で、ワニを睨《にら》みつけた。誰かの悪ふざけか、それとも誰かの仕掛けた罠だろうか。永登浦のパク社長について、サンホが知っているのは電話番号だけだ。彼は指が震えないように力を入れながら携帯電話のボタンを押した。現在使われていない番号だとアナウンスが流れた。パク社長をサンホに紹介したのはハン氏だった。

「お客様のご都合により、おつなぎできません」

ハン氏も姿を消した。目の前がくらっとした。サンホは事務所の外に飛び出した。ドアがバーンと閉まると同時に、K&K通商の透明なアクリルの扁額が、ほんの少し揺れた。


「どうだ?」

サンホはカンの顔を見るなり、喘《あえ》ぐような声で訊いた。カンは「まだ連絡ないんですか」と訊き返し、サンホを愕然とさせた。二人は焼肉屋に行った。カンは、ロースやともばら肉ではなく冷麺にすると言い張った。サンホは冷麺を二つと焼酎を一本頼んだ。

「調べてくれるんじゃなかったのか?」

サンホの声は震えていた。カンは拳で頭を小突いた。

「そのことなんですけど。ちょっと面倒なことになってましてね。安養《アニャン》だったか、先日、女の子が行方不明になったんですって。だから最近、警察はこの手の事件に神経質になってるんですよ」

カンは眉間《みけん》に深い皺を寄せて、サンホのグラスに焼酎をついだ。カンにも子どもがいる。上が女の子で、その下に双子の男の子がいる。一昨年だったか、双子の満一歳の誕生日を祝って金を包んだ覚えがある。サンホは一気に酒を飲み干した。焼けたガラスの欠片《かけら》を粉にして飲んだかのように、喉の奥がカッカと燃えた。サンホはいま自分の身に起きていることをあれこれ話した。娘の失踪と、パク社長と呼ばれる怪しい男との間に何か関連があるのだろうか、そう思うと居ても立ってもいられない、などということを。

「そうだ、ハン先生とは連絡つくのか？」

「釜山のハン先生ですか？」

カンが訝《いぶか》しげな声で訊き返した。それもそうだ。ハン氏は釜山、カンは上海《シャンハイ》。キム・サンホはソウルを中心に、互いに緩《ゆる》くつながっているだけだった。ハン氏が主に韓国国内の需要状況を総管理しているとすれば、カンは上海を中心に供給策を担っていた。ハン氏が急に電話がつながらなくなったとサンホが言っても、カンはそれで？　とでも言いたげな顔をした。

「何か事情があるんでしょう。もしかしたらアメリカに行っているかもしれませんし。テキサスの息子さんの家にいるとか」

ハン氏の私生活はベールに包まれていた。離婚したという噂もあったが、本人の口から聞いたわけではなかった。ただ、思いのほか年齢のいった息子がアメリカのどこかで根を下ろして暮らしていることは、何かの話のついでに聞いたことがある。そこがテキサスなのだろう。でも、いまのサンホには、そのことについて深く考える余裕はなかった。

「奥さんはおつらいでしょうね」

サンホは、妻がどれだけつらい思いをしているのかについても話した。自分の苦しみがどれだけ深いかについては話さなかった。

「ダメだ。とりあえず警察に連絡しよう」

サンホは自分に言い聞かせているようだった。

「ちょっと待ってください」

聞いていたカンが口を開いた。

「だから、子どもがいなくなったのは日曜日で、パク社長とかいう人に会ったのも日曜日なんですね？」

サンホはうなずいた。

「ちょっと整理してみますね。兄貴が家を出たのは日曜日の昼時で、それからすぐ僕と会いましたよね？　そのあとパク社長ですか。それはまあいいとして、家族の中で最後に子どもを見たのは兄貴ですよね？」

いったい何を考えているのかわからないカンの目を、サンホはきょとんとした顔で見ていた。

「例えばいま警察に連絡したとしますよ。どう説明するんです？　子どもがいなくなった時間に、誰と、なぜ会っていたのか。その日のアリバイはどうするんですか」

サンホは無言で二杯目の酒を飲み干した。カンはグラスに手も触れずに話を続けた。

「僕は短い間ですけど警察にいました。だからわかるんです。子どもがいなくなった。警察はまずどうすると思います？　むしろ犯人が、子どもは俺が預かっている、いついつまでに金を出せ、と言ってくれれば話は早いんですよ。しかし、何の手がかりもなければ面倒なことになるんです。警察は見つけられませんよ」

見つけられませんよ。見つけられませんよ。カンの最後の言葉がこだまのように耳もとで響いた。

「そのくせ、あいつらは親を死ぬほど絞るんです。まあ、彼らだって意味もなくやってるわけじゃありませんけどね。実際、こういう事件のほとんどが家族の内部に問題があるんです。信じられないかもしれませんけど、本当です。親が介在している場合が多いんですよ。だから警察も親をいじめる。まったくこの世の中、おかしなことだらけですよ」

カンの声が耳の奥で鳴った。どんなに飲んでも酔いがまわらなかった。サンホは酒の肴《さかな》の代わりに、下唇をギシギシ噛んだ。

8　十三個の窓がある家

男はまず近くの不動産屋に入った。

濃いグレーのラルフローレンのセーターの上に、黒いダウンジャケットを着ていた。この街で昼間にスーツを着ている三十代の男は、近くの証券会社に勤めている人間か、輸入車販売店の営業マンくらいだ。不動産屋の仲介士は若い女性だった。ブラウスのボタンを一番上までしっかり留め、度数の高くないスクエア形のフレーム眼鏡をかけている格好からして、仕事熱心なキャリアウーマンに見せようと必死になっているようだった。男はこの手の雰囲気を漂わせる同年代の女たちを見ると、わけもなくひねくれた気持ちになるのだった。

「何かいい物件はありませんか。ヒョソンヴィラかサムチャンヴィラあたりに」

すぐさま本論に入るときもあれば、やや遠まわりをするときがある。今日は後者だった。

「ご購入ですか」

女が神経質そうに訊いてきた。やはり嫌な感じだ。

「そうです」

男は当たり前のことをなぜ訊くのかという口ぶりだった。すると女の態度は少し和らぎ、男をソファに座らせ、物件についてあれこれ説明し始めた。ヒョソンヴィラは急いで売りに出した物件がある、ロイヤル層ではないけれど、方角や展望がとてもいいので狙っている人が多い、この二つのヴィラ以外にもいい物件はあるが、投資する価値があるかどうかを考えると、こちらの方がずっといい、というふうに。男は話のついでに訊いた。

「ハイベリーはどうですか」

キム・ユジの一家が住んでいる一棟のヴィラのことだ。中堅の建設会社が建てた十二階建てで、一つの階に二世帯ずつ、全部で二十四世帯が暮らしている。

「あそこは規模も小さいですし、内部が複層構造になっているんです。長い目で見ると、あまりお勧めできません」

価格が上がる見込みはないのだろう。

「そういうことにはあまり関心がないんですよ。住みやすければいいんだから」

男がそっけなく答えると、女はたちまち顔色を変えた。

「なにしろ世帯数が少ないので、物件もあまりないんです」

「いま出ているものはないんですか」

女はコンピュータの前に行き、登録リストを調べた。男は窓の外を見ながらつけ加えた。

「一度招かれて行ったことがあるんですが、静かで環境もよかったもので」

ハイベリーヴィラは売却も賃貸も、不動産屋に出している物件はまったくなかった。最近は近所の業者同士で情報を共有しているから、ここになければよそに行ってもないだろう。事前に内部を見ておきたかったのだが残念だ。

「この街は、子どもを育てるのに悪くはないですよね？」

「ええ、もちろんですよ」

女はうれしそうだった。

「江南《カンナム》の中でも最高ですよ。学区のことじゃなくて、環境がとてもいいんです。そう、芸術的なんですよね。すぐ向かいにフランス人学校もありますし」

男は急に口数が多くなった女を見ながら、芸術的なのとフランス人学校があるということにどういう関係があるのだろうとしばらく思いにふけった。

「お子さんはいくつですか」

思いがけない質問だった。男はゆっくり答えた。

「今年、十一歳です」

「まあ、そんな大きなお子さんが。全然そう見えないのに。ずいぶん自己管理してらっしゃるんですね」

女がはしゃいだ。最初の印象とはかなり違ったが、本来の性格がこうなのだろう。そういえば前歯にピンクの口紅がついていた。男は反省した。余計な先入観を持つと勘違いしてしまいがちだ。客観的な事実だけを信じていればいいのに。頼れるのは事実だけだ。主観的に人を判断すると、致命的な結果を招きかねない。そうはいってもなかなか直せないものだ。男は立ち上がった。今日はハイベリーヴィラのおおよその相場を知っただけでよしとすべきだろう。男がもう少し考えてから返事をすると言うと、女は連絡先を教えてくれと言った。男は思いつくままに十個の数字を書き殴り、その横にムン・チョルスと書いた。二十種類ほどある男の名前の一つだった。

男の本名はムン・ヨングァンだ。栄光の栄《ヨン》に、光り輝く光《グァン》。光り輝く美しい栄誉。教会の長老だった祖父がつけた。祖父は長男の息子には何があってもこの名前をつけると早くから決めていたが、長男の嫁が最初の子を妊娠する前に死んでしまった。大腸がんの末期だった。祖父の病状が悪化したので父親は結婚を急いだが、はじめの二人は娘で、三人目にしてようやく息子が生まれた。祖父の遺志を継いだ父親は、赤ん坊の出生届に「ムン・ヨングァン」と記したのだった。栄光《ヨングァン》という名で生きていかなければならない息子としては、にわかに納得のいかない話だった。男は自分の名前が好きではなかった。身に余る滑稽な名前だと思った。

アメリカ人はこの名前をきちんと発音できなかった。たいていはヨーンゴアーンとなる。ヨングァンは自分の名前が栄光という意味ではなくなることに、むしろ奇妙な快感を覚えた。アメリカで知り合った人たちはたいていラストネームで呼んだ。ムーン、と長く伸ばした。「苗字が月《ムーン》だなんて、so beautiful」と言う女もいた。シアトルで語学研修をしているときに知り合った日本の女子大生だった。彼女はのちに、寄宿舎で睡眠薬を過剰摂取した状態で発見された。明るくて無邪気な彼女がなぜそんな選択をしたのか、誰もが不思議がったが、ヨングァンだけはそのわけを知っていた。彼が韓国人の友人たちに、敵地に国旗を立てた俺は愛国者だ、と言ったのが彼女の耳に入ったのだ。彼女は命に別状はなかったが、語学学校をやめて大阪の実家に帰った。本心じゃなかった、ただいきがっていただけだ、と謝る機会さえなかった。機会があったら謝っただろうか。そのときからヨングァンは、女ってのはなんて疲れる生き物だろうと思うようになった。

「オッパの英語の名前、どうしてジェイムス・ムーンなの？」

そう訊いたのは、ロスアンジェルスで探偵会社の助手として働いていた頃、付き合っていた韓国人の彼女だった。

「別に意味はないけど」

彼は無愛想に答えた。本当だった。彼女は、「それより〈Honor〉とか〈Glory〉にした方がいいんじゃないの」と言い立てた。

「グローリー・ムーン！　ちょっとカッコよくない？　あたし、そう呼ぼうかな。グローリー、グローリー」

彼女は以前から、やたらとつまらないことを言う癖があった。

「やめろよ」

「やだ、こわい顔して。男のくせになによ」

ヨングァンのボスは当時、移民局の依頼を受けて、あるプロジェクトに携わっていた。観光ビザでアメリカに来て、風俗で働いている韓国人を追跡する仕事だった。専門のブローカーが偽造した書類でビザを出してもらい、入国したあと、韓国人相手のルームサロンで働いている――つまり、彼女のような女たちだった。ヨングァンは、彼女が仕事に行く姿を撮った動画と、会話を録音したボイスレコーダーを証拠品として会社に提出した。仕事さえあればなんだってやっていた時期も過ぎ、少しずつ安定していた頃だった。彼女のことを本当に愛していたなら何かが違っただろうか。絶対に公私混同をしてはいけない、という原則を立てておかなければ、根元から揺らぎかねなかった。その後、彼女が国外退去させられたかどうかはわからない。正確に、スピーディに、そして未練を持たずに。それだけが彼のモットーだった。

二月のソウルの空はどんよりしていた。ヨングァンは霞《かす》んだスカイラインを眺めた。春がすぐそこまで来ているのが信じられなかった。彼は大通りまでゆっくりと歩いていった。空を横切るように歩道橋が架かっていた。歩道橋の階段を上がる前に大きく深呼吸をした。胸のつかえがとれなかった。歩道橋の上で足を止め、見下ろした。真四角に区画整理された江南《カンナム》の街はどこも似たりよったりだ。そのど真ん中に立っていると何となく気まずくなる。ここで生まれ育った子たちは感じないかもしれないが。彼は依頼人から預かった子どもの写真を上着の内ポケットから取り出した。夏の休暇シーズンに、高速道路のサービスエリアで撮ったのだろう。髪をポニーテールにし、ピンク色の半袖のTシャツを着ていた。これといった特徴のない顔だった。ずっと見ていると、目鼻立ちがちまちましていてかわいらしい印象も受けるが、そういった価値判断を下すのは彼の役目ではなかった。正確に、スピーディに、そして未練を持たずに、任された仕事をこなさなければならない。

依頼人は昨日、夜遅く訪ねてきた。九時のニュースが終わる頃だった。彼はトランクスの上にジーンズを履きながら、自分がいま韓国にいることをあらためて実感した。だいたい韓国人は時間を守らない。

「午後いらっしゃることになっていた方ですか」

いつもより事務的な口調で言った。無礼なあなたのせいで気分を害しました、と伝えたかったからだ。

「三番出口から十五メートルほど先に行くと、コーヒービーンという喫茶店があります」

相手がどのように来るのかわからないが、電話でそう伝えた。相手に決めてもらうより、こちらが先手を打った方がいろいろな面で楽だった。泊まっている建物の一階のロビーにも小さなカフェがあったが、そこでクライアントと待ち合わせたことはなかった。彼は市内のサービスレジデンス〔中長期滞在用のホテル式マンション〕にスタジオタイプ〔仕切りなし〕の部屋を長期で借りていた。ダブルベッドと机だけで埋まってしまうほどの狭い空間だった。隅の方には大きなカバンが立てかけてある。毎日、メイドが部屋の掃除をしてくれ、シーツもこまめに取り替えてくれた。共同のコインランドリールームとDVDルームがあり、部屋ではノートパソコンが使えた。ヨングァンはいまの生活に満足していた。いつでも立ち去ることができる所にいるのだと思うとむしろ安心した。縛りつけられて身動きできないことほど、絶望的で恐ろしいものはない。

　彼は力なく夜道を歩いてコーヒービーンに行った。テーブルは半ば埋まっていた。混んでもいなければ、閑散ともしていなかった。彼がここを気に入っている理由だった。カウンターの前に立ち、そっと周りを見まわした。誰もが穏やかな顔をしていた。依頼人はまだ来ていないようだ。藁《わら》にもすがる思いの、せっぱつまった顔をした中年男はどこにも見当たらなかった。ヨングァンはホットココアを注文した。彼はカフェイン、アルコール、ニコチンは一切口にしなかった。彼にとって中毒とは、ひと晩に十人の裸の美女を相手にしなければならないのとよく似た恐怖だった。甘いホットココアをひと口飲んだとき、一人の男がドアを開けて入ってきた。

　艶《つや》のあるカシミアコートはヒューゴ・ボスかブルックスブラザーズで、靴はバリーの伝統的なデザインだった。キャメル色のタートルネックセーターを除くと、体につけたものはすべて黒で、きちんと手入れされていた。財政状態はわりと安定しており、性格は保守的、趣味が洗練された妻をもつ典型的な四十代の男だった。頭が薄くなっていない分、実際の歳より若く見えたし、本人もそれを意識しているのか、かなり手のこんだカットをしていた。だが、だらりと垂れた前髪からして――いま、寒い冬であることを考えても――、少なくとも三、四日は髪を洗っていないように見えた。依頼人がいまどれだけ追いつめられているのかを端的に示す証拠だった。男が自分の方に向かって歩いてくる十秒間、ヨングァンは考えをめぐらせた。少なくとも事業関連の依頼ではなさそうだ。

「すみません。もっと早く来るはずだったのですが」

　男は本当に申し訳なさそうにした。近くで見ると、かさかさに荒れた肌に、しばらく剃《そ》っていない黒い髭《ひげ》がブツブツ出ていた。ヨングァンが何か言おうとすると、男が先に言葉を続けた。

「妻が倒れてしまって。急いで病院に行ってきたところです」

そしてつけ加えた。

「つらくて……もう死んでしまいたいです」

いけないと思いつつ、ヨングァンは男の目を見てしまった。濡れていた。肉が腐りつつある、苦痛に満ちた哺乳類の目。男が大変なことに巻き込まれていると直感した。

行方不明の子どもを捜すのは、彼の専門分野ではなかった。彼は主に企業のために働いてきた。固有の商標を盗用するメーカーを探し出し、産業スパイとおぼしき内部者を追跡したり、交通事故と見せかけて保険金を騙《だま》し取る詐欺師を摘発したり。その際、最も要求されるのは忍耐力だ。彼は来る日も来る日も待ち続けた。粘り強い釣り人のように、魚が来るのを目を凝《こ》らして忍耐強く待っていれば、浮《う》きがピクッと動く瞬間がある。相手がうっかり餌に食らいつく、まさにその瞬間だ。

だが、これはそういうたぐいの努力で解決できる問題ではなかった。彼はまずノートを開いた。

「お名前は?」

「え?」

「娘さんの名前です」

「ああ、キム・ユジです」

ヨングァンは真っ白なページの一番上に名前を書いた。そしてその横に、英語で project とつけ加えた。〈キム・ユジ project〉。右に行けば行くほど文字が傾いていた。男はふと思い出したように名刺入れを取り出した。隅の方にモンブランのロゴが小さく刻まれていた。〈K&K通商代表キム・サンホ〉。事務所の住所が江南のオフィステルのひと部屋になっているのを見ると、小規模の貿易商人だろう。この男が醸《かも》し出す、ごく自然で余裕に満ちた雰囲気とは、何かが微妙にずれているような気がした。ヨングァンは心の中でチェックした。依頼人の財政状態を把握すること。

キム・サンホの方も、ヨングァンが渡した名刺を覗き込んでいた。表情は変わらなかった。ヨングァンの名刺はシンプルだ。〈P.I.A-JAMES MOON〉。その下に携帯電話番号とメールアドレスがあるだけだった。名刺を見ながら、「ところで、このP.I.Aはどういう意味ですか」と訊くのは十人中、六、七人くらいだ。そういうとき、彼はできるだけ真面目な顔をして「Private Investigation Administratorです」と答える。すると、たいてい相手は「ああ、そうですか」と反応する。さらに「それで、それは何ですか」と問いつめる人は、そのうちの半分にもならない。そういう人には適度に威厳のある声で、「ある種の犯罪事件について、民間レベルで調査をしています」と説明した。なかには名刺に自分の証明写真を入れたり、安っぽい似顔絵《カリカチュア》を載せる同業者もいた。かつて携わっていた職業のつまらない肩書きを書き連ねたり、さらには自分の名前の前に「名探偵」と称している場合もあった。彼が軽蔑してやまないタイプの人間だった。権威は自らの力で作るものだと、ヨングァンは固く信じていた。

「失踪ですか。それとも誘拐?」

向かいの男が顔を上げた。ヨングァンはいま自分の言ったことが相手に衝撃を与えたことに気づいた。他人の口から聞かされると、現実の苦しみはよりいっそう過酷になるものだ。

「まだよくわかりません」

「何の連絡もなかったんですね。どういう方法であれ」

「……はい」

「そうですか。警察は何と?」

「知らせていません、警察には」

ヨングァンは姿勢を変えて座り直した。

「事を荒立てたくありませんし、それに……」

キム・サンホがゆっくりと話を続けた。小さいが断固とした声だった。

「事情がありまして」

子どもがいなくなると、たいていの親は藁にもすがろうとするものだ。子どもを見つけるためなら、いや、子どもの生死を知る可能性がほんの少しでもあれば、何だってやるだろう。ほとんどの場合、まず外に飛び出し、子どもの写真を大きく載せたチラシを印刷して、明洞《ミョンドン》やソウル駅広場などで配る。子どもの顔写真を載せてもらえるなら、牛乳パックだろうがタバコの箱だろうがありがたがる。一人でいい、どうか子どもが見つかったと連絡してくれますように、と切実に祈る。そのうち時間だけがむなしく過ぎ、世間の関心も薄れ、警察の捜査も進んでいないのを知り、深い絶望の中で別の対策を練る。そうしたときに自分のような人間を訪ねてくるのである。ところがこの男はどうだろう。物事を逆に進めようとしているではないか。ヨングァンは着手金の額を予定より三倍に膨らませた。

名前：キム・ユジ
生年月日：一九九八年八月五日
身長：一四〇〜一四一センチメートル
体重：三十七〜三十八キログラム

女の子がいなくなった。一般的には、大きく二つの可能性が考えられる。小児性愛者による拉致、あるいは金を要求する誘拐。もちろんこの二つに比べると確率は低いが、ひき逃げ犯罪の犠牲になっている恐れもある。この世は思いのほか単純なものだ。ヨングァンはキム・サンホから受け取った記録を読んだ。

失踪あるいは拉致された当日の服装と所持品：フードがついたアイボリーのハーフコート、薄いグレーのウールのワンピース、ドット柄のマフラー、ピンク色のムートンブーツ（推定）
失踪あるいは拉致された場所：不明
失踪あるいは拉致された時間：二月二十四日、日曜日の午後二時前後（確実ではない）
家族関係：父キム・サンホ（満四十七歳）、母チン・オギョン（満四十歳）、姉キム・ウンソン（満二十四歳）、兄キム・ヘソン（満二十歳）

ヨングァンはその記録を長い間見つめた。先入観を持ってはいけない。仕事をするときに絶対にしてはいけないことだ。しかし、このような家系図を見て不審に思わなければ、それもまた職務放棄になるだろう。姉や兄と十歳ほど歳の離れた末っ子か。おそらく上の二人は前妻との間に生まれたのだろう。「姉キム・ウンソン（満二十四歳）、兄キム・ヘソン（満二十歳）」。ヨングァンはそこに赤いペンで下線を引き、「腹違い」と書き添えた。キム・サンホの妻であり、キム・ユジの母親であるチン・オギョンが初婚なのかどうかはわからない。もしかするとユジはオギョンの連れ子かもしれない。彼は再度チェックした。依頼人の家族関係を把握すること。

誘拐であれ拉致であれ、こういう場合は初期対応が何よりも大切だ。子どもの失踪事件がメディアに取り上げられると、たいていの場合は、警察の初期対応が悪かったと非難する論評がつきまとう。もちろん一理ある。犯人に犯罪の意図があれば、ふつうは「事《こと》」は初日、あるいは二日目に起こる。失踪そのものが犯罪の争点ではなく、結果であることが多いのだ。

ユジがいなくなって四日目になる。もし金目当ての誘拐なら、常識で考えると脅迫電話がかかってきているはずだ。ということは……。ヨングァンは眉間に皺を寄せた。いずれにせよサンホには、誘拐犯から電話がかかってくるかもしれないから、家族のうち誰かが必ず電話の前で待機しているようにと言いつけた。絶望よりは希望の方がましだ。ヨングァンは最善を尽くすつもりでいた。着手金を充分貰ったのだから当然のことだ。

捜査は現場をくわしく調べることから始まる。極度の疲労によって脱水症状を起こしたサンホの妻は、病院でひと晩過ごし、翌日には急いで家に帰ってきた。サンホは家の前の大通りでヨングァンを待っていた。昨日と同じ格好だった。おそらく靴下も履き替えていないだろう。カフェの照明の下で見たときよりはるかに憔悴していた。ヨングァンは道の脇に止めてあるシルバーの車に歩み寄った。アウディA6だった。

「乗ってください」

革シートは冷たかった。サンホはエンジンを始動したあと、空吹かしした。

「いい街ですね」

ヨングァンが先に口を開いた。昼頃に下見に来ていたとは言わなかった。

「ああ、まあそれなりに」

「でも子どもたちの姿が見えませんね。遊んでいる子もいなければ、歩いている子もいませんし」

「塾や教室などはバスで送り迎えしてくれますからね」

サンホが自信のない声で答えた。

「あの、ムン先生」

彼が低い声でヨングァンを呼んだ。

「家族には警察の人だと言ってあります」

サンホはヨングァンに警察のふりをしてくれと要求しているのだ。答えに詰まった。良心がどうのというよりも実存的な問題だった。これは明らかに詐欺だ。法の枠を超えたところでうろついている自分の立場を、あらためて自覚させられた。

「ムン先生の口から言う必要はありません。ただ、妻はそう思っているので、そう思わせておきたいのです」

「……困りましたね」

ヨングァンは少し間《ま》をおいた。

「いちおう訊いておきたいのですが、理由は何ですか」

当然の質問だ。実際、彼は納得がいかなければ動かないタイプだった。

「別に理由はありません。その方が都合がいいと思っただけです。余計なことをして騒ぎを大きくしたくないですから」

ヨングァンは隣にいる依頼人の顔を見た。この男こそが騒ぎを大きくしている張本人ではないか。

「すぐにわかると思いますが、家内は、なんと言いますか、いかにも女性らしい女でして、か弱くてナイーブなんですよ。行き止まりになっていても、別の道を探そうとしない。おおむね女とはそういうもんでしょうが」

サンホはヨングァンと目を合わせないで話を続けた。

「そのへんの刑事が十人いるより、ムン先生お一人の方がいいのだと理解させるべきなのですが、ご存じのとおり、いまはそういうことにエネルギーを使っている場合でもなくてですね」

「おっしゃることはよくわかりました」

彼はサンホの言葉を遮った。いずれにせよ、この男は奥深いところにある真実をさらけ出すつもりはないのだ。

「いいでしょう。そうしましょう」

「ありがとうございます」

「しかし、今後は」

ヨングァンは断固とした表情で言った。こういうとき、自分の顔つきが険《けわ》しくなることを、彼自身よく知っていた。

「なんでもオープンにしませんか。そうでないとお互い苦しくなるばかりですから。余計なことに気を遣わなくてもいいようお願いします。一日も早く娘さんを見つけるために」

最後の言葉に力を込めて言った。サンホはゆっくりとうなずいた。そして車を出した。窓の外は薄暗かった。光と闇が体を入れ替える時間だ。どこか遠くの方から救急車のサイレンのような音が聞こえてきた。サンホ一家の住むヴィラは二百メートルほど先にあった。地下駐車場の入口まで来ると、自動でゲートバーが上がった。車のフロントガラスにICタグを取りつけているからだった。駐車場は広くて閑散としていた。車を止め、エレベーターのボタンを押す所までは数分とかからなかった。エレベーターの天井にはドーム型防犯カメラがついていた。

「ずいぶん静かですね」

「そうですね。世帯数が少ないですから」

「警備室は一階ですか」

「そうです」

「警備員はなんと？」

サンホはため息をついた。

「知れたことです。無責任なやつらだ」

方背洞《パンベドン》ソレマウル〔フランス人が多く住む高級住宅街〕のハイベリーヴィラの警備員は三人で、一人ずつ二日ごとに三交代で勤務した。住民はみな保安カードを持ち歩いているので、警備員の仕事はそれほど多くなかった。宅配荷物を代わりに受け取ったり、ゴミの分別を管理したり、夜間に地下駐車場を一、二度見てまわる程度で、それ以外には何もしていない、というのがサンホの言い分だった。

「そのくせ管理費はしっかり取る。こっちは、ろくに仕事もしないやつらに給料を払う」

サンホは怒りを露わにした。

「その日の夜に交代して入った警備員は、娘が出ていくのは見かけなかったそうです。自分は午後七時頃からずっといたから間違いないと」

昼間の勤務だった警備員とは、次の日の午前にようやく連絡がついた。彼は「十二階の女の子？出ていったような気もするが、いや、五階の子かなあ。よく似ているからわからんですよ」と言葉を濁すので、サンホの怒りを買った。

「こっちが、ちゃんと思い出せ、さもないとただではおかんぞ、と言うと、ようやく話が違ってきたんです。結局は、うちの娘を見たそうですよ。午後、ひとりで出ていくのを」

警備員の言ったことは、警備会社が確認した映像ファイルによって証明された。日曜日の午後三時十五分頃、ユジはエレベーターに乗った。それが最後だった。それっきり帰ってこなかった。

廊下の床には黒茶色の大理石が敷かれていた。広い廊下を挟んで隣同士が向かい合う構造になっていた。ベルを押してもいないのにドアがさっと開いた。細いシルエットの女だった。化粧っ気がなく、物静かな顔つきのせいだろうか。女は悲しみに沈んだ少年のように見えた。

リビングはモノトーンでまとめられていた。見るからに高級そうな五人掛けの本革ソファセットは上品な黒で、その前には背の低いガラスのテーブルがそっけなく置かれていた。片方の壁には線を数本引いただけの抽象画が、向かいの壁には大型の液晶テレビが壁に掛かっていた。どことなくもの足りないような、飾り気のないシンプルなインテリアが、洗練された印象を与える。おおむね奥方の好みなのだろう。

ヨングァンはキム・サンホの妻と挨拶をした。礼儀正しく「こんにちは《アンニョンハシムニカ》」と言った途端、口をついて出た自分の言葉にうろたえた。思いがけないミスだった。安寧《アンニョン》？　安寧《アンニョン》だって？　自分の娘が生きているのか死んでいるのかもわからず、かろうじて生を保っている女性に、これ以上の残酷な言葉があるだろうか。

「ムン刑事さんだ」

ヨングァンはこみ上げてくる咳をこらえた。これは明らかに約束違反だった。倫理面で致命的な欠陥がある男に刑事だと紹介され、妻はヨングァンに黙って頭を下げた。蒼《あお》ざめた顔をしていた。薄いニットワンピースが体の曲線を見せていた。細身ですらっとしているが、それとなくグラマーだった。こんな女とこんな家で暮らすのはどんな気分だろう。ふと、つまらないことが気になった。いい気分だろう、たぶん。ヨングァンはソファの端に腰を下ろした。誰もジュースやコーヒーを運んでこなかった。すでにサンホから聞いて知っていたが、彼はいくつか基本事項を確認した。女は低い声で、いくぶん落ち着いた態度で答えた。近くで見ると唇が腫れ上がっていた。

「今年に入って身長を測ったことはありませんが、秋から少し伸びたと思います。二、三センチほどでしょうか。ぴったりだったTシャツの袖が短くなりましたから。ええ、そうです。コートとワンピース。二着とも冬の初め頃、十一月の末に新世界《シンセゲ》デパートで買いました。ブランドはバーバリーチルドレンです。領収書もあります。ムートンブーツは一昨年《おととし》、アメリカにいるわたしの姉がくれたもので、サイズが大きかったのですが、今年から履いています。子どもたちに人気のUGG《アグ》で、ピンク色です」

初めて耳にするブランド名を、彼はくわしく書き記した。

「六歳のときに、ひどい肺炎にかかったことがあります。聖母病院の小児科に一週間ほど入院して、その後はとくに病気になったことはありません。でも他の子どもたちに比べると軽い病気にはよくかかる方で、疲れたらすぐ扁桃腺が腫れます。一年に二回くらい、季節の変わり目には喉風邪《のど》をひきますし。ひどくはないですがアトピーの症状もあります。先月から漢方薬を一日に二回飲んでいます。病院の名前もお教えしましょうか?」

ひと言ひと言が切々としていた。女は娘に関することをすべて記憶しているようだった。放っておけば、知っていることをすべて吐き出してしまいそうだった。何か大事なヒントになるものを漏らしてはいけないと、ため息をつくことすら惜しんでいた。あるいは、いま胸の中で容赦なく荒れ狂っている絶望の吹雪を避けるために、懸命になっているのかもしれない。

「つむじは二つあって、右肘《ひじ》には茶色のほくろがあります。十ウォン玉よりはやや小さいと思います。それと二歳半頃でしたか、熱湯がかかって、ふくらはぎの内側にやや斜めに跡が残っています。あ、左足です」

「左ですね、わかりました」

対話はそのように休みなく続いた。サンホは腕組みをして、立ったままじっと聞いていた。彼にとっても初めて聞く話が少なくなかったようだった。父親とは概してそういうものだ。同時に自分の妻のことを一番知らない存在でもある。サンホから聞いた妻についての事前情報には、一部分誤りがあった。彼女はナイーブかもしれないが、決して弱くはなかった。

「あと、娘さんの行きつけの歯医者さんはありますか」

ヨングァンはわざとさりげなく尋ねた。歯科の治療記録が決定的な手がかりになる場合が多かった。彼は女の言う病院の名前と電話番号を書き留めた。万が一の場合、重要な手がかりになるだろう。もし、この事件が恐ろしい悲劇として終わった場合に。

「その日、奥さんはお宅にいらっしゃらなかったそうですが」

「はい」

女は膝の上で重ねた手の位置を変えた。素早く、無意識な動きだった。どちらの手にも指輪はなかった。

「実家のお母さんの具合が悪いそうですね」

慰めているとはいえないニュアンスだった。

「ええ。ひどくはないんですけど」

「実家にはよくお帰りになるんですか」

女は少し間をおいてから答えた。

「よく、ではなくて、ときどき」

よりによって、彼女が数日の予定で家を空けていた間に娘がいなくなった。旅行ではなく実家に帰るのなら、娘と一緒でもいいはずだ。初めてその話を聞いたときから、そこの部分が妙に心に引っかかっていた。

「ところが予定より早く帰ってこられた」

女が短くうなずいた。

「急になぜ？」

沈黙が周囲に重くのしかかった。女の口数がにわかに少なくなったのをヨングァンは感じ取った。彼女の方も同じだろう。

「夢を、悪い夢を見たんです」

彼は素早く女の表情を見た。ほんのり充血した目に涙があふれていた。怖くなった。女はいまに涙でくしゃくしゃになった顔をガラスのテーブルにうずめ、肩をぶるぶる震わせるだろう。そうなったとき、自分はどう対応すればよいのか。

「夢を見ただと？　どんな夢だ」

サンホが急《せ》き立てるように訊いた。はっきり覚えてはいないが、目を覚ましたときに憂鬱な気分だったと、女は言った。嫌な予感がして家に電話をかけてみたら息子の様子が変なので、何かあったのではないかと心配になり、早く戻ってきたと言うのだ。

「夢にユジが出てきたわけじゃないのか」

サンホが落胆したようにつぶやいた。女は薄いティッシュを一枚取って目もとを押さえた。決して弱いところは見せまいという断固とした動きだった。その日の夜の夢が予知夢かどうかについて、夫と話し合う意志はまったくなさそうだった。そういえば、自分と話をしている間、彼女は一度も夫の方を見なかった。夫に話しかけることもなかった。月曜日からずっとそうだと知っていれば、ヨングァンはすぐ手帳に「依頼人の夫婦関係を把握すること」と書いて、赤で下線を引いたはずだ。

「いま、この家にはお二人だけですか」

「息子がいます、二階の自分の部屋に。何かあるといけないので、出ていかないようにと言ってあります」

「もう一人、娘さんがいますよね？」

「いるにはいるんですが、大学の近くでひとり暮らしをしていましてね。ここから学校まで遠いし、このあたりは交通の便があんまりよくないし」

サンホがあんまり長々と説明をするので、ヨングァンは逆に不審に思った。女をリビングに残したまま、サンホの後について二階に上がった。階段は全部で十三段だった。部屋のドアは全部閉まっていた。サンホがそのうちの一つをノックした。中からロックを外す音がし、次の瞬間、ドアが開いた。ユジの腹違いの兄、キム・ヘソンだった。見た感じ、父親には似ていなかった。背は、一七六センチのヨングァンより五センチ以上は高く、痩せっぽっちだった。日の当たらない谷間に育った二月の花木のように陰気だった。本人がわざとそう見せているのではなさそうだった。少年とはいえないが、かといって青年でもない十九、二十歳そこそこの男の子を、ヨングァンは一人前の男とみなさなかった。その年代の同性を相手にすると、苛立ちと哀れみの情が同時にこみ上げてくる。二人は握手の代わりに軽く目礼を交わした。

ヨングァンはサンホの方を振り返った。お宅の息子と二人きりで話がしたい、という意思表示だった。サンホは少しためらったが、ドアを閉めて出ていった。サンホがドアの前で耳を澄ませていたとしても不思議はなかった。息子は目を伏せ、ひどく緊張していた。ヨングァンはまず彼の名前を確認し、住民登録番号を尋ねた。

「キム・ヘソンさん、ご心労お察しします」

ヘソンは口を固く閉じて、さらに深くうなだれた。予想したとおり、「いいえ」とか「ご心配ありがとうございます」という社交辞令はなかった。彼がまだ少年である証拠だろう。少年は往々にして危険だ。我慢すべきときに我慢できない。鋭い刃物を振りまわしておいて、自分が何を刺したのか気づいていない。ヨングァンは、無表情なヘソンの心の中が危なっかしげに揺れていることだけは薄々感じ取った。経験によるものだった。

「つらいでしょうがご協力をお願いします」

ヨングァンは息を整えた。

「妹さんがいなくなった日のことについて話してくれませんか。何時に家を出て、誰と会って、どこで何を食べたのかなど、覚えている限り。些細なことでも構いません」

「……姉の所に行っていました。朝」

「お姉さんの所にはよく行くんですか。その日はどういう用件で?」

「いいえ、その日は怪我をしたので」

「つまり、お姉さんが怪我をしたんですね?」

聞き取ってはいたが、ヨングァンはわざと確認した。ヘソンは主語を省略して話した。もともとそういう話し方をするのか、それとも話の核心部分をわざとはぐらかそうとしているのか、見分ける必要があった。

「はい、一緒に救急病院に行きました」

「それはそれは。ひどい怪我だったんですね」

「ひどくはなかったけど、日曜日だったから」

訊かれたことにだけ答え、口数が少なく、喋るのも遅かった。参考人としては一番タチの悪いタイプだった。どこを怪我したのかと訊くと、「額《ひたい》です」と言ったきり、また口を閉じてしまった。「ふだんでもそういうときは、あなたに電話をかけてくるんですか。両親ではなく？」と探《さぐ》りを入れると、しばらくして「よくわかりません」と答えが返ってくる。見当違いのことを喋り立てる人間よりもずっと厄介だった。いずれにせよ、キム・ユジがいなくなった日、腹違いの兄は姉と会った。留意するべき情報だ。

「その日、お父さんよりも遅く帰ってきたそうですが、それまでずっとお姉さんと一緒だったんですか」

「……いいえ、友達と一緒でした」

彼女かと訊くと、そうだと言った。名門大学の医学部に通い、きれいな顔立ちで、家は金持ちと三拍子揃っていれば、同じ年頃の女の子たちにさぞかしモテるだろう。世の中は公平ではないものだ。

「……二時か三時頃だったか、……はっきり覚えていないけど、……ごはん食べてコーヒー飲んで喋って……」

「それからまっすぐ家に帰ってきたんですね？」

「……はい」

デートをして夜の十時前に帰宅したのなら、それほど遅い時間ではない。ヨングァンはヘソンに、彼女の電話番号を教えてほしいと言った。こういうことはさりげなく、それでいて頼みではなく命令調で言うのがよい。ヘソンは手のひらで机の木目をゆっくり撫でた。そして数字をゆっくりと読み上げた。ヨングァンはいちおう書き記したが、彼女に会うかどうかは未知数だった。それより、まず先にしておきたいことがあった。それはキム・サンホの長女であり、ユジの腹違いの姉、キム・ウンソンに会うことだった。ヘソンは、両親の夫婦仲についても、やはり「よくわからない」と答えた。最近、誰か怪しい人が家に来たり、何か様子が変だと思ったことはないかと質問しても、同じ反応を見せた。ある瞬間にヨングァンは、この少年はわざといい加減な返事をしているのではなく、正直に答えているだけではないかと思った。ヘソンはこの家の一員でありながら、輪の外にいる存在なのだ。自分で選んだことなのか、それとも構造的にそうなったのかはわからないけれど。

「あのう」

ヨングァンが部屋を出ようとすると、ヘソンが彼を呼んだ。

「ユジを」

ヘソンの声は小さすぎて、何と言っているのかヨングァンの耳にはよく聞こえなかった。

「ユジを、必ず見つけてください」

家の外に出ると、ひどい疲労感に襲われた。ヨングァンは風の吹いてくる方向とは反対側に体を向けた。

9　バッハ、シャコンヌ ニ短調

ユジが初めて買い与えられたヴァイオリンは、ユニバーサル社の幼児用八分の一サイズだった。ユジはそのとき五歳だった。四歳のときにまずピアノを習い始めた。音楽教室の先生がユジの先天的な音感を褒《ほ》め、もっと繊細な楽器はどうかとヴァイオリンを勧めてくれた。その先生の専門は弦楽器だったに違いない。ユジは黒く堅いケースの中で横たわっている木製の楽器を見るなり、ごく自然に取り出した。そして誰も教えていないのに、プラスチックの顎《あご》当てを左顎の下に当てた。そして右手に弓を持ち、ヴァイオリンの弦の上をジグザグに動かす仕草をして見せた。ボウイングだ。その日を最後にピアノはやめ、ヴァイオリンのレッスンを始めた。母から聞いた話だった。五歳のときに経験した初めての終わりと始まりについて、ユジははっきり覚えていなかった。

その頃の日々は、ユジの頭の中でまた別の顔をちらつかせた。反射的に思い浮かぶのは高くそびえるマンション群だ。どの壁にも細い線がたくさん引かれている、同じ形をした灰色の建物。ずらりと並んだそれらの建物には長方形の穴が空いている。大人たちはそれをドアと呼んだ。ドアにはそれぞれ二桁の番号が二つ振られていて、それによって自分の家かどうかを見分けるのだ。ユジは

〈11〉〈12〉の数字がついたドアの中で暮らしていた。ドアを開けて外に出ようとするたびに心臓が激しく震えた。大人の手を離してしまったら、〈11〉〈12〉のドアを自分ひとりで探さなければならない。もし数字を忘れてしまったら永遠に帰ってこられなくなる。そうなったらどうしようと、ユジはいつもひやひやした。

　十三階まで上り下りするたびに、エレベーターのドアについた小さな窓には暗闇がスーッ、スーッとよぎった。背の低いユジは、目を見開いてじっと見つめないと見えなかった。上るときはそうして、下りるときはそうしなかった。どのみち暗闇の中を通過しなければならないのなら、下にすとーんと落ちていく感じよりも、宙に浮いていく感じの方がずっとましだった。ユジはよく、高い所から落ちる夢を見た。

「それはね、背が伸びてる証拠なのよ」

　時には夕食の野菜を炒めながら、時にはテレビのニュースを見ながら、母はどうってことなさそうに答えた。ユジはどんな夢を見たのかくわしくは語らなかった。例えば夢の中でさまよったことや、飛んでいたときの空の色が黒みがかっていたこと、いきなり空が崩れてものすごいスピードで堕ちていくのだが、そのとき自分の体が放物線を描いたことなど。母は決してそそっかしいとか無神経な人ではなかったけれど、時折とても疲れて見えるときがあったし、そんなときは母の邪魔をしてはいけないことを、ユジは本能的に知っていた。母は子どもたちの遊び場にも行かなかった。ユジの家族が暮らす大規模なマンション街には、あちこちにきれいな砂を敷いた遊び場があった。幼い子どもを連れた若い主婦たちは、遊び場のベンチをアジトがわりにしてグループで群がった。目は自分の子どもが遊んでいる姿を追い、口は休みなく動かした。話が途切れるのは、誰かの娘が砂の上で転んだり、上の階と下の階の男の子が喧嘩になったり、または誰とも群れない女が通り過ぎるときだけだった。母は彼女たちに親しげに話しかけ、社交的な笑みを交わしたけれど、娘を砂場で遊ばせることもなければ、ベンチに座って母親たちとお喋りをすることもなかった。

「やーい、チャンケ」

この言葉を初めて聞いたのは、六歳のときに入った英語幼稚園だった。同じクラスの男の子がそう言ってクスクス笑った。マンションの遊び場近くで見たことのある顔だった。

ユジは自分が侮辱されていることに気づいた。一度も聞いたことのない言葉だったが、男の子の言い方にからかいの意図が含まれているのは確かだった。ユジはその子を睨みつけた。男の子はそれでも笑うのをやめなかった。そしてもう一度、さっきよりも大きな声で叫んだ。

「自分の国に帰ってジャージャー麵でも食ってろ、チャンケ。やーい、チャンケ」

同じ歌詞をリフレインするように、幾度となくそう言うのだった。ユジは胸がドキッとした。なんにも悪いことなどしていないのに、なぜからかわれるのだろう。理不尽だし悔しかった。武器になるものがなかったので、ユジは爪を振り上げた。ある意味、正当防衛だった。その子は不意の襲撃に驚き、口をあんぐり開けた。ぽっちゃりしたその子の頰に、長い爪の跡ができた。

翌朝、さっそくその子の母親が幼稚園にやって来た。夜通し書いた長い抗議状を持っていた。自分の息子を暴力的な子どもと同じ空間に置いておくわけにいかないので、幼稚園をやめたいという内容だった。それだけではなかった。幼稚園側はすべての責任を負い、先払いした一年分の学費を全額返すこと、また一年分の学費の百パーセントに該当する金額を慰謝料として支払うこと、とも書かれていた。そして、今回の加害者であるキム・ユジが園児全員の前で〝心から〟許しを乞い、保護者は全体の保護者会において公開謝罪をしなければならない。これらの事項が守られない場合は法的措置を講ずる、と結論を下した。

男の子の母親が本当に望んでいるのは、息子ではなく、息子の頬を引っかいた加害者、キム・ユジがやめることだろう。なぜそんなことをしたのかと問いつめる先生に、ユジは何も答えなかった。母が駆けつけた。被害者の母親が軽蔑の目で睨みつけた。母は頭を下げながら謝り続けた。誰が理由を尋ねても、ユジは固く口を閉ざしたままだった。なぜだかわからないけれど、そうする方がいいと思った。被害者の子がすでに「僕はなんにもしていないのに、いきなり」と陳述したあとだった。二人は互いに別々のクラスに隔離され、園長は加害者の保護者が月末に開かれる保護者会で謝罪してはどうかと仲裁案を出した。ユジが園児全員の前で〝心から〟許しを乞うような状況にはならなかった。ユジの両親は黙ってそれを見ているような人たちではなかった。仮に娘が本当に何か過ちを犯していたとしても同じことだ。もし子どもが刑務所に入れられたら何とかして出そうとするだろうし、わが子を世間の侮蔑や罪悪感から切り離し、保護するために、ありとあらゆる手段を講ずるだろう。

数か月後のある夕方のこと。久しぶりに早く帰宅した父がリビングで誰かと電話をしていた。会社の人から業務に関する報告を受けているようだった。

「なんだと？　くそっ。まあ、仕方ないな。チャンケめ、とんでもないやつらだ。わかった。明日、また話そう」

あのとき聞いた単語と同じ発音だった。ユジはそうっと、それはどういう意味なのかと尋ねた。父の顔がゆがんだ。自分は言ってはいけないことを口走ったのだろうか。

「いまなんて言った？　おい、オギョン！　ちょっと来てくれ、早く！」

父はとても興奮していた。もともと知っていたのか、それとも誰かから聞いたのかと問いただした。ユジが首を横に振ると、「そんな言葉は絶対使ってはいけない」と何度も言い聞かせた。何となく気まずい雰囲気だった。母は、母は途方に暮れているようだった。

母が中国人であることが、ユジの日常に影響を及ぼしたことはなかった。多くて一年に三、四回、祖母やおばたちと会うとき以外に、母が中国語で話すのを聞いたこともなかった、子守唄は韓国語で歌ったし、簡単な中国語さえ教えなかった。母はいつもユジが眠るまで胸にぎゅっと抱きしめ、喉風邪をひきそうになったら、蜂蜜を入れた梨汁を心を込めて煮詰め、飲ませた。もし母の両親が中国ではなく日本から来ていたとしても、いや、パキスタンとかインド、誰も知らない遠い国から来ていても、母は同じようにしただろう。

いずれにしても母はチャンケだし、その娘もチャンケだった。チャンケでない人たちがそうだと言えばそうなのだ。それこそ、暴力が支配する世の中の法則なのだから。闘う準備ができていないのなら、歯を食いしばって耐え忍んだ方がいいのかもしれない。下手に暴力を振るって危険な目に遭わされるのを人に見られるくらいなら。時間が経つにつれて、ユジは心の中の動揺を隠す方法を習得していった。地上の子どもたちが結局はみんなそうなるように。

両親はユジをなんとしても私立の小学校に入れようとした。その結果、ユジは家からかなり遠い所にある私立学校に通うことになった。マンションの敷地内ですれ違う同じ幼稚園に通っていた子どもたちは、ほとんどが近くの公立小学校に割り当てられた。頬に爪の跡をつけられた男の子は、カナダにいる親戚を頼って早期留学した。その子の母親は、会う人ごとに「トップからビリまでランク付けする韓国の公教育を信じてらっしゃるの？　ずいぶん勇気がおありなのね」とまったく興味のなさそうな顔をして言った。新しい学校には、幼稚園のときのユジを知っている子は誰もいなかった。悪くはなかった。小学生になってから、ユジは本格的にヴァイオリンの練習に励んだ。一年生の秋に大学主催の音楽コンクールに出場し、小学低学年の部門で銀賞を受賞した。いい経験になればと思って出場した大会で予想を上まわる結果が出たので、母をはじめ、周りの大人たちはとても興奮していた。

「よかった、ほんとに。ありがたいことだわ。ユジはママと違ってて。ママは歌だって歌えないし」

母はうれしそうにそう言い、うれしい分だけ母娘は忙しくなった。ユジは名の通った権威あるコンクールに挑戦したり、国立大学音楽院附属の予備学校に入学して、芸術中学校の入試にも備えなければならなくなった。同じ学校にも器楽をやっている子は何人かいたけれど、才能や実力の面から見ると、ユジが一番すぐれていると客観的な評価を受けた。周りの母親たちは、ユジの母に感心したような羨望に満ちた眼差しを向けながら、あれこれ情報を得ようとした。でも、ユジの肩にそっと手をのせて「あなたは本当にヴァイオリンが好きなの？」と訊く人はいなかった。

二年生の秋には、学校の講堂で開かれる特別演奏会に出た。ピアノとの二重奏だった。演奏曲はベートーベンのソナタ五番。ピアノを弾くのは隣のクラスの女の子で、顔も背格好もユジとよく似ていた。頭に文章が浮かんでも、それを口に出していいのかあれこれ悩んでいるうちにタイミングを逃してしまうユジとは違い、ぺちゃくちゃ楽しそうによく喋る少女だった。人懐《ひとなつ》こいその子は、一緒に歩いているときにすーっと腕を組んできて、ユジを戸惑わせた。初めは腕を組んできたその子より、腕をつかまれたユジの方が気恥ずかしかったが、そのうち慣れた。二人は練習のない週末にも互いの家に行って遊んだ。少女はユジにイ・ヒョリ〔女性歌手〕のダンスの動画を見せたり、それを見ながら踊ってみせたりした。また、ユジの家で高校生の兄へソンをこっそり見ては、「いいな、いいな」と何度も繰り返し、ユジを不思議な気持ちにさせた。

ユジにとって兄は静物だった。ユジが母親の胎内に宿る前から、居間の片隅にぽつねんと置かれた一人掛けの木の椅子のような人。もちろんそんなものが実際にあるわけではないけれど。

その子が興奮して羨《うらや》ましがるほどいいわけでも、かといって嫌なわけでもなかった。兄はただの家族だった。二人だけでテーブルに向かい合って、無言でごはんを食べてもまったく気まずくない関係。兄の温もりが残っている便座に座っても、汚らわしいと思わない関係。めったにないけれど兄と二人だけの夜は、ソファに座って一緒にテレビを見た。いつもなら家に帰ってくると自分の部屋に引きこもってしまうのに、きっと妹を気遣ってのことだろう。また、デリバリーを頼むときは必ずユジの意見を訊いた。

「ピザにする？　それともフライドチキン？」

ユジがそのときの気分で「フライドチキン」と答えると、もう一度訊く。

「KyoChon《キョチョン》？　それともＢＢＱ？〔ともに人気チキンチェーン店〕」

ユジが返事をすると、すぐに「オーケー、了解」と応じる彼の声は、いかにもお兄ちゃんらしかった。とりわけ優しいわけではないけれど、淡々としているので一緒にいて気が楽だった。チキンが届くと彼は新聞紙をぱっと広げ、リビングのガラスのテーブルに掛けた。チキンの骨を吐き出せるように、ユジの前に器を置いてやり、大きなグラスにはコーラをなみなみと注いだ。彼らは紙の箱からチキンを取り出し、テレビに視線を固定させたままゆっくりと食べた。互いの手が宙でぶつかることはなかった。兄は両親がいるときよりずっと自由に見えた。テレビから流れてくる歌に合わせてハミングしたり、コメディアンたちの動きを目で追いながら時折クックッと笑ったりした。ユジの口もとについた油を拭いてやることはなくても、ティッシュを折って渡したり、自分のグラスの中のコーラをついでやったりした。他にきょうだいがいないから、こういうのがきょうだいなのだろうとユジは思った。そのうち両親が帰ってくると、兄はぺこりと頭を下げて自分の部屋に入ってしまう。彼がおやすみと言わなくても、ユジはそんなものなのかと思った。どうせ朝になればまた会うのだから。

ユジの発表会に兄は来なかった。父も来なかった。急な出張だと言った。よくあることなので寂しいとは思わなかった。二重奏を無事に終えたあとも、ピアノの少女とはずっと仲良しだった。ユジは相変わらず口数は少なかったけれど、他の人には惜しんできた言葉をその子にだけは惜しまなかった。

「あたしね、昨日の夜、空を飛んでるときに、急に下に落っこちる夢を見たんだ」

「へぇ……不思議。昨日の夜、あたしも同じ夢見たんだよ」

「へぇ……ほんと？　でもあたしたち、どうして夢で会わなかったのかなあ」

ユジがそう言うと、その子が腹を抱えて笑った。

「あたりまえだよ。あたしの夢はあたしので、ユジの夢はユジのだから」

「そうなんだ……」

ユジはわけもなく気まずくなり、視線を落とした。白いスニーカーの先にいつついたのか、灰色のシミがうっすらと見えた。少女が次第にユジを避けるようになったのは、それから間もなくのことだった。

「ごめん。ほんとはイヤなんだけど、仕方ないんだ」

少女がふーっとため息をつきながらささやいた。

「あたし、いまだってユジのことが好きなのに」

少女は秘密を漏らそうとしているのだ。悩んだ末に、友情の証として最後のプレゼントを贈ろうとしているのだろう。

「うちのママが、ユジと仲良くしちゃダメだって言うの」

二人は長い廊下の端に立っていた。ユジはその子の目に滲《にじ》んだ、自分を責めるような悲しみと、ひそかな好奇心の気配に気づいた。背後の明るいガラス窓の彼方《かなた》に、真っ白な雲がたなびきながら流れていた。その子の口から出てくる言葉をもうこれ以上聞きたくなかった。

「ユジのママがセカンドだから」

ユジは英語の基数と序数については知っていた。セカンド（second）とは数字「2」の序数だ。二番目。

父にも母にも兄にも、本当はどういう意味なのか訊かなかった。ユジはそれだけ成長していた。ポータルサイトの検索窓にセ・カ・ン・ドと入力してみた。検索結果が出た。最初のページをざっと見ただけで、ユジはウィンドウを閉じた。完璧ではないけれど、世間で通用する意味を知るには充分だった。姉や兄となぜこんなにも歳の差があるのか、兄はなぜ母のことを「お母さん」と呼ばないのか、たまに訪ねてくる姉はなぜ自分に意地悪な笑みすらも浮かべないのか、これまでずっと胸の中に刺さっていた弱々しい疑問符たちが、姿勢を正してユジを睨みつけた。

誰が何と言おうと絶対に変わらないものを真実と呼ぶのだろうか。わからなかった。この世の中は真実という外皮をかぶった悪意に満ちている。ユジが想像できるのはそれだけだった。他人に向けられた悪意とは、いわばしっかり口を結んだ風船と似ていた。時間が過ぎるにつれてしぼむものではない。パーンと割れてしまう瞬間を待つ方がましかもしれなかった。ユジは前よりもうつむいて歩くことが多くなった。父にも母にも兄にも友達にも、誰にもその話はしなかった。唇を開くと余計な言葉が飛び出してきそうなので、舌を丸くすぼめた。口の外に出せない言葉を、小さな奥歯でコリコリ嚙みしめた。

日常はせわしげに、何の変哲もなく過ぎていった。ヴァイオリンの練習とレッスン、レッスンと練習が限りなく繰り返された。その合間にコンクールにも出た。新聞社と某私立大学が共同で主催する由緒あるコンクールで、ユジは初等部ヴァイオリン部門で三位に入った。受賞者の中では最年少だった。新聞に受賞者全員の名前が載った。父は社員に新聞を三十部買ってこさせた。そして米粒ほどの小さな娘の名前の上に、ピンク色の蛍光ペンで線を引いた。そのうちの一つは額に入れて、ユジの部屋に飾った。ユジは審査員だった大学教授に師事することになった。芸術中学校を受けるための本格的な準備の一環だった。母は時には娘とペアを組んで二人三脚の競技に出た選手のようにも見えたが、その他にもロードマップを描くのに大忙しだった。中学のときに留学するのがよいのか、それともここで芸術高校を卒業して人脈を築いておくのがよいのかをめぐって、考えがころころ変わった。どこであれ、ヴァイオリンのない娘の人生は想像すらしていないようだった。

ユジにはもう仲良しの友達ができなかった。母はときどき、そのことを心配した。

「ユジはヴァイオリンと遊んでいるときが一番楽しいのよね?」

ユジはつい、「うん」と答えた。

「演奏しているときが一番落ち着くのよね?」

それにも、そうだと答えた。母は安心したようだった。そもそも芸術家とはそういうものだと思ったらしい。友達がいなくたっていい。ユジは思った。この思いは、盾《たて》であり的《まと》である、ウィリアム・テルの息子の頭にのせられたりんごのように固かった。

10　木箱の中の猫

美容院の鏡はなぜみんなこうなんだろう。

大きな鏡の前に座ると、げっそりこけた頬と、どんより暗い目の下のクマがむき出しになるような気がする。どこにも逃げられない。鳥肌が立つ。ウンソンはそっと目を伏せた。美容師がハサミをチャキチャキと動かすたびに、真っ白なガウンの上に黒茶色の髪が束になって落ちた。十分前、彼女はこの店に来た。彼女のやることはたいていそうであるように、衝動的だった。いつもなにげなく通り過ぎている店の看板がなぜ今日に限って目に留まったのか。自分でもよくわからない。ガラスのドアを開けると、店の中からパーマ液のツンとしたにおいがした。

「どうしましょうか」

コートを受け取りながら美容師が訊いた。ウンソンは自分が何も考えずに入ってきたことに気づいた。でも、動揺しているところを相手に見られたくなかった。彼女はわざと平然とした声で「切ってください」と言った。そう言った途端、むしろ切らずにはいられない、切るのが当然のことのように思えてきた。ただでさえ髪が肩で跳ねるのが鬱陶しいのに、なぜいままで放っておいたのだろう。一刻も早くバッサリ切ってしまいたくなった。ウンソンは首元でガウンのボタンを留めている美容師に慌てて言った。

「短く、ショートにしてください」

「いきなりショートにすると慣れないんじゃないかしら。とりあえずは顎のラインまで切るのはどうですか」

ウンソンは嫌な気持ちになった。他人になめられているという被害者意識は、彼女のプライドを強く刺激した。心の中に危なっかしく積まれていた石がガラガラと崩れ落ちそうになった。彼女は腹が立つのを必死で抑えて、自分がどれだけ長い間、髪を切りたいと思ってきたのかを説明した。美容師はうなずいた。そうして二年以上伸ばした髪が一瞬にして切り落とされた。ウンソンはすぐに後悔した。やがて、耳と首筋のあたりが寒そうな一人の女が、痩せこけた少年のように鏡の前に残された。

カット代は二万五千ウォンだった。とんでもなく高いと思ったが、彼女はポンと払った。ぐずぐずしていると、客が不満を抱いているのに気づいた美容師が傷つくかもしれなかった。外はさっきよりも寒かった。スースーする首筋を手のひらで触ってみた。ひんやりとする感触が骨の髄まで沁み入った。約束の時間が三十分ほど過ぎた。これ以上、時間を潰す所はなかった。彼女はのろのろとマンションのある路地に入っていった。朝早く、父から電話があった。

「後で誰かが訪ねてくるかもしれんぞ」

信じられないほど気の抜けた声だった。父の口から「刑事」という言葉が出た。ウンソンはぎくりとした。

「刑事があたしに何の用よ?」

わざとではないが、とっさに鋭い声が飛び出した。父はしばらく無言だった。

「……悪い。そうしたいと言われてな。大したことじゃない。悪いな」

いままで父がこんなに何度も悪かったと言ったことがあっただろうか。三十分が過ぎたけれど、刑事はまだ待っているのだろうか。喉が渇いた。そういえば、美容院で水の一杯も出してもらえなかったことに、いまさらながら腹が立った。そのくせ、ヘアスタイルが気に入らないってことすら言えないじゃない。バーカ。おまえなんか死んじゃえ。路地の入り口に立ったまま、彼女は自分を容赦なく責めた。何もかもめちゃくちゃだった。ウンソンは地面にしゃがんで、大声で泣きたかった。いや、それよりいますぐここから全速力で逃げ出したかった。

マンションの入口に見知らぬ男が立っていた。中背でがっしりした体格で、分厚くはない黒のダウンジャケットを着ていた。男の方が先にウンソンに気づいた。

「キム・ウンソンさん？　電話がつながらないのでここで待たせてもらいました」

鼻の先が赤かった。刑事は思ったより若く、目鼻立ちがはっきりした印象を受けた。

「ごめんなさい。電源が切れてて。急ぎの用もあったし」

ウンソンは自分でもおかしな言い訳を並べ立てた。刑事がじっと彼女の顔を覗き込んだ。

「あの、もしよかったら家の中で話せませんか」

男が口ごもりながら言った。まるで付き合い始めて十日目に彼女の部屋に侵入しようとしている男子学生のセリフみたいだと、ウンソンは思った。部屋の中は雑然としていた。シンクにはもう何日も皿が積まれていたし、脱ぎっぱなしの服が至る所に散らかっていた。床には糸だまのような埃《ほこり》が転がっているかもしれない。部屋に定期的にやって来る彼氏がいないと、掃除をする気にもなれなかった。それにスティーブと別れてすぐユジのことがあったので、ずっと片づける暇もなかった。

「でも、すごく散らかってるから。この近くに静かなカフェがあるんですけど」

彼女の部屋に行きたくてたまらない彼氏に、遠まわしに断っている女子大生のような言い方だった。ところが、ウンソンは刑事の表情を見て恥ずかしくなった。少なくともロマンチックな感情が入り込む隙などなかった。「よかったら」は決まり文句にすぎない。この男は捜査官であり、ユジの失踪事件を捜査するために腹違いの姉の家を訪ねてきたのだ。刑事と並んで階段を上がりながら、ウンソンはため息を呑み込んだ。こんなときにも男の前でカッコつけたがってるなんて、あたし、ほんと頭おかしいよね。ヘソンだったら、なぜ警察署に来いと言わずに直接出向いてきたのかと疑問を抱いたはずだ。でも、そんなことを詮索するのはウンソンらしくなかった。

幸いにも、リビングと部屋を仕切る戸は閉まっていた。ウンソンは二人掛けのソファの上に散らかっている服や本などを慌てて片づけた。男は突っ立ったまま部屋をぐるっと見まわした。

「こぢんまりしていい部屋ですね。いくらぐらいするんですか」

「え？　この部屋ですか」

「好奇心です。僕も一つ買っておこうかと思いまして」

本心なのか冗談なのか区別がつかなかった。

「わかりません。あたしのじゃないから」

「え？　賃貸なんですか」

「そう、月々家賃を払って」

この部屋を借りるとき伝貰《チョンセ》にしたかったが、父はどうしても月貰《ウォルセ》にしろと言い張った。ひと月に一度、金の入った封筒を娘に渡すことで、つまらない権威でもいいから味わいたいと思ったようだ。ヘソンが父と新しい母の家を選んだので、ウンソンは生みの母親の所に行った。選択を間違えた点では、彼女の人生における他の選択とさほど変わりなかった。その頃を思い出すといまでも、足を締めつけるきつい靴を履いて湿った干潟《ひがた》を歩いているような気分になる。母の家を出てからはずっとひとり暮らしをした。生活費はすべて父から貰った。毎月、第一週目に駅三洞《ヨクサムドン》にある父の事務所を訪ねていき、前もって用意された金を受け取った。銀行の口座に振り込んでほしいとか、デビットカードを作ってくれと言っても、そのたびに断られた。

「こうでもしないことには、ひと月に一度、そのお顔を拝むこともできんからな」

父は皮肉っぽく言い繕ったが、ウンソンの耳には本気で言っているようにしか聞こえず、それだけに卑怯な言い訳だと思った。彼は冗談でも娘に、一緒に暮らさないかとは言わなかった。もちろん、そう言われたら彼女は鼻であしらっただろうけれど、それはまた違う次元の問題だった。

「あちらが部屋ですか」

「ええ」

「見てもいいですか」

「あ、でもすごく散らかってて。さっき急いで出かけたから」

そう言ったとき、男はすでに引き戸に手を伸ばしていた。戸はすぐに開いた。男は鋭い目つきで部屋の中を見渡し、奥にある木製のクローゼットの方に歩み寄った。いきなり取っ手をぐっと引っ張った。そのときわかった。男はいま公務の執行中なのだ。ウンソンが腹違いの妹を誘拐して部屋のどこかに隠しているのではないかと、自分の目で確かめているのだ。

刑事がクローゼットの中のコートを取り出すのを、ウンソンは茫然と見ていた。アクリルとウール混紡の、グレーの男性用コートだった。男は素早く、首元のタグを確かめた。

「あの、それは」

何をどう説明すればよいのかわからなかった。

「元カレのものです」

「ああ、元カレ」

「別れたばかりで。置いてったんです、彼が」

「そうですか。別れたばかり、とは？」

「……日曜日に」

ユジがいなくなった日だった。男はそれ以上訊かなかった。そして何事もなかったかのように服を元の場所に戻すと、静かにクローゼットの戸を閉めた。ウンソンは膝がぐらぐらした。いったい何なのよ、と声をあげたかったが、できなかった。ひょっとしてあたしを疑ってるの、と抗《あらが》うこともできなかった。犬歯をむき出してクックックッと笑っているジェウの顔が、稲妻のように浮かんだかと思うと消えた。

「あのさ、二千万ほど、ないかな？」

ジェウの声が内耳の蝸牛管《かぎゅうかん》の中でキーンと弾《はじ》けた。

「失礼しました」

刑事が言った。

「ご理解いただけると思いますが、僕たちの仕事は不本意ながら迷惑をかけるものでして」

彼女は何事もなかったかのように寛大に笑って見せようとした。でも、顔の筋肉が思いのほかゆがんだせいで、まるで初めて自慰をしているところを見られてうろたえている少年のようだった。

「妹さんはヴァイオリンがお上手だそうですね」

刑事はソファに場所を移し、ひと言目にそう尋ねた。

「そうみたいですね」

「実際に弾いているのを聞いたことがありますか」

「……ええ、何度か」

事実でもあり、そうでもなかった。ユジが弓を持っているところさえ、ろくに見たことはないけれど、ユジの部屋から流れてくるヴァイオリンの音を何度か聞いたことはあった。卓球のボールのようにいくつかの質問と答えが行き交った。

「キム・ウンソンさんは……」

男がいきなり訊いた。

「妹さんがどこにいると思いますか」

「え？」

「誰がキム・ユジさんを連れ去ったと思いますか」

慎重にならねばとウンソンは何度も自分に言い聞かせた。動揺している心の内を絶対に気づかれてはいけない。

「こんなことを言うとあれですけど」

彼女はゆっくり言葉を選んだ。

「とかく怖い世の中ですから。それに女の子だし」

「小児性愛者が連れ去ったとでも？　そうお思いなんですね？」

刑事の露骨な言い方に鳥肌が立った。自分が血も涙もない人間のように思えた。

「そういう可能性もあるんじゃないかって。ほかにも、道を渡ろうとしてひき逃げされることだってあると思うし……」

彼女は言葉を濁した。

「もちろんありえますね。犯人はまだ何も言ってきませんから」

「まだ、何も?」

ウンソンの知っているジェウは、決してのんびりした性格ではなかった。なのに、こんなに静かなところをみると、もしやとんでもないことを企んでいるのかもしれない。

「新しいお母さんとの関係はどうですか」

刑事が急に話題を変えた。この人はやはり自分を疑っているのだ。頭の中でいろいろな考えが絡み合った。そのうち適当なことを口走った。

「お互い無関心なんです」

客観的に見ると、半分ぐらいは本当だった。義母とは表面上、互いに無関心を装ってきた。よほどのことがない限り二人きりになる状況を作らないようにしていることを、どちらもよく知っていた。家族なのに何年も話をしないなんてありえないと思う人もいるだろう。ウンソンはそれでも動揺しない自信があった。彼女は義母を一度も家族の枠内に入れたことがなかった。彼女がこれまで家族という名のもとで憎み、恨み、それでもなお愛情を棄てきれないのは、ヘソンと父親、生みの母、亡くなった祖母姉妹だけだった。

「なら、お二人の仲はどうですか。お父さんとお母さん、うまくいっている方ですか」

「……うーん、どうなのかな。よく知りません」

男が次の言葉を待っていた。

「そんなにうまくいっているようでもないけど。……二人はまるっきり性格が違うから」

刑事が興味深そうな顔をした。

「つまり、父はなんていうか、すごく感情的なんです。自分の感情を隠せないし。でもユジのママは、いいえ、義母はどちらかというと冷たいです。もともとそういう人なのかな。たしかに父はカッとなりやすいし、意地っぱりだけど、実際には悪い人じゃありません。少なくとも冷たいクールな人じゃない」

「お母さんはクールな人だ、というわけですね？」

「いえ、そうじゃなくて」

ウンソンはすぐに否定した。

「別にそうとは言っていません」

義母に対する悪意が表面化してしまっては自分にとっていいことは何もない、と遅ればせながら気づいたのだ。どうにかしてこの男の関心を他に向けさせなければならない。

ジェウと、ユジはどこにいるのだろう。

二月の末、大学のキャンパスの午後四時は肌寒く、うら寂しかった。運動場は雪でぬかるんでいた。ヘソンがスタンドにしゃがんでゆっくりと缶コーヒーを飲んでいる間、お揃いの学科ジャンパーを着た男子学生たち以外は、誰もそこを通りかからなかった。甘くて温かい液体を体の中に流し込みながら、ヘソンはタヒを待っていた。冬休みのあいだじゅう、タヒは平日の朝九時から午後六時まで大学の図書館で勉強した。公務員試験の七級を受けるためだった。彼女は卒業前に合格するのを目標としていた。七級にした理由は、現実的にちょうどいい夢だったからだ。

「司法試験とか行政考試〔五級公務員試験〕も考えたけど、ＳＫＹ〔ソウル大学、高麗大学、延世大学のソウル名門三大学を指す通称〕卒じゃないと、受かってからが大変なんだって。それにあたしは女だし。死ぬほど頑張ってもし受かったとしても、どうせ周辺部をうろつくだけでしょ？　だったら初めから七級がいいのよ。女が一生働くのにちょうどいいと思わない？」

タヒはいつものように断固とした口調で言いきった。内容はどうであれ、タヒの言い分を聞いていると、なるほどもっともだと思える。自分が正しいと固く信じている人には、ある種の自信が見られる。それこそが、ヘソンにとってタヒと別れられない理由かもしれなかった。

遠くの方からタヒが歩いてくるのが見えた。ハーフコートにミニスカートを履いていた。ヒールの高いロングブーツを履いているせいで少しふらついていた。勉強ばかりして外見はどうでもいい女学生だと思われたくない。これがタヒの持論だった。美しさは競争力だという標語を彼女は信奉していた。ヘソンはぬるくなった最後のひと口を急いで流し込んだ。胸が苦しくなってきた。いつの頃からか、タヒと会うと決まってこの症状が現れた。

「やだ、またごはん食べなかったんでしょ？」

タヒがヘソンを見るなり大声で咎《とが》めた。

「いや、昼めしは食べたよ」

ヘソンは身をすくめて答えた。

「うそ。二日は何も食べなかったって顔してる。じゃあお昼ごはん、何食べたのよ」

「水餃子スープ」

本当だった。家政婦が大きめの餃子を作ってスープにした。オギョンはもう何日も穀物を口にしていなかった。ごはんはもちろん、お粥《かゆ》にもほとんど手をつけなかった。熱いスープでも飲ませたらどうかと思い、ヘソンが家政婦に頼んでおいたのだ。水餃子スープは義母が好きな食べ物でもあった。どういう風の吹きまわしか、素直にテーブルに座ったオギョンは、大決心でもしたように匙《さじ》を取った。匙を立てて餃子を小さく割り、口に入れた。きちんと嚙まずに呑み込む様子をヘソンは不安な気持ちで見ていた。

朝方、オギョンとサンホの間に大きな衝突があった。二人が一階の寝室で口争いをしているのが、二階のヘソンの部屋まで聞こえてきた。ヘソンは忍び足で階段を下りていった。固く閉ざされた寝室のドアに耳を当てて盗み聞きするまでもなく、父の声がわんわん響いた。父は「人の言うことを少しは聞け！」と怒鳴った。

「そういうあなたはどうなの？　わたしの言うこと、何ひとつ聞いてくれないじゃない！」

母が血の滲んだような声で絶叫した。

「わたしの娘はわたしが捜すから、ほっといて！」

ヘソンは彼女と暮らして五年になるが、心臓をずたずたに引き裂くような、こんな金切り声は初めて聞いた。何かがドスンと鈍い音を立てて床にぶつかった。ヘソンは思わずドアを開けて駆け込んだ。オギョンは半ばうつぶせになって床に倒れていた。おそらく父が突き飛ばしたのだろう。ヘソンは彼女を抱きかかえた。父は拳でわが胸をドンドン叩いていたかと思うと、コートを取って出ていってしまった。玄関のドアがバーンと閉まった。

「奥様、お味はどうですか」

放っておけばよいのに家政婦がオギョンにそっと尋ねた。オギョンははっと我に返った居眠り病《ナルコレプシー》の患者のように目をしばたいた。ティッシュを一枚抜き取り、口の中のものを吐き出した。オギョンのいなくなったテーブルの片隅に、ヘソンがひとり取り残された。どうにか餃子を一つ食べたけれど、げっぷがこみ上げてきた。ヘソンも無言で匙を置いた。タヒの推測はやはり当たっていた。餃子を一つ。この二日間で彼が食べたものはそれだけだった。

「ねえ、何か食べに行かない？　あたしもお昼、食べてないんだ」

タヒがわざととぼけて言った。習慣の力なのか、彼女がさっと腕を組んできたので、ヘソンは少し戸惑った。照れくさいと言った方がいいかもしれない。日曜の午後、あんな別れ方をしたというのに。タヒは何事もなかったかのように振る舞った。

日曜日。その日のことを思い出すだけで胸が張り裂けそうになる。二人はキャンパスの坂道を下りていった。裸になった街路樹が両脇に並んでいた。桜の木だ。四月には真っ白な花がまぶしいほどに咲き乱れ、十月には紅葉して美しい。ヘソンはこの一年間、一週間に二、三回はこの道を歩いた。坂道の途中にあるベンチで本を読んだり、さっきのように運動場のスタンドに座ってサッカーの試合を見たり、あるいはキャンパスのあちこちをぶらぶらしたりしながら、タヒの授業が終わるのを待った。タヒの友達が「あんたの彼氏、すっごくいい人だよね。いつもうちの大学まで来てさ」と羨ましがると、タヒは顎を上げて「だから会ってあげてるのよ」と答えているのを、ヘソンは知っていた。

「いまは予科だからわりとヒマなんだよね。でもほんとは前もって点数稼いでるの。そのうち忙しくなって、あたしのことほったらかしにするときに備えて」

小雨の降るある春の日、校門の前で会った同じ学科の友達にタヒはにっこり笑って言った。ヘソンはそばで他人事《ひとごと》のように聞きながら、地面に落ちた桜の葉を見下ろした。あのとき正直に打ち明けていればよかったと、いまになって思う。時間が過ぎるにつれ、はるか彼方へと遠ざかる。嘘とはそういうものだ。

「何か言いたいこと、あるんでしょ？」

大学前の中華料理屋に入り、隅の方のテーブルに座るなりタヒが訊いた。ずっと我慢していたのが見て取れた。ヘソンは、ユジが行方不明になったことを訥々《とつとつ》と話した。主観的な判断や感情は込めずに、事実だけを話した。思ったとおり、タヒは口をあんぐり開けた。

「うそっ。どうしたらいいの」

彼女は両手で額《ひたい》を押さえて、呪文を唱えるようにつぶやいた。ヘソンは耳を塞《ふさ》ぎたくなった。どうすればよいのか誰にもわからない。タヒはもう少しくわしく聞きたそうにしたけれど、ヘソンにはそれ以上答えられるほどの気力がないことに気づいて、やめた。年齢に似合わないバランス感覚があった。十五歳で初めて会ったときから変わっていない。

「つらかったね。でも大丈夫よ、きっと」

タヒはすぐに気を取り直した。彼女らしかった。タヒはあらためて店の人にメニューを見せてくれと言った。いつもはジャージャー麺かチャンポンしか食べないのに。彼女はメニューをゆっくりとめくりながら、蟹《かに》スープと野菜と豚肉のあんかけ、チャーハンを頼んだ。彼女なりに思いついた、温かくて柔らかい料理だった。

「昨日、お小遣い入ったんだ。残したっていいから何か頼もうよ」

片方の目で目配せをして、無理にほほ笑もうとしているタヒを見ながら、ヘソンの体の中で何かが力なく崩れていった。いつの頃からか、タヒに会うと反射的に心臓が押し潰される感じがした。その力の正体がようやくわかるような気がした。誰かにこんなに愛されるのは、ヘソンにとっては恐ろしいことだった。

「頼みがあるんだけど」

彼はようやく口を開いた。

「警察が連絡してくるかもしれない」

「あたしに?」

「そう」

ヘソンはわざとシンプルに、早口で話を続けた。彼女の耳には多少ぶっきらぼうに聞こえただろう。

「そのときは、いろいろと訊かれると思う。全部タヒの好きなように答えていい。だけど……」

「うん」

タヒは真顔になって彼をまっすぐ見つめた。彼女は利発で現実的だった。だから安心できる反面、不安でもあった。

「この前の日曜日……」

タヒの頭の中にも、この前の日曜日の光景がよぎったはずだった。

「僕たち、夜まで一緒にいたことにしてくれないかな」

下劣で馬鹿げた頼みだってことはわかってる、とは言わなかった。ごめんとも言わなかった。蟹スープが来た。店の人がテーブルの中央に置いた丸い器を、タヒがヘソンの方に押した。

「食べて。冷めるとおいしくないよ」

こんなときの彼女はまぎれもなく年老いた婆さんだったが、二歳の子どものようにも見えた。とろみのあるスープは熱すぎて、味がよくわからなかった。二人は黙々と器の中のスープをすくって飲んだ。さっき聞いたことについて、タヒはひと言も問いたださなかった。彼女は何を考えているのだろう。ヘソンは曇った冬の寒い日に陰地に裸で立っているような気分だった。

「冬なのに蠅《はえ》がいる」

料理を盛った皿にとまろうとした蠅を、タヒが手で追い払った。日曜の午後別れたあと、ヘソンがどこで何をしていたのか、彼女は訊かなかった。あの日、いったい何があったの？　なぜあたしがアリバイを作らないといけないの？　と問いつめたりもしなかった。ヘソンは怖くなった。ひょっとしたらタヒは何もかも知っているのかもしれない。あたりはあっという間に暗くなった。

二人が土曜日と日曜日、二日続けて会ったのは事実だった。土曜日の夜は、中学のとき同じ塾に通っていた仲間たちと集まった。タヒと仲のよかったソヨンがパーソンズ美術大学に合格してニューヨークに行くことになったので、送別会をしたのだ。もともと行くつもりはなかった。でもタヒがどうしても一緒に行こうと言うのだ。

「あたしひとりで行くと、ヘソンはどうしたのって訊かれるのよ。それに、みんなと仲良くするいい機会じゃない。いい子たちなんだし」

タヒの意見を否定するつもりはなかった。いい子たち、にはいろいろな意味が含まれている。彼らは他人に対して爪の垢ほどの悪意もなさそうな、血色がよくてこざっぱりした印象を与える。みんなショートケーキの上にかわいらしく飾られたいちごの果肉を思わせる柔らかな声で話し、並びのいい歯を見せてにっこり笑った。

「あんたたちといると落ち着くわ。やっぱ、昔の友達はいいよね。大学の友達って、なんとなく気を遣うから」

「あたしも。でもあんたんとこは半数が江南《カンナム》なんでしょ。うちなんてひどいんだよ。この前だってね、おまえんちは江南なのか、金持ちなんだなって露骨に言うんだから。それもイヤミっぽく」

その子は、幼稚だよねとつけ加えた。ヘソンはビールジョッキに顔を突っ込んだまま、反吐《へど》が出そうだと思った。隣にいたタヒが彼の膝をそっと手で押さえた。誰それのいとこが司法試験に合格したとか、何でも早めに準備しないと失敗したときに再起するのが難しいとか、新沙洞《シンサドン》カロスキルにあるカフェのコーヒーとワッフルセットがおいしいとか、中学を卒業したあとイギリスに留学していた同級生がスイスのホテルスクールに進学したのだが、そこの学費がものすごく高い、などというつまらない話が宙を漂った。

「そうだ、ヘソン」

ちょうど話題が途切れ、誰かがヘソンを呼んだ。ジノという、ヘソンとは別の医大に通っている子だった。

「おまえんとこ、解剖学と生理学、始まった？」

「う、うん」

ヘソンはテーブルの上に軽くのせていた肘《ひじ》を下ろした。そしてゆっくりと壁にもたれた。急に酔いがまわってきた。

「俺んとこは始まっててさあ、もう大変だよ。うちの学科はみんな予科のときから成績を気にしてて、とにかく必死なんだよね。そっちもそうだろ？」

場がしらけているのも気にせず、ジノはひとりで話し続けた。ヘソンは無言で左の方に目をやった。タヒが耳もとで「飲みすぎだよ」とささやいた。

「あんたたち夫婦みたい。いっそのこと早く結婚しちゃえば？　この頃、早婚がトレンドだっていうし」

ソヨンはそっけなく話題を変えた。ジノのそれとない自慢話はもう聞きたくないのだろう。女の子たちはキャーッと笑った。

「そうだよ。卒業と同時に結婚するのもいいじゃん？　一緒に留学できるし。先輩の中にもそういうカップルがいて……」

　話題が変わった隙を見てヘソンは立ち上がった。

「え？　ヘソン、帰るの？」

　彼は返事をする代わりに伝票を取り上げた。ソヨンが止めた。

「いいのいいの、置いといて。今日はあたしの奢《おご》りなんだから」

「割り勘にしようぜ。一緒に食べたんだし」

　ジノがズボンの後ろのポケットから財布を取り出した。ヘソンは唇だけで笑って、伝票をさっと振った。

「大した額じゃないさ。悪い、先に帰るよ」

　ヘソンがカウンターで勘定を済ませていると、タヒがやって来た。顔を真っ赤にしていた。

「むりやり連れてこられて怒ってるの？」

「そんなんじゃない。悪いけど、先に帰るよ」

　さっき言ったことを繰り返し、ガラスドアを押して外に出た。コートの袖に腕を通し、地上に続く階段を二つ飛ばしで上っていった。どこからかかすかに尿のにおいがした。店の入口で、タヒが茫然と見上げているかもしれない。ヘソンは振り返らなかった。携帯電話の電源を切って、その夜を過ごした。もう一度だけ、これが最後だと、自分に言い聞かせた。そうして日曜日になった。

　日曜の朝、突然姉に呼び出されるようなことがなければ、何もかも違っていたかもしれない。少なくとも義母に言われた午後二時までは家にいただろうし、ユジと昼ごはんを食べ、先生にレッスン代を渡しただろう。父が帰ってくるまでユジをひとりにはさせなかったはずだ。ユジがいなくなるようなこともなかったはずだ。でも、額から血を流しながら寂しそうにしている姉、魂の一番奥に土足でずかずか入ってこようとする姉を見た途端、頭の中が真っ白になった。ウンソンが傷を縫っている間、タヒから電話があった。

「いま病院にいる。姉さんがまたトラブったんだ」

タヒは低いため息をついた。「ずっと病院にいるの?」と訊くタヒに、つい、「いや」と答えた。その瞬間、心からそう思った。タヒに会ったのは正午になる少し前だった。たしか地下鉄の駅で時計を見ながら、タヒとコーヒーを飲んで急いで帰れば二時前には家に着くだろうと思った。遅くなったとしても、レッスンが終わる時間には間に合うはずだと。

タヒは先に来て待っていた。とっくに着いていたのか、コーヒーカップはほとんど空になっていた。生気のない顔をしていた。タヒは腹を立てたり、苛立ったりはしなかった。取り澄ました顔で窓の外を眺めていた。ヘソンはまたしても胸が締めつけられた。離れているときはそうでもないのに、彼女と向かい合うとなぜいつもこうなのだろう。クモの巣に張りついたように身動きできなくなる。

ヘソンとタヒは中学のとき、補習塾で初めて知り合った。十五歳。ヘソンがサンホの家に移り住んだ頃だ。誰かが話しかけてきたらどうしよう、でも誰も話しかけてくれなければ困る、そんなことを思いながら一番後ろの席で固くなっていた少年に、最初に声をかけてきたのがタヒだった。タヒは当時のことをこう言った。かわいらしくて利発そうな顔をし、大人びてしっかりした少女だった。「あたしはひと目で好きになったけど、怖くて近づけなかった。肩でも叩いたら拳が飛んできそうで」。タヒの予想は外れていた。誰かがそっと触れるだけで、十五歳の彼は拳を握りしめるどころか、わーんと大声で泣きだしていただろう。

「怒ってる?」

二十一歳のヘソンが言った。二十一歳のタヒが睨みつけた。

「死んでも謝らないよね」

「ごめん」

「あたし、ほんと、わからなくなる。あたしたちの関係っていったい……」

「ごめん」

「どこか静かな所で話さない？」

タヒが椅子から立ち上がった。彼女の言う静かな所とは、自分の家のことだった。彼女と、彼女の両親が住んでいる家。

家には誰もいなかった。両親は結婚記念日を祝って旅行に出かけたらしい。結婚記念日に旅行に行く夫婦もいるのか。ヘソンにはなじみのない、妙な気持ちにさせられる話だった。靴を脱いで家の中に入ったあと、気まずさを隠しきれなかった。他人の家に上がるたびに、彼はどうしてよいかわからなかった。まだ数歩しか歩いていないのに、タヒが訝《いぶか》しげに訊いた。

「なんでそんな歩き方をするの？」

「え？」

「かかとを浮かせて歩いてるから。うちの床、汚れてる？」

「そうじゃなくて、……僕が汚してしまいそうだから」

ソファからは壁に掛けられた家族写真が目の前に見えた。こぎれいに着飾った四人の家族がカメラに向かって恥ずかしそうにほほ笑んでいた。タヒの顔は人中《じんちゅう》を境にして上は父親に、下は母親に似ていた。遺伝子の驚くべき威力を見せつけられると、鳥肌が立ちそうになる。タヒはヘソンの両親に会ったことはないけれど、ヘソンはタヒの両親と何度か会った。初めて会ったのは中学の卒業式のときだった。どうした風の吹きまわしか、生みの母が、何があっても行くと言い張った。サンホは出張中だった。言いにくかったが義母に事情を話した。オギョンはしばらく考えてから快く承諾した。

「残念だわ。ソウルで一番きれいな花束を持って行こうと思ってたのに」と言い、すぐに「あ、気にしないで。冗談よ。楽しんできてね。うちはお父さんが帰ってきたら、週末にでも外食しましょ」とつけ加えた。しかしその日、生みの母は来なかった。卒業式を終えて講堂から出てくると、携帯電話に文字メッセージが届いていた。急ぎの用ができた、ごめん、卒業おめでとう、愛してる、とびっしり書かれていた。赤いハートのスタンプも二つついていた。ヘソンは黙ってメッセージを削除した。

「やだあ。来ないでって言ったのに、二人とも来てる。あたし今朝、お母さんと喧嘩したんだよね。一緒にごはんなんて絶対イヤ。お願い、ヘソン、一緒に来て。ね?」

泣きそうな顔をしているタヒに、むりやりファミリーレストランのバイキングに連れていかれた。タヒの両親は教養のある穏やかな人たちだった。成績のことや父親の仕事などについて何も訊かなかったし、ヘソンが新しい皿を持ってくるたびに、ゆっくりたくさん食べなさい、とにっこり笑うだけだった。気難しいうちの娘と仲良くするのはさぞかし大変だろう、と父親が冗談を言うと、タヒがキッと睨みつけた。父親にそんな態度を見せるのかとヘソンは驚いた。でもタヒは両親に不満を抱いていた。

「あたし、お兄ちゃんと年子なんだ。高校のときなんか、お父さんの給料の三分の二をあたしたちの教育費に使ってたの、知ってるよ。何がなんでも江南八学群《カンナム》〔名門高校、教育熱心な親、有名学習塾が集まる学校区〕に残らなきゃって、お父さんとお母さんが必死になってたことも。でもね、あたしが望んでもいないのにそうされるのってぞっとする。子どもには見返りを求めない？　冗談でしょ。そうやってお金をつぎ込んで何も期待しないなんてあると思う？　いつあたしが子どもの犠牲になってくれって頼んだ？　なんでひとの人生にいちいち干渉するわけ！」

ヘソンはタヒが文句を言うのを聞きながら、それはどのような食物連鎖によるものなのだろうと考えた。タヒに訊けばどう答えるだろう。おそらく「みんな私有財産の弊害よ。自分の子どもを、銀行でローンを組んで買ったマンションみたいに思ってるんだよ」などという論理を持ち出すか、いずれにしても、彼が考えているよりもずっときっぱりと言い放つはずだ。タヒの言うことを聞いていると、この世はとても単純な秩序によって動いているように思えてくる。白いスケッチブックに4Bの鉛筆で縦にまっすぐ引いた数本の線と、その間にポツポツ描かれた小さな点。なぜかその点と線を肯定したくてたまらなくなる。タヒはヘソンの膝に頭をのせた。さっきまで静かな所で話がしたいと言っていたのに、もうそういう気分ではないらしい。二人はチャンネルをあちこちまわしながら、うわの空でテレビを見た。タヒは寝転んだままビスケットを食べた。盛り上がった胸のあたりに屑が落ちた。テレビの吐き出す騒音の中で、時計の秒針の音が重々しく四方に広がった。おかしな日曜だった。そして、どちらからともなく眠ってしまった。

目を覚ますなり、ヘソンは時計を見ようとした。ところがタヒは起き上がるが早いかヘソンの唇にキスをした。先に離れたのもタヒだった。

「ヘソン、あたしをちゃんと見て」

彼女が真面目な顔をしてヘソンを見つめた。テレビの画面では、朝鮮王朝時代の軍卒の服を着たエキストラたちが、空を飛びながら戦っていた。

「ねえ、もう一度やってみない？」

ヘソンの口から空咳《からせき》が出た。タヒのベッドはシングルだった。二人は横向きになったまま、長いこと見つめ合っていた。ずっしりしたものがヘソンの胸を圧迫した。仕方なくヘソンはタヒにキスをした。タヒは彼の首に両腕をしっかりと巻きつけ、上半身を密着してきた。腹部にタヒの肌を感じた。ヘソンの体が苦しそうに膨らんだ。彼女は積極的に体を動かした。ヘソンは目をぎゅっとつむった。いまが夜だったらいいのにと思った。むしろ暗闇の中だったら。彼は目を閉じて、頭の中で数万本に枝分かれした道をすべて消し、一か所に集中しようとした。

しかし、タヒのピンクの下着に指を伸ばした瞬間、体からすーっと力が抜けた。タヒが体を起こした。ヘソンは壁の方に顔をそむけた。ところどころ、色褪《あ》せた壁紙のバラ模様が、終わりのない迷路のように感じた。

「あたしいま、すっごく惨《みじ》めなんだけど」

タヒが無理に平気を装って言った。声には隠しようのない感情が滲んでいた。

「今日はどうしても聞かなきゃ。理由は何?」

彼女に何をどう説明できるのだろう。ヘソンは黙っていた。タヒは大きく息を吸ったかと思うと、ぽろぽろ涙を流した。タヒは何を確かめたいのだろう。また、何を確かめてほしいと思っているのだろう。手でつかむことのできないもの、つかもうとした瞬間に指と指の隙間からこぼれ落ちてしまうもの、おそらくそういうものではないかとヘソンは思った。タヒは彼のすべてを知りたがった。どんな些細な話でも二人で共有したがった。世の中の排他的な関係にある恋人たちがやることを、ヘソンと分かち合いたがった。その中に、恋人たちが公然の秘密のように行うセックスも含まれていると、彼女は信じているようだった。彼女の考えはきっと正しいだろう。

「正直に答えて」

肩を揺らして泣いていたタヒが、彼を見つめた。見たこともない顔をしていた。

「……なにを？」

「もしかして、一生責任とらないといけないとか思ってるの？」

「……そんなんじゃない。タヒ……僕は……」

「言い逃れしないで」

タヒは冷たく彼の言葉を遮った。

「あたしって何？」

「タヒ……」

「いつだってそう。逃げてばかり。帰りたければ帰りなさいよ。こんなことであんたを引き止めようなんて思ってないから。あたし、そんな人間に見える？」

「ほんとに違うんだ。僕はただ……」

「ただ、なによ」

タヒの目は、よく磨いた碁石《ごいし》のように真っ黒だった。

「……愛してる」

生まれて初めて口にする言葉だった。ヘソンは舌を奥の方に丸めた。喉の深い所から魚の腐ったにおいがこみ上げてくるようだった。野戦病院のベッドで死にゆく、若い兵士の肉体が放つ血生臭《ちなまぐさ》いにおい。タヒが洟《はな》をすすりながら、手の甲で目もとをぬぐった。彼女は再びベッドに仰向けになった。目を閉じ、下着をさっと下ろした。二月の太陽は早く沈んだ。部屋の中はいつしか薄暗くなっていた。ヘソンはタヒのチリチリに縮れた陰毛を見つめた。勃起はしなかった。こんなときはいっそサイコパスにでもなれたらいいのにと思う。他人に共感できないように。他人の気持ちなんてどうでもいいように。ヘソンは足もとに放り出された布団をタヒに掛けてやった。タヒは布団を頭までですっぽりかぶった。

「出てって」

布団の中で彼女が小さくつぶやいた。

「いますぐ出てって！」

ヘソンは言われるままに部屋を出た。リビングの壁に掛かった家族写真の方を振り返らなかった。家の外に出るとようやく惨憺たる安心感が押し寄せてきた。自分を破壊したい欲望が、激しく、ひそかに、体を殴りつけた。彼はとりあえず目に留まったインターネットカフェに入った。ゲームをしながら夜が更けるのを待った。彼は自分との約束をまたしても破った。それが日曜日、ユジがいなくなった日の出来事だった。

11　狭い門

電光掲示板に〈arrival〉と表示が出た。入国ゲートからあふれ出た旅行客は、ＪＡＬ便で到着した日本人だった。ソウル発の大韓航空には、台湾人と韓国人の乗客が半分ずつ占めているのがふつうだった。ときどき香港人や日本人も見られた。台湾人、韓国人、日本人、香港人、そして中国本土の中国人を、彼はひと目で見分けた。口では説明できない微妙な違いだった。しばらくすると、韓国人が一斉にドアを開けて出てきた。ミンは用意してあった紙を高く上げた。

「ようこそ。二〇〇八年台北チェーン＆フランチャイズ博覧会参加団」

博覧会のために来る人たちは比較的楽だった。初日は空港でピックアップし、ホテルのチェックインを済ませたあと故宮博物館を案内し、それから夕食をとる。世界貿易センターで博覧会が始まる二日目からは、朝、１０１タワーの前まで送っていけばよい。そして最終日に、旅行会社と契約している数か所のショッピングセンターに寄れば四泊五日の日程が終わる。ミンはこの仕事が好きではなかったが、かといって嫌いでもなかった。仕事だと割り切っていた。

「兄貴」

誰かが後ろから肩をトンと叩いた。他の韓国系旅行会社でガイドをしているピーターだった。台湾に定住しているほとんどの韓国系華僑がそうであるように、ピーターも本名ではなく英語の名前を使った。旅行客の多くは、韓国語と中国語を自由自在に操る彼らに興味を抱く。正直に華僑だと言うだけでとくに説明もしないミンと違って、ピーターはそのときの気分によってあれこれ話をつくり上げた。同級生や契《ケ》〔韓国で伝統的にある、頼母子講のようなもの〕のメンバー同士で来た中年女性たちには、初恋の人を捜しているうちに台北に来て根を下ろしてしまったと言い、中年男性には、ソウルの名門大学の中国文学科を出たあと一流企業で働いていたが株式投資に失敗してここまで流れてきたのだと言った。

「兄貴。ずいぶんご無沙汰だけど、たまには顔出してくれよ」

ピーターは憎らしくない程度にぼやいた。ポーカーをしに来いと言っているのだった。街の中心部にある韓国食堂の奥の部屋で、韓国系の華僑たちが集まってポーカーをしている。常連の古株のメンバーと、一週間に一、二回ほど顔を見せる者たちがいるのだが、ピーターは後者だった。ポーカーを一緒にやろうというよりは、華僑コミュニティにたまには顔を見せろと言っているのだった。

「兄貴が来てくれないと、俺は板ばさみになって大変なんだよ。ワン・ミンは俺たちみたいなレベルの低い人間は相手にしたくないらしい、って言うやつもいるんだ。まあ、拗《す》ねてるだけなんだけどさ。かといって俺が、兄貴はそんな人じゃないって言っても誰も聞く耳持たないだろ」

初めからここの住民のふりをして暮らしていればどうだかわからないが、韓国の旅行会社、韓国の食堂、韓国人観光客を相手にした雑貨店……、そういった狭いネットワークで結びついているこの畑に根を下ろして生きていくには、ある程度、人脈の管理は欠かせなかった。

「ああ、そのうち行くから」

そうは言ったものの、タバコの煙でもうもうとした部屋であぐらを組んでポーカーをやっている光景など想像したくなかった。そのとき、ズボンのポケットの中で電話が鳴った。嘘だと思われるかもしれないが、着信音を聞いた瞬間、彼は不吉な予感がした。鋭くてヒリヒリするような予感。ミンは深く息を吸った。

「喂《ウェイ》?」

電話の向こうから、ああ、なのか、おお、なのかわからない小さなうめき声が聞こえてきた。オギョンだった。ドキッとした。彼女は言葉を詰まらせていた。むせび泣いているようでも、息を止めているようでもあった。

ユジ。

夢の中でも思いきりささやくことができなかったその名前を、ミンはむなしく繰り返した。ミンはユジに二度会ったことがある。初めて会ったのは一昨年のユジの誕生日だった。初めから誕生日に合わせてソウルに行こうと思ったわけではなかった。彼は自分にそんな資格はないと思っていた。

当時、アルバイトをしていた台湾の会社の通訳士として、ソウルで開かれる会議に参加することになった。通訳は、彼が長い間やってきたパートタイムの仕事だった。大学卒業後、彼は一度もきちんとした職に就いたことがなかった。台湾の兵役法によると、四十歳以下の男子はみな一定期間、兵役に就く義務がある。ただ、正規の仕事がない場合は例外だった。この例外事項にすがるように、四十まで何とか持ちこたえる華僑たちは大勢いる。彼らは、どこにも所属していないことを証明するために、三か月に一度は必ず国外に出た記録を残さなければならなかった。好まれるのは一番近い香港やマカオだった。朝の飛行機で出国し、香港で昼ごはんを食べて、午後の飛行機で帰ってくるというのを三か月ごとに繰り返した。金を貯めるにも貯められない、安定を求めるにも求められない構造だった。彼らをつかまえて、なぜそこまでして軍隊に行きたくないのか理由を訊けば、十中八九は唖然とするか、決まり悪そうな顔をするだろう。もう少し悪人ぶるやつなら、「自分の国の軍隊でもないのに、なんで?」と不機嫌そうに言い放つかもしれない。

久しぶりのソウル行きがユジの誕生日と重なることを知り、彼は胸が高鳴った。デパートに行って、ユジに贈る初めてのプレゼントをゆっくり選んだ。免税店で買ってもよかったのだが、包装をどうしようか迷った。彼は心を込めて包装したプレゼントを渡したかった。オギョンにはソウルに着いてから連絡した。ソウルは彼女の生活空間だ。彼女にはほんの少しの負担もかけたくなかった。もしオギョンに会えたら、カバンの底に入っている香水を渡せるだろうか。確信は持てなかった。

風のない蒸し暑い日だった。半袖シャツの脇が汗で濡れていた。ソウルのど真ん中にいるのに、台北のメインストリートを歩いているような気分だった。梨泰院《イテウォン》にある小さなホテルのロビーでオギョンを待ちながら、驚くほど胸が高鳴った。そしてユジに会った。オギョンが予告もなしに連れてきたのだ。ユジは利発で思慮深い目をしていた。鼻先が丸くてかわいらしかった。いまはまだ、にっこりほほ笑むと唇が恥ずかしそうに広がるが、もう少し時が経てば、強くてしっかりした娘に成長するだろう。初めて会ったのに親しみを感じた。彼は、これまでユジについては何も考えないようにしてきたことに気づいた。別れぎわに握手をした。彼は少し泣きそうになった。泣いてはいけないと思い、その小さな手を握ったまま二回揺らした。

「さようなら、ラオミン」

ユジが優しくそう言った。ユジはオギョンの手を握り、振り返った。月の光が二人の背中を貫くように鋭く刺していた。

二度目に会ったのは去年、ミンの四十回目の誕生日だった。前の日の午後、桃園《タオユエン》国際空港からソウルに帰る旅行団を見送り、外に出ようとしたが、ふと思い立って航空会社のカウンターへと向かった。飛行機の中で「馬鹿なやつ」と何度もひとりつぶやいた。自分に贈る最初で最後の誕生日プレゼントだと思うことにした。しかし、いざソウルに着くと、どこに行けばよいのか何をすればよいのか思い浮かばなかった。ミンはとりあえず市庁《シチョン》駅から世宗《セジョン》文化会館まで歩いたあと韓国日報《ハングクイルボ》まで歩き、その足で安国《アングク》駅に向かった。台北と同じように無表情な人たちが彼のそばを通り過ぎていった。現実味がなかった。名前も知らない路地裏の食堂でソルロンタンを食べ、鍾路《チョンノ》通りにある旅館に入った。部屋の隅に置かれた電話を見ながら本能的にオギョンのことを思ったが、電話はかけなかった。コールガールを頼もうかと一瞬迷ったけれど、テレビのポルノチャンネルをつけたままで眠ってしまった。

翌朝早く、ユジの通う小学校に行った。

学校は大きな通り沿いにあった。黄色いスクールバスが何台も校門の前に停まった。バスが停まるたびに、同じ服を着た子どもたちが次々に降りた。襟《えり》の高い白いブラウスに紺色のチョッキが制服のようだった。男子はチョッキと同じ生地のズボンを履いており、女子は膝丈《ひざたけ》のスカートを履いていた。ミンは短い祈りを捧げるくらいの間、目を閉じ、そして開けた。ずっと向こうの方に奇跡のようにユジの姿が見えた。その日は彼の四十回目の誕生日だった。

紺色の制服はユジの体には少し大きかった。見ないうちにやつれたのか、ユジは前回よりも小さくなっている気がした。ユジは地面を見ながら歩いていた。靴を引きずるような歩き方をするところがオギョンと似ていた。ユジ。口に出して呼べない名前が口の中でぐるぐるまわった。そのとき、さっきから彼をじっと見ていた警備員が近づいてきた。

「保護者の方ですか」

年配の警備員が大きな声で尋ねた。ミンが何か答えるよりも先に、何人かの子どもたちがこちらを見た。その中にユジがいた。ユジが立ち止まった。二人はその場に突っ立ったまま、互いの顔をぼんやりと眺めた。ひと目で自分に気づいてくれたことにミンは心から感謝した。彼は片方の手をゆっくりと上げた。手に握っている丸めた新聞紙をオリンピックの聖火ランナーのように振った。ユジがぺこりと頭を下げた。彼はユジの方に歩いていった。なおも訝《いぶか》しげな顔をした警備員が、二人を横目で見ていた。

「元気だった？」

ユジがこくりとうなずいた。彼は中腰になってユジと目線の高さを合わせた。いきなり話しかけてもユジは驚いている様子はなかった。この子の目はこんなにも落ち着いていたのか。

「僕のこと、覚えてるかな？」

間抜けな質問だった。ユジがもう一度うなずいた。

「制服、かわいいね。よく似合ってる」

ユジがそっとほほ笑んだ。

「朝ごはんは食べた？」

「はい」

「そうなんだ。何を食べたの？」

「わかめスープ」

午前九時、雲が早いスピードで切れ、澄んだ空が顔を見せようとしていた。彼はそれ以上、何を話したらよいかわからなかった。言いたいことと言えることは別ものだった。

「あの、もう行かなきゃ」

ユジがおずおず言った。

「あ、そうだね。じゃあまた。勉強、頑張ってね。先生の言うこともよく聞いて」

なぜもっと気のきいた韓国語が言えないのか。彼は自分を責めた。また別のスクールバスが着いた。同じ格好をした子どもたちがまたどっと降りた。ユジは他の子どもたちにまぎれて遠ざかっていった。このままもう永遠に会えないかもしれない。彼はユジの名前を呼んでみた。

「ユジ」

とても小さな声だった。ずっと向こうの方で、その名前の少女がそっと後ろを振り返ったような気がした。ふっと笑いが漏れた。俺はいったい何を望んでるんだ。恥知らずな人間だな。彼はつぶやいた。

「バイバイ」

これが最後になりませんように、と心から祈った。


「いますぐ行くよ」

オギョンは返事がなかった。

「泣かないで」

「……」

「いますぐ、すぐにそっちに行くから」

低いが断固とした声で彼が言い聞かせた。かつて、とても卑怯だったときがあった。思えばいままでずっと卑怯だった。何も選ばなければ何も壊すことはないと信じていた。価値のない枠の中に人生をまるごと捧げたりしない権利、匿名であるがために自由をひそかに享受する権利が、自分にあると思っていた。人の生はひっそりしている。そのひっそりした内壁に、いくつかの穴だけが錯覚のように残ってしまった。彼は長いため息をついた。あちこち空白になったところを、いまさらどうやって埋められるだろう。もはや選択の問題ではなかった。

次の日の朝、ミンは台北発ソウル行きの一番早い飛行機に乗った。


ミンがオギョンの家の近くまで来たのは初めてだった。

この十年間、ソウルで会うときはいつもオギョンがミンの所に来た。それは理由を必要としない、言ってみれば不文律のようなものだった。オギョンが彼のいるホテルまで車で迎えに来て、別れるときはまたそこまで送る。そんな彼女のことがときどき、本国から来た客を接待する礼儀正しい現地の駐在員のように思えた。結婚後にしばらく住んでいたマンションから、方背洞《パンベドン》の一棟のヴィラに引っ越したという話を聞いたのは、数年前だった。

「どう?」

何も言わないのもどうかと思い、わざと曖昧に訊いた。

「ごくふつうの家よ」

オギョンははぐらかした。

「一棟だけだから静かなのよ。お互い干渉もしないし。そういう面では楽ね」

彼女がマンションの同年齢の主婦たちの排他的な文化を煙たがっていたことを知っていただけに、よかったと思った。「あのね、マンションの遊び場にもインナーサークルがあるのよ。面白いでしょ?」　いつだったたか、オギョンがそう言いながら苦笑いしていた。「あたしはどうでもいいんだけど、娘に申し訳なくて。母親があんまり浮いてると、娘まで消極的になっていくみたい」。そのとき彼は何と答えただろう。娘のことが話題になると、彼はいつもおろおろした。あれこれ知りたがるのはよくないし、かといって無関心を装うのもいけないような矛盾が、彼の中に深い根を下ろしていた。おのずと口数が少なくなった。

韓国に着くなり仁川空港で携帯電話をレンタルした。その番号でオギョンに電話をかけた。呼び出し音がまだ二、三回しか鳴っていないのに、オギョンは慌てて電話に出た。

「もしもし」

「俺」

「もしもし？　もしもし？」

「いまソウルに着いた」

彼女が長いため息をついた。

「ああ、知らない番号だったから、てっきり……」

まだ何の連絡もないのかと訊くまでもなかった。彼女の息遣いがすべてを語っていた。出てこれるかと尋ねると、彼女はしばらく黙っていた。彼は焦りだした。彼の立場でこの恐ろしい不安を分かち合えるのはオギョンしかいなかった。

「俺がそっちに行くよ」

「……うん」

オギョンが指定した所は、カフェというよりパン屋に近かった。テーブルで交わす会話が、プラスチック製のトングでくるみパイをつかんでいる他の客にそっくり聞こえそうなほど、小さな空間だった。内と外を透明に照らすガラス窓のそばに座り、ミンはぞっとした。いつものオギョンなら絶対にこんな所で会おうとは言わない。

オギョンがふらふらしながら店の中に入ってきた。たった一週間で何歳も老けたように見えた。げっそりやつれ、ローションさえつけてなさそうな顔が黄色くくすんでいた。彼女は所帯道具とともに棄てられた廃家のようだった。そのうち垂木《たるき》が音を立てて崩れ落ちてしまうのではないか。オギョンはミンの肩に顔をうずめて長い間泣いた。声に出さずに泣いた。ミンは彼女の背中をゆっくりと撫でてやった。横目でちらちら見ながら通り過ぎていく他人から保護するために、彼女をガラス窓に背を向けるようにして座らせた。ミンにできることはせいぜいそのくらいだった。涙はじわじわと止まった。

「なんにも食べてないんだろ」

長い袖から覗いている痩せた手首に目を這わせながら、ミンはぼそっとつぶやいた。

「あたし、ごはん食べてるわよ」

オギョンが急に大声で言った。

「ごはん食べてるの、あたし。ごはんが、ちゃんとここに入るの」

彼女は拳でトントンと鎖骨のあたりを叩いた。

「……」

「それだけじゃない。トイレにも行くのよ。トイレに行きたくなるの。あたし、これでも人間？ねえ、そう思わない？」

「……」

「おぞましい。この体がおぞましすぎて耐えられない」

「ウィリン」

「あたし、なんにも望んでないのよ。ただ知りたいだけ。誰がユジを連れていったのか、ユジはいまどこにいるのか、せめてそれだけでも」

号泣しながら、娘の居場所だけでも知りたいと言う彼女は、娘はきっと「どこかにいる」と確信していた。オギョンは娘が生きていると信じているのだ。何ひとつはっきりしない状況では、一分一秒が苦しいはずだ。ミンはオギョンの手を握った。彼女の手は冷たく湿っていた。彼女も同じように感じているかもしれない、とミンは思った。彼の温度と彼女の温度が、青白い閃光《せんこう》のごとく結合した。

「だけど、おかしいわよね」

オギョンは目を見開いてつぶやいた。

「おかしなことは一つや二つじゃないの」

「どういうこと？」

オギョンは何か言おうとして周囲を見まわした。店の中にテーブルは三つしかなかった。すぐ隣のテーブルでは大学生らしき女の子がノートパソコンを広げ、画面を覗いていた。陳列棚の前にはケーキを買っている中年女性の姿もあったし、緑色のエプロンをかけたアルバイトも二人いた。平和な光景だった。通りを行き交う人たちは、このショーウィンドウを覗きながら、熱帯魚がのんびり泳いでいる透明な水槽を思い浮かべるかもしれない。オギョンはすっと立ち上がった。ミンはおろおろしながらあとを追った。

彼らは近所のベンチに並んで座った。三月になってまだ間もない。ソウルの先週の平均気温に比べたらずいぶん寒さは和らいだが、台北から来たミンにとってはぞくぞくするほど寒かった。オギョンの首元が寒そうだった。部屋着の上にコートだけを羽織って出てきたのだろう。ミンは自分の毛糸のマフラーを取って、彼女の首にぐるぐる巻いてやった。オギョンはマフラーに顔をうずめた。

「誰も動かないのよ」

中国語だった。母語で話す彼女の声は切なかった。

「チラシを作って配りたいって、何度も言ったの。でも、ダメだって。絶対に」

絶対にダメだと言ったのは、彼女の夫、ユジの父親だろう。その男の存在を思うだけで、おかしな無力感が胸に沁みる。ミンは無言で彼女の膝に手をのせた。

「自分に任せろって、いま必死であちこち調べてるからとにかく待ってろって言うの。あれから一週間。こんなことってある？　あたしはなんにもしてないのよ。時間だけが過ぎていく。あとどれだけ待ってればいいの？　ただ家に閉じこもって、祈ったりしながら。あの子、学校に行かなくちゃいけないのよ。新学期なんだから」

オギョンはかなり興奮していた。言葉の秩序などお構いなしに、頭に浮かんだままを前後の脈略もなく話した。

「ウィリン」

ミンも中国語で言った。

「……彼もきっと、自分なりに必死で捜してるんだよ」

「そりゃそうでしょうよ」

オギョンが冷ややかにそう答えた。

「でも、あたしは信じられない。あの男の言葉、行動、息遣い、何ひとつ信じられない。あの日、ユジを見かけた人がいるはずなのよ。地面の中にすとんと落ちたんじゃなければ、どこかで動いてるはずでしょ？　ユジの写真を見て、誰かが連絡してくれる可能性だっていくらでもあるのに、なぜそれを拒むの？　変でしょ？」

「警察は捜査してるんだろ？」

「さあ、どうだか。刑事だっていう男が一度家に来たわ。そのあと二、三回電話をかけてきたけど、そっちも信用ならないのよ。ユジをほんとに捜すつもりがあるんだか。おかしなことばかり訊いてくるし」

「おかしなこと？」

「ユジの誕生日が出生届に記載されている日と一致するのかとか、夫の知らない債務関係はないかとか」

「……」

背中にビリッと電気が走った。ミンは、いろいろ気を遣いすぎて神経質になってるんだよ、と言って慰めたかったが、唇が凍りついてしまったかのように何も言えなかった。中国語も韓国語も思い出せなかった。ユジより三、四歳年上に見える女の子が小走りで二人のそばを通り過ぎた。オギョンの目は、風になびくように去っていくその子の後ろ姿をいつまでも追った。ミンは固く口を閉じたまま肩をすぼめた。二人は悲しみに暮れ、無言のままだった。まだ明るい真昼だった。

妻は生きたまま片方の足を切り取られたキバノロのようだった。足を失っても命がつながっている野獣のように身悶《みもだ》えていた。

キム・サンホは内心、彼女が羨ましかった。思いきり悶え苦しむ権利、喉を枯らして娘の名前を呼ぶ権利、妻にはそのような資格があるように見えた。自分にはないもの、真似することすらできないものだった。

「おまえの気持ちはようくわかる。だがな、ものには順序ってのがあるんだ。もう少し待ってくれ」

　哀願は通じなかった。

「俺だってやるときゃやるんだ。いつまでも手をこまねいて見ていると思うか？　頼む、俺の言うことを信じてくれ。このとおりだ、一度だけでいい」

　泣き落としも通じなかった。その日の朝も、妻は彼を揺すり起こした。彼は浅い眠りからはっと目を覚ました。何も変わっていなかった。もう少しでつかめそうだった希望は、夢の中でのことだった。恥ずかしさと決まり悪さで、彼はゆっくり目をこすった。電話のそばに座ったまま夜を明かしたのだろうか。オギョンの目に疲れと不安、塗炭《とたん》の苦しみの影が揺れた。にもかかわらず、絶望のどん底には絶対に陥るまいという意志が感じられた。サンホは床に投げ捨ててあったズボンのポケットからタバコを取り出した。

「わたしの話を聞いて」

　妻が彼の目をじっと見つめた。彼女はひと言ひと言、区切るように言った。

「警察はもう信じられない。あの人たちは、子どもが一人いなくなってもどうってことないのよ。彼らにしてみれば当然でしょうけど」

　サンホは指でタバコを折った。タバコを吸う気はとうに失せていた。

「それで、どうしたいんだ」

「他にも方法があると思うの。今日から一緒に捜しましょ。このまま警察だけに任せておくわけにはいかないわ」

「ええい、くそっ。いい加減にしろ！」

　彼は怒鳴り声をあげた。

「俺だってそのくらいわかってるさ。どうしてつまらないことばかり言うんだ。それで、おまえは何をどうしたい？　ソウル駅の広場で、道行く人をつかまえて訊くのか？　うちの子を見ませんでしたかって？」

サンホは荒々しくベッドから起き上がった。オギョンは彼の腕を力いっぱいつかんだ。

「もしかして、わたしの知らない何かがあるの？」

妻の声には剃刀《かみそり》で顎を切りつけるような鋭さがあった。部屋の中のものが一瞬、動きを止めた。ただ、サンホの瞳だけが小刻みに揺れた。

「何かって何だ。あるわけないだろ」

彼はどうにか受け答えした。自分でも不自然だと思った。妻の手からするっと力が抜けた。彼の腕には赤く手の跡が残っていた。妻がベッドの隅にへなへなと座り込んだ。

「警察と話し合って決めたことなんだ」

彼は声のトーンをぐっと下げ、下手に和解しようとした。

「俺たちが騒ぐと、ユジを連れていったやつらを刺激することになる」

「あなたは、なぜ……」

胸が詰まっているのか、それともその言葉を口にするのがつらいのか、オギョンはしばらく間《ま》をおいた。

「……誘拐、だって確信してるの？」

サンホは勢いよく外に出た。妻の目の前でドアがバーンと閉まった。彼女の泣き声がドアの外に漏れているのを聞こえぬふりをして逃げた。妻には悪いと思ったが、なすすべがなかった。彼はできれば妻を避けたかった。オギョンもまた、自分の罪の意識をなすりつける相手を心から必要としていたのだが、彼はそのことに気づいていなかった。

朝日がまだ差していない道路は薄暗かった。仕事に出かけるにはまだ早すぎた。江南《カンナム》大路《テロ》はがらんとしていたが、サンホはアクセルペダルを踏み続けていた。駅三《ヨクサム》駅の交差点を通り過ぎ、エンジンが突然ぶるぶる震え始めたかと思うと、RPM〔エンジンの毎分回転数〕が一瞬にして落ち、やがて車が停まった。後続車がクラクションをけたたましく鳴らした。エンジンはかからなかった。ガソリンが切れていたのだ。そういえばかなり前から真っ赤な警告灯が点滅しながら危険信号を送っていた。彼はハンドルの上に顔をうずめた。何を見逃したのだろう。何に向かってがむしゃらに突進してきたのだろう。クラクションを鳴らしていた車が少しずつ彼を避けて行った。彼は道路の上で孤立した。四面楚歌だった。

午前十時頃。ムン・ヨングァンが事務所に訪ねてきた。場所はサンホが決めた。事務所のほかに安全な場所が思いつかなかった。

「会社にいらっしゃるんですね」

ヨングァンが抑揚のない声で言った。まるで事務所に誰もいなければ勝手に入ってきて、ひとりで悠々とコーヒーでも飲みそうな口ぶりだった。あるいはテンポの遅いワルツ曲でも口ずさみながら、キャビネットや机の引き出しを開けるかもしれない。サンホはヨングァンをソファに座らせた。彼は背筋をまっすぐに伸ばしていた。従業員たちに、当分の間は来るなと言っておいたのは正解だった。

「どういうことですか。昨日は連絡もつかなかった」

「いろいろ忙しかったもので」

ヨングァンが礼儀正しく、事務的な声でつけ加えた。

「だから今日はこちらから伺ったんですよ」

サンホは、自分が弱い立場にあることを本能的に察知した。ゲームの勝ち負けが相手の持っている札によって決まるのなら。

「キム社長」

「……はい」

「ふだんカバンを持っていらっしゃいますか」

ヨングァンはカバンと発音した。サンホは思わずうなずいた。その瞬間、奇妙なことに四角形の書類カバンではなく、黒いゴルフバッグが頭に浮かんだ。

「そのカバンの中に何が入っているのか、把握していますか」

「えっ？」

「難しく考えないでください」

サンホは手のひらでコップを包み込んだ。呑気に冗談を交わしている余裕などなかった。だが、この男が冗談を言っているのでなければ何だろう。あのバッグの中から、約束のＵＳＢメモリではなく、ワニのロゴが入ったシャツが出てきたことを、こいつはもしや知っているのか。

「すぐには思い出せないようですね。みなさんそうですよ。習慣で、あるいは手持ちぶさたで持ち歩くカバンの中に何が入っているかなんて、覚えていない場合が多いんです。こんな仕事をしていますと、とくにそうです。ああ、それで僕はカバンを持たないんですが」

男は歯を見せずに短く笑った。

「奥様はとても心配されているでしょうね」

サンホは片方の眉をつり上げた。

「昨日、葛馬洞《カルマドン》に行ってきましたよ」

大田市《テジョン》西区葛馬二洞《イドン》。妻の実家がある街だ。年老いた義母と、四十過ぎの未婚の義姉が一緒に暮らしている。

「いつもならこんなことまでしないんですけど、ちょっと確認したいことがあったので」

「……」

「初めはKTX〔高速鉄道〕に乗るつもりでした。しかし途中で気が変わりましてね。どうせなら同じようにしてみようと。だから方背洞《パンベドン》から出発しました。お宅から盤浦《パンポ》インターチェンジまでとても近いんですね。あ、もちろん、いろいろ条件は異なります。あの日は日曜日でしたし、奥様の車と僕の車の最高速度も違うでしょう」

「もったいぶらないで早く言え。うちの娘はそこにいたのか？」

「娘さんの形跡はありませんでした」

「なんだと？」

胸の内に熱い炎のようなものがこみ上がった。くそっ。サンホはため息を漏らした。こういう場合はどうすればよいのかわからないので、怒鳴ることにした。

「まったく余計なことをしてくれたもんだな。頼んでもいないのに」

ヨングァンがサンホをじっと見つめた。瞬《また》きもしない目からは何の感情も読み取れなかった。

「頼まれたことだけをする必要もないでしょう」

「なんだと？」

「僕には僕のやり方があるんですよ」

ヨングァンの声は穏やかだった。

「とりあえず一つひとつ手がかりをつかまなければ。ある程度、輪郭が浮かび上がるまでは」

彼らの視線が宙でぶつかった。先に目をそらしたのはサンホの方だった。

「……時間がないのに」

サンホの声に勢いが失せた。

「見てのとおり、こっちは毎日じっとしていられないんだ……。で、大田にはなんの用があったんだ?」

「お義母様にもご挨拶がてら、まあいろいろと。お歳《とし》のわりにお元気そうですね」

オギョンと一緒になって十年余り経つが、サンホは大田の義母や義姉と親しくはなかった。義母は、ユジがまだ小さかった頃は一年に数回、泊まっていくこともあったが、ヘソンが一緒に暮らすようになってからは一度もなかった。たまに来ても、サンホが仕事から帰ってくると逃げるようにして出ていった。親しくなる機会もなかったし、妻の方もそれに関してはあまり気にかけていないようだった。義母の誕生日とか、アメリカにいる一番上の義姉夫婦が帰国して家族全員が集まるときでも、大田まで行かなければならない場合は、妻はサンホに一緒に行こうとは誘わなかった。むしろ妻は自分がそういう席に来るのを嫌がっているのではないかと思うときさえあった。

「居心地悪いでしょ。言葉も違うし」

いつだったか訊いてみたら、妻はそう言ってごまかした。いずれにしても、サンホとしてはありがたかった。ふた言目には「うちのお母さん、うちのお母さん」と言う前妻の記憶が残っていたので、余計にそうだった。オギョンは前妻のミスクとは何もかも違っていた。

「お義姉さんの話では、お義母さんはまだ今回のことを知らないようです。奥様がそう頼んだようですね。いまそれどころじゃないでしょうに。じつに思いやりのある方です。あ、奥様のことです」

　オギョンの母親とは挨拶だけし、一緒に暮らしている二番目の義姉が、妹が日曜日に来て月曜日に帰ったことを証言したらしい。

「何時に着いて、何時に帰ったのかは、正確に覚えていませんでした。もっとも、そんな日常をいちいち記憶している人なんていないでしょうけど。もう一週間も前のことですしね」

　ヨングァンの話を聞いていると、奇妙なことに胸が締めつけられた。

「それはそうと」

　彼が突然、話題を変えた。

「あちらも車を止めるのは大変ですね。この頃はソウルだけじゃなく、どこにいっても車があふれてますから。古いマンションだから余計にそうなのか、駐車場が狭いからなのか、平日の昼間なのに空いているスペースを見つけるのにひと苦労しましたよ。やっと止めたと思ったら、どこで見ていたのか警備員が急いで走ってきて、訪問先をメモしたあと、フロントガラスにその紙を貼りつけるんです。そうやっていちいちチェックしないと、近くの住民や会社員たちがこっそり車を止めるんだそうです。まあ、狭いから仕方ないんでしょうが、お隣さん同士、ちょっと冷たい気もしますよね」

「まあ、どこもそうだろ」

　サンホは自信なさげな声でつぶやいたが、そのまま口を閉ざした。ヨングァンがうなずいた。

「そうですね。どこもそうでしょう。あ、それと、訪問者の車のナンバーを記録したノートが警備室にあったんですよ。もちろんキム社長のお宅のように厳密ではなく、いい加減なものですが。警備員が車種とナンバーを適当にボールペンで書き殴ったものです」

ヨングァンは上着の内ポケットから手帳を取り出して広げた。

「奥様の車のナンバーは７２７９。白のＢＭＷ３２０ｉですよね。７２７９。念のため、二月二十四日から二十五日までと、その前後の日も見てみましたが記録は残っていません。警備員たちは首をかしげていました。ひと晩止めたのに、あの車が目につかないはずがありませんからね」

サンホは本能的に、この男の口を塞《ふさ》いでしまいたいと思った。しかし、ヨングァンの方が一歩早かった。

「警備員の一人は勤続七年になるそうです。八〇一号室の中国人のおばあさんの末娘がソウルで裕福な暮らしをしていることは聞いて知っている、と言っていました。去年の春まではソナタに乗ってきていたのにいつの間にかＢＭＷに替えていた、夫が大きな事業をやっているという噂は本当だったんだ、とも言っていました」

サンホは返事をする代わりに、コホンと咳払いをした。

「奥様が実家に帰ってくると、高価な車に傷をつけてはいけないので自分が特別に警備室前のよい場所を空けてやった、と言ってましたよ。あ、これだけは確かだそうです。先週の日曜と月曜にはその車を見ていないと。記録と証言が一致しているのです。なら奥様はどこに車を止めたのでしょう？」

最後の疑問詞を長く伸ばしながら、ヨングァンはずいぶん面白がっているようだった。

「別の場所にでも止めたんだろうよ」

自分はなぜこんな言い訳じみたことを言っているのだろうと思いながら、サンホは話を続けた。

「あるいは初めから車で行かなかったのかもしれん」

「ご本人が言ったんですよ。自分で運転して行ったと。お宅のヴィラの警備員も、奥様が車で出ていくのを見ていますし。あ、バスターミナルやソウル駅の駐車場に止めて、バスや列車に乗り換えたとも考えられますね。しかし、仮にそうだとしても、なぜわざわざそうしたのか気になります」

他人から家族について自分の知らないことを聞かされると、不安になるものだ。不安はやがて不快感となって彼を刺激した。まだ悪い方へと向かうのか！　想像するだけで頭が爆発しそうだった。

「もちろん、これだけでは何も確信できませんが」

サンホは遠くの方に目をやった。

「ただ、疑問に思いますよね。疑問とは静かな水面を揺らす小さな石ころのようなものですから。あ、訂正します。静かな水面を揺らす可能性のある石ころ」

「それで、何が言いたいんだ」

「一つ推論があります。ここ、に」

ヨングァンはボールペンでこめかみをぐっと押した。

「まだ基礎段階ですので何本か線を引いただけですが、充分にリアリティがあると思いますよ。そこでお願いがあるのです」

「お願い？」

「はい」

探偵の要求するものは妻の携帯電話の通話履歴だった。そういうことはそっちでやってくれと言うと、男は声をひそめて答えた。

「僕がやると不法行為なんですよ。個人情報ですから」

ヨングァンは相変わらず無表情だったが、サンホの目にはニヤリと笑ったように見えた。

「些細なことかもしれませんが、余計なリスクは負いたくないですからね」

この男の言うとおりにした方がいい。さもなければ余計なリスクに見合う代価を払わされることになる。サンホはズボンの後ろのポケットに手を入れて財布を取り出した。幸い、小切手が数枚入っていた。それを男に渡して言った。ためらっているのがばれないように努めながら。

「長い時間をかけて計画したんだろう。不審なところが必ずあるはずだ」

「誘拐、だと確信していらっしゃるんですね。誰、ですか？」

「それがわかれば苦労しないさ。俺に、何か、恨みを抱いているやつらのしわざかもしれない」

「恨みとは？」

「そりゃあ事業をやっていれば、いろいろ」

サンホは自分がいったい何を言おうとしているのか、この男が自分の言っていることをどれだけ理解してくれているのか、見当がつかなかった。

「では、社長のおっしゃったことを私が整理してみましょうか。娘さんは長い時間をかけて企んできた誰かによって誘拐された。その男はおそらく社長に恨みを抱いている。仕事上の恨みである可能性が高い。というところでしょうか」

「そうだ」

「では、その恨みを抱いているかもしれない人たちをリストアップしてください。社長が一番ご存じでしょうから」

サンホは自分が狭くて深い洞窟の中にいることに気づいた。何から話せばいいのだろう？　彼はやっとの思いで探偵を見送った。喉元がほてり、胸が張り裂けそうだった。

＊

Y大橋で発見された漂流死体の剖検《ぼうけん》は、月曜日の午後三時に予定されていた。ソウルと京畿道《キョンギド》には、週末を通して一滴の雨も降らなかった。雨が降らなければ酒を飲む人は減り、酒を飲む人が少なければ偶発的な事故が起こる確率もめっきり低くなる。ソウル市陽川区新月洞《ヤンチョングシノルトン》にある国立科学捜査研究院の職員たちの多くは、経験によってそのことを知っていた。ただ、週末ずっと晴れていても、月曜日に処理しなければならない変死体の数は少なくなかった。

身元不明の漂流死体が地下の安置室で順番を待っている間、すぐ前の番号の解剖が始まった。交通事故死した十九歳の男性だった。事故が起こる直前、被害者は250ccのバイクに乗って東湖《トンホ》大橋の北の端を走っていた。時刻は土曜日の午前四時頃。後続車に追突された。バイクを運転していた若者はその衝撃で防音壁にぶつかり、即死した。車の運転手はそのまま逃走した。被害者の父親が立会人として解剖室に入った。責任者である法医学専門医のキム博士は彼に短く挨拶したが、目は合わせなかった。遺体がまだ遺体ではないとき——つまり、生の最後の瞬間を思い浮かべるのは、解剖医の役目ではない。ここで眠っている人の夢と絶望、悲しみと愛、寝返りを打ってばかりいた眠れない夜の月の光、白い額にぽつりと落ちた初雪のひやりとした感触、笑うと左の頬にできるえくぼも、決して想像しなかった。それは亡者への礼儀に反するからである。初めはなんとか耐えていた父親も、息子の頭蓋骨が切開されようとした瞬間、慌てて口を塞ぎ、部屋を飛び出した。いつものことだった。剖検は三十分ほどで終わった。

解剖室に続く狭い廊下の脇には、ガラス張りの陳列棚が並んでいた。その中にはそれぞれ人間の臓器や組織が入ったガラスの瓶があった。脳や肝臓、腎臓《じんぞう》、膀胱《ぼうこう》などが、無生物のように静かにアルコールの中を遊泳していた。また別の瓶の中では、未熟な状態の胎児が、誰かを非難するわけでもない顔をして横たわっていた。保健医療資格のある補助官二人が、鉄製のベッドを押して解剖室に入ってきた。遺体はまずビニールで、それから白い布で何重にも巻かれていた。頭と足の先でそれぞれ二回、布をねじって結んでいるために、まるで大きな飴玉のようだった。

「ああ、もうヘトヘトだよ」

法医官のユンがつぶやいた。次はキム博士のチームに割り当てられた五つ目の遺体だった。遺体が六体以上あるような日は、仕事を終える頃になるとみんな疲れてボロボロだった。今日はこのあと、まだ二体が控えていた。

「まあ月曜日にしてはいい方じゃないか。フィーメル（female）は一つもないし」

受付番号を見ていたチェが受け答えした。今日の遺体の性別はすべて男性だと言っているのだ。男性の方が女性よりあらゆる面で楽なのは事実だった。一般的に男性は、死ぬのも殺すのも単純だった。女性の遺体の多くが複雑なヒストリーを抱えているのに比べると、そういえた。女性の場合は産婦人科などの検査を必ず受けなければならない。被害者であれ加害者であれ、女性と関わりのある事件は実際、痴情のもつれが原因である場合が多い、というのが彼らの考えだった。ユンは返事をする代わりに浅いため息をついた。

「水だ」

一度嗅《か》ぐと忘れられないにおいがある。水の中を漂流してきた変死体のにおいがその一つだ。水の生臭さと血生臭さ。水の生臭さの中に混じった血生臭さ。血生臭さの中に混じった水の生臭さ。その奇妙にも混ざり合った悪臭に、動物の体が常温で腐っていくときに放つにおいがとにかく染みていき、空気を揺るがすのだった。彼らは軍手をはめ直した。軍手をしないと、濡れてつるつるしている臓器を取ろうとして床に落としてしまうからだった。

漂流変死体の要点は明らかだ。生きているときに入ったのか、それとも死んでから入ったのか、ということだ。仮に生きているときに入ったとしたら、二つの可能性がある。自分から入ったのか、あるいは誰かに入れられたか。

遺体は赤いレンガのような小さな枕に頭をのせ、仰向けになって順番を待っていた。遺体を載せた鉄製のベッドは、アルファベットの〈T〉でいえば〈I〉の部分に当たる。その上には業務用のシンク台を思わせる大きな流しがつながっていた。解剖の際に出てくる遺体の血や汚物を流すのに作られた洗浄設備だった。

解剖は一般的に胸部、腹部、頭蓋骨の順に進められた。この場合、とくに注意すべきところは肺だ。生きたまま水葬された人の肺からは、必然的に泡沫の塊が検出される。いってみれば口角からあふれ出る唾《つばき》のようなものだ。先週の金曜日に最初に解剖した遺体がそうだった。盤浦《パンポ》大橋から飛び降りて自殺した五十代の女性だった。目撃者はいなかったが、漢江《ハンガン》の川岸に靴と遺書を残していたらしい。検事から送られてきたチャートには遺書のコピーが添付されていた。「ソニョン、ヨンシク、お母さんを許して。あなた、ごめんなさい」。解剖室に入ってきたときから、口腔と鼻腔からは白い泡があふれていた。粘液と空気、血と川の水が入りまじった泡だった。気道に水が入って肺胞が潰れたときに起こる反応だった。女性が川の中でしばらく生きていたことを立証する決定的な証拠だった。それにより、漂流死体は溺死体という新しい名前がつけられた。

法医官のチェが男の胸郭にメスを当てた。力いっぱい、縦に長く線を引くと、いとも簡単に体が開いた。

12 裂けた葉の間に

　オギョンはサンホが通っていた中国語教室の講師だった。韓国と中国を行き来しながら貿易の仕事を始めて数年経っていたが、彼の知っている中国語の単語は数えるほどしかなかった。大手の語学教室の基礎会話クラスに申し込んでは、数日後にやめるというパターンを繰り返していた。夜のクラスは接待と重なって休み、早朝のクラスは二日酔いで起きられなかった。

　近所の大通りに新しくできた小さな語学教室に申し込むときも、とくに期待していなかった。夜八時の授業の開講日、彼は教室に五分ほど遅れて着いた。中にいた三人の若い女性が一斉に振り返った。二人は受講生で、もう一人は講師だった。三人とも見た感じ二十代後半から三十代初めで、どこに出しても恥ずかしくない容貌だった。サンホは珍しく真面目に通った。彼女たちとはすぐに親しくなり、授業が終わると一緒にコーヒーを飲んだり、ビールを飲みに行ったりした。一人は大学院生、もう一人は出版社に勤めており、彼を「オッパ」と呼んだ。彼はオッパの役目を忠実に果たすために、飲みに行くとすすんで財布を開き、あれこれ話をする代わりに彼女たちの話を熱心に聞いた。別に下心があったからではなかった。その頃の彼は孤独だったし、孤独という感情に慣れなくて途方に暮れていた。

オギョンは受講生とあまり関わろうとしなかった。飲みに行かないかと誘うと、三、四回に一度ほどの割合で応じた。飲んでいるときも背筋をまっすぐ伸ばして座り、しばらくすると「ごめんなさい、お先に失礼します」と言うのだった。サンホはオギョンのことを嫌な女だと思った。かといって生意気だというわけではなかった。彼女はわりと親切で、誰かが質問するといつも穏やかな笑みを浮かべて答えた。いってみれば、彼女は誰に対しても同じ温度でほほ笑んだ。それが彼の目には、社会生活に老練した者が見せるマナーというよりは、自らの尊厳や品位を守るために必死になっているように見えた。彼女は、これまで彼が見てきたどんな女性とも違った。それがサンホをわけもなく窮屈にさせた。

ひと月ほど経ったある日、いつものように五分遅れて教室に入ると、オギョン一人しかいなかった。黒のタートルネックを着た彼女が、教卓に斜めに肘《ひじ》をついていた。

「チコンさんは急に残業が入ったんですって」

そう言いながら乾いた咳をした。彼女はこんなに小さくて細かったのか？　サンホは内心、驚いた。二人はもう一人の受講生のミギョンを五分だけ待つことにした。どこか気まずい空気が教室の中に漂った。サンホは教卓から少し離れた席に座った。うつむいてテキストを見ているふりをしたが、文字が頭に入らなかった。オギョンが立て続けに軽い咳をした。とても疲れているようだった。

「風邪ですか」

「そうみたいです」

オギョンが他人事《ひとごと》のように言った。

「今日はとても忙しくて。そしたらこうなんです。ほんとつらいわ」

サンホは、彼女が礼儀正しい笑みを浮かべないで言っていることに気づいた。彼は黙ったまま教室を出た。道を渡った所にある店でキンパ〔韓国風海苔巻き〕二本をテイクアウトしてから、その隣の薬局で風邪薬を買った。「どれにしますか」と訊く薬剤師に、「一番高いのをください」と答えた。キンパの入ったビニール袋と薬を見て、オギョンは笑わなかった。長い前髪を指でかき上げながら困った表情を見せた。

「すみません。後で授業が終わってから食べますね」

「いま食べてください」

「いいえ。授業をしましょう。ミギョンさんは来ないようですし」

「いいから食べてください。いま授業したって、明日二人がついてこられなくなるだけですから」

「ダメです。規則上……」

「ああ、規則ってのはもともと破るためにあるもんでしょ」

サンホが割り箸を割った。

「そうかしら……」

オギョンはあらたまって口の中でつぶやいた。そして彼の差し出した割り箸をおとなしく受け取った。それが始まりだった。

次の日、授業に行くと、オギョンは辞職していた。新しく来た基礎会話クラスの講師は、喉に痰が絡んだような声を出す五十代の男だった。授業のときに韓国語を使うことを禁止した。誰に対してなのかわからない怒りがこみ上げてきた。サンホは再び不真面目な受講生に戻った。季節がゆっくりと過ぎていった。一週間に一回、前妻の実家に行って子どもたちに会い、ひと月に二回、セックスのために女を買い、二日に一回、酒を飲んだ。そんなある日、彼女から電話がかかってきた。

仕事が終わって約束の場所に向かいながら、何かにとりつかれているような感じがした。地下鉄の駅の階段を上りつめた所で、バラの花を売っている老婆が彼の脇をつついた。彼は気が進まぬふりをしてバラを一本買い、バーバリーのコートの懐《ふところ》深くに入れた。彼女は学校で見るよりずっときれいで、大人びて見えた。頬の肉が取れ、目もとの化粧も濃くなっていた。胸元が大きく開いた服を着ているせいで、ぴんと張った鎖骨が浮き出ていた。酒を飲んでいる間、ずっとそこに目がいった。彼は気分よく酔いがまわった。彼女は思いのほか酒に強かった。

「しかし、辞める前にひとこと言ってほしかったですね」

「台湾に行ってきたんです」

彼女はピンク色の唇でぼそっとそう言うと、激しく頭を振った。

「もう二度と行かない。だから行ってきたんです」

「なにかあったんですか」

「前に進まないで後ずさりしてばかり」

「人間なんだからそういうときだってありますよ。後ずさりしていても、はっと気づいたときに前に進めばいいんです。いつも前ばかり見て走ってるやつは、本当の人生を知らない」

自分の口から出た言葉なのに、もっともらしく聞こえた。急に人生を悟ったような気になった。彼女がタバコをくわえた。サンホは慌ててライターを取り出し、火をつけてやった。彼女は煙を吐きながら、クックッと笑った。

「なんですか」

「いえ。面白いなって」

彼は手の中のライターを見下ろした。「アダルトクラブ　女王蜂」と書かれているのがはっきりと見えた。

「いや、これは……。近頃はこういうものを道で配っていて」

彼は額まで真っ赤にして言い訳をした。彼女は灰皿でタバコをもみ消した。きりっとした動きだった。

「いいの。そういうところ、好きだわ」

彼女が低い声でつぶやいた。

「気づいていらっしゃるでしょうけど、わたし、中国人です」

サンホは返事をするのも忘れて、しばらくぽかんとしていた。彼女が中国人だと告白したからではなかった。それより前に、自分のことを「好き」と言ったからだ。

「あの、僕は」

彼は悲壮な面持ちで口を開いた。

「僕は離婚しました」

彼女もしばらく黙っていた。二人はさらに何杯か酒を飲み、牡丹《ぼたん》雪が降りだす寸前の雲のように気持ちが高まった。サンホは懐に入れてあったバラの花を思い出した。バラを一本、すっと差し出すと、オギョンはこの前のように前髪をかき上げた。戸惑っているのだろう。しかし今回は、幸いにも顔に笑みを浮かべていた。サンホは間抜けな高笑いをした。サンホとオギョンの歴史を振り返って、一番ロマンチックな夜だった。さらにもう少し飲んだあと、サンホは手を伸ばし彼女の顔に触れた。彼女は動かなかった。勇気を出して頬を撫でた。柔らかかった。彼女は身じろぎもしなかった。

オギョンが「妊娠したみたい」と告げたのは、それから三か月が過ぎた頃だった。その日にできた子ではなかった。その後、二人は何度かベッドをともにしていた。オギョンはすぐに、「でも気を遣わないで」と言った。

「おまえはなんでいつも腹の子のために結婚するんだ？」

心の中で思っていることを口にしないではいられないサンホの兄が、とうとうひと言そう言った。そんなんじゃない、とサンホは腹を立てた。だが、妊娠していなければオギョンと結婚することは絶対になかっただろうと、彼はいまでも確信していた。キム・サンホの人生に突然襲いかかってきた生命。ユジ。

一九九〇年代の半ばに韓国に戻ってきたあと、オギョンはずっと中国語の講師をしていた。他にできることがなかった。F2長期滞在ビザでは正式に就職することができなかった。韓国国籍を取得していない韓国在住の華僑たちはF2ビザで暮らし、五年ごとに更新しなければならない。安定を求めなければ仕事は見つかった。台湾大学は韓国でも名の知れた名門大学だし、一九九〇年代の初めといえば、まさに中国語ブームが巻き起こった時代だった。とはいえ、大手の語学教室や大企業の社内教育の仕事も甘くはなかった。それなりに厳格な組織だった。毎月、受講生が作成した授業評価アンケートは、きれいに折られた紙飛行機のように院長のもとに届けられ、再登録した受講生の数が急に減ったりすると、管理部長に呼ばれてくどくど説教されるのだった。

彼女が何より耐えられないのは人間関係だった。自分で選べない人たちと向かい合って一時間を過ごすと、身動きできないほどに疲れた。まるでからだじゅうの生気を吸い取られてしまったようだった。十分後にまた教室に入るのだと思うと、肩の上にずっしりと鉄の塊がのっかった気分になる。最後の手段として選んだ方法は、郊外にある語学教室を転々とすることだった。始めるのも辞めるのも楽だった。一年に少なくとも二、三回は台北に行かなければならない彼女にとっては恰好の仕事だともいえた。

何か月か働いてまとまった貯金ができると、仕事を辞めて台北行きの飛行機に乗った。台北でミンとの関係がぎくしゃくしてくると、また荷物をまとめてソウルに戻ってきた。そうしているうちにだんだん歳をとっていった。生はいつも危なっかしかった。毎晩、スーツケースを枕元に置いて寝ていると、誰でもそうだろう。そこではここを懐かしみ、ここではそこを懐かしんだ。無気力な習慣だった。三十ももう目の前だった。

落ち葉がもの寂しく地面を舞う、ある日のことだった。ミンはその日、午後の飛行機でソウルに来た。三か月ぶりの再会だった。オギョンは白のキア・プライド〔起亜自動車のサブコンパクトカー〕を運転して空港に迎えにいった。二人は金浦《キンポ》空港のロビーで口喧嘩した。些細なことがきっかけだった。ミンが着ていた黄土《おうど》色の裏地のないジャンパーが彼女の目を刺激したのだ。二十歳の頃から着ているその服は、薄っぺらで袖口がすり切れていた。

「その服、捨ててって言ったでしょ！」

オギョンはいつもより敏感に反応した。

「着心地がいいんだよ」

ミンはいつものようにのんびりと答えた。

「あたしはイヤなの。あたしたちもう若くないんだから、ちょっとは服装に気を遣ってよ。それにここはソウルなのよ。そんな格好してると、みんな心の中で小馬鹿にするんだから」

ミンはうなだれたまま、手の中のパスポートをいじった。緑色のパスポートには、〈中華民国〉〈Republic of China〉の文字とともに真ん丸い青天白日旗が刻まれていた。胸の奥から熱いものがこみ上げてきた。

「なんで黙ってるのよ？」

オギョンがいきなり大声をあげたので、彼はびっくりして顔を上げた。

「ここに来るときは、お願いだからそんなの着ないで。中国人だって思われるでしょ」

「だってそうじゃないか」

ミンが冷ややかに言った。彼女が一番嫌いな言い方だった。金浦から麻浦《マポ》にある彼女のワンルームマンションに着くまで、二人はひと言も口をきかなかった。運転しているときに盗み見したミンの横顔は、頑なで鋭く尖《とが》っていた。卒業まであと一学期というときに大学をやめると宣言したあの頃と何も変わっていなかった。ベッドに寝転がって夢中で過去の新聞を読んでいる彼を残して、彼女は部屋を出た。タートルネックを着てマフラーを巻いてもぞくぞくした。乾いた咳をするたびに、胸がこんこん鳴った。男がキンパの入ったビニール袋を差し出すのを見て、ようやく自分が一日中何も食べていなかったことに気づいた。

それまで男はオギョンの視界に入っていなかった。ずっと一人の男と付き合ってきた者にありがちだが、彼女は、自分の人生がいつまでも続く、長くうっすらと伸びた直線上にあると信じていた。あたかもプロローグとエピローグが一致する一冊の本のように。

もちろんそれは習慣の問題であり、本の面白さとは関係がなかった。初めて一緒に地下鉄に乗ったときにオギョンは、サンホが他の男たちと比べてそれほど体が大きい方ではないことに気づき、言葉を失った。彼女の頭の中でサンホは大柄の男だった。二十歳の頃から彼女は、ミンを基準にして世界を見ていたのだ。

サンホにはときどき驚かされた。セックスが終わったあと、サンホは何もまとわないまま、それどころか性器も隠さずに、のそりのそり寝室を歩きまわるのだった。彼の肌は浅黒い方で、引退したレスラーのように肩幅が広く、体格もよかった。彼の肉体と、そこに彫り込まれた筋肉、肉体がつくり上げる一つひとつの動きがあまりに珍しくて、彼女は目をぱちくりさせた。ここはどこなのだろうと思った。サンホが嫌なのではなかった。彼女は、彼の単純なところと動物的なところに惹かれた。テレビのコメディ番組を見ながらケラケラ笑う無邪気な顔、にっこり笑うと見える白くて真四角の歯など。ミンにはないものだけに、余計に価値を見出しすぎたのかもしれなかった。

サンホと一緒にいると、互いの魂を隅々まで読もうとしなくてもよかったので、オギョンは胸のつかえが取れるようだった。いつまでも狭苦しい野菜室でくっついたまま傷んでいく、二つのジャガイモのように生きていたくなかった。ミンは変わらずそこにいた。彼らは三、四日に一度は長くない国際電話をし、二泊三日でお互いソウルと台北を行き来した。ミンは古びた黄土色のジャンパーを捨てなかった。ときどき発作的に彼に教えてやりたくなった。想像できる最も卑劣で汚いやり方で。

「あたし、他に男ができた」

違う。

「あたし、他の男と寝た」

でも、言わなかった。何も言わずに、ふるさとの地図のように知りつくした彼の手をぎゅっと握って眠った。そのときはそうすることが復讐だと思った。対象のない復讐。目を覚ますと涙が溜まっているときもあれば、そうでないときもあった。運命が誰も解読できない方へと流れていけばいいのにと、心から願った。

妊娠の兆候ははっきりとは現れなかった。連続ドラマに出てくるみたいに、冷蔵庫のドアを開けた途端、急に吐き気をもよおしてトイレに駆け込むようなことは起きなかった。ただ体がだるく、一日中眠かった。一つ授業が終わると意識が朦朧《もうろう》として、廊下ではなく、霧に覆われた夜道をふらふら歩いているような気分だった。最後に生理があってからひと月半ほど過ぎた日、仕事に行く途中で薬局に寄り、妊娠検査薬を買った。教室がある建物の一階の公衆トイレに入り、検査をした。尿がプラスチックの棒の中に浸みていった。二つの線がくっきりと浮かび上がった。オギョンはそれをしばらくの間、茫然と見下ろしていた。でも本当はほんの一、二分だった。誰かがドアをノックした。彼女は手に持っているものをゴミ箱に捨てるべきか、それとも持って出るべきか、判断に迷った。目の前がふわっと揺れた。

土曜日の朝早く、飛行機に乗った。サンホには急な通訳の仕事が入ったとごまかした。嘘をつくつもりはなかったが、思わずそう言ってしまった。彼がいきなり、「僕も行こうかな」と言ったからだった。

「オギョンさんが仕事をしている間、僕は観光してるよ。ちょうどよかった。一度、台湾に行ってみたかったんだ」

遠慮がちに言ってはいたけれど、なかなか引き下がらないだろうと思った。彼女は少し鋭く言い放った。

「週末は子どもたちに会いにいくんでしょ」

アキレス腱を蹴られたかのように、サンホはたちまちしゅんとなった。彼は、腹が立ったときは腹が立ったと、気分がいいときは気分がいいと、そのときどきに感じたままを隠さずに顔に表した。幼い子どものようだった。オギョンは「じゃあ、行ってきますね」と落ち着いた声で言った。

台北は大雨が降っていた。見慣れた風景だった。陰生植物を思わせるミンの顔を見ると、頭の中が真っ白になった。

「変わったことはなかった?」

彼女がそう訊くと、ミンは呑気に首を横に振った。

「面白かったこととか、一つぐらいあるでしょ」

何となくイラッとしたオギョンは彼を責めた。ミンは、台湾の著名な政治家が巨額の賄賂を受け取った容疑にかけられている、と単調な声で言った。

「そんなんじゃなくて、あんたがほんとに面白いと思ったこと、そういうことを話してよ!」

「そんなのないよ」

ミンは肩をすくめた。

「どうしたんだよ、今日は。昼めし、どうする?」

「え?」

「昼めしだよ。どこで食べたい?」

「そういうあんたは?」

「俺? 俺はなんだっていいよ」

「いつもそう。なんで自分だけ隠れるの? あんたがほんとに食べたいものとか、ほんとにやりたいことをどうして正直に言わないの?」

オギョンが苛立った声をあげたので、ミンはあきれたようにふっと笑った。二人は外に出て、ミンのバイクがある駐車場の方へ向かった。彼は黄色のレインコートをかぶり、オギョンには紫色のレインコートを渡した。オギョンは傘を持っていない方の手で受け取った。

「乗らないの?」

つるつるした彼のレインコートの表面を、数万個の透明な雨の滴《しずく》がぱらぱらと滑り落ちた。オギョンは傘をさしている手に力を入れた。

「あたし、妊娠してるから」

深くてずっしりとした静寂が過ぎていった。ミンが先に口を割った。

「……だから乗りたくないのか？」

彼の表情を見なければよかった。一つの時代が——無邪気で、愚かで、滑稽で、無謀だった時代が永遠に過ぎ去ってしまったことを、彼女はひしひしと感じた。もしかしたら、とっくの昔に終わっていたのかもしれない。

「迷惑はかけないわ」

ミンは何も答えなかった。ずっしりとした痛みがじわじわと心臓を圧迫した。オギョンは誰も、自分白身も、責めないと心に決めた。他に方法がなかった。

オギョンの人生に突然襲いかかってきた生命、それがユジだった。

二人は台北で別れたあと、どちらからも連絡をしなかった。オギョンはミンからの連絡を待ちつつも、同時に電話がかかってくるのを恐れていた。すべてはあっという間に決まった。結婚式は大きなレストランのひと部屋を借りて、ささやかに行うことになった。

「みんな俺のせいだ。君は初めてなのに」

サンホは自分を責めるあまり、周りの人を居心地悪くさせるような顔をした。そしてウェディングドレスだけは着るべきだと言い張った。

「ほんとにいいの。ドレスなんか別に」

「そうはいかない。ほら、あの白いベールは女が一生に一度だけかぶるもんだろ」

「……」

「いや、二度かぶる女もいるな。女優のキム・ジミみたいに何度もかぶるのもいるぞ」

我ながら機知に富んだ冗談を言ったと思ったのか、サンホは口を開けて大声で笑った。そういう自分こそ二度目ではないか。オギョンはつられて笑う代わりに、もう一度念を押した。

「わたしはドレスを着るつもりもないし、白いベールもかぶらない。家族と食事をするだけで充分なの」

「仕方ないなあ。ものすごく残念だが」

そう言って、一週間後に夫になる男がチッと舌打ちをした。

「まあ、子どもたちのことを考えたら、オギョンさんが正しいのかもしれないな。ありがとう」

話はそこで終わりにしておけばいいものを、彼はひと言つけ加えないことには気が済まない性質《たち》だった。

「本当は黙っていようと思ったんだけど、じつは結婚の話を聞いて、初めはうちの兄貴も姉貴も反対だった。子どもを産んだこともない女に母親の役目が務まるのかって。いくら時代が変わっても、継母ってイメージよくないだろ？　それで俺がこう言ったんだ。彼女はそんな女じゃない、自分が産む子どもよりもウンソンとヘソンをかわいがってくれるだろう……って。そういう俺だって内心、心配だったんだよ。君はこんなにも思いやりがあるってのに」

サンホがこういう言い方をするたびに、オギョンは生理的に不快感を覚えた。まるで彼女の腹の内を探ろうとしているようだったからだ。その頃はすでに、サンホが余計なことをずけずけ言う性格だということに気づいていた。しかし、身に迫る危険信号を感知しても、見て見ないふりをしていた。彼女は自分を最果ての地へと追い立ててしまいたかった。二度と戻ってこられない所へ。

結婚式の前の晩、ミンに電話をかけた。呼び出し音が二回鳴ったあと、すぐ留守電に切り替わった。真夜中にもう一度電話をしたときも同じだった。ピーッと音がしている間、オギョンは短く深呼吸をした。

「あたし結婚するの、明日。あんたには言っておこうと思って」

それだけ言うと、オギョンは迷わず受話器を下ろした。お腹の中の子どもは死んだようにおとなしかった。

それから一年後にミンと再会した。そのとき彼は何と言っただろう。「そこまでして、ほんとの韓国人になりたかったの？」「そうすれば、人生というモンスターがおまえの望みどおり天使にでもなるのか？」などの厭味《いやみ》は言わなかった。子どもの生物学的な父親は誰だという愚かな質問もしなかった。再び十年が過ぎた。二十歳のときに出会い、二十年が過ぎた。二十回の春夏秋冬が身をよじりながら衣替えをするたびに、たった一人を思い出すのが希薄な確率であるように、彼らがいまだに一緒にいるのは奇跡に近かった。

13 PUZZLE 250×350

調査代行サービス会社から、デジタルカメラで写した数十枚の写真が圧縮ファイルで送られてきた。何度か協力し合ったことのある会社だった。代行会社というとそれらしく聞こえるが、実際はそのへんの興信所と変わりなかった。顧客は主に、配偶者の不貞を突きとめようとしている者、金を踏み倒して逃げた債務者をつかまえようと血眼《ちまなこ》になっている者たちで、業務はせいぜいモーテルの駐車場での張り込み、移動通信の盗聴・傍受などだった。住民登録番号を教えたら、個人の携帯電話の通話履歴くらいは、四十八時間以内に高価な封筒に入れて渡してくれる。ただし、金を充分に渡した場合に限る。しょっちゅうではないが、面倒なことを処理するときにとても役に立った。

チン・オギョンの通話履歴も彼らが送ってきた。ヨングァンは初め、オギョンの夫であるキム・サンホに頼んだ。あの愚かでふざけた男に、自分の足もとをしかと目撃させたかった。親指の爪が少しずつ肉に食い込んでも、たいていの人は気づかない。彼らはあたかも他人の家の火事を見物するかのように、自分の足の指をぽかんと眺めるだけだ。指を切断しなければならない絶体絶命の瞬間になって初めて、慌てふためくのだ。途方に暮れるあまり、的外れなところに恨みの矢を放つ場合はいくらでもある。

そういう意味で、前もってそっとシグナルを送っておく必要があった。依頼人に一気にショックを与えないようにしておくのだ。ヨングァンはそれも他人への気配りだと信じていた。それに、互いに協力できる関係を築くためには、依頼人の方もある程度の責任感と罪悪感を分かち合うのが公平だろう。ユジの父親キム・サンホは、自ら茨の道に乗り出す代わりに、金を上乗せする間接的な方法を選んだ。とりあえずそれで充分だった。

代行会社が二日間、オギョンのあとをつけながら撮ったという写真は、どれも最悪だった。使えそうな写真はほとんどなく、おまけに何を写したのかわからないほどボケていた。レンズを絞り込んで被写体の顔を鮮明に写したものもあるにはあったが、それすら写真の中の男女はそれぞれ反対方向を向いていた。二人の間に距離があったので、他人同士のようにも見えた。この頃、この畑は最低限の感覚すらない者ばかりだ。ぼやきながら写真を見ていたヨングァンは、ふとマウスを握っていた手を止めた。

画面に映し出された顔がズームアップになっていた。彼はキム・ユジのスナップ写真を取り出した。サンホが仕事を依頼した日に持ってきたものだった。画面の中の男とユジはとても似ていた。いや、彼は自分の表現力のなさを痛感した。ひと言で「似ている」と言いきれないほど、男とユジの顔には奇妙にも似通ったところがあった。

顔の輪郭、額、眉、目つき、鼻筋、人中《じんちゅう》、そして唇。一つずつ、ゆっくりと見比べた。違う。そういうんじゃない。正体不明のおぼろげな何かが、二人の間には存在した。長い間、二人を代わる代わる見ているうちに、ふと気づいた。表情だ。目の感じだ。灰色の雲の影が澱《よど》む日陰の水たまりのように、穏やかな四つの瞳の奥には本能的なあきらめのようなものが漂っていた。証拠とはいえない証拠、誰も説得できない自分だけの証拠だった。

翌日は日曜日だった。かつてムン・ヨングァンは長老派教会の午前の礼拝に欠かさず出かけ、一週間の罪を懺悔《ざんげ》していたが、いまはそうではない。日曜日にも仕事があった。彼は方背洞《パンベドン》へと向かった。もうすでに十回は行き来していた。あと何度来るだろう。彼はまず警備室に寄ってみた。警備員たちはサンホ一家について、静かで目立たない住民だと口を揃えて言った。家政婦とレッスンの先生以外に訪ねてくる客もいないし、家族みんなで車に乗って外出するのも見たことがないと言った。家族の間に問題があるのは確かなようだった。

「あの子はどこに行くにもお母さんと一緒だったのに、まさかこんなことになろうとはねえ。母親がいないときは家政婦さんがついていたしね。一人で出歩くなんてことはなかった。別にあの子だけが特別なんじゃなくて、ここの子たちはみんなそう。親が手もとから放さないんだよ」

息子に関しては、出かける時間も帰ってくる時間も不規則だということ、いつも早足で警備室の前を通り過ぎるということ以外に、知っていることはほとんどなかった。

「この子がヘソンなのか。知らなかったよ」

「まったくだ。近頃はどの家にも宅配荷物がどっさり届くだろ？　いったん荷物はここで預かるから、たいていの名前は覚えるんだがね。そういや、あの子宛てに何か荷物が届いたことはなかったなあ。制服を着なくなったから大学生になったんだろう、くらいに思っていたよ」

「ここ最近、何か変わったことはないですか。奥さんや息子がどこかに出かけるのを見たとか」

「うーん、息子は一昨日《おととい》の昼間出かけたけど、遅くならないうちに帰ってきたような……」

ユジの姿がエレベーターの防犯カメラに最後に映っていたのは、午後三時十五分だった。画面の中でユジはおとなしく立っているだけで、とくに変わった点はなかった。もっとも、地面に向かって分速九十メートル余りの速さで下降する四角い箱の中で、足を地につけて立っていること以外、何ができるだろうか。動物園を脱出したダチョウやアフリカ象だとしても同じだ。一階に下りて警備室の前を通るときまでユジは一人だった。カバンは背負っていなかったし、手に何も持っていなかった。ただ、コートのポケットがわりと大きかったことと、ユジの財布が家になかったことから、ポケットには財布が入っていたと考えるのが自然だろう。

ハイベリーヴィラの玄関は、狭いとも広いともいいがたい路地に面していた。すれ違う乗用車が接触事故を起こす恐れはないくらいの道幅だった。路地に向かって一番右側にハイベリーがあり、左側には似たような住居用のマンションが幾棟も並んでいた。一番奥には十五階建てのマンションがあり、そこで行き止まりになっているので、ユジは右側に歩いていったはずだ。もちろん、彼女が自分の意志で家を出たという前提があってこそなのだが。

「あの子が気軽に遊びに行けるような友達は、この街にいません」

母親のチン・オギョンはそう証言した。キム・サンホ一家がここに引っ越してきたのは二〇〇五年十一月で、そのときユジはすでに家から十キロほど離れた大学附属の私立小学校に通っていた。事件が起こってから二日目、オギョンは娘の友達の家に——自分の知っている限りの家に電話をかけたと言った。娘が活動している学校のオーケストラのメンバーたちにも、緊急連絡網を使って訊いてまわった。

妻の話を聞いていたサンホが目を見開いた。

「おい、ユジがいなくなったことをみんな知ってるのか？　学校で噂になってるのか？」

オギョンは夫を睨みつけた。

「あなた、正気なの？」

怒っている声ではなかった。話の通じない夫をこれ以上相手にしたくないと強く望んでいるようだった。ヨングァンは昨夜、写真の中で見た彼女の姿を思い出した。やつれて頬骨が張っているのは同じだが、立体感があるせいだろうか、現実の彼女はよりいっそう痛々しかった。いま目の前にいる彼女は埃《ほこり》で作った人形のようで、ふーっと吹くと壊れてしまいそうだった。

「くそっ」

サンホが両手を髪の中にうずめた。

「見つけたって言っとけ」

「え？」

「そいつらからまた電話があったら、そう言うなりしてなんとかごまかしておけ。じつは自分の知らない間に父親と旅行に行ってたとか」

「なに、それ……」

オギョンの唇の隙間から深いため息が漏れた。

「騒ぎ立てるなってあれほど言っただろ」

オギョンが助けを求めるようにヨングァンを見た。他人の夫婦のことに首を突っ込みたくなかったが、仕方ない。

「ただ隠せばいいというわけでもないでしょう」

夫婦が同時にため息をついた。

「この場合、原則的には非公開にするとしても、助けを得られる周囲の人にはオープンにしておくべきです。そうでないと肝心の情報を逃してしまいますよ」

妻に食ってかかっていたサンホが急におとなしくなった。ヨングァンは心の中でふっと笑った。

彼らの行動パターンはあまりにステレオタイプだった。突然、不幸が襲いかかったとき、心を一つにして助け合い、互いをいたわり合うような家族はまずいない。たいていは分裂し、争い、相手に責任をなすりつけようとする。

大人の暴力の犠牲になったり捨てられたりする子どもは、多くの芸術作品に登場する。加害者はだいたい精神病患者、あくどい児童養護施設の院長、小児性犯罪の前科がある怪しい隣人たちだ。児童に対する犯罪の多くは親によって引き起こされるということについては沈黙する。仮にそのような物語が作られても、作家は被害者を親と血のつながりのない養子や連れ子に設定する。それは読者や観客のために設けられた心理的な安全弁であり、作者の偽善的な自己防御の一線なのだ。

子どもが被害者である場合、苦しみを訴える親をただ同情の目で見ていてはいけない。人間は醜いものだ。底辺にある醜さを決して見逃してはいけない。キム・ユジの場合も同じだ。単に金品を要求する誘拐なら、とっくに連絡がきているはずだ。そういう幼児誘拐事件はたいていその日のうちに、遅くても二、三日のうちに犯人から連絡がくる。犯人が速戦即決を好む理由は、子どもを連れているると動きづらいし、人の目に留まるおそれがあるからだ。だがユジの場合、いまだ連絡がない。

ヨングァンは母親のオギョンだけでなく、父親のサンホのこともつねにレーダー網を張り巡らせて監視していた。サンホが秘密を抱えているのは明らかだった。まずは彼が必死に隠そうとしているものは何なのか、突きとめなければならない。捜索願を出せないその心理の裏には何があるのか。それを明らかにしないことには前に進めなかった。ヨングァンはハイベリーヴィラの玄関を出て、右の方にゆっくりと歩き始めた。少し歩いた所で道が二つに分かれていた。大通りに面した道を進んだ可能性が高い。ただし、ひとりで歩いていた場合は、である。その日、ユジはどこまでひとりだったのだろう。

あくる日、ユジの三年生のときの担任が、ユジと同じクラスだった生徒たち十二、三人を相談室に集めてくれた。ユジのいない間に、他の子どもたちはみんな一つ学年が上がった。クラスメイトのユジが急に留学することになった、それで特別なプレゼントとして記念冊子を作ろうと思う、この方はみんなに代わって冊子を作ってくれる記者のおじさんだ、と元担任はヨングァンを紹介した。

記者だって？　ともあれ、彼はできるだけ優しい顔をしようと努めた。

「さあ、君たちの知っているユジについて話してくれるかな？」

あちこちでざわめきが起こった。ヨングァンは先生に席を外してくれと頼んだ。彼女が出ていくと、いかにもお調子者の男子が、風船ガムが割れるような声で言った。

「おじさん、刑事だよね？　ユジ、誘拐されたんでしょ？」

「そう見える？」

「うん」

子どもたちが一斉に答えた。みんな彼の唇をじっと見つめていた。ヨングァンはゆっくりと口を開いた。

「探偵だよ」

「うわー」

嘆声が湧き上がった。さっきのお調子者が言った。

「ほんと？　ぼく、シャーロックホームズ知ってるよ。本も読んだんだ」

その子は少し誇らしげに知ったかぶりをした。ほとんどの生徒たちは半信半疑の顔で目をぱちぱちさせていた。

彼はすぐに後悔した。俺はいまなんて言ったんだ？　だが彼の思ったとおり、誰も「ユジはほんとに誘拐されたの？」とか「犯人を捜してるの？」などの質問はしなかった。越えてはいけない線をわきまえている、礼儀正しくておとなしい子たちだった。こういう言い方が正しいかどうかはわからないが、彼らは自分が子どもであることを自覚していた。

彼は額をぬぐった。三月初めの肌寒さを忘れるほど熱気に満ちた教室内の空気に、不快感を覚えた。いつの頃からか、うっかり口を滑らすことがあった。もし子どもたちが家に帰って「今日、学校に探偵が来たよ」などと言うと、親たちはどう受け取めるだろう。当然、警察が来たと思うだろうし、その中でも積極的な親なら、学校に連絡してあれこれ訊き出すだろう。余計なことをしてしまったと自分を責めた。彼はため息を呑み込んで、ぐるっと見まわした。制服というものは野生的な天真爛漫さを封じ込めてしまうのだろうか。紺色の制服を着た生徒たちはみな驚くほど似ていた。丸い頬、白い肌、平べったい目鼻立ち、栄養状態がよく、伸び伸びとしていた。

「ユジについて何か思い出すことない？　なんでもいいよ。みんなの話がきっと役に立つだろうからね」

彼は少し間《ま》をおいてから、また力強く話を続けた。

「ユジはきっと大丈夫だよ」

女の子二人が互いに肘を突いて、ひそひそ話をしているのが視界に入った。ヨングァンが見やると、そのうちの一人が小さな声でつぶやいた。

「ユジは、クラスの中で外されてるの」

「え？」

「仲間外れ」

隣の女の子が説明した。それをきっかけにあちこちから話が飛び交った。

「ユジって、いつもひとりで遊んでるよね」

「遊んでる？　ただボーッとしてるだけじゃない。馬鹿みたい」

「ちょっとヴァイオリンが弾けるからって、生意気なんだよね」

「うんうん。大会に出るからって授業もサボるしさ」

「それにグズだよね。駆けっこもぜんぜんできないし、荷物をまとめるのだって遅いし」

「そう。ごはん食べ終わるのもいつもビリ」

「じゃあ、お弁当はいつもひとりで食べてるの？」

ヨングァンはようやく口を挟んだ。子どもたちはウハハと笑った。

「お弁当じゃなくて、給食だよ」

「給食を食べるときは勝手に席を離れちゃいけなくて、先生が決めた所で食べるんだ」

いつもひとりで昼ごはんを食べていたわけじゃなかったんだ、それだけでも幸いだ、と彼は思った。「ユジをからかったり、いじめたりした子もいた？」と訊くと、みんな涼しげな顔をして首を横に振った。

「いません」

子どもたちは貝殻のような唇を開いて、異口同音に言った。

「無視してた。もともとそういう子だから」

「誰も相手にしなかった」

休み時間になると、窓から差し込んでくる光を浴びながら、脇のほつれたぬいぐるみのようにぽつんと座っている小さな女の子。手帳にキム・ユジと一文字一文字、力を込めて書いたとき、ヨングァンは初めてユジがとても近い存在に思えた。

担任はこれといった特徴のない地味な女性だった。彼女はユジが他の子どもたちと仲良くしなかったことを知っていた。仲良く「できなかった」ではなく、「しなかった」という言い方をした。

「わたしも心配でした。質問に答えるとき以外は、めったに口を開きませんでしたから。お母さんともそのことで何度か相談をしたんです。お母さんも悩んでらして。もともと口数の少ない子だったらしいんですけど、だんだんひどくなってきたようだと」

「クラスの子たちによると、友達もいないし、いつもひとりぼっちだったそうですが」

「ええ、そうなんです。でも、わたしたち大人が心配するほど、本人は深刻に思っていなかったようです。なにより自分がひとりぼっちだということに気を留めているふうではありませんでしたから。たいていの場合、仲間外れにされる子どもにはいろいろな特徴が見られるんです。周りの顔色をうかがったり、びくびくしたり、自尊心が低くなったり。でも、ユジはまったく違うんです。学習能力や発達の度合いを見るときわめて正常なんです。いえ、それどころか優秀な方です。優等生といえます」

先生は用心深く話を続けた。

「あの、これはわたし個人の考えですけど。ユジは他の子たちより早熟だったのではないでしょうか。もともと内気ですし。それにわたしの経験上、芸術的な才能がある子たちって、どこかデリケートで独特ですから」

つまり彼女は、キム・ユジは歳のわりに大人びていてデリケートだ、だから群れて遊ぶのは子どもじみていると思っている、そう考えているのだった。

「新学期が始まると、みんな仲良しグループを作るんです。お母さん同士が親しかったり、放課後同じ塾に通ってたり。ところがユジは初めからどちらでもなかったんです。お母さんもあまりお付き合いがある方ではないですし、ユジ自身も楽器を習っているのでクラスのみんなと遊ぶ時間もありませんし。子どもたちの人間関係は大人の縮小版なんです。小さなグループの中にリーダー格の子がいたりして、それなりに秩序が出来上がっているんですよ。ですから一度くっついてしまうと、あとから割り込むのは大変ですね」

先生は女子のグループに、何度かユジを入れようとしてみたらしい。リーダー格の子を呼んで、ユジを仲間に入れてあげてと頼んだこともあったし、コミュニティサイト〈バディバディ〉のメッセンジャーにユジの名前を追加するようにと言いつけたこともあったそうだ。

「え？　メッセンジャーですか。あんな小さな子たちが？」

ヨングァンは驚いて訊いた。

「もちろんです。そのくらい当たり前なんですよ。九〇年代後半に生まれた子たちは、母親のお腹の中にいるときからすでにコンピュータに触れているんです。インターネットはとても自然な日常の一部分なんです」

ユジの部屋にコンピュータがあったかどうか思い出せなかった。気に留めていなかったからだ。運動場には雨が降っていた。この雨がやむと急に春になるのだろう。街角には初夏を思わせる風が吹き、葉の落ちた木につぼみが芽吹くだろう。春。春という言葉はなぜこんなになじみがないのだろう。彼はためらわずにすぐ車に乗った。

チン・オギョンがドアを開けた。家の中は静まり返っていた。彼は室内用のスリッパに足を入れながら、オギョンの顔色を横目でうかがった。ヨングァンは幸せな顔を見分ける自信はないが、不幸な顔ならすぐにわかった。不幸こそが原始的な感情だからだ。それを完璧に隠せる目はこの世に存在しないだろう。

「娘さんの部屋を見せてもらえますか」

不幸な女が半歩先に階段を上がっていった。ユジの部屋は半分ほど開いていた。半分ほど閉まっていたと思うよりは肯定的だった。部屋の中はきれいに片づけられていた。あらためて主《あるじ》がいないことを思い起こさせた。二十インチの平面モニターは机の上に、コンピュータ本体は机の下に置かれていた。サムスン電子の製品だ。キーボードまですべて黒で統一され、洗練された印象を与えた。オギョンの好みだろう。彼女は彼の質問に、昨年デパートの家電製品売り場で買ったと答えた。何月だったか覚えていないが、たしか春だったと言った。

「それまでは夫のお古を使ってたんですけど、デザインも流行遅れだし、学校の宿題もインターネットを使うものが増えてきましたから」

だから新しいのを買ったのだという話を聞きながら、彼はコンピュータの電源ボタンを押した。内部をくわしく見るには専門家の助けがいる。とりあえずはインターネットのブックマークだけでも見てみようと思った。画面は暗号化されていた。幼い子どもがインターネットを使う時間を制御するのに、親たちが好んで使う方法だった。ヨングァンはキーボードに手をのせ、オギョンの方を見た。暗号を教えてくれというジェスチャーだった。

「開かないんですか」

逆にオギョンが尋ねた。

「そのようです」

彼は力なく答えた。オギョンは明らかに戸惑っていた。

「……おかしいわね。こんなことなかったのに」

オギョンはコンピュータのことはまったくわからないと言った。自分にも専用のノートパソコンがあるが、時折インターネットに接続するくらいだというのだ。嘘をついているようではなかった。コンピュータのことで娘に何か制裁を加えたことはないと言った。

「わりと好きなようにさせていました。あの子、ヴァイオリンの曲を探して聴いてましたし。息抜きにいいと思って。演奏するときはつねに緊張しっぱなしですから」

オギョンは娘のベッドに力なく座り込んだ。娘のことを思い出して、胸がいっぱいになっているようだった。

「しかし、まだ自分でコントロールできる年齢ではないでしょうに。せめて監視ぐらい……」

彼はそこまで言ってやめた。「監視」という言葉はふさわしくない気がした。不注意だったのではないかと親を責めているようにも聞こえるだろう。オギョンがもどかしげに大きくため息をついた。

「娘はそんな子じゃありません」

低いけれど攻撃的な声だった。

「やるべきことは必ずやっていました。宿題をしなかったことも、練習をさぼったこともなかったし、親を泣かせたことは一度もありません。漢方のお薬を飲むのは嫌がってたけれど、それ以外に何かを嫌がったことなんてありません。とてもいい子なんです。わたしにはほんとに、ほんとうに……出来すぎた娘です」

誰かが自分の子どものことをこんなふうに言うのを聞くと、脇の下がむずむずしてくる。聖職者の按手《あんしゅ》の祈りを受けて完治した末期がんの患者の証言を聞くのと似ている。ヨングァンは床に膝をついて、コンピュータ本体に差し込まれているケーブルを順に引き抜いた。彼はオギョンより半歩先に階段を下り、リビングのソファに座った。

「ご主人のお仕事はうまくいっているのですか」

「わかりません」

うつむいているので表情まではわからなかった。

「仕事のことはあまり話しませんから」

彼は間をおかずに本論に入った。

「具体的にどのようなお仕事をされているのですか」

「……貿易です。中国との」

質問している者の期待を裏切るような答えであることは、二人ともよくわかっていた。彼らはしばらくじっと座ったままだった。やがてオギョンが気乗りのしない声でつけ加えた。

「あれこれやっているみたいです。……くわしくは知りませんけど」

オギョンが語尾を濁した。

「ひょっとして、心当たりのある人はいませんか」

不意を突かれたかのように、オギョンは目をぱちぱちさせた。

「ご主人は誘拐だと確信されているようです」

恨みによる誘拐、とは言わなかった。

「わかりません。ああ、もうなんにも」

この女が知っていることは何なのだろう。

14　悪魔のトリル

ユジのハンドルネームは〈PIZZ〉だ。

弦楽器の演奏技法であるピッツィカート（pizzicato）を略したもので、弓を用いずに指で弦を弾《はじ》く演奏方法である。シュトラウス兄弟の〈ピッツィカート・ポルカ〉はユジのお気に入りだ。この曲を聴いていると、晴れた春の日、青い空を横切るようにしてぴんと張った洗濯ひもに小さな鳥が二羽並んで座り、さえずっている風景が目に浮かぶ。そんなときユジはひとり、にっこりとほほ笑むのだった。

「昨日、なんでゲームに入ってこなかったの？」

「この前、こっそりゲームしてたの、お母さんに見つかっちゃってさ。監視されてるんだ」

休み時間に、後ろの席の男子たちが騒ぐ声が聞こえてきた。クラスメイトの多くが〈テイルズランナー〉や〈メイプルストーリー〉などのオンラインゲームにはまっていた。中にはすでに〈サドンアタック〉のようなミリタリーゲームに熱狂している子もいた。幼いユーザーにとっては、レベルアップすることよりも、いかにして親に内緒で、頻繁に長くプレイするかが切実な課題だった。

ユジも周りの子たちがよくやっているゲームをダウンロードしたことがあった。新しいコンピュータを買ってもらって間もない頃だった。ある日、学校から帰ってくると、部屋に大きなダンボール箱が届いていた。

「どう？　気に入った？」

そう尋ねる母に向かってユジはうなずいて見せた。衝動買いをしたのは火を見るより明らかだった。ユジはよく知っていた。母にはときどき、とくに必要もないのに貪《むさぼ》るように買い物をする瞬間があることを。大理石のテーブルだったり、画家の実験的な抽象画だったり、ふだん決して着ないようなバックレスドレスだったりした。今回はコンピュータだったのだ。このヴィラに引っ越してきた年には季節ごとだったのが、次第に周期が早くなっている。ユジは母をがっかりさせたくなくてうなずいたけれど、新しいコンピュータはあまり気に入らなかった。使い慣れたキーボードとモニターはどこにいったのだろう。お別れの挨拶だってしていないのに。ごめんね。ユジは心の中でつぶやいた。

ユジは新しいコンピュータと時間をかけて仲良くしていった。もじもじと、恐る恐る。いつの頃からか、新しいヴァイオリンや靴を買ったときもそうするようになった。

レッスンのない週末の午後、ユジはクラスの子たちが一番好きなゲームのサイトにアクセスしてみた。キャラクターが走るゲームだった。ゲームを始める前に基本のキャラクターを一つ選ぶ。ユジが選んだのはミンミンという少女だった。ミンミンという名前を見て、この前、誕生日のときに会った人を思い出した。自分をラオミン——歳をとったミンおじさんと呼んでくれと言った、母の中国人の友達。彼がくれた香水は、机の一番下の引き出しにしまってある。ときどき蓋を開けてレモンの香りを嗅《か》いだ。母の真似をしてスプレーを吹きかけてみようかと思ったけれど、ノズルを押す代わりに、半透明な肌の中にすーっと伸びた毛細血管を覗き込んだ。うっすらと浮かび上がった細くて青白い線を見ているると、なぜか氷の下で眠っているキセスジへビを思い起こし、悲しくなった。

キャラクターのミンミンは勇ましい少女だった。背は低いけれど、軽やかですばしっこく、走るのも速そうだった。ユジは走るのが苦手だった。体育の時間、駆けっこはたいていビリだった。いろいろ考えすぎなのかもしれない。腕と足をどう動かせば少しでもおかしな格好にならないで済むのか、などと考えてばかりいた。ところがミンミンは違った。ぴょんぴょん楽しそうに走るのだ。とくにジャンプが上手で、どんなに速く走っても息を切らさなかった。痛みというものを感じないようだった。ユジは虹色のマフラーをミンミンの首に巻いてやった。

ミンミンとユジがよく行くのは三十人レースルームだった。最大三十人が同時に走ることのできる所だった。どのルームもランナーで賑わっていた。初めは、こんなたくさんの人が同時にモニターの前に座ってキーボードを叩いているのだと思うと目が点になった。ユジはゲームのルールに次第に慣れていった。ユジはビギナーレベルだった。そこでよく会う同じレベルのユーザーたちとも自然に挨拶をする間柄になった。彼らの関心はゲームだけだった。

《同じチームになる？》
《どうすればゲームマネーをいっぱい貰える？》

他人に投げかける疑問符はそれがすべてだった。ヴァイオリンを習っている十歳の少女で、ずいぶん歳の離れた腹違いの姉と兄がいること、学校では誰も話しかけてくれないひとりぼっちだということ、感情を表に出せず、よく立ちくらみを起こし、名前はキム・ユジ、ということには誰も関心を示さない世界だった。

ユジが三十人レースで上位に入った日、誰かが声をかけてきた。

《おめでとう。すごいね。》

ユジはうれしかった。

《ありがとう^^》

少し沈黙があってから、相手が「ところで何歳？」と訊いてきた。そのゲームには小学生のユーザーが多かった。子どもたちだったら「감사《カムサ》（ありがとう）」を省略して《ㄱㅅ》と答えていただろう。ユジは「十四歳」と打った。なぜ指がそのように動いたのかわからない。胸がドキドキした。

《中一？》

ユジは肯定も否定もしなかった。相手は三十歳の男だと自己紹介した。三十歳がどういう歳なのか、ユジは実感が湧かなかった。ユジの両親は三十歳よりずっと年上だったし、兄は三十歳よりずっと年下だった。次の日からゲームに接続するたびに、男からいろいろなアイテムが贈られてきていた。猫の絵がついたスニーカーや、セーラームーンの制服、天使の羽もあった。ユジはどうしたらよいのかわからなかった。ユジが礼を言うと、男はなれなれしく、これからは外で会わないかと言った。

《え？》

《セイとかバディはやらないの？》

セイクラブとかバディバディのメッセンジャーでチャットをしようと言っているようだった。メッセンジャーの友達に追加登録すると、男はますます親しげに話しかけてきた。写真を送ってくれと言ったり、誰も訪ねてきたことのないユジのセイクラブのホーム画面に、ハートのスタンプをいっぱいつけたメッセージを残したりした。こういうときはどう対応すればよいのだろう、誰も教えてくれたことがなかった。ユジにわかるのは、子どもは大人の感情をむやみに傷つけてはならない、それだけだった。相手が話しかけてきたら礼儀正しく答えるけれど、自分から男に話しかけたり、挨拶をしたりはしなかった。歳をごまかしているという後ろめたさもあった。十四歳でないことがばれたら、嘘つきだと後ろ指をさされることになる。

夏休みになった頃だった。不快なほど暑い午後だった。英語教室から帰ってくると、ヴァイオリンの先生が来るまで一時間ほど余裕があった。家の中は静まり返っていた。母は一階の寝室で横になっていた。その頃、よくそうだった。

「暑さにやられたのかもね」

母は隣に来て寝転ぶユジに小さな声でささやいた。

「頭痛がするの。割れそうなくらい」

「……」

「ユジ、ママは少し横になってるから、先生が来たら自分でドアを開けて。レッスンが終わったら起こしてね」

ユジはうなずいた。母は疲れたように目を閉じた。自分の部屋に行けと言われたわけではないけれど、ユジは忍び足で部屋を出た。音を立てないようにそっとドアを閉めた。冷蔵庫からオレンジジュースを取り出してグラスに注ぎ、それを持って二階に上がった。ミンミンと二回走り終わったとき、男がゲームに入ってきた。男はうれしそうに話しかけてきた。

《久しぶり。しばらく会えなかったね。》

自分はほとんど毎日走っているのに、ちっともうまくならなくてイライラしているとも言った。

《そもそも名前がよくなかったんだな。僕もミンミンにすればよかった。リナは足が長いだけで、

ジャンプはさっぱりだよ。ヲヲ（クックッ）》
《ヲヲ》
ユジもつられて笑った。ちょっと敏感になってたみたい。親切で面白い、ただのオジサンなのに。
二人はバディバディに移って話をした。男は放送局で働いていると言った。
《誰が好き？　東方神起《トンバンシンギ》？　ビッグバン？　ワンダーガールズ？》
ユジはモーツァルトが好きだった。だけど、そう答えてはいけないことを知っていた。ユジは男の言うリストの中から適当に一つ選んだ。どうせ男もユジの好みなんかに関心はないだろう。
《一度遊びにおいでよ。みんなに会わせてあげるから。一緒に写真も撮れるよ。いつ来る？》
《でも……、忙しいから。》
《中学生が忙しいだって？　楽しく遊んでいればいいんだよ。》
《はい。》
少しとりとめもない話をしたあと、男が急に尋ねた。
《そうだ。あそこに毛、はえた？》
モニターの文字が茫然とユジを見つめた。
《くるくる？　かわいいだろうな。一度見せてよ。ヲヲ》
男がまたクックッと笑った。声も聞こえないし顔も見えないけれど、唇の片方をゆがめて笑っているような気がした。ユジは頭《こうべ》を垂れた。指の骨がキーボードの上で固まっていた。ユジはパワーボタンを押してコンピュータの電源を切った。オレンジジュースのせいか汗のせいか、手のひらがベトベトになっていた。空のグラスを持って一階に下りた。そうっと寝室のドアを開けてみた。母は眠っていた。よかった。

その後、二度とゲームのサイトにはアクセスしなかった。ミンミンとまた一緒に走りたかったけれど我慢した。もともと駆けっこは好きじゃなかったんだと思うことにした。夏休みは長かった。父と母は夏のあいだじゅうユジを介して話をした。

「ユジ、パパにごはんだって伝えて」とか、「ユジ、ママにベージュのTシャツを洗濯機に入れたかどうか訊いてくれるか?」といったふうだった。面倒くさいときもあったけれど、難しいことではなかった。国立大学音楽院が開設した器楽英才スクールに合格した日、母の顔が久しぶりにぱっと明るくなった。よかった。

夏は果てしなく続き、退屈だ。ひっそりとした夏の太陽のもと、ユジは一日に四時間ヴァイオリンを弾き、二時間は英語と数学の塾に通い、残りの時間は音楽を聴いた。同じ曲をいくつものMP3ファイルにダウンロードした。同じ曲でも演奏者によって違って聞こえる。同じ演奏者の同じ曲でも、その人がいつ演奏したのかによって違うことも知った。ユジはそっと目を閉じ、激しい沈黙の世界に浸った。

NAVER《ネイバー》のブログは記録用に使った。インターネットで見つけた好きな曲や音楽家に関する情報を収めておいた。初めての投稿はモーツァルトに関するものだった。

ヨハンネス・クリュソストムス・ヴォルフガング・アマデウス・モーツァルト。一七五六年一月二十七日、雪の降る寒い冬の日に、オーストリア領ザルツブルクで生まれた。家族は彼をヴォルフガング、またはヴォルフィという愛称で呼んだ。五歳のとき、彼は父親の友人である宮廷オーケストラの団員、シャハトナーに代わって三重奏の第二ヴァイオリンを演奏し、周りを驚かせた。ある日、ヴォルフガングが自分のヴァイオリンとシャハトナーのヴァイオリンを弾き比べ、「おかしいな。このヴァイオリンは僕のより八分の一音低いよ」と言った。シャハトナーは笑いながらヴォルフガングのヴァイオリンを弾いて、びっくりした。八分の一音は、大人でもわかりにくい微妙な違いなのに、五歳の子が気づくなんて。

ユジは幼いモーツァルトが「おかしいな」と言うのがお気に入りだった。自分だったら、音の違いに気づいても口に出して言えないだろう。でも、そんなことはブログには書かなかった。ユジのブログは、広い海辺にまき散らされた砂の粒子のようだった。存在するけれど存在しなかった。誰かが必要な資料を検索しているときに偶然見るくらいだ。でも、どうだってよかった。たまに、資料をスクラップしている人が「いただいていきますね。ありがとう」とコメントを残しても、ユジは返事をしなかった。

夏が過ぎていく間に、ユジは小児歯科で下の奥歯を二つ抜き、母に連れられて大田《テジョン》の家に一度遊びにいった。誕生日がまたやってきた。今年も去年と同様にパーティーを開かなかった。朝の食卓で父が白い封筒を差し出した。ユジはぺこっと頭を下げて、それを受け取った。父は封筒を開けてみろと言った。どういう風の吹きまわしか、機嫌がよかった。封筒の中には十万ウォンの小切手が一枚入っていた。母が眉をひそめた。幼い子どもに早くから現金をやるのは、教育上よくないと思ったのだろう。

「まったく、あなたという人は」

母の声は誰の耳にもヒステリックに聞こえた。父も負けずにイラッとした顔で眉間に皺《しわ》を寄せた。

「文句あるか」

ユジは二人が喧嘩を始めるのではないかと思い、ひやひやした。わたしの誕生日のせいで——。

ユジは身をすくめた。
「いいわ、もう」
母は娘を横目で見て、口を閉じた。父は「チッ」でもなく「まったく」でもなく、フンと鼻で笑った。兄は聞いていないふりをして、ごはんを噛んでいた。食事はなんとか続いた。ユジは二階の自分の部屋に戻るなり、ボリュームを思いきり上げて、タルティーニのヴァイオリンソナタト短調を聴いた。その曲のサブタイトルは〈悪魔のトリル〉だった。

一七一三年。二十三歳の若き作曲家タルティーニは、楽想《がくそう》が浮かばなくて苦しんでいた。そんなある日、夢の中に悪魔が現れた。悪魔は彼に一つ提案をしてくる。もしおまえが魂を売るのなら、美しい音楽をやろうと言うのである。彼はこの交換条件に応じ、自分の魂を売る。すると悪魔は、タルティーニが聴いたこともない、驚くほど恍惚とした旋律を演奏する。夢から覚めるなり、彼は狂ったように記憶をたどりながら書き記すのだが、それがこの〈悪魔のトリル〉なのである。

魂を売ればこんな境地に達するのだろうか。ユジは音楽を聴きながら、心臓を何かで突き刺されたような痛みを感じた。そして、自分だったらどうするのかしばらく考えてみた。その日、ブログに一人の訪問者がいた。

《……………………》

これが「そのひと」の最初のコメントだった。内容は省略記号だけだった。言葉はなかった。残した人は〈Halka〉。——ハルカ？　明け方の森にかかった霧のような響きだった。

「そのひと」が二度目に来たのは、ヴィターリの〈シャコンヌ〉についての記事だった。多くの人がこの曲を世界で一番悲しい音楽だという。ユジはヤッシャ・ハイフェッツの演奏をブログにアップしていた。ロシア生まれの彼は、二十世紀最高のヴァイオリニスト、あるいはヴァイオリンの神様と呼ばれている。

《…………？》

コメントを残した人はやはり〈Halka〉だった。ユジはその省略記号を長いこと眺めた。疑問符は戸惑ったように背中を丸めていた。小さな記号が突拍子もなく、戸惑ったように自分に話しかけてきているような気がした。真っ白なシャツに落ちた一滴のインクが滲み、服全体に広がっていくようだった。シミは黒だろうか、青だろうか。もしかしたら真っ赤な血の色かもしれない。ユジはキーボードの上に手をのせたまま、どうしようか迷った。返事をするべきだろうか。返事をするなら何と言えばいいのだろう。「そのひと」のブログに入ってみた。名前：非公開。年齢：非公開。生年月日：非公開。手がかりは何もなかった。

《ハルカさま、こんにちは。ところで、どなたですか。》

言いたいのはそんな単純なことじゃなかったのに。ユジは塾にいるときもずっと、自分の残したコメントのことが気になった。送迎バスに乗って家に帰ってくるなり、手も洗わずにコンピュータの電源を入れた。コメントを消すためだった。ところが、すでに「そのひと」から返事が届いていた。

《世界で一番悲しい音楽、ヴィターリの〈シャコンヌ〉を、ハイフェッツはなぜこんなに速く、激しく演奏したのだろうと気になっています。息もつかせぬほどの速さが、悲しみをよりうまく表現できるのでしょうか。あ、わたしの名前はハルカではなく、ハウルカです。》

ハウルカ。やはりなじみのない響きだったが、ハルカよりはずっと柔らかく聞こえた。「そのひと」の投げかけてきた問いが一日中ユジを悩ませた。
「ラルゴ。ゆるやかに、おごそかに。悲しみがからだじゅうを包み込むように」
レッスンの先生は楽譜を見ながらよくそう言っていた。伝える側も聞く側もごく自然に、悲しみとは元来、ゆるやかで控えめな感情だと信じていた。なのにハイフェッツはなぜこのように演奏したのだろうか。「そのひと」の言うように、息もつかせぬほどの速さが悲しみをよりうまく表現できると思ったのだろうか。悲しみをよりうまく表現できる？　どういう意味だろう。それを知りたがっているハウルカは、悲しみについて何か知っているのだろうか。疑問符が窓の外に広がる暗闇のように降りそそいだ。滑り落ちるような旋律を何度も聴いているうちに、ユジはふと気づいた。
《強調したいからではないでしょうか。音符たちが速く、激しく地上から消え去ってしまえば、一番底には本当の悲しみだけが残るから。隠せない悲しみ、純粋な悲しみが。》
ハウルカがユジよりもひと足先にコメントを残した。
ユジは返事を打った。
《…………………！》
百の言葉より、たった一つの感嘆符が役に立つ瞬間があることを、ユジは知った。
《ハウルカは空を飛ぶ氷という意味です。アイスランドには氷を指す言葉が多いんですよ。一年の半分は真冬だから。》
ユジはインターネットで世界地図のサイトを開き、アイスランドを探した。ヨーロッパ大陸をずいぶんさまよった末に、ようやく見つけた。イギリスの上の方にあり、大西洋のてっぺんにぽつんと浮いている島だった。目でおおよその見当をつけるだけでも、韓国からはるか遠く離れた所にあった。どれだけ遠いのか、実感は湧かなかった。
《アイスランドは地球上で最も北にある国なんですよ。》
《行ったことがあるんですか？》
《いいえ。でも、きっと行くわ。だからいま、一所懸命お金を貯めてるんです…^.*》
「そのひと」がウィンクしてほほ笑んだ。自分に〈空を飛ぶ氷〉という名前をつけた人。
《あ、わたしが集めたアイスランドの写真、お見せしましょうか？》
ハウルカがユジをブログに友達登録した。友達になった途端、これまで隠れていた記事が姿を現した。ユジのブログと同じぐらいシンプルな空間だった。
《ピッツさんがわたしの初めての友達です。》
カテゴリーが二つに分かれていた。〈Iceland〉と〈happy〉があった。ユジはまず〈Iceland〉をクリックした。外壁を白く塗った小さな建物の写真が見えた。田舎にある素朴な教会のようだった。その下に、「世界の果て、最も北方の首都・レイキャヴィーク　市庁舎」というキャプションがついていた。ユジぐらいの年頃の少年が六、七人、湖畔に集まっている写真もあった。何人かは毛糸の帽子をかぶっていた。かぶっていない少年たちの髪の毛はトウモロコシのひげのようだった。首にぐるぐる巻いたマフラーが風になびいていた。彼らはリンゴのように頬を赤らめて笑っていた。明るい笑顔だった。ユジの頭の中でキーンと冴えた音がした。湖は本当にカチンコチンに凍っているのだろうか。写真ではわからなかった。ハウルカ――空飛ぶ氷――を実際に見てみたかったのに、残念だ。韓国からアイスランドまでのアクセスについても書かれていた。「仁川空港―ロンドン・ヒースロー空港―アイスランド・ケプラヴィーク空港（合計十六時間、ただし乗り換えのためロンドンで一泊）」などと。ユジはその下に「いつかきっと行けますように」とコメントをした。本当に、そんな気持ちだった。
〈happy〉には記事が一つしかなかった。写真には子犬が一匹、写っていた。どこにでもいるような平凡なマルチーズが、ピンク色の布団の上にきょとんとした顔で座っていた。「唯一の、わたしの家族」という一文が胸に沁みた。
《子犬の名前がハッピーなんですね。》
《ええ。おかしいでしょ？　みんな言うんですよ。いまどきそんな名前をつける人がいるんだって。だけど、わたしはハッピーに幸せになってもらいたくて。だからハッピーにしました。ハッピーって呼ぶと気分がよくなるの。ハッピー、とてもかわいいでしょ？》
《はい、とても。》
《前に住んでいた部屋の大家さんが飼っていた犬です。ある日、大家さんが突然いなくなって、それでわたしが引き取ったんです。ずっと何も食べていなかったのか、吠える力もなかった。ガリガリに痩せて、とろんとした目をしばしばさせていました。何を食べさせたらいいのかわからないから、とりあえず店に行って牛乳を買ってきました。》
器に半分ぐらい入れてやると、三秒で一気に飲んでしまい、「そのひと」をじっと見つめたらしい。また残りの半分を入れると、今度は十秒かけて全部飲んだらしい。そして新しい飼い主に向けてしっぽを振ったそうだ。ユジはその話を聞いてもう一度、子犬の写真をクリックしてみた。口もとについた白い牛乳を舌で舐めているハッピーの姿が目に浮かぶようだった。ハッピーとハウルカ。二人はずっと前から知り合いだったんじゃないかと思った。「そのひと」は物知りだった。ヴィターリの〈シャコンヌ〉をハイフェッツではなく、オイストラフの演奏で聴いてみたらどうかと勧めてくれたのもハウルカだった。

《オイストラフはずっとナンバー2扱いされてきました。世の中はたいていナンバー1しか記憶しないから。でも彼の演奏を聴いていると、ここが温かくなるんです。》

「そのひと」が「ここ」とタイピングした。ユジは「そのひと」がいま、手のひらをどこに当てているのかわかった。心臓だった。

15　存在しない午後

その少年は口が半開きだった。開いた唇の隙間から、曖昧な発音の笑い声が果てしなくこぼれてきそうだった。

名前：パク・ジホン
失踪場所：全羅北道《チョルラプクト》南原市《ナモン》鷺岩洞《ノアムドン》
失踪日時：一九九一年五月一日
特徴：二級知的障害と言語障害がある

一九九一年か。かなり昔だ。一九九一年に少年は十三歳だった。ということは二〇〇八年のいま、三十歳になっているはずだ。十三歳のときの写真を見た人が、実際に三十歳の彼に気がつくだろうか。少年本人であればともかくとして。それも、もし少年が生きていればのことだ。オギョンは急いでマウスをクリックした。今度は女の子だった。失踪当時、三歳だった。

名前：チョ・スヨン
失踪場所：京畿道議政府市《キョンギドウィジョンブ》山谷洞《サンゴクトン》
失踪日時：二〇〇一年十一月八日
特徴：濃い眉毛。左の尻にコインほどの黒いほくろがある。

顔も丸く、目も丸く、鼻も丸い女の子だ。オギョンはその顔を直視できなかった。その子の母親がどれだけ途方に暮れ、切迫した気持ちで左の尻にほくろがあるのを思い出したのか、誰よりもよく知っていたからだ。他人の痛ましさがまるで自分のことのように心臓を突き刺していることに、彼女は身震いするほどの違和感を覚えた。三歳だったスヨンはいま十歳になっている。七年前にユジが三歳だったように。七年後にユジは十七歳になっている。高校生になったユジはなかなか想像できなかった。スヨンの母親は十歳になったスヨンをはっきりとイメージできるのだろうか。目の焦点がぼやけてきた。オギョンはウェブページを閉じた。インターネットブラウザのウィンドウも閉じて、机の上にうつぶせた。しかし、五分も経たないうちにまたコンピュータを立ち上げた。失踪児童捜索本部の住所と電話番号がウェブサイトの下の方に出ていた。オギョンはゆっくりとそれを書き留めた。

一回目のコールで電話がつながった。彼女が「もしもし」と言おうとした途端、自動案内メッセージが流れた。失踪児童の捜索をお申し込みの方は1番、失踪児童を目撃された方、または保護されている方は2番、その他の方は3番を押してください。オギョンは受話器を耳に当てたまま、電話の声を繰り返し聞いた。1のボタンに当てた指をなぜ押せないのか。自分は何を恐れているのか。

オギョンはじっと息を殺して考えた。

娘が行方不明になったことを学校に知らせただけで、夫は大騒ぎをした。夫が怖いからではなかった。彼女は夫のことをそれなりに理解していると信じて疑わなかった。いつもの彼なら、こういう場合、極度に興奮してなりふり構わず捜そうとするはずだ。決して隠そうとするような男ではなかった。それなのに、なぜこれほどまでに表沙汰になるのを恐れているのか、どうしてもわからなかった。一つだけ可能性があるとしたら、本人が何かに巻き込まれている場合だ。

夫が死んでも言えないこと……。

オギョンは戦慄を覚えた。サンホは妻が自分の事業について何も知らないと思っているはずだ。それは半分本当で、半分嘘だった。サンホが中国を相手に取引している品物が偽の洋酒や偽ブランドのバッグだけではないことぐらい、彼女はとっくに気づいていた。でも、強いてその品目を暴こうとはしなかった。推測だけで充分だった。知らぬが仏、というように。夫は貿易業者であり、自分は貿易業者の妻だった。夫はこの十年間、充分な生活費を家に入れてくれた。彼がどのようにして金を稼いでいるのかを問いただすのは、自分の領域ではないと思った。だから見て見ないふりをしてきた。真実を知った瞬間、直面しなければならない倫理的な苦悩を何とかして避けたかったのだ。もしかするといま、その罪の代価を払っているのかもしれなかった。

《時間を超過しました。もう一度やり直してください。1番……》

オギョンは受話器を下ろした。受話器を下ろしたわけはミンにも言えない。この家の人間以外には誰にも。彼女はようやく気づいた。これは〝家族〟の問題であることに。原因のわからない、おぞましく、みすぼらしく、じっとりしたにおいが鼻の先についたまま、一日中消えなかった。

キム・サンホは午前十一時十分発の飛行機で上海に向かった。帰国便は午後八時発だ。午前零時までには家に着くだろう。朝、家を出るときに、中国に行くとは妻に言わなかった。

「かなり前から約束していたことだから仕方ない」

本当はそう話すつもりだった。ひとりにさせて悪い、すぐに帰ってくるから、と言いたかった。心からそう思った。妻は壁を向いて寝ていた。皺の寄った布団を目の上までかぶっていた。身動きもしなかった。彼女は目を覚ます方法を忘れたかのように見えた。それだけではない。食べる方法も、笑う方法も、息をする方法も、何もかも忘却してしまったかのようだった。オギョンが眠ってはいないことを、サンホは知っていた。できるだけそうっと起き上がったが、ベッドのきしむ音はどうしようもなかった。クローゼットを開ける音を聞きながら、妻は思いきり顔をしかめただろうか。あるいは目をしばたいただろうか。そうだったらいいのにと彼は願った。少なくともまだ生きている証拠だからだ。サンホはスーツの内ポケットにパスポートを押し込み、家を出た。

ミーティングは午後三時、上海市内のとある場所で行うことになっていた。とある場所がどこなのか、彼自身も知らなかった。現地でブローカー役をしているカンが、昼食のあとで案内してくれるはずだ。

「軽くお昼を食べませんか。相談したいこともありますし」

昨夜の電話でカンがそう言ったとき、サンホは飛び上がって驚いた。

「なんだ？　何かあったのか？」

「いえ、別に大したことじゃないですよ」

思いもよらぬサンホの反応に、むしろカンの方が驚いた。

「近頃あいつら、泣きごとばかり言うんですよ。オリンピック〔二〇〇八年北京五輪〕を控えて雰囲気が殺伐としているとかなんだのと、大げさなこと言って」

つまりは自分たちの懐《ふところ》にもう少し入れてくれと言っているのだった。

「オリンピックは上海じゃないだろ」

サンホは冗談まじりに言い放った。さっき敏感に反応したのがきまり悪かったのだ。それに、自分の方も折り入ってカンに相談したいことがあった。カンは信頼のおける男だった。ソウルのホテルで彼と会った日曜日のことを思い出すと胸がひどく痛んだ。カンとはラディソンホテル一階のラウンジで会うことになっていた。ラディソンホテルは人民広場のすぐ向かいに位置する四十七階建てのビルだった。四十六階だかに市内の全景をひと目で見下ろせるレストランがある。去年の今頃、釜山のハン氏と上海にやって来て、ワインを飲みながら食事をした。出張の最後の晩、そこで目的を無事に果たしたことを祝った。動物の肉を食べないハン氏はたしか、ベジタリアン向けのメニューがないと文句を言いながら豆で作ったステーキを注文した。華やかなネオンがきらめく上海の夜景にあらためて感嘆し、ワイングラスを口に運ぼうとしたそのとき、ハン氏が急に舌打ちした。

「ねえ、キム社長」

ハン氏の声はいつものように秘密めいていた。

「資本主義ってやつはじつに低俗ですな。ここから見ると明らかでしょう。無邪気にそびえているビル群をご覧なさい。中身がないから表面にばかり執着する。規模で圧倒させようってわけだ。だが、それより恐ろしいものは何かわかりますか」

「さ、さあ」

「こんな奇妙な国籍不明の都市をつくっておいて、自分たちはものすごいことをなしとげたと思っていることだ。成金が家を買って、靴箱から便器に至るまですべてピッカピカの金《きん》を貼りつけたようなものだな。チッ。そんなことしたって黄金の便器は所詮、汲み取りじゃないか」

　彼らはその日、二次会でルームサロンに行き、お開きになった後はそれぞれパートナーを連れて部屋に戻った。サンホのパートナーはファッションショーのランウェイに立つプロのモデルで、ハン氏のパートナーは上海の名門大学の学生だと言った。もちろん嘘か本当かわからない。

「私はひょろっと背が高くて乳の小さい女は嫌いなんだよ」

　エレベーターの中でハン氏がパートナーの腰に手をまわしたまま、彼の耳もとでささやいた。汚らわしいアルコールのにおいがぷーんと漂った。サンホはクックッと笑った。わかっているのかいないのか、中国の女たちもつられて笑った。そのハン氏と連絡がつかないのである。ユジがいなくなったその日からずっと。

　ベルボーイがタクシーのドアを開けてくれた。サンホは車を降りながら、素早く周りを見まわした。身に沁みついた癖だった。街は慌ただしく、平和そうに見えた。内耳の蝸牛管《かぎゅうかん》の奥でカタカタと鳴る音が次第に大きくなっていく。飛行機が仁川空港の上空を飛んでいるときからずっとそうだ。ロビーを横切ってラウンジカフェに着いた。約束の時間まで十五分ほどある。カンはまだ来ていないだろう。席を案内してくれるはずのウェイトレスの姿が見えなかった。彼は入口に突っ立ったまま、強迫行為のように唇の皺を弄《いじ》った。どこでもいいから座って冷水をごくごく飲み干したかった。旗袍《チーパオ》を着た若いウェイトレスが早足でやって来た。

　平日の昼間、ホテルのコーヒーショップの光景は、どこの国も似たり寄ったりだ。隣のテーブルでは、腹部の肥満が始まった素性の知れない中年男が四人、それぞれ一人用のソファに体を斜めにして座り、コーヒーを飲んでいる。サンホは冷水をひと口飲んだ。あたかも真冬の夜、湖に張った薄氷を踏んだかのようにひやっとした。彼は目を閉じてソファの背もたれに寄りかかった。疲れた。

時折、隣のテーブルから中国語が聞こえてきた。納期、契約、受注といった単語が、破片のように耳に刺さった。退屈で日常的なビジネスの現場だった。やはり、今日のミーティングはキャンセルすべきだったか。半月ほど前にとりあえず日取りを決めていた。まさかその短い日数の間にこんなことが起ころうとは夢にも思わなかった。

顧客の要望は何しろ希少なモノなので、中国大陸、いや世界中を虱潰《しらみつぶ》しにしてでも必ず探してみせますと、彼は大口を叩いていた。

「百パーセントではありませんが、うまくいけば手に入るかもしれません。来月の頭にははっきりした返事をもらえると思います」

あの日曜日、カンがそう言ったとき、「来週の日曜日だと？　冗談だろ？　神様がそれまでおとなしく待ってくれると思うか？」と文句を言った。だが、その時間も息つく暇もないほどあっという間に過ぎた。彼は心を決めた。約束は守らなければならない。もし、こっちからミーティングを突然キャンセルした日には、モノは永遠に消えてしまうだろうし、一分一秒を惜しんで待っている顧客を失望させることになるだろう。問題は神様がいつまで待ってくれるのかだ。神が決めることなら彼にはどうすることもできない。

隣の席が急に騒がしくなった。別れの挨拶をしているのだろう。サンホはゆっくりと目を開けた。数人の男たちが握手を交わし、ホールを抜けて入口の方に歩いていく様子をなにげなく見やった。そのときだった。彼らよりも半歩後ろを歩いている男の顔。間違いない。永登浦《ヨンドゥンポ》のパク社長だ。USBメモリの代わりにワニのロゴが入ったシャツでサンホをからかった男。サンホは勢いよく立ち上がった。

男は早足で歩いていった。すでにロビーを横切り、入口近くにいた。男のグレーのコートにもう少しで手が届きそうになったとき、サンホは向かいから来た男と正面衝突した。

「あ、兄貴？」

カンだった。カンが手のひらで額を押さえながら、彼をまっすぐ見つめていた。眉間の狭い顔に、うれしいのかあきれているのかわからない表情を浮かべていた。サンホはカンを荒々しく押しのけた。男の姿はなかった。サンホがガラスのドアを開けて外に出てみると、ちょうど男は待機していた黒のセダンの後部座席に乗ったところだった。彼は車が去っていくのを見ながら立ち尽くした。

「ちくしょう」

あとを追ってきたカンがあっけにとられたように目をぱちくりさせた。

「つかまえろ。早くあいつをつかまえるんだ！」

「誰ですか」

カンが尋ねた。サンホは言葉に詰まった。何と言えばいいのだろう。目の前で逃してしまったあの男はいったい誰なのか。約束していた顧客情報の代わりにシャツを入れたこと以外、男については何も知らなかった。サンホは黙って唇を噛んだ。相手がちょっとしたミスだったと言えば、こちらは何も言い返せないのだ。自分がいまここで息をしていること自体、大きなミスなのかもしれない。

「兄貴、大丈夫ですか？」

カンが彼の肩に手をのせた。どっと疲れが押し寄せてきた。気のせいだろうか。流暢な中国語で飲み物を注文するカンが、急に見知らぬ人のように見えた。

カンに連れられて行った所は、ラディソンホテルの裏にあるビジネスホテルだった。部屋の中では一人の若い男が彼らを待っていた。胡桃《くるみ》の殻のようにがっしりとした、小柄な男だった。白いシーツがきれいに敷かれたダブルベッドの脇で、彼らは立ったまま挨拶をした。

「ご存じだと思いますが、手に入れるのにひと苦労しましたよ」

男がいかにも恩着せがましく先手を打った。不自然にソウルの言葉を真似ていた。たいていの北の出身者がそうであるように、本来のイントネーションを必死で隠そうとしていた。

「Ｒｈ陽性のＡＢ型で間違いないですね？」

カンが確認した。訊くまでもない質問に、男はませた中学生のようにはきはきと答えた。

「間違いありません」

カンがサンホの方を見た。サンホがゆっくりと口を開いた。

「正確には何か月と何日？」

「八か月半ぐらいだと思います」

「ぐらい」という言葉がひっかかった。「正確に」と訊いたはずなのに、こんな曖昧な返事をするとは。八か月というのも怪しいもんだ。もっとも、きっぱりと言いきられる方が、曖昧な言い方をされるよりも結果的にはずっと疲れるのだが。サンホはわざと腕組みをして、上体をよじった。

「きれいな状態なんでしょうね」

「あ、もし気が進まないのでしたら」

男が咳払いもせずに顔色を変えた。

「なかったことにしても構いません。じつのところ、うちもこういうのは面倒でして」

予想もしていなかった反応だった。男の笑顔の裏に隠された本心を読み取ろうとしたが、うまくいかなかった。

「またまた、何をおっしゃるんですか」

カンが急に低姿勢になった。

「こんな貴重なものは、お宅でなければ手に入りませんからね」

「なら、話を進めますか」

「もちろんですよ」

「いいでしょう。で、あちらは何か月ですか」

「あ、たしか一年ほどだと。そうですよね？」

カンがサンホの脇を突くようにして訊いた。

「十一か月」

サンホはそっけなく答えた。彼は生まれて一年になろうとしている赤ん坊と、その赤ん坊の心臓について考えていた。赤子の心臓はとても小さい。大人の女性が親指と小指をくっつけて輪を作ったくらいの大きさだった。ドックンドックンと脈打つ、鮮やかなピンク色の心臓。赤ん坊の心臓を取り出し、そこに別の赤ん坊の心臓を入れる。ちゃんと納まるだろうか。サンホはいまさらのように気が重くなった。「ところで、どこでどうやって手に入れたのですか」と訊きたい気持ちを、喉の奥深いところに呑み込んだ。

「金額のことですが、これだけ苦労したんですから、約束の額よりも一、二枚は余分にいただきたいですね」

赤子の心臓は言い値だった。

彼らがホテルを出ると、冬とも春ともいえない上海の午後の空から、どしゃぶりの雨が降っていた。

サンホは、自分の従事している仕事はサービス業の一つだと考えてきた。顧客は主に死を受け入れようとしない人たちばかりだった。自分の死であれ、愛する者の死であれ。

例えば心臓。心臓が止まると人間は死ぬ。そう言われても、彼は倫理的に何の感情も湧かなかった。自分がそういう人間だということを疑ったこともなかった。心臓が悪くて死んでしまう患者を大勢見てきた。いや、違う。厳密にいうと、彼が見たのは心臓が悪くて死にゆく患者たちだった。人間はいろいろな原因で死んでいく。心臓のせいで、肝臓のせいで、肺のせいで、腎臓《じんぞう》のせいで。死を目の前にして、死にたくない、何としてでも生きのびたい、と強く願う人たち。そういう人たちのために最上のサービスを提供し、それに見合う代価を貰うのがキム・サンホの仕事だった。

希望者は韓国にいて、供給所は中国にある。この二つをうまく橋渡ししてやるのが彼の役目だった。たいていの人がそうだろうが、彼も自分の仕事があまり好きではなかった。基本的にすべての業務を法の枠外で行うため、受けるストレスは甚《はなは》だしかった。仮にこの世のすべての職業を「善」と「悪」の二つに分けたとしたら、自分はどちらに属するのか、サンホは充分承知していた。かといって、恥知らずな行為だと罵倒されるのも悔しかった。

午後六時、上海の空港ロビーの片隅で、彼は電話をかけた。

「……すべて整いました」

受話器の向こうに沈黙が漂った。短くて熱い静寂だった。やがて女はうめき声のような深いため息をついた。

「ありがとうございます。本当に、本当にありがとうございます」

「いいえ。運がよかったんですよ」

そう返事をしながら気づいた。自分はこの女にどうしようもないほど嫉妬している。羨ましすぎて息が止まりそうだった。彼は力なくひと言つけ加えた。

「おめでとうございます」

「ありがとうございます。本当にありがたいことです」

女はわっと泣き声をあげた。長い間、我慢していた涙だった。十一か月前、女は初めての出産をした。真っ黒な瞳をした男の子だった。体重は二千三百グラムしかなかった。新生児の平均体重を大きく下まわり、生まれつき心臓が奇形だった。

「くわしいことは、後日またお知らせします。帰ってから」

ソウルに帰る時間だった。またあの恐ろしい時間を生きなければならない。おそらく永遠に。カーキ色の制服を着た公安たちが、無表情で彼のそばを通り過ぎた。そのときサンホは浦東《プードン》国際空港で最も孤独な男だった。


若い夫婦は謝礼金を女性用のショルダーバッグに入れてきた。あまり丈夫そうには見えない、長いファスナーのついた黄土色のナイロンバッグだった。ファスナーを開けるとドルの束が入っているはずだ。サンホはそれを隣の席ではなく膝にのせた。ずっしりとした質感が膝の骨を押した。店の人が茶の入ったカップを三つ、盆に載せて持ってきた。彼はカップを口に運んだ。市販のゆず茶特有の人工的な甘みが舌に絡み、嫌な気分になった。依頼人との用件はすべて処理した。金も受け取ったし、その前に今後の日程についてもざっと説明した。明日、彼ら夫婦が子どもを連れて浦東空港に行けば、その後のことはカンが責任をもって進めるということも伝えた。すると、これといった話題がなくなった。

「朝早い飛行機ですよね」

余計な質問だとわかっていながら、サンホは沈黙に耐えられなくなってそう訊いた。

「はい」

草食動物のようにおとなしそうな父親が答えた。

「救急車が来ていると思います」

「ありがとうございます。本当に」

今度は母親が言った。

「スンニは誰が？」

「母が見てくれています」

スンニ（勝利）という名の男の子は今日、退院した。市内にある大学附属病院は、その子にとって故郷であり家だった。生まれてから一度も離れたことのない――。

その子の病名は、先天性の左心低形成症候群（ＨＬＨＳ）といった。全身に血を送る左心室と大動脈が充分に作られていない状態で生まれてきたのだ。

「じつのところ、心苦しいんです。病院には本当のことを話していないので」

母親はそう言ってうなだれた。彼女もスンニを産んでから一度も病院を離れていない。おそらく、病院には「二度目の手術はあきらめる」と伝えたはずだ。医療スタッフには「子どもの命をあきらめる」と同じ言葉に聞こえただろう。

「病棟ではあんなによくしていただいたのに……」

ＨＬＨＳと診断された新生児は、生後二十日以内に必ず手術を受けなければならない。それで終わるのではなく、その後も二度の手術が待っていた。三回手術をしたあと、果たして十人中何人が生き残るのか。十分の三？　過酷な確率だった。「七」を信じるべきか、それとも「三」を信じるべきか。どちらも選べないのなら、方法はただ一つ。できるだけ早く、他人の心臓を移植することだ。

　この若い夫婦が初めて連絡してきたときのことを、サンホはよく覚えている。子どもの名前がスンニだと聞いたとき、自分はどういう反応をしただろう。心の中で少しあざ笑ったのではないか。あからさまな欲望が痛ましいだけに滑稽に思えたのだ。だが、いまはそうではない。スンニ。スンニ。スンニ。彼はあらためて口の中で赤ん坊の名前を繰り返し呼んでみた。公私にわたり多忙な神の注意を呼び起こすためなら、このくらいなんでもなかった。次の瞬間、彼は絶望の底に突き落とされた。ユジという名前は、神にとってそんなにも記憶しがたいのだろうか！

　やがて彼らは席を立った。サンホが先にスンニの父親に手を差し出した。

「大丈夫ですよ。手術はうまくいきます」

　彼はそのあと、自分の口からこぼれ出た言葉にひどくうろたえた。

「祈って……います」

16　これからの人生

「ご注文は？」

北のイントネーションだ。脱北者か、それとも中国朝鮮族か。

「……キンパ〔海苔巻き〕とラーメンを」

ミンは注文をとりにきた中年女性の顔を見ずに答えた。

「どちらもいろいろ種類があるんですけど……」

女は苛立ったような困ったような声でそう言って、壁を指さした。数十種類のメニューがびっしりと書かれていた。キンパの名前だけでもざっと十個はあり、ラーメンも六、七つほどの種類に分かれていた。予想もしないところで選択を迫られると、急にあたりがしーんとなったように感じる。

ミンは目で韓国語を追った。仁川で人生の半分を送ったけれど、厳密にいうと、韓国語は彼にとって流暢に操ることのできる外国語のようなものだった。人間はたった一つの母語しか胸に抱けないとしたら、そういうことになるだろう。野菜キンパ、キムチキンパ、チーズラーメン、こんな平凡な組み合わせが今日に限ってやけによそよそしく感じた。ミンは一番安いキンパとラーメンを頼んだ。

金の問題ではない。自分との約束だった。どこにいるのかわからないユジのためにできる、唯一の思いやりだった。こんなことしかできない自分が恥ずかしかった。忘れていたのか、ようやく店の人が水の入ったコップを持ってきた。

「朝鮮族のおばさんたちがいなけりゃ、韓国の飲食業界は崩壊するね」

そう言いながらも別に残念がっている様子もないその男は、台北で会った中年の観光客だった。淡水《ダンシュイ》〔台湾北部新北市〕でラウンドを楽しみ、帰る前に台北に寄ったゴルフの団体チームのメンバーだった。

「最近の韓国の若者はそういう仕事をやりたがらないんだよ。体裁ばかり気にするしょうもないやつらだ。中国製でも輸入しないことにはやっていけないのさ」

別の一行が舌打ちをしながらそう言った。高級ブランドショップの立ち並ぶ中山北路《ジョンシャンベイルー》を走るミニバスの中が、いつの間にか愛国者の救国糾弾大会の場と化した。十年後に国はいったいどうなっているのかと憂う声から、未来の韓国社会の一番の問題は、農村の男と東南アジアの女との間に生まれたコシアン〔コリアンとアジアンの合成語〕だと予測する声まで飛び交った。ミンはそのとき何をしていただろう。聞こえないふりをして他の所を——たぶん窓の外を見つめていたと思う。

「税金を取るだけ取って、ろくなことがない。俺なんか脱北者のせいで中国に行けないんだぞ」

その客は、住民登録番号の後ろの六桁が「125」か何かで始まるのだが、よりによって政府が脱北者に与えたひと連なりの番号と同じなので、関係のない自分がとばっちりを受けて中国に入国するのがかなり面倒になったと、口角泡《こうかくあわ》を飛ばした。

ソウルよりも北に故郷のある女性が、ミンの頼んだ料理をテーブルの上に機械的に置いた。ごま油を塗ったキンパの表面はテカテカしていた。彼はキンパをひと切れ、口の中に押し込み、もぐもぐと噛んだ。上と下の奥歯の間で、過酷な未来を予言するかのように飯粒が潰れた。彼女に会いにいく時間だった。

二人の前にそれぞれビールのグラスが置かれた。そのあと、カフェのアルバイトはひと握りほどのポップコーンの入った小さなかごを持ってきた。ミンはまず、オギョンのグラスにビールをついだ。オギョンはうつろな顔で視線を落としていた。ミンは自分のグラスにもビールをつぎながら、いま自分は何を望んでいるのだろうと思った。

「家にいるけど、今日は」

電話で彼女がそう言ったとき、ミンは「そう？」と語尾を上げた。相手に何となく嫌な気分にさせられたときに見せる反応であることを、二人とも知らないわけではなかった。そしてしばらく沈黙が続いた。ミンは、彼女の「今日は」を「今日も」に訂正した方がいいと思った。もちろん、今日どうしても彼女に会わなければならないわけではなかった。しかし、今週に入ってまだ一度も会っていなかった。実際、彼女の家から十キロほどしか離れていない所にいるのに、まるでソウルと北極に引き離されているようだった。というのも、言葉では説明できないけれど彼女の態度が微妙に変わったせいだった。

長く残酷な苦しみの中でようやく重なり合っていた二つの魂が、またずたずたに引き裂かれ、空気中に散らばっていくような予感がした。ミンは不安だった。思えば彼女との二十年は、双極性障害の患者が書いた秘密の日記のように、この繰り返しだった。自分はいつまでこの状態に耐えられるだろうか。

オギョンが先に低いため息をついた。

「いいわ、会いましょ」

二人は平日の真昼に、マンション近くのカフェに入った。花柄模様のアイボリー色のソファは薄汚れていた。窓越しには、昔、小学校の塀に貼られていた反共ポスターのように雑然とした街の風景が見えた。彼女はずっと黙ったままだった。容赦なく降り注ぐ陽ざしに、かすかに眉をひそめただけだった。

「……大丈夫？」

そう言った瞬間、彼はしまったと思った。オギョンはビールのグラスを口に運んだ。何日間も水一滴飲んでいないかのように、ごくごくと飲み干した。そして潤いのない声でつぶやいた。

「大丈夫だと思う？」

「ごめん、そういうつもりじゃなかった」

彼女が手のひらをテーブルについて立ち上がろうとした。

「……帰る」

「そうじゃないんだって。座れよ」

彼女は顔をそむけたまま、上げかけていた腰を下ろした。彼女の横顔には、男に言われて仕方なくスカートをめくり上げた女が見せる、腹立たしげなあきらめがうかがわれた。彼の胸の奥から熱くて硬いものがゆっくりと湧き上がった。悲しい屈辱感だった。ミンはようやく口を開いた。

「俺に……なんでだよ、俺に」

なんで？　オギョンが振り向いた。ミンはそういう言い方をする人ではない。彼女の知っているミンは、他人に理由を訊いたりしなかった。質問と答え、説明と理解が必要なときに限って、彼は沈黙した。ちょっとした口争いをするときもそうだし、互いの利己心にうんざりしたり、倦怠感で疎《うと》ましくなったり、彼女が一方的に去っていったときもそうだった。

彼女の知っているミンは、何か問題が起こると、それを暴いて光のもとにさらけ出すよりも、暗い灰色の防水布をかぶせて日陰の倉庫に入れて置こうとする人だった。倉庫に鍵をかけて、その鍵を呑み込んでしまうのだ。ひょっとしたら、そうすることが相手に対する礼儀だと思っているのかもしれない。だから、なんでよ、なんでー！　と泣き叫ぶ喧嘩にはならなかった。血を流すこともなかった。狂ったように泣いたり笑ったり、互いの血を舐め合うことはできなかった。彼女がそれをどれだけ嫌っていたのか、彼はいまになってようやくわかった。

「あたしのことはもう……」

オギョンはゆっくりと唇を動かした。いつの間にか、ミンの瞳ではなく別の所を見ていた。

「ほっといて」

ミンは気づいた。たったいま彼女の口からこぼれた言葉は、哀願ではなく通告だということに。二人はしばらく黙ったままだった。窓越しにさっきとは違う人たちが早足で歩いているのが見えた。道に迷った人が一日中、同じ道をぐるぐるまわっているだけかもしれない。もし同じ人だとしても、十分前と一分前、そしていまのその人は同じではない。ミンは気の抜けたビールを飲み干した。いま自分が何を望んでいるのかわからなかった。オギョンが言った。

「帰って、とりあえず」

「台北に？」

「うん」

彼らはいつものように喧嘩しないで話をした。頭《こうべ》を垂れていたミンがゆっくりと顔を上げた。目が真っ赤に充血していた。

「そんなことできない」

ミンは誰かに頬を一発殴られた少年のように言った。

「ここにいるよ」

ミンの声が小さなテーブルの上にくっついた。彼は口も動かせなかった。やはり自分は叫びながら喧嘩をしたり、無条件に血を流したりすることのできない人間なのだ。呑み込んだ鍵は、喉の奥深い所でとっくに硬い化石になっていた。

「あんたには関係ないでしょ」

これ以上言うことはないとでもいうように、彼女は毅然としていた。

「いや、俺のことだ」

彼女の口からふっとため息が漏れた。ミンがこれほどきっぱりと言うのを、彼女はいままで見たことがなかった。ミンはどもらずにもう一度言った。

「俺はユジに会う、必ず」


犬はピンク色の舌をだらりと垂らしたまま伸びていた。大人たちは、猫いらずを飲んだのではないかと言った。祖母の家の狭い庭の片隅で、動物の体が冷たくなっていく間、太陽は素知らぬ顔をして沈んでいった。暗くなったあとも、主《あるじ》を失った洋銀の碗だけが光っていた。ウンソンが覚えている最初の死だ。彼女にとって初めての正式な記憶でもある。

いや。もしかすると彼女の勘違いかもしれない。犬の舌は本当に鮮やかなピンク色だっただろうか。暗紫色《あんししょく》だったかもしれないし、青黒かったかもしれない。あるいは白い舌苔《ぜったい》がべっとりついていたかもしれない。いや、違う。もっと根本的な勘違いがあったとも考えられる。祖母とその妹が死んだ犬を庭に放っておくはずがないし、ましてや六歳の子どもの目にさらしておいたとは思えない。それから十年経って、高校生になったウンソンがその話をしたが、周りの大人たちは犬のことなんて覚えていなかった。そうだ。猫いらずを飲んで絶命するような馬鹿な犬など初めからいなかったのだ。どこかで聞いた他人の経験談や、テレビのヒューマン・ドキュメンタリーで見かけたエピソードなどが、ごちゃまぜになって頭にこびりついていたのかもしれない。

ウンソンは窓ぎわに立って、下唇をギシギシと噛んだ。どうかこれも捏造された記憶でありますように。ジェウたちと子どもじみた計画を立てて喜んでいたのが、想像の中のワンシーンでありますように。何度も昔の手帳やダイアリーを引っ張り出して調べてみた。もしかしたらジェウと連絡のつく、誰かの電話番号がわかるかもしれないと思ったからだ。しかし、どの年もダイアリーの書き込みは一月末までだった。新年の誓いは、たいていその頃こっそり廃棄されてしまう。あまりにも不誠実に生きてきた過去の足跡が、そっくりそのまま残っていた。ウンソンは壁を叩いて泣きたかった。人生を甘く見ていたからではなかった。何か大きな悪意を抱いていたからでもない。一度だって本気で生を破壊したいと思ったことなどなかった。ただ日々を持て余し、耐えられなかっただけだ。ほっと息をつく場所を探していたのだ。大地に丈夫な家を建てる代わりに、宙に砂の城を建ててふざけていただけなのだ。

そうだ。彼女はソファにもたれてつぶやいた。そうよ、ジェウのことはあたしが一番よく知ってる。あたしたちは似た者同士だった。きっとふざけてやったんだろう。それだけだ。ウンソンが知っている彼は、死んだ犬の影を見ただけで怯えて逃げてしまうような男だ。そんなジェウが小さな女の子に物理的な危害を加えるはずがない。悪戯《いたずら》にしてはたしかに度が過ぎているけれど、でもユジは無事だ。間違いない。それだけが信じられる希望だった。

ウンソンは頭の中を整理した。ジェウと一番仲のいい友人にイ・ソクという子がいた。検索してみると、同じ年に生まれたイ・ソクは三十人ほどいた。モニターにずらっと並んだ〈イ・ソク〉という文字を見た瞬間、高校の朝礼のときに、群青色のチョッキを着た男子生徒たちが、黒蟻《くろあり》の群れのごとく運動場を埋めていた光景を思い出した。ひたすら調べることしか望みはなかった。彼女はコミュニティサイト上の〈イ・ソク〉のホーム画面を一つひとつクリックした。写真が公開モードに設定されているものは多くなかった。訪問者がコメントを残せる場合は、同じメッセージを残した。

《わたしの捜しているイ・ソクさんでしょうか。とても急ぎの用なんですけど。》

そして二十二回目にして〝本物のイ・ソク〟を見つけた。どこから見ればよいのかわからないほど写真が多かった。二〇〇五、六年頃の写真の中にはジェウの姿があった。客観的に一歩下がって見ると、ジェウは鋭敏なロバのようにガリガリに痩せていた。どう見ても善良そうではなかった。

ソクからは翌日の夕方になって連絡がきた。ウンソンは前置きもなく尋ねた。

「ジェウがどこにいるか知ってる？」

ソクは「知らない」と答えた。ウンソンは直接、ソクを訪ねていった。ソクが働いている串焼きチェーン店は、以前他の街で何度か行ったことのある屋号だった。鍾路《チョンノ》、水原《スウォン》、馬山《マサン》、晋州《チンジュ》、済州《チェジュ》島《ド》の市内、どこにあっても同じだった。数年ぶりに会ったソクは、一瞬誰だかわからないほど肉がついていた。

「ここ、うちのおじさんの店でさ。ちょっと手伝ってるんだ。バイトの世話もしたり」

アルバイトがいるようには見えなかったが、ソクは答えをはぐらかせた。

「ジェウとは連絡取ってないの？」

焦りの色を隠さずウンソンが訊くと、ソクは無言でタバコを口にくわえた。

「……なんであんなやつを捜してるんだよ」

ウンソンは息を吸った。

「じつは……」

何と言えばよいのかわからず胸が詰まった。ソクが少し顔をそむけて、タバコの煙を吐いた。以前の彼だったらそんなことはしなかった。手のひらに当然のように深く刻まれていた手相の一つが跡形もなく消えてしまったかのようだった。ウンソンは涙があふれた。

「どうしよう」

ウンソンはむせび泣いた。喉が詰まり、舌の先が生臭かった。

「ゆっくり話してみろ。ジェウがどうしたんだ」

「……わかんない。ユジを、ユジを連れてったの」

「ユジ？　誰？」

「……妹。あたしの妹」

ウンソンは病んだきつねを思わせる、唸《うな》るような声で泣いた。

「あいつ。いつかヤバいことをしでかすと思ったよ」

ソクが唇をゆがめてつぶやいた。ウンソンはぎょっとした。ソクが立ち上がり、焼酎とグラスを持ってきてウンソンの前に置いた。

「とりあえず落ち着けよ」

とても低い声だった。

「教えて。ジェウはいまどこにいるの？」

「わからない。あいつ、逃げたんだ」

逃げた、という言葉がむしろ喜劇的なニュアンスをもって聞こえた。

「知らないのか？　あいつがマルチ商法にはまってたのを」

ウンソンが首を横に振ると、ソクは驚いた様子だった。

「え？　おまえのとこには行ってないのか？」

ウンソンは唇を噛んだ。ソクの話によると、ジェウは二年前からマルチ商法に本格的にのめり込んでいったらしい。

「初めはうまくいってたみたいなんだよな。あいつ、けっこう腕立つしさ」

一緒に行く所があると言われてうっかり団体バスに乗ったら、そのまま二泊三日、マルチ商法の会社の新入会員教育を受けるはめになったというエピソードを、ソクは興奮した口調で話した。

「口でうまいこと言ったって内情は見え見えだよ。自分が買ったものをクレジットカードで払って、そのためにあちこちで借金してさ。まあ、そうやって持ちこたえていたんだろうけど」

それが限界に達したとき、彼がどういう選択をしたのかは聞くまでもなかった。

「そうやって失敗したやつらだけに金を貸す所があるらしい」

「サラ金に追われてるの？」

「初めはね……」

ソクは曖昧にうなずいた。

彼はそこで一度口を閉じて、ウンソンの顔色をうかがった。

「女が――、一緒に暮らしてた女が厄介なことを起こしたんだ」

「女？」

ウンソンは自分の声に驚いた。ジェウが他の女といるところなど、一度も想像したことがなかった。なんて愚かだったんだろう。ウンソンは自分がカン・ジェウを一番よく理解していると思っていた。彼女にとってのジェウは、たとえて言えば、呑み込むこともできない奥歯にくっついた飴玉のような存在だった。何かと面倒くさいけれど、退屈さを紛らわせてくれるときもあれば、どうかするとロマンチックなときもあった。でも、あまりに日常的でつまらなかったので危険を感じなかった。むりやり指を入れて取り出そうとしても、丸めた舌の先で押しても、くっついて取れない飴玉のようなものだと思っていた。

「その女、初めはおとなしくデパートで働いてたんだけど。やっぱ、借金がハンパじゃなかったんだろ」

「……」

「女だし、わりと美人だし、その気になれば金を稼ぐ方法はいくらだってある。仕事辞めてマッサージかなんかやってたらしい。でもそのうち別の男と仲良くなって……」

それ以上は聞かなくてもよかった。ケーブルテレビのアダルトチャンネルで何度も使いまわす再現ドラマを思わせる、ありきたりの話だった。酒に酔った三十歳の多重債務者が、他に男をつくった同棲中の女に暴力を振るった。女は意識を失い、それを見た男は慌てて逃げ出した。首を絞められた女が死ななかったことだけが、唯一の逆転ストーリーだった。

「そのあと姿を消した。きっと自分が女を殺したと思ってるよ」

ウンソンは振り返りもせずにそこを離れた。イライラしたように何度も携帯電話のフォルダーを開けたり閉めたりしながら歩いた。いつの間にか地下鉄の駅が見えた。任務に失敗したスパイの逃走路のように長く続く階段の前で足を止めた。息苦しくなった。彼女は手を挙げて必死でタクシーをつかまえた。ずっと下の方の、はかりしれないほど深い底に引きずり込まれないためなら、何だってやれると思った。タクシーの運転手が行き先を訊いた。何と答えたらよいのかわからなかった。

「……方背洞《パンベドン》まで」

ラジオでは中年のコメディアンたちがつまらないジョークを言い合っていた。初老の運転手が習慣のようにクックッと笑った。車は彼女が告げた方向に走った。ウンソンはさっき聞いたジェウについての話を、頭の中で客観的に整理しようと努めた。逃亡生活をするには金がいる。借金も返さなければならない。だから、ずっと昔の記憶の中にあった大それた悪ふざけを実践したとしたら――。充分にありえる推論だった。彼女は片手で電話を弄《いじ》りながら、もう一方の手の人さし指の爪を噛んだ。父が寄越した刑事の顔を思い浮かべた。彼にこの話をしたらどうなるだろう。そうでなくても彼はウンソンに疑いの目を向けていた。いきなり部屋のクローゼットを開けたかと思うと、

「失礼しました」と淡々とつぶやいた光景が目に焼きついている。

方背洞のヴィラのカードキーは、財布の一番内側に入っていた。呼び鈴を押すような面倒なことをしなくていいのは幸いだった。義母と顔を合わせて気まずい思いをしたくなかった。いや、怖くて息が止まってしまうかもしれない。彼女は泥棒猫のようにそうっと中に入った。玄関のドアが開く音が、静まり返った家の中にかすかに広がった。

ウンソンが靴を脱ぐよりも、オギョンが飛び出してくる方が早かった。誰かが自分で玄関のドアを開けて入ってきた。ユジが帰ってきたのではないかという奇跡的な予感。その期待が粉々に砕けた瞬間、義母の顔は見るに忍びないほど痛ましかった。ウンソンはうなだれた。自分がユジでなくて本当に申し訳なかった。

「あたし……」

義母は口もとの筋肉を動かした。笑みを浮かべようとしていた。こうして顔を合わせたのは何か月ぶりだろう。彼女はすっかりやつれていた。げっそり痩せた顔は頬骨が突き出ており、黄色くくすんでいた。いつも華やかで堂々としていて、ウンソンを耐えられない気持ちにさせていた義母が、しばらく見ないうちに別人になっていた。

「……いらっしゃい」

オギョンの声は低く、淡々として蒼白だった。目が真っ赤になっていた。二人は玄関でしばらく黙ったまま突っ立っていた。何か話そうと思ったけれど、ウンソンは言葉が出なかった。唇を動かすこともできなかった。単語ひとつ頭に浮かばなかった。ヘソンが少し遅れて出てきた。あの日、病院で別れたきり会っていなかった。彼女は額の傷を指で押してみた。右の眉頭の上だ。医者の予言はともあれ、傷は残りそうだった。間違いなく。誰にも想像できない恐ろしいかたちで。

ソファに座るなり、ヘソンがティッシュを一枚差し出した。いつものように無愛想な動きだった。ウンソンはなにげなくそれを受け取った。自分の目から涙が流れていることに、それまで気づいていなかった。薄っぺらい紙で作ったような危なっかしいこの家がいまにも崩れそうで、ウンソンはそうっと洟《はな》をかんだ。

オギョンとヘソン、そしてウンソンは一つの空間に輪になって座った。誰かが間違ってつけたとしか思えないテレビの中で、若い俳優たちが思いきり声をひそめてセリフを吐き出していた。そのとき、テーブルの上の電話がけたたましく鳴った。相手の電話番号が表示される小さな液晶ディスプレイに〈発信元不明〉という表示が点滅した。ヘソンが素早く受話器を取った。

「もしもし？　……もしもし？」

ヘソンの顔が異様な緊張感でゆがんだ。

「誰だ。どうして黙ってるんだ。……もしもし?」

しばらくしてヘソンはがっくりして受話器を下ろした。電話をかけてきた人は何も言わなかった。息を殺したままじっとしていたかと思うと、いきなり切ってしまったとヘソンは言った。ウンソンは怯えた目をして弟の顔を見た。


電話をかけてきた人間は笑った。たしかに笑った。悲鳴よりも短い、ほんの一瞬の一音節の破裂音を、笑い声でなければ他に何と表現すればよいのだろう。義母と姉がこちらを見ていた。彼女たちの日には焦りと不安の影が揺れていた。ヘソンは受話器を下ろした。眉すらひそめないように努めた。

「何も言わなかった」

嘘ではなかった。本当に何も言わなかったのだから。ヘソンの耳に残っているのは、クッ、でもなければ、フン、でもない、不快でかすかな形跡だった。年齢もわからないし、声もわからない。ただ、その笑い声の質感からして、何となく男だと思っただけだった。

再び受話器を取ったのはウンソンだった。彼女は韓国通信〔元国営の通信会社〕のカスタマーセンターに電話をかけた。自分の番号を伏せて電話をかけてきた人が誰なのか知りたいと、彼女はしどろもどろになりながら話した。相手が教えられないと言っているようだった。姉はそんなことはありえないと腹を立てた。オギョンはただ両手で顔を覆っていた。近頃、義母はよくそうしていた。ヘソンはウンソンの手から受話器を取り上げ、自分の耳に当てた。相手の女性は、どんな事情があってもそれはできないと、単調な声で繰り返した。

「警察が捜査をしているんですけど、それでも無理ですか」

「わたくしどもはお答えしかねます。警察の方にお尋ねになってはいかがでしょう」

ヘソンは刑事を思い浮かべた。あの男は何をしているのだろう。こういう事件は、幼い子どもが地上から蒸発するような事件は、警察は事件として扱わないのだろうか。インターネットのニュースを検索してみると、必ずしもそうとは言えなかった。昨年のクリスマスに安養《アニャン》で失踪した二人の女の子の大がかりな捜索が行われていた。関連の警察署では特別に捜査本部を設けたらしい。他にも数えられないほどの事件があった。

安養の少女たちを誘拐し殺害した容疑者が捕まったという速報を、ヘソンは少し前にインターネットで見た。犯人は近所でひとり暮らしをしている平凡な三十代の男だった。ユジの母親も、父親も、姉も、やがてこのニュースを耳にするだろう。それぞれ違うパターンで恐ろしく苦しむだろう。ヘソンはそろそろ決断を下すときがきたと思った。

「他の方法を考えよう」

ヘソンはゆっくりと、力を込めて言った。

「他に方法があるはずだ。きっと」

姉と義母はうなだれたままだった。彼女たちが意外な目で見ているのには気づいていた。これはヘソンらしくない行動だった。自分らしいというのはどういうことなのか、ヘソン自身がよく知っていた。彼は自分の考えを口にする方ではなかった。静かに生きてきた。かといって、感情を心の中に押し込めておくのとは違った。彼はただ観察者でいたかった。淡々と憮然とした態度で、何事にも決して傷つくことなく、目に見えるものを血の中に記録したいと思っていた。そうすることが唯一、自分の身を守る方法だと思っていた。しかし、観察者もいずれは選択を迫られる。先の尖った金属の串で目をえぐられる感じがした。ヘソンは瞬きもしなかった。

「やっぱヘンだよ。警察はぜんぜん積極的じゃないし、ちゃんと調べようともしないし。このまま警察だけをあてにするわけにはいかない。世の中に知らせる方法を考えなきゃ」

警察、と言うなり本能的にぎくりとした。でも、どうすることもできなかった。

ところが義母の答えは意外だった。

「……待ってみましょう」

彼女の声は低く、かすかに震えていたが、刃のような、逆らえない断固とした強さが滲んでいた。

「お父さんも何か考えているはずよ。放っておくはずないわ」

「……」

「だから待ってみましょ。大丈夫よ、きっと」

最後の言葉は誰かに言っているのではなく、自分に呪文をかけているようだった。

ずっと爪の先ばかり見ていた姉が、急に顔を上げた。

「……あたし、知ってる」

聞き取れないほどの小さな声だった。

「誰のしわざなのか」


ウンソンの話はくどくど長かった。ムン・ヨングァンは時折うなずきながら、彼女の告白を聞いた。ウンソンはときどき眉をひそめたり、空を見上げて深いため息をついた。彼女はリハーサルの舞台で役になりきった三文役者のようだった。ヨングァンは彼女が何を言わんとしているのかよくわからなかった。ただ、いま目の前で女の子がずいぶん興奮していることだけは明らかだった。

「悪い人じゃないんです。ほんとです。あたしが保証します」

息が切れたらしく、彼女はしばらく黙っていた。彼は仕事上のマナーとして、空になった彼女のグラスに自分のグラスの水を入れてやった。彼女は蚊の鳴くような声で「ありがとうございます」と言った。その瞬間、彼女の目と正面からぶつかった。〇・五秒にも満たない瞬間だった。怖気づいた幼い子どものような目だった。薄氷の張った湖の上を裸足で渡る子どものように、彼女の魂は小刻みに震えていた。彼はとっさに目をそらした。

「無事だと思います。きっと。もともと子ども好きだし。子犬だってかわいがる人だから。ほんとです」

彼女は何度も「ほんとです」と強調した。ヨングァンは初めに訊きたかったことを最後に訊いた。

「でもなぜ急に、その人のしわざだと確信したんですか。根拠は?」

「なんとなく、なんとなくです」

ウンソンの喋り方は、ハングルを覚えて童話の本を読み始めた子どものように不自然だった。

「考えてみたら、昔、ずっと前、いつだったか思い出せないけど、彼が言ったんです」

「なんて言ったんですか。あなたの妹さんを誘拐するとでも?」

聞いてはいけないことを聞いたかのように、ウンソンはびくっと体を震わせた。

「そう言った気がします。記憶はあやふやですけど。いえ、たしかにそう言いました。覚えてます。たぶん」

「ウンソンさんのおっしゃることが本当なら」

「本当なら?」

「なぜ、何の連絡もしてこないのでしょう。かなり時間も経ったのに。金を要求する電話一本すらないのは、どう考えてもおかしいでしょう」

「あ、それはたぶん……」

ウンソンはゆっくりと瞬きをした。

「途方に暮れてるんだと思います。自分がしでかしておいて、どうしていいかわからない。もともとそういう人なんです。取り返したいけど方法がわからないことってありますよね。人間だから。だから迷ってるんだと思う。きっと」

執拗なほどおかしな確信に満ちた言い方だった。じつに楽観的で無責任な証言だった。ヨングァンはどうにも耐えられなさそうな気持ちをこらえて、モナミ〔韓国の代表的な文具メーカー〕の黒ボールペンで捜査手帳に一文字一文字書き留めた。

取り返したいけれど方法がわからないとしたら——。

17　三月の影

三月の乾いた風がガラスをトントンと叩いた。カン・ジェウの住んでいる所は、京畿道城南市《ソンナム》の旧市街の住宅地だった。かつては素朴でこぢんまりとした二階建てが並び、そこそこの階層の人々が暮らす住居地の役割を充分に果たしていた。路地に入ると静かだったが、どことなく落ち着かない雰囲気だった。いつの頃からか、一つ、また一つと家を壊してワンルームマンションや多世代住宅を建てる人が増え、地下室に小さな家内工場を作り、運営する人も多くなった。

キム・ウンソンの予想とは違って、カン・ジェウには暴行容疑などでの指名手配は出ていなかった。ただし、詐欺の疑いで執行猶予を言い渡された前歴があった。彼が裁判を受けた時期は、事業も兼ねて外国に行っていたとウンソンに言った時期と重なる。ヨングァンはジェウの写真を長いこと見つめた。痩せていたけれど、神経質そうだとか、頭が切れそうには見えなかった。この路地には家内工場で働く労働者が結構いるようだが、それでも互いに顔ぐらいは知っているはずだ。ヨングァンはまず近くの店に行って様子を探ってみることにした。韓国人は一般的に、真顔でストレートに質問されることに慣れていない。権威に弱いのだろう。青い門の家の長男、カン・ジェウについて真摯に尋ねると、たいていの人は眉間に皺を寄せ、一所懸命に捜査に協力しているところを見せようとした。誰も口に出して訊かなかったが、ヨングァンを警察だと思っているようだった。

スーパーの女主人は首をかしげたが、そばにいた制服姿の娘は知っていると答えた。

「土曜日の夜、タバコを買いに来ましたけど」

少女は、そのとき週末のバラエティ番組を見ていたので、おおよその時間を覚えていると言った。

「どんな服を着ていましたか」

「はっきりは覚えてないけど……、ジャージだったような」

部屋からそのまま出てきたような、楽な格好だったという。土曜日の夜八時半頃、カン・ジェウはジャージ姿で家から三十メートルほど離れたスーパーにタバコを買いに行った。ということは、周期的に家に帰ってきているのか。あるいは、その家で暮らしているのか。

「この近くで子どもを見かけたことはありませんか」

母と娘が同時に大きく目を見開いた。ヨングァンは懐《ふところ》からユジの写真を取り出し、二人の前に差し出した。

「ありませんね」

母親はきっぱりと答えた。娘も首を横に振った。

「このあたりじゃ、小さな子は珍しいんですよ。小学生はほとんどいないし、もしこんな女の子がいたらすぐ目につくでしょうよ」

母親はヨングァンがミネラルウォーターの代金を払おうとしても、頑として受け取らなかった。ヨングァンは青い門が一番よく見える場所を選んで車を止めた。彼の任務の八割は待つことだった。目標物が現れるまでひたすら待って待つ。業界では俗に「張り込み」という。一時間ほど「張り込み」をした頃、青い門がすーっと開いた。

外に出てきたのは老婆だった。頭上に高い空ではなく鍾乳洞の低い天井を載せているかのように、腰を曲げていた。一歩一歩、用心深く足を踏み出した。ヨングァンは慌てずに車を降りた。

「いないね、ここには」

彼が訊くよりも早く老婆が言った。気の抜けたヒステリックな声だったが、不自然ではなかった。おそらくこれまでも何度か、借金取りふうの見知らぬ者が家まで訪ねてきたことがあるのだろう。

こうなれば、次に「なら、どこにいるんですか」と訊くのが定石だ。さっきのように警察のふりをすることだってできる。しかし、ヨングァンはこう言った。

「それで来たのではありません」

なぜそんなことを言ってしまったのだろう。古い垂木がくずおれるようにむなしく老いてしまった女たちと向かい合うと、なぜこれほど居心地が悪く、また心の片隅がヒリヒリ痛むのかわからなかった。

「ジェウの友達です。ずっと連絡がつかないものですから」

「ジェウはここにはいないよ」

警戒の目が完全に消えたわけではなかったが、さっきよりはずいぶん穏やかな声だった。

「友達って、誰だい……」

「ソクたちとも友達です。ジェウにはいろいろ世話になりました。返したいものもあって捜しているんです」

「うちの子は人がよすぎるからねえ」

ジェウの母親がため息をついた。やはり、母は偉大だ。あざ笑うのではなく、本当にそう思った。

こんな母親のもとで育った息子が誘拐犯なんかになるだろうか。何となく非現実的な感じがした。そもそもこの世は、非現実的なことが平和な日常よりもずっと頻繁に起こる所だけれど。

ジェウの母は何か決心でもしたかのように、彼を家の中に入れた。家は狭くて散らかっていた。暗い褐色の床のあちこちに、むさ苦しい所帯道具が転がっていた。床は冷たかった。ヨングァンは入ってくるときに確認した家の構造を、もう一度、頭の中で思い起こしてみた。生きた女の子を保護、または監禁したり、女の子の死体を隠しておくだけの空間はとくに目に留まらなかった。しかしそれは、どこでも隠せるという意味でもあった。ほとんどの韓国の住宅がそうであるように。

母親は彼をひとり居間に残して、部屋の中に入っていった。しばらくしてドアが開いた。驚いたことに、中からカン・ジェウと思われる若い男が出てきた。男の肩ほどの背丈の母親に、腕をしっかり握られていた。男はヨングァンを見るなり、母親の手をさっと振り払って玄関の方に走っていった。ヨングァンが素早く彼のあとを追った。狭い庭で彼らの体が絡み合った。ジェウは情けないほど弱かった。ヨングァンが彼の襟足をつかむと、そのまま地面に力なく崩れるようにして倒れた。

「ごめんなさい。ごめんなさい。許してください」

彼は息もつかずに一気にそう言った。顔には自暴自棄の心境がありありと浮かんだ。ヨングァンはまず、後ろのポケットから手錠を取り出し、ジェウの手にかけた。

ヨングァンの車の後ろの席で、カン・ジェウは頭を深くうなだれていた。トイレでこっそりタバコを吸っているのを見つかって叱られている中学生のようだった。ヨングァンが彼の隣に座ると、少し戸惑ったようだった。

「さあ、話してくれ。キム・ユジはどこにいる?」

「え？」

ジェウが訝《いぶか》しげな顔つきで訊き返した。ゆっくりと瞬きをする彼の目を見ながら、私立探偵ムン・ヨングァンは、自分の直感が正しいことを認めざるをえなかった。こいつじゃない。こいつがやるはずがない。

「キム・ウンソン、知ってるな？」

「ウンソン？　ウンソンは知ってるけど」

「彼女の妹のことだ。腹違いの幼い妹を誘拐したのはおまえだな？」

「ええっ？」

「キム・ウンソンはおまえだと思っている。以前、彼女の妹を誘拐したいと言ったそうだな」

「なんだって？　くそっ。あいつがそう言ったんですか。ウンソンが？」

「そうだ」

「あいつ、頭イカれてるんだ。だいたい、自分が言いだしたくせに」

ジェウの証言は確かだった。言いだしたのはウンソンだった。

「ウンソンは親父を憎んでたんですよ。幸せなふりしてるって。顔も見たくないって。みんな死んじまえって、いつも文句ばっか」

最初は、彼女がほんの冗談で言っているのだと思ったらしい。

「いくらなんでも、自分の親と妹なのにそこまで考えてるなんて思わなかった」

仲間たちと酒を飲むと、いつも「金があったらなあ」と言い合い、「じゃあ大金、稼ごうぜ」という声が続いた。誰かが、いったい何をすれば金儲けができるんだ、と愚痴をこぼすと、ウンソンが目を輝かせながらつぶやくのだ。「お金いっぱい持ってる人に分けてもらおうよ」と。それから彼らは歌を歌うように、一人ずつ順番に自分が知っている金持ちの名前を挙げた。ウンソンの番になると、彼女は「キム・サンホ！」と言った。そして手を叩いてケラケラ笑った。「誰、それ？」「うちのお父さん」

両親が住む家の平面図を持ってきたのも、ユジの英語幼稚園が始まる時間と終わる時間を調べてきたのも、ウンソンだった。「うちのお父さん、気絶しちゃうかもねー。一億ぐらい、すぐくれるよ。どうせなら、三億出せって言ってみる？」

計画はなぜ実行されなかったのかについて、ジェウは答える価値すらないというふうに言った。「ほんと、違うんですって。僕たちは初めからそんなこと考えていなかった。ウンソンがあんまりうるさいから、落ち着かせるために一緒になってふざけてただけなんです。ほんとに僕じゃない。僕は何も知らないんだ。イカれてるよ、あの女」

ヨングァンはジェウの家の庭で手錠を外してやった。ジェウはぽかんとして後頭部を掻いた。「お母さんに心配かけるな」

彼の頭の中に浮かんだ唯一の言葉だった。

韓国と台湾両政府が締結した条約によると、短期滞在ビザ相互免除期間はそれぞれ一か月だった。一か月は短いのだろうか長いのだろうか。ミンにはよくわからなかった。このひと月は単に短いとか長いとか、ひと言では説明できない日々だった。彼は少なくとも一日に一度は胃の中に食べ物を入れ、二、三日に一度は便を出すためにトイレに行った。爪はいつの間にか長く伸びていたので、宿所《しゅくしょ》近くのコンビニに爪切りを買いに行った。うっすらとした半月模様も伸びていた。

ミンはしばらくパスポートの表紙をじっと見ていたが、スーツケースの中にしまった。台湾から来た観光客なら、韓国の領土にいる間は、ポケットや腰に巻いたポーチの中にこのカーキ色のパスポートを入れて持ち歩くだろう。ソウルの道はいくつも枝分かれしている。身分を証明するものも持たずに、見知らぬ街を、そしてなじみのある道を歩いている間、ミンは透明な快感と、やり場のない寂しさを同時に感じた。

オギョンからは連絡がなかった。ミンの電話にも出なかった。彼は自分に、そんな彼女を理解していると繰り返し言い聞かせたが、正直な気持ちではなかった。信念は時折、欺瞞に満ちた顔で現れるものだ。自分は誰よりもオギョンを理解している、と信じることがそういうことなのかもしれない。それでもミンは、毎日二回ずつ彼女に電話をかけ、彼女が出ないことを確かめたあと、静かに電話を置くのだった。自分の電話番号を隠したり、他の電話でかけたりはしなかった。これ以上、卑怯な真似はしたくなかった。ただでさえ過ぎ去った日々の過ちに耐えられないというのに。

朝になると、いつものようにユジの学校に向かった。三月の朝の風は冷たかった。ヒリヒリする両手をこすりながら、スクールバスから一列になって降りてくる子どもたちの姿を遠くの方で眺め、それから引き返した。オギョンはユジの制服をどこにしまったのだろうか、などとは考えないようにした。あのくらいの子どもたちはひと月にどのくらい背が伸びるのだろう。ユジはいま何センチだろう。わからないことだらけだった。土曜日には瑞草洞《ソチョドン》にある国立大学音楽院に行った。ユジは週末、そこの英才スクールに通っていた。

「最年少なんだって」

ユジが入学したとき、オギョンはそう言った。さりげないふりをしていても、プライドが滲み出ていた。彼はどういう反応を見せただろう。そのときどんな顔をしたのか、思い出せなかった。がっしりした建物だった。下に伸びた階段を下りていくと、こぢんまりとしたロビーが見えた。いくつか硬そうな椅子が置かれており、片隅には自動販売機があった。ミンは壁に貼ってあるポスターをゆっくりと見てまわった。ヴァイオリンを胸に抱いて、にっこり笑っている少女が目に留まった。十五、六歳ぐらいだろうか。誇らしさも恥ずかしさもない、澄んだ明るい笑顔だった。こういう表情は、おそらく一番好きなことを、同時に一番得意なことを思いきりやっているときに浮かべるのだろう。いつかユジのこんな澄んだ明るい笑顔が見られるのなら、人生のすべてを賭けてもいいと思った。彼はそのことを確信し、胸を痛めた。

劇場の入口のドアは開いていた。中に入ろうとした瞬間、驚いて足を踏み外しそうになった。なぜ、暗闇の空間を想像していたのだろう。劇場の中は春の日の真昼のように明るかった。ミンは本能的に肩をすくめた。一階建ての小劇場だった。広くはない舞台の上に六、七人の子どもたちが座っていた。公演の練習中か、あるいは授業をしているのかもしれない。ミンは客席の一番後ろに立ったまま、その様子を眺めた。黒いグランドピアノの前に座った女の子がまず演奏を始めた。ミンは手前の椅子に崩れるように座った。目を閉じた。ピアノの旋律が真っ暗な宙を包み込んだ。美しいとか感動的だという言葉はふさわしくなかった。言ってみれば感覚の領域だった。音符の一つひとつが空中で散らばっては集まり、彼の体の隅々に沁みていった。彼はそのままずっと身動きもせずに座っていた。涙は出なかった。

タイトルが思い出せるような曲もあれば、初めて聴く曲もあり、代わる代わる演奏された。前の方の席に保護者らしき人たちが座っているだけで、客席はがら空きだった。もう一度目を閉じて開けたとき、人の気配を感じた。背がひょろっと高くて細身の若い男が、少し離れた所に来て座った。少年とも大人とも言えなかった。ミンは視線を足もとに落とした。

彼が誰だかわかるような気がする、とミンは思った。写真すら見たこともないけれど、まるでずっと前から記憶の影に刻み込まれていたかのように、確信した。戸惑いよりも先に襲いかかってきたのは、会えてうれしいという感情だった。正直にいうと、青年が自分と同じ場所にいることに気づいた瞬間、胸の奥から熱い液体が湧き上がってきた。世界が不意に静まり返った。

青年は静かに舞台を見つめていた。ミンのように目を閉じることで逃げようとはしなかった。デリケートで、それでいて強靭な横顔だった。よかった。なぜだかわからないけれど、ミンは心からそうつぶやいた。演奏が終わった。前方の親たちの拍手がホール全体にむなしく響いた。子どもたちが客席に向かって挨拶をした。照れくさそうなぎこちないジェスチャーだった。青年はさっと立ち上がると、早足で前の方に行った。そして舞台の下で、そこにいる親たちと何か話をしていた。遠くて、何を話しているのかミンの耳には聞こえなかった。もう少し近寄ってみようかと思ったが、やめた。行って何と言うつもりだ。保護者たちに、そしてユジの兄に。

ミンはロビーに出た。ヴァイオリンを抱いた少女の写真の前に立って、呼吸を整えた。よく見ると、にっこり笑っている少女の唇の上に、誰かが鉛筆で八の字にヒゲを描いたのを消した跡が残っていた。どんなにきれいに消しても、何事もなかったかのようにはできないだろう。白紙に戻すことはできない。十分ほど過ぎた頃に、中から保護者たちがぞろぞろと出てきた。一番後ろに青年の姿が見えた。冬のコートを着ていた。背がひょろっと高く、痩せていた。髪の毛が耳を覆うほど伸びていた。ミンは自分の髪を触ってみた。ユジがいなくなってからずっと散髪するのを忘れていた。人間なら誰しも周期的に髪の毛を切るのだということを、すっかり忘れていたのだ。青年がロビーを横切って、建物の外に出た。ミンはその後ろ姿をぽかんと見ていたが、すぐに彼のあとを追った。

青年は遠くには行っていなかった。日陰に座り、タバコに火をつけようとしていた。うら寂しい三月の風が吹いていた。使い捨てライターでは火がなかなかつかない様子だった。着火レバーを押すという単純な行為を彼は何度も繰り返すが、火はつかなかった。ミンはコートのポケットの中に手を入れた。そして自分でも驚くほどさっと青年の前に差し出した。青年が目をぱちぱちさせながら見上げた。

「すみません」

タバコにはすぐに火がついた。青年が立ち上がった。ミンより手のひら一つ分ほど背が高かった。

青年は力なくそう言ってタバコを吸った。慣れた手つきではなかった。ミンの目頭がわけもなく熱くなった。青年が吐き出した淡い煙が二人の視界を包み込んだ。

「あの……」

ミンはゆっくりと唇を開いた。ああ、俺は何を言おうとしているんだ。しかし、もう引き返せなかった。

「ユジは」

彼はとうとうその名前を口に出した。オギョン以外の人に向かって、生まれて初めて。

「ユジからは連絡……ありましたか」

早春の濁った正午の陽ざしが二人の立っている空間にそっと染み入った。ミンは青年の指先でじりじりと燃えているタバコを眺めた。時間が、別れを目前にした恋人たちの省略記号（……）のように流れた。

「どなた……ですか？」

青年がそう訊くのは当然のことだった。ていねいな言い方だったが声が震え、語尾の疑問符が鋭く背筋を伸ばすのをミンは見逃さなかった。逃れられない瞬間だった。

「僕は……」

舌が空まわりした。遠くの方で、男の子の手を握った三十代の女性が早足で通り過ぎた。

「保護者です。ここの」

ミンはぎゅっと目を閉じたくなった。

「ユジをご存じなんですか」

ヘソンがゆっくりと言った。

「……会ったことがあります。以前」

嘘ではなかった。そして、それが彼にとってユジとの思い出のすべてだった。

「そうですか……」

短い沈黙が流れた。

「連絡は、ありません。まだ」

まだ、とあえてつけ加える気持ちが痛いほど理解できた。ヘソンはタバコを地面に落として、スニーカーでもみ消した。そのあと、お宅のお子さんはユジと仲がよかったのか、もしそうならユジの行方について何か手がかりになるようなことを知っているのではないか、などと訥々《とつとつ》と尋ねた。ミンだけでなく、さっきのホールの中でも同じ質問を繰り返したはずだ。そのためにわざわざここまで来たのだろうから。そんなユジの兄が頼もしく、ありがたく思う反面、心の片隅では形容しがたい羞恥心が湧き上がった。何もできない自分があまりに情けなく、恥ずかしかったのだ。

ヘソンは肩にかけていたカバンの中から紙の束を取り出した。

「あの、これ」

チラシだった。真ん中にユジの写真があった。名前、キム・ユジ……。目が霞《かす》んでそれ以上読めなかった。ヘソンがチラシの下の方を指さした。

「よかったらこちらに連絡をお願いします。どうか」

切々とした眼差しだった。ミンはできる限り力強くうなずいた。ヘソンの目にそう見えたらいいのに、と思った。二人は目礼をして背を向けた。

「そうだ。あのう」

ヘソンがミンを呼び止めた。さっきのチラシにボールペンで自分の電話番号を書き殴った。

「もしその番号につながらなかったら、こちらの方にお願いします」

ミンはよくわかったと答えた。

「ご面倒をおかけしてすみません」

ヘソンが深く頭を下げて挨拶した。

「大丈夫。帰ってきますよ。無事に、きっと」

「ありがとうございます」

肩をすぼめて歩いていくヘソンの後ろ姿を、ミンはいつまでも見ていた。そのときようやく、なぜひと目でヘソンに気づいたのかわかった。彼はユジととてもよく似ていたのだ。


おかしい。見知らぬ男と別れてから、ヘソンはずっとそのことばかり考えていた。ひと言では言えないけれど、男の顔に妙な違和感を覚えた。男はその場にいた人たちとは違っていた。小学生にクラシック音楽を本格的に習わせる親がどんな風貌をしているかについて、ヘソンは特別な見解を持っているわけではなかった。

ただ、男がそこにそぐわないことぐらいはすぐにわかった。態度や身なりがみすぼらしいという意味ではない。男はその場に染まっていなかった。標準的な韓国語なのにどこか不自然なアクセントがそう思わせるのかもしれなかった。そうだ。男の話し方には抑揚がなかった。なのにヘソンは彼に初めて会った気がしなかった。奇妙な既視感だった。

　学校を出てから、ヘソンは地下鉄の駅の方にゆっくりと歩いていった。時折立ち止まって、チラシを塀に貼りつけた。すぐに区の職員がやって来て剝《は》がしてしまうだろう。でも、その少しの間にユジのことを知っている人が奇跡的に現れるかもしれない。そんなわずかな希望を捨てられないでいた。ヘソンは地下鉄に乗ってソウル駅に向かった。行方不明になった家族を捜す場所として、なぜみんなソウル駅広場を選ぶのか、そこに着いてようやくわかるような気がした。全国各地へと旅立っていく人たちが行き交う所だ。ユジの人相や服装などが書かれたチラシを、彼らが自分たちの故郷に、または遠く離れたどこかに運んでくれるはずだ。ユジはソウルではなく、他の街にいるかもしれなかった。一人で行ったのだろうか。それとも誰かに連れられて？　彼は静かに体を震わせた。想像するのも怖かった。

　土曜日の午後、ソウル駅広場では大勢の人が動いていた。広場は彼らにとって通り道だった。その道の真ん中に立って、行き交う人たちにチラシを配った。カバンの中には黒い帽子が入っていたので目深《まぶか》にかぶることもできたけれど、そうしなかった。誰かが自分に気づくかもしれないと思うと不安でひと晩じゅう苦しかったのに、いざ広場に立ってみると、頭の中は真っ白で何も思い浮かばなかった。

　家に帰ると、オギョンがドアを開けてくれた。そのときわかったのだ。一日中、頭の中から離れなかった奇妙な既視感の正体が。

「ただいま」

　ヘソンはわざと大きな声を出した。オギョンはうなずいた。

「夕ごはんは食べたの?」

「うん。そっちは?」

「うん、まあ」

彼女が語尾を濁した。ヘソンは彼女の顔にそれ以上視線を向けずに、二階に上がっていった。自分の後ろ姿が無表情であることを願った。機械的に上着を脱ぎ、靴下を脱ぎ、ベッドに寝転がる間、ずっと意識を押さえつけていた灰色の疑問符が、いつしか感嘆符に変わっていた。

今日の男だけではなかった。オギョンもまた、話し方に抑揚がなかった。軽く冗談を言うときでさえ、どことなく用心深かった。姉は「ヤな感じよね。いいとかイヤとか、ぜんぜん顔に出さないんだもん。表面では笑ってても、心の中で何考えてんだかわかったもんじゃないわよ」と露骨に嫌な顔をした。そう思うのももっともだ。姉や父のように、何かが頭に浮かぶとすぐに口に出して言わなければ気が済まない人間にとっては。

けれど、ヘソンは少しはわかるような気がした。この世には、言いたいことがあっても、真っ暗な洞窟のような頭の中で一度点検しないことには口にできない人たちが存在することを。生まれつきの外国人。逆説的にいえば、絶えず母語を意識して生きていかなければならない人たちのことだ。男とオギョンの母語は同じではないかという、何の根拠もない妄想がヘソンを襲った。

ムン・ヨングァン刑事が残していった電話番号が机の引き出しに入っていた。彼は迷った末に、その番号をそうっと押した。呼び出し音が鳴った。ヘソンは熱いものに触れたかのように素早く電話のフォルダーを閉じた。何の感情もない男の目を思い出した。あの男に連絡してどうしようというのか。何を相談できるだろう。ヘソンはゆっくりと頭の中を整理した。雑念をまとめてみようと思った。考えてみるとおかしな点は一つや二つではなかった。父はムン・ヨングァン刑事がどこの警察署に所属しているのかさえも家族に話さなかった。父のやることはいつもそうだったので、とくに疑いもしなかった。あと、父は中国を相手に貿易業をしているというけれど、正確に何を売買しているのか知らなかった。つねに合法的な取引をしているわけではないことくらい見当はついていたが、彼のビジネスだと割り切っていた。そもそも、大人の世界なんて汚くて陰険なものだから、自分はとぼけて知らないふりをしていればいい。自分さえ傷つかなければいいのだと思ってきた。

管轄の警察署の代表電話番号をインターネットで探した。軽快な音楽とともに、声優の明るすぎる声が聞こえてきた。

「こちらは瑞草《ソチョ》警察署です。ご用件をお話しください。こちらは瑞草警察署です。ご用件をお話しください。……ご用件をお話しください」

いつまでも永遠に続きそうな声を、ヘソンは唇をぎゅっと噛んだまま聞いていた。警察では失踪したキム・ユジという名前は確認されなかった。それが何を意味するのかわかるまで、それほど時間を要しなかった。他になすすべがなかったので、ヘソンは慌てて電話を切った。担当の警察官が業務に対して少しは責任感のある人なら、ヘソンの携帯電話はすぐに折り返し鳴るはずだ。ヘソンの電話は電源が切れたまま机の上に置かれていた。

一階のリビングでは、父という名の男がソファの背もたれに頭をのせていた。眠っているようだった。ヘソンはその様子をぼんやり眺めた。浅黒い額と頬骨、長い人中《じんちゅう》、無防備に少し開いている唇。見知らぬ男のようだった。あまりの違和感に吐きそうになった。ヘソンはそうっと向きを変え、玄関を出た。右手はぎゅっと拳を握ったままだった。

エレベーターが一階に着いた瞬間、オギョンの顔が浮かんだ。彼女はどこまで知っているのだろう。キム・サンホの偽りに騙されてきたのは、彼女も同じではないだろうか。ヘソンはオギョンの絶望を知っていた。彼女が味わっている血まみれの地獄を知っていた。この世の誰にも、他人をこんなふうに傷つける権利はなかった。底知れない怒りがこみ上げてきた。右手の拳でエレベーターの壁を殴りつけた。足もとがふらついた。拳を握った手がヒリヒリした。血は一滴も出なかった。

ヘソンは父の家を出たものの、どこに行けばよいのかわからなかった。わからないでいたいと思った。三月。夕方が夜に表情を変える時間だった。

もう一度だけ。

最後にもう一度。

悪魔が耳もとでささやいた。彼は頭《かぶり》を振った。いや。絶対ダメだ。彼はこれまで何度も自分との約束を破った。これ以上やってはいけない。ユジがいなくなったあの夜のようなことは。涙が流れた。ヘソンは歩き続けた。この都市の道は果てしなく続いていた。

どのくらい時間が経っただろう。気がつくと彼はひっそりした坂道の脇に立っていた。狭い路地の両側に、ぽつりぽつり車が止まっていた。街灯もない夜の路地、暗闇の中で身をすくめている車は、老いて病んだ、口のきけない獣のようだった。

もう一度だけ。本当にもう一度。

これが最後だ、本当に。自分に懇懇と言い聞かせた。ポケットの中で使い捨てのライターが手に触れた。彼はゆっくりと息を整えた。

月の光が熱かった。

路地の一番奥にあるシルバーグレーの小型車の前で足を止めた。旧型のアバンテ〔ヒュンダイの中小型車〕だ。車はそこに捨てられていた。暗闇の中で見ても、車は白い埃《ほこり》をすっぽりとかぶっていた。ヘソンは片方の膝を折って地面にしゃがんだ。タイヤをそっと触ってみる。硬くも柔らかくもなかった。不快な感触が手のひらから伝わってくる。タイヤはかつて、自分の体の模様を消すようにして道の上を回転していたはずだ。どこまで行ったことがあるのだろう。この道の本当の果てはどこだろう。抑えられない衝動――知っているようで知らない衝動が、脇の下からこみ上げてくる。彼はふらふらしながら立ち上がる。カバンの中からスプリングノートを取り出す。文房具店やコンビニで手に入る平凡なノートだ。ノートを一枚ベリッと破り、手でくしゃくしゃにする。もう一方の手で使い捨てのライターをつかむ。そして親指で力いっぱい押す。

あっという間に火がついた。

彼はじっと見つめた。車の本体と地面との隙間、――古びたタイヤが何とか支えている真っ暗な空間を睨みつけた。炎で揺れる紙をそこに、低く身をすくめた車の下に、さっと投げ捨てた。そして逃げた。

彼は死にものぐるいで走った。非現実的なスピードの中で、髪の毛がヒューヒューッと宙を裂く音が聞こえてきた。意識ははっきりしている。はっきりとした、緊張で張りつめた魂が、あばら骨を押さえつける。生きている。喘《あえ》ぎながら、息を切らしながら、確かに生きている。感じられる。

喉の奥の方から血のにおいがしてきた。次第に強くなってくる。生臭く、えぐくて吐き気のする汚い味。この感じ。このせいで中毒になっているのかもしれない。あの日の夜も、今日の夜も、まだ来ぬ明日の夜も。彼は息絶える瞬間まで走れそうな気がした。逃げられるような気がした。宇宙の外へと。永遠に。

もうすぐ大通りだ。ヘソンは街灯の届かない所にうずくまり、息を整えた。肩を小さく丸め、暗闇の中に染み込もうとした。そのときようやく、さっきしでかしたことに実感が湧いた。いつものように彼は体をぶるっと震わせた。今回はちゃんと火がついたかもしれない。ひやりとした恐怖に襲われた。それでも彼はさっき逃げてきた方を振り返らなかった。これでまた現実に戻る。

遠くからタクシーが走ってきた。ヘッドライトの灯りがぶるぶる震えている青年の姿をそっくり照らした。

18 鳥たちが飛ぶ

日曜日は一週間のうちの一日にすぎない。

ユジは生あくびもせずに体を起こした。どんぐりのように、ころころっとベッドから下りた。ユジは完全に目が覚めるまで布団の中でもぞもぞするタイプではなかった。それは習慣に近いものかもしれない。とくにヴァイオリンを本格的に習い始めてからは、自分の時間をスケジュールごとに分けるのを当たり前だと思うようになったし、そのような態度は日常の中にごく自然に浸透していった。

バスルームのドアを開けるなり、うっすらと酒のにおいがした。近頃、兄はよく酒を飲んで帰ってくる。夜の十時には布団の中にいるユジが、酒に酔った兄を見ることはないけれど、朝になるとバスルームに残っているにおいで、そのことを知るのだった。そんな日は朝の食卓に温かいスープがないと、ユジはわけもなくひとり気を揉むのだった。壁についている換気扇のスイッチを押した。目に見えない空間のどこかにつけられた換気扇が低い音を立ててまわった。洗面台には三本の歯ブラシと二つの歯磨き粉があった。歯磨き粉は大人用の竹塩味と、子ども用のいちご味だ。ユジは一番背の低い白い歯ブラシを取った。オレンジ色の姉の歯ブラシは一年間ずっと置きっぱなしだった。ユジは自分の歯磨き粉をつけてシュッシュッと歯を磨いた。本物のいちごではないけれど、かといっていちごじゃないともいえない、人工的なにおいが口の中いっぱいに広がった。

朝の食卓の雰囲気は先週の日曜日と同じだった。兄はむくんだ顔を隠せないまま、どうってことないというようにスプーンを動かし、父はひどくふて腐れているようだけれど、その理由が本人にもわからないらしく、誰か教えてくれと言いたげな顔をしており、母はそんなことなどお構いなしに、ゆったりと物静かに振る舞った。でも、母はいま不安なのだ。ユジにはわかった。いつもと違って何かが微妙に不自然だった。ユジは兄の方をちらっと見た。わかめスープがあってよかった。兄にレッスン代のことを頼んでいる母の声が聞こえた。母は二日前に、この日曜日から留守にするとユジに話した。

「大田《テジョン》のおばあちゃん、体の具合がよくないんだって。この前、雪で滑ってもっとひどくなったらしいわ」

訊いてもいないのに母は長々と説明した。

「ママと一緒に行かない?」

ユジはゆっくりと首を横に振った。母がユジの小さな肩を手のひらでぎゅっぎゅっと押した。

「ずいぶん硬くなってるのね。ときどきこうやってほぐしてやらなきゃ」

母の手のひらがユジの肩を刺激し、痛かった。

「あ、車で行くの?　今日は雪が降るかもしれないって」

「そうみたいね、ニュース見たわ。でもまあ、そんなに降らないでしょ。それにこの頃はすぐに塩化カルシウムを撒くから大丈夫よ」

母と兄の会話を片方の耳で聞きながら、ユジはゆっくりとスプーンを動かした。近頃はごはんをお茶碗に半分だけ食べてもお腹がいっぱいになる。母がユジの方を見ながら、わざと厳しく言った。

「ママがいないからって練習をさぼらないこと。薬もちゃんと飲むのよ」

ユジはとっさに何も言えなかった。他のことを考えていたからだ。雪。後で雪が降るかもしれない。日曜日は一週間のうちの一日にすぎない。でも、そうでない日曜日もある。

ユジは雪の降る日が好きでも嫌いでもなかった。何かが好きだとか嫌いだと言うのは、自分の好みについて宣言することだ。ところがユジは、自分の好みを判断するだけの充分な根拠を持ち合わせていなかった。雪の降る日、外に出て雪と遊んだ記憶がユジにはほとんどなかった。濡れた毛糸の手袋のしっとりとした感触や、へし折った木の枝を差し込んで鼻にした雪だるまは、アリスの不思議の国に住むうさぎと同じくらい現実離れした想像だった。

リビングの窓越しに見える空はどんよりしていた。ゆき《ヌン》。ゆーき《ヌーン》。ゆーーき《ヌーーン》。口の中で発音してみた。急に胸が高鳴り始めた。朝ごはんを食べたあと、兄と一緒に二階に上がっていった。踊り場で兄が短くあくびをした。

「キツっ」

ユジに言っているのではなく、独り言に近かった。兄に何か言おうとしてやめた。二人はそれぞれ自分の部屋に入っていった。ユジは音を立てずにドアを閉めた。ヴァイオリンは昨日練習を終えたあと、ケースに入れておいた。ヴァイオリンだったら「好き」とはっきり言えるだろう。演奏に没頭し、その過程で自ら音をつくり出した瞬間、ユジは思いもよらぬ喜びを感じた。この頃はショパンの曲を練習している。

一か月後には、英才スクールの新学期音楽発表会がある。何人かは独奏することになるだろう。

ユジにどんな役割が与えられるのかは、まだわからない。まず内部でコンペティションが行われる。その結果によって義務と責任が決まる。音楽を続ける限り、これは永遠に繰り返される。大人になった自分がヴァイオリンを演奏している姿は想像できなかった。それどころか、一年後ですらわからなかった。ユジはヴァイオリンを肩にのせようとして、下ろした。

ベッドの上に仰向けになって寝転んだ。眠くなったからではなかった。一階で玄関のドアが閉まる音がした。母が出ていった。すぐに兄が、しばらく時間をおいて父も出かけていった。ユジはゆっくりと体を起こした。誰もいない家の中はひっそりと静まり返っていた。いつもの場所とは違う、異なる次元に空間移動をしたような気分だった。ユジはぴょんぴょんと階段を下りていった。

リビングのテーブルの上には白い封筒がおとなしく置いてあった。ユジはなにげなく封筒を手に取った。この時点では計画は未完成だった。封筒を手に持ったまま、ユジは思わず背筋をまっすぐ伸ばした。すべてがうまく揃っていた。不思議なほどに。

家を出るときに時計は見なかった。一番好きなコートを着てブーツを履くと、気持ちが落ち着いた。日曜日の真昼、冷たい陽ざしが首筋に深く刺さった。雪はまだ大地の上に舞っていなかった。ユジは大通りへと歩いていった。

高速ターミナル駅まで、ユジの足で二十分余りかかった。外は寒かったが、ブーツで足の指を包んでいたので無理はなかった。ユジは一歩一歩ゆっくり進んでいった。駅まで歩くよりも、駅に着いてからプラットホームを探すまでに時間がかかった。地下空間には大勢の人がいた。ひとりで歩いている人もたくさんいた。その中でユジが一番幼かった。誰も気にしていないのに、ユジは周りから見られているような気がした。恥ずかしいとか戸惑うのとはまた違う感情だった。むしろ違和感と言った方がいいかもしれない。

切符の券売機の前で財布を取り出した。ユジはひとりで地下鉄の切符を買ったことがなかったけれど、機械の言うとおりにするとすぐに買えた。気を揉んだわりには簡単だったので、かえって戸惑ってしまった。子どもではなく、大人のボタンを押したのは、とくに意味があったわけではない。ただ、そうしたかっただけだ。硬い紙の切符を握って、大きく息を吸った。ひとりで地下鉄に乗るのは生まれて初めてだった。母と一緒に最後に乗ったのはいつだっただろう。ユジは手の中の切符を覗き込んだ。印刷された文字が少しゆがんでいた。

ソウルメトロ七号線の高速ターミナル駅から二つ目が梨水《イス》駅だった。そのことは頭の中でしっかりと押さえていたのに、アナウンスが流れるまで落ち着かなかった。右のドアが開きます。自分の体の右側はどっちなのか、もちろんユジは知っていた。ヴァイオリンの弓を持つ手が右だ。でも、見当もつかないスピードで走っている地下鉄の中では、すぐに区別がつかなかった。列車は前に向かって走っているのだろうか、それとも後ろ向きに走っているのだろうか。上体がしきりにぐらついた。ぐらっと地球が揺れるのを感じるたびに、ユジは両足でぐっとバランスを取った。

梨水駅で四号線に乗り換えなければならなかった。乗り換えた車内はさっきよりも人が多く、やはり空席はなかった。

「夜、家に帰るときは烏耳島《オイド》行きに乗るのだけど、なぜか逆のタンゴゲ行きに乗りたくなるときがあるのよね。逆方向のずっと向こうに——世界の果てまで行ったらどうなるのかなって」

弥阿《ミア》、水踰《スユ》、双門《サンムン》、倉洞《チャンドン》、蘆原《ノウォン》、上渓《サンゲ》、タンゴゲ。ユジは顔を上げて、行ったこともないそれらの駅名を口の中でこっそり読んだ。

「そして想像してみるの。タンゴゲ駅で降りたら何があるんだろうって。そこで何をしようかなって。でも真っ暗で、なんにも思いつかない。ううん、一つだけはっきりわかる。また戻ってくるだろうってこと。タンゴゲ駅で烏耳島《オイド》行きの電車に乗って、一つひとつ元の場所に逆戻りするの。そんなことを考えたら少し悲しくなっちゃった」

衿井《クムジョン》、山本《サンボン》、修理山《スリサン》、大夜味《デヤミ》、半月《パノル》、常緑樹《サンノクス》。それらの駅を通って家に帰る「そのひと」の気持ちについて考えた。

ユジは安山《アンサン》市にある中央《チュンアン》駅で降りた。

ユジは携帯電話を持っていなかった。生徒たちに電話を持たせないのは、ユジが通っている小学校の教育方針だった。三十年間教育に携わってきた校長は、ケータイ文化こそが子どもたちの正しい学校生活に悪影響を与える主な原因だと信じていた。これに対し、親たちの意見はだいたい二つの派に分かれた。校長の教育観は至極もっともだという意見と、至る所に危険があふれているいまの時代、安全網の役割をする道具として携帯電話を持たせるべきだという意見だった。

ユジの母親はこれらの意見とはまた少し違う立場だった。彼女は学校の方針とは関係なく、携帯電話は娘にはまだ役に立たないものだと思っていた。彼女は娘の日常の動線をすべて把握していたし、娘はいつも目の届く所にいた。それに彼女は、娘はまだ世間の電子機器などには興味がない、――つまり一人の人間としてのコミュニケーション手段を必要としない幼児期にあると考えていた。雪が降ると予想されていたある晩冬の日曜日の午後、娘が見知らぬ衛星都市の地下鉄の駅で、公衆電話を探しまわることになるなどとは思ってもいなかったのである。

ユジのかわいらしい財布の中には、五千ウォンのテレフォンカードが一枚入っていた。校長が携帯電話を禁止する代わりに、忘れ物をしたり急用がある場合に備えて、校庭に二台のカード式公衆電話を設置し、売店でテレフォンカードを売っていたからだ。

「どうしても、っていうときだけ使うのよ」

他のママたちも同じことを言ったのだろうか。わからない。もしかしたら、他のママたちは「どうしても」とはどういうときなのか、きちんと説明したかもしれない。中央駅には出口が二つあった。ユジはひとまず右に向かった。階段が長く伸びていた。反対側から若い男の人が二人、ガムをクチャクチャ噛みながら歩いてきた。どこか異国の人だろうか、温和な目に黒い肌をしていた。ユジは反射的に身を縮ませた。彼らは聞いたこともない言葉でまくし立てながら、ユジのそばを通り過ぎた。息苦しい風が吹いてきた。

右の出口の階段を上がって下り、また駅の構内に戻ってきたあと、左の出口に出てみると、ようやく公衆電話が見つかった。いつの間にか空から雪が降り始めた。地面まで届かない雪片《せっぺん》が宙で不規則に揺れながらきらめいては、消えた。ユジは人さし指に力を込めて数字を押した。ハウルカの呼び出し音は、ウィーンフィルハーモニー管弦楽団が演奏するヨハンシュトラウスの〈ピッツィカート・ポルカ〉だった。

「鳥がぴょーんと飛んでくるみたいな名前」

「わあ、不思議。あたしもそう思ってたんだよね。ほんと、そうだね。空の上にぴょーん」

二人でそうやりとりして盛り上がったことがあった。電話はつながらなかった。もう一度かけてみたけれど同じだった。ユジは途方に暮れた。こんな状況になるかもしれないと、なぜ一度も考えなかったのだろう。もしかすると、彼女は思ったよりもずっと具合が悪いのかもしれない。彼女が意識を失って倒れているピンク色の布団の上で、ハッピーがひとりキャンキャン吠えているかもしれない。そう思うとユジは気が気でなかった。

電話は四回目にしてようやくつながった。ほとんどあきらめていたときに音楽が途切れ、電話越しに「もしもし」と声が聞こえてきたのでユジはまごついた。彼女の声は小さくてか細かった。ユジはよく聞こえるように、汚い受話器を握り直した。

「え？　いまどこ？」

彼女はユジの言っていることが信じられない様子だった。ユジは勇ましい声で「中央駅《チュンアン》の公衆電話の前」と答えたくなった。四号線に乗って衿井《クムジョン》、山本《サンボン》、修理山《スリサン》、大夜味《デヤミ》、半月《パノル》、常緑樹《サンノクス》を順番に通って来たのだと、はっきりと教えてやりたかった。

「いま、安山《アンサン》市内にいます」

ユジの唇からゆっくりと、小さな声がこぼれ出た。彼女はしばらく沈黙した。どこか騒がしい所にいるのだろうか。受話器越しに得体の知れない音楽がざわざわ聞こえてきた。彼女と細くて透明な糸で結ばれているという、逆説的な感覚がした。

「……大丈夫？」

大丈夫？　彼女はそう尋ねた。丸い疑問符がこだまのように長い余韻を残した。むしろユジの方が訊きたかった。ユジは深くうなずいた。彼女には見えないけれど。

「あたしに会いにきてくれたの？　ほんとに？」

当然のことをまた訊いた。

「……うん」

「そっか。そうなんだ」

沈黙が二人を包んだ。彼女は蚊の鳴くような小さなため息をついた。

「困ったなあ。あたし、いますぐ出られなくて。バイトの時間が変わって、いま仕事中なの」

ユジは口笛を吹くときのように、口をすぼめた。さえずりは漏れなかった。

「うーん……、どうしよう……」

彼女は本気で悩んでいるようだった。

「早くてあと一時間なんだよね。先に家に行ってる？　そこから道を渡ってマウルバス〔住宅街をまわる小型バス〕に乗ればいいんだけど」

〝マウルバス〟。聞いたことはあるけれど、乗ったことはなかった。

「お金……、バス代はある？」

「うん」

ユジはカバンの中に二つに折って入れた、白い封筒のことを思い出した。

「じゃあ、そこからとりあえず横断歩道を渡って。そしたら信号がもう一つあるから。そこでバスに乗って……」

ユジは思わず唾をごくりと呑み込んだ。彼女はさっきよりももう少し大きなため息をついた。

「ああ、やっぱりダメ。そのまま駅でもう少し待ってくれる？　道を渡った広場の前にロッテリアがあるの。わかる？　ロッテリア」

「うん」

「ごめんね。わざわざ来てくれたのに」

やっとユジの知っている彼女になった。

「ほんと、ごめんね。できるだけ早く行くから」

言われたとおりに歩いていくとロッテリアが見えた。みぞれのような雪が舞い散っていた。ユジの髪の毛とコートがあっという間に濡れた。カラフルなロゴがついたファストフード店の前で、ユジは一瞬ためらった。ドアの前で足が動かなかった。ひとりで地下鉄に乗ったときとはまた違う色の恐れだった。でも、勇気を出してドアを開けてみた。甘くて温もりのあるにおいが鼻の先に押し寄せてきた。店の中は大勢の人であふれていた。みんな楽しそうに笑っていた。ユジはさっと外に出た。外の方が気楽だと思った。ユジは道の脇に立ったまま彼女を待った。いま、何時頃だろう。

多くの人や物が道の上を行き交った。ひとりで歩いている人はたいてい早足で、吹雪く宙をかき分けるようにして行った。誰かと一緒にいる人はもう少しゆっくり歩いた。風は自由自在に吹いているように見えるけれど、じつは一定の方向に動いていた。

「危ない」

母はときどきそう言った。彼女の声には汚い秘密を必死で隠すようなニュアンスが漂っていた。そんなときはいつも不安と憧れが同時にユジを襲った。でもいまユジが向き合っている道は、ただの道だった。ユジは長い間、身動きもしないで立っていた。曲がり角の方からせっかちな車が鳴らすクラクションの音が聞こえてきた。

ロッテリアの入口のドアがひっきりなしに開いては閉まった。外に出る人より中に入る人の方がずっと急いでいた。若い女の人が近づいてくるたびに、ユジは微妙な緊張感で体がこわばった。期待と不安、そして失望が次々に押し寄せてきた。電話はかけなかった。公衆電話がどこにあるかわからなかったし、もし見つけたとしてもそうしたくなかった。ここで待つこと。それが約束だったから。

どのくらい時間が経っただろう。ブーツの中の足の指が凍り、寒いという感覚すら鈍ってきた頃だった。向こうの方から黒のダッフルコートを着た女の人が走ってきた。彼女だった。ゴールインまで残りわずか三十メートルとなった長距離選手のように、彼女は本当にどどどっと走ってきた。いい加減に巻いたマフラーが翻《ひるがえ》っていた。ユジが声をかけるよりも早く、彼女はロッテリアの中に駆け込んだ。

ユジはガラス越しに彼女の後ろ姿を見た。彼女はきょろきょろと店内を見まわしていた。それでもユジは中に入らなかった。彼女に間違いないという確信と、そうでないかもしれないという気持ちが半々だった。きっとこんな顔をしているだろうと、頭の中で具体的に描いていなかったせいか、実際に目の前に現れた彼女を見て戸惑った。道と同じだった。彼女はただの彼女だった。合成繊維のコートを着て、潤いのないストレートの髪を肩に垂らした、ひどく痩せた女の子。

「あの……、ひょっとして……」

彼女はとても用心深く話しかけてきた。それが自分より十歳も年下の子どもだとしても、見知らぬ人に話しかけるのは生まれて初めてのように見えた。

「ピズ？」

彼女がユジを呼んだ。〈PIZZ〉。ユジのハンドルネームだった。モニターにタイピングされた文字ではなく、はっきりとした質感と量感をもった韓国語の発音で〝ピズ〟という言葉がユジの耳に刺さった。ユジがこくりとうなずくと、彼女の口もとに明るい笑みが広がった。白い前歯が顔を出した。ユジはほっとした。近くで見ると、彼女は思ったより幼く見えた。ユジはハウルカが何歳なのか訊いたことがなかった。知りたいと思ったこともなかった。仮に二十歳、いや二十一歳、二十二歳、二十五歳でも、ユジには歳の差が実感できなかった。

「寒かったでしょう」

彼女は、寒いのにどうして外にいるのと責めたりしなかった。ユジはそっと首を振った。

「行こっか」

彼女はさっとユジの手を握った。どこに行くのか訊かなかった。ぎゅっと手をつないだまま、二人はそこを離れた。

二人はバスの停留所に向かって歩いた。少し前に彼女が電話で説明しようとしたルートのようだった。道沿いにはいくつかの店が並んでいた。移動通信の代理店、キンパ屋、カジュアル服の店など、なじみのあるチェーン店だ。彼女はコンビニで三千ウォンの傘を一本買った。ビニール製の、白くて半透明の傘だった。傘を広げると、白く曇ったガラス窓に指先で落書きしたような模様が姿を現した。ユジはもう少しで嘆声をあげるところだった。シルバーグレーのみぞれが丸いビニールの上にひらりと舞い降りた。歩いているあいだじゅう、彼女はユジの方に傘を傾けた。二人はピザ屋の前で足を止めた。

「お腹、すいてない？」

早めの朝ごはんを食べてから何も口にしていないけれど、お腹がすいたとは思わなかった。

「食べていこうか。ピザ、好きだよね？」

ピザはユジがとくに好きな食べ物ではなかった。ユジはハムやトマトなどのトッピングの部分だけを選《よ》って食べ、硬いパン生地はいつも残した。母は眉をひそめたが、たいていは娘の好きなようにさせた。

「このあたりではこれが一番おいしいんだけど」

彼女が独り言のようにつぶやいた。

「他に食べたいものがあったら言って。あたしが奢《おご》るから」

あたしが奢るから。彼女は訴えるような声で言った。ユジはおとなしく首を振った。

「ハッピーに会いたい」

彼女の目が少し揺れた。なんだかうろたえているようにも見えた。彼女が何を考えているのか、ユジにはわからなかった。彼女はあらたまってユジを見つめた。

「びしょ濡れになっちゃったね。ほんと、ごめん。早く来られなくて」

　二人はマウルバスに乗った。彼女の家は道の上にあった。道とは、大きな道路のことだ。ユジの頭の中で、家は広い道路に立っているのではなくて、いくつにも重なった路地の中に隠れているものだった。でも、彼女の家はそうではなかった。彼女がユジの手を引いて入った建物の一階には、「二十四時間　骨つきヘジャンクク〔酔いざましスープ〕」の派手な看板が掛かっていた。店の前には誰もいないタクシーが数台止まっていた。時速八十キロで走っているときに、ふと空腹を覚えた運転手が止めたものだろう。彼女は食堂ではなく、その脇にある長い階段を上っていった。幅が狭く、急だった。彼女は片方の手には傘を、もう片方の手でユジの手を握っていた。息切れがした。

「ここよ」

　階段の一番上で彼女が言った。光の差し込まない真っ暗な階段に、しっかり閉まった汚いドア以外には何もなかった。そのドアを押すと、とても小さな庭が見えた。屋上だった。そこにもう一つドアがあった。彼女は背中を丸め、鍵穴にキーを差し込んだ。

　一坪になるかならないほどの空間を、リビングと呼ぶべきかキッチンと呼ぶべきか、それとも玄関と呼ぶべきなのかわからなかった。足もとには淡黄色《たんこうしょく》のフローリングシートが敷かれていた。ユジは靴をどこで脱ぐのかわからなくて困った。困っているのをどう隠したらいいのかわからなくて、ますます途方に暮れた。彼女が先に靴を脱いだ。キャンバススニーカーだった。その青い靴先を見下ろしながら、ユジはブーツを脱いだ。タイツを履いた足の裏が濡れていた。部屋の中からハッピーが飛び出してきた。写真で見たのと同じ平凡なマルチーズだった。ハッピーは彼女の胸に飛び込んだ。彼女はしばらく、ユジの存在を忘れたかのように、ハッピーを抱いたまま顔をくしゃくしゃに撫でた。やがてユジに気づいたハッピーは、目をむいて唸《うな》り声をあげた。吠え方が荒々しかった。

部屋はシンプルだけど、ごちゃごちゃしていた。家具は高さ三十センチほどの木のタンスと文机《ふづくえ》、その上にあるコンピュータだけなのに、なぜかきれいに片づけられている感じがしなかった。古い所帯道具が散らばっているわけでもないのに。ところどころ、色褪《あ》せて真っ黄色になった花柄の壁紙のせいかもしれなかった。でもユジは、目を丸くして部屋の中を見まわしたりはしなかった。なぜかそうしてはいけないような気がした。彼女が替えのスカートを貸してくれた。ウエストにゴムの入った綿のスカートだった。ユジが着替える間、彼女はやかんに水を入れてガスレンジに載せた。彼女のスカートはユジのくるぶしまで覆った。ひらひらしているのが、まるでカーテンを体に巻きつけたようだった。彼女がマグカップを二つ持ってきた。ふわふわと湯気が立っていた。

「床はあったかいから、すぐに温まるよ」

引き出しから丸めた靴下を取り出しながら彼女が言った。彼女の言うように床はあったかかった。

「ハッピーがひとりで寒いとイヤだから……」

彼女が少し気まずそうに語尾を濁した。

「この子、あたしよりずっと寒がりなんだ」

今度は秘密を告白するような真面目な声だった。ユジは少し笑った。犬は警戒心を緩《ゆる》めなかった。ユジと目が合うと息巻き、彼女とユジの指がそっと触れるだけで、黄ばんだ歯をむき出して吠えた。彼女がハッピーの毛を撫でた。

「この世であたしのことを思ってくれるのはハッピーだけ」

ユジは彼女と同じようにあぐらをかいて座り、コップを口に運んだ。ココアだった。甘くて温かい液体がからだじゅうの毛細血管をつたって沁みわたった。急に眠くなった。ユジは瞬《まばた》いてみた。ここがどこなのか、自分はなぜここに来たのか、何も説明できなかった。住所もわからない空間に座ってココアをちびちび飲んでいること以外、何もかもが不透明だった。でも、家に帰りたいわけではなかった。

　部屋についているトイレはとても狭かった。洋式便器と水道の蛇口のほかに何もなかった。ユジは長いスカートをまくり上げて、溜まっていた尿を出した。外はまだ雪が降っているのだろうか。トイレのどこにも窓がないことに気づいた。鏡もなかった。トイレから出た途端、なじみのある音楽が聞こえてきた。タルティーニのヴァイオリンソナタト短調、〈悪魔のトリル〉だった。部屋の片隅にあるミニコンポから流れていた。ようやく、その脇にきれいに一列に並んでいるCDに目が留まった。ほっとした。ハウルカ。たしかにハウルカだった。彼女はピザをデリバリーしようと言い張った。二人は暖かい床に座って足の指を動かしながら一緒にピザを食べた。ピザはあまりおいしくなかった。トッピングは貧相だし、生地は厚すぎた。彼女は生地を手で薄く裂いて、ハッピーに食べさせた。自分はひと切れしか食べなかった。

「あたし、こういうの苦手なの。ダサいよね」

「ううん」

　ユジはピクルスを噛みながら答えた。酸っぱいピクルスをうまく呑み込むと、自分が急に大人になったような気がした。

「これからどうしようか」

　彼女がひどく自信なさげな声で尋ねた。

「海に行ったことある？」

　ユジは何度か海に行ったことがあった。一、二年に一度ほど、両親あるいは母親と一緒に行った。一番遠くで見た海はグアムだった。一昨年の夏休みに行った。父と母は出発前から喧嘩し、帰りの飛行機に乗るまでユジを介して話をするだけだった。グアムの海も、済州島《チェジュド》の海も、鏡浦台《キョンポデ》の海も、いまではほとんど覚えていない。ユジは小さく首を振った。

「ほんと？」

「……」

「じゃあ、一緒に海に行く？」

海、という言葉が耳もとにまとわりついた。

「すぐ近くなんだ」

彼女が誇らしそうに笑った。ユジもつられて小さく笑った。

19 隠れた部分

事務所に向かう廊下は、以前来たときと変わりなかった。長い廊下の左右両側に同じ形のドアがずらりと並んでいた。ムン・ヨングァンは「K&K通商」の前で足を止めた。アクリルの扁額《へんがく》が少し右に傾いていた。彼は両手でそっと直した。

キム・サンホがドアを開けた。彼らは握手もせずにソファに座った。長く不眠症を患っている人にありがちだが、サンホの顔は得体の知れない黒い影に覆われており、目はゆっくりと瞬《まばた》いた。だが、少なくとも初めて会ったときよりはいろいろな面でましだった。不幸も安定期に入ればそうなるのだろう。ヨングァンがカバンからブリーフィングの資料を取り出すと、携帯電話がけたたましく鳴った。

液晶画面を覗いたサンホは複雑で微妙な顔をした。電話に出るべきか迷っているのが見て取れた。

「どうぞ出てください」

ヨングァンが言った。

「知らない番号なもので」

サンホが独り言のようにつぶやいた。その瞬間、プラスチックのハンマーで頭を一発殴られたような気がした。ヨングァンは姿勢を正した。娘がいなくなったのに、自分の娘が生きているのか死んでいるのかもわからないときに、この男はかかってくる電話を選り好みしているのだ。

いくつか仮説を立ててみた。まずは一つ目。彼はいま嘘をついている。本当は知らない番号ではなく知人からの電話なのだが、他人に知られたくないのでごまかしている。その場合、誰からかかってきたのかが鍵になる。

二つ目。知らない番号には違いないが、知らないからこそ他人の前で出たくない。この場合、失踪した娘の消息よりも「もっと別の価値」を重視する世界に彼が暮らしている証拠になる。「もっと別の価値」とは何か。いや、それとキム・ユジの失踪がどうつながっているのか。探偵である自分が明らかにしなければならないのは、もしかするとそこかもしれなかった。

三つ目。キム・ユジの失踪事件と電話の男の間には何か関係がある。

彼はそこまで考えてからやめた。一度切れた電話が、三秒の沈黙を挟んで再び鳴りだした。

「ちょっと失礼します」

このままではいけないと思ったのか、サンホは電話を持って事務所の外に出た。慌てて出ていく後ろ姿を見つめながら、ヨングァンは小さなくしゃみをした。ヨングァンの中間報告で中心になるのは、ユジがインターネットでアクセスしたサイトについてだった。先日、方背洞《パンベドン》の家で回収したユジ専用のコンピュータをプロの業者に渡した。しかしプロの業者とは名ばかりで、実際は街の修理屋にも劣るということを、ヨングァンはこれまでの経験で知っていた。あれこれ言い訳をするのは、プロフェッショナルの真似をするアマチュアたちによく見られる。「秘密裏に行う」を「適当にやってもいい」という意味に受け取っているのだろう。しかしそれに関して、ヨングァンは強く文句を言える立場ではなかった。彼はメールを見たり、必要なときにはウェブ検索を利用したりすることはあるが、それ以外にコンピュータを使うことはほとんどなかった。四角いモニターの前で身をかがめて何かに没頭するなんて、とても考えられなかった。彼にとって世界とはそういうものではなかった。そうやって時間を浪費するくらいなら、テレビの深夜映画を見ながら、誰もいない部屋でひとりカップラーメンをすすっている方がましだった。

ユジのコンピュータにはパスワードがかかっていた。業者の担当者はたちどころに面倒くさそうな顔をした。ヨングァンは、だからおまえらに頼んでるんだろ、と言いたいのをぐっとこらえた。最近の若いやつらには責任感というものがない。彼らは約束の日からかなり経った頃、ようやく結果を知らせてきた。彼の感覚では貧弱なものだった。ウェブサイトにアクセスした記録と、インターネットブラウザの使用履歴がすべてだった。

「もともとこれだけです」

担当者は苛立ちを隠さずに言った。

「これ以上は私たちにもわかりません」

「メッセンジャーの暗証番号は？」

「いまの世の中、そこまでしたらひどい目に遭いますよ。警察ならともかく」

あきれてものが言えなかった。前金をぶんどっておいて、よくもそんなことが平気で言えるもんだ。まっとうな責任感が失われた現実を嘆かわしく思った。

数枚のＡ４用紙には、ユジのこれまでの時間が圧縮されていた。自殺した女スパイの乱数表のように複雑だった。ユジを心から愛する人が見れば、悲しみがこみ上げてくるかもしれない。サンホは正確に十六分三十五秒後に上気した顔で戻ってきた。客を十五分以上も待たせるとは、常識では考えられない行いだった。彼が狼狽しているのはありありと見て取れた。ヨングァンはとりあえず、ユジがインターネット上に残した痕跡について要点を短くまとめた。

「メッセンジャーの使用時間が一番長いですね。主にバディバディというコミュニティサイトなんですが、娘さんがよく使う暗証番号をご存じありませんか」

最後の質問は、より事務的に聞こえるように努めた。神経質な依頼人なら、暗証番号すら調べがつかないのかと非難を浴びせるに違いない。こんなときはさっさと相手側にバトンを渡してしまうに限る。

キム・サンホはつい首を振った。「妻は知っているかもしれないが」

ヨングァンは、娘のコンピュータに暗証番号がかかっていると知ったときの、オギョンのおろおろした顔を思い出した。まったくこの家はどうなってるんだ。彼は今回の依頼を受けて以来、初めて舌打ちをした。こみ上げてくる軽蔑の気持ちをぐっと抑えた。いかなる場合も主観的な判断は許されない。ヨングァンは無言でA４用紙をサンホに差し出した。

「ご苦労様です」

サンホは彼と目を合わさずに言葉を続けた。

「だが、今後しばらくは動かないでいただきたい」

「え？」

「こちらからまた連絡します。とりあえず当分はこのままで」

サンホは少し間《ま》をおいてから、さらに話を続けた。

「ひょっとして、怪しい電話がかかってきたりしませんでしたか」

ヨングァンがぽかんとしているのを見て、サンホは罠にかかった獣のように、うーんと意味のない息を吐き出した。

「つまり、見知らぬ誰かがわが家のことを訊いたとか、こっそりあとをつけてきたとか」

それはむしろ、探偵である自分が依頼人に尋ねるべき事柄だった。暖房を入れていない事務所で、彼の依頼人は何度も額の冷や汗をぬぐった。黄みがかった顔が蛍光灯の下にさらけ出された。サンホは、もしそのようなことがあったら必ず自分に知らせてほしい、と何度も念を押した。そして、相手には黙っていてくれと言った。ヨングァンはただ、「わかりました」と模範的な受け答えをした。理由は訊かなかった。そこまでが彼の役目だった。ユジの腹違いの姉ウンソンが以前、何を企んでいたのかを知ったら、この男はどんな顔をするだろう。興味が湧いた。


郵便受けは地下一階の駐車場の入口にあった。一階ではなく地下一階に郵便受けが備えられているのは、おそらくヴィラの設計者が、車での移動が多い住民たちのことを考慮したからに違いない。しかし、結果的によかったのだろうか。地下二階、三階の駐車場まで下りていく人は少なくなかった。その場合、郵便受けには一週間も過ぎた郵便物が入ったままになっているのだった。

昨日の午後、何週間も溜まっていた郵便物を回収したのは家政婦だった。ユジがいなくなってからも、彼女は一週間に二回やって来た。炊飯器のスイッチを押そうとして涙をぽろぽろこぼすオギョンに代わり、家の中のことをした。男たちは相変わらず、使ったタオルや脱いだ下着などを部屋の隅に放ったし、それらがいつの間にかきれいに洗濯され、畳んで引き出しの中にしまわれていることに無関心だった。彼女がサンホの黒い靴下を丸めているとき、インターフォンが鳴った。

「取りに来てくれないと困るんだよねえ。郵便受けから中の物があふれてるってのに」

警備員は、彼女がオギョンではなく家政婦だとわかると、少しぞんざいな言葉遣いになった。家政婦はその偉そうな言い方にムッとした。血も涙もない男だと思った。いまこの家の人たちはそれどころじゃないのに。自分ですらそわそわして落ち着かないのに。彼女はユジのことを思い出して深いため息をついた。

　ユジは大人に甘えたり、愛嬌を振りまいたりする子ではなかった。それでも彼女はユジが好きだった。冷蔵庫からジュースを取り出して飲むときは、二杯入れて一杯をテーブルの上に置いた。また、オギョンに言いつけられたとおりに、りんごの皮をむいて八等分に切ってやると、その中で一番大きなひと切れにフォークを刺して、彼女の前に黙って差し出したこともあった。

　リビングのテーブルに山積みになった郵便物の中でなぜ、よりによってその定形封筒がウンソンの目に留まったのかわからない。ウンソンが最初に封を開けたのはギャラリア百貨店〔韓国屈指の高級デパート〕のロゴが入ったものだった。クレジットカードの利用明細書が入っていた。キム・サンホの名前になっていたが、父が婦人服売り場で買い物をするはずはないので、義母が使ったのだろう。ウンソンは明細書を少し見て、やめた。その中に彼女でも知っている子ども服のブランド名があったからだ。どんな服だったのだろう。それはユジのタンスの中に入っているのだろうか。目の前が急にぼやけてきた。彼女は妹がどんな服を着ていたのか何も知らなかった。彼女は慌てて袖口で目もとを押さえた。そのとき、その封筒を見つけたのだ。

　封筒には差出人の名前がなかった。よく見ると、宛先が書かれているだけで受取人の名前もなかった。郵便局の消印も押されていなかった。広告か何かだろうか。それにしては変だった。手に持ってみると、わりと嵩《かさ》があった。ウンソンは迷わず封筒を開けた。出てきたのはＵＳＢメモリだった。白い紙に包まれたＵＳＢメモリが一つ、封筒の中に入っていた。無光沢の黒で、とても小さかった。

さっと周囲を見渡したあと、二階の部屋に行ってドアを閉めたこと、そしてコンピュータにそれを差し込んで電源を入れたことに対して、ウンソンは罪の意識を感じなかった。誰だってそうしたはずだと思った。USBメモリの中にはファイルが一つ入っていた。ファイルは「ハングル2005」〔韓国で圧倒的シェアを誇る文書作成ソフト〕で作成されたものだった。

刑事に会う時間まであと一時間。ウンソンは鏡を見ながら、衝動で髪を切ったことを後悔した。どう見てもショートは似合わない。成人の髪は平均してひと月に一センチ伸びるらしい。耳を出したこのヘアスタイルが、肩のあたりで髪が揺れるボブになるにはどれだけの時間を要するのか。春、夏、秋、そして冬。一日一日がゆっくりと過ぎていくだろう。自分はどんな顔をしてそれらの日々とともに流れていくのか、見当もつかなかった。

鏡の前でウンソンは唇を噛みしめた。それなりにきりっとして見える。老けて見えるのでふだんはあまり着ないスリーボタンの紺色のジャケットを引っ張り出し、四角形の縁なしの眼鏡をかけた。人間の価値は、多くの場合、他人の目にどう映るかによって決まるというのが彼女の考えだった。これなら少なくとも、おかしなことを言う誇大妄想狂のようには見えないだろう。

靴箱には適当な靴がなかった。ピンク色のナイキのコルテッツかキャンバススニーカー、あとは十一センチのヒールか、ふくらはぎを締めつけるロングブーツがすべてだった。黒いローファーがあればどんな服装にも無難に合うとわかっていても、なかなか買う機会がなかった。靴箱の前では残念がるくせに、いざ靴屋に行くと、なぜフルーツキャンディのような色鮮やかなハイヒールにばかり目がいくのか謎だった。ウンソンは少し迷ってから、先の尖った黄色のエナメル靴に素足を入れた。そうすると不思議なことに気持ちが落ち着いた。

約束の場所は、ワンルームマンションの近くにある日本式の居酒屋にした。ただの思いつきだったのだが、刑事は少し戸惑っていた。受話器の向こうで沈黙が漂った。彼女にとってはとても耐えがたい時間だ。

「家から近いし、静かな個室もあるし、あたしは落ち着くんですけど。でも、刑事さんの知っている所でもいいです。それとも、カフェとかの方がいいですか」

彼女は必死でそう言った。内心、警察署でなければどこでもよかった。男はわかったと答えた。そしてはっきりした発音で、居酒屋の名前をもう一度確認してから電話を切った。どこどこの建物を右に曲がって、どこの路地に入ってくるようにと、いちいち説明しなければならない他の男たちとはやはり違った。

女は眠っている。

こりゃ三流映画のワンシーンだな。彼は声を出さずにつぶやいてみた。気分はよくならなかった。ずっしりと重くて不快な痛みがこめかみを押しつけた。明け方の陽ざしがひとすじ、部屋の中を残酷に照らしていた。冬を過ごすには薄すぎる布団の中で、女は寝返りを打った。女はベルベット素材のトレーナーを着ていた。不幸中の幸いだった。キム・ウンソンはスースー低い寝息を立てながら、ぐっすり眠っているようだった。ムン・ヨングァンはつま先立って部屋を抜け出した。

引き戸の向こうのリビングはめちゃくちゃだった。六、七本ほどのビールの空き缶と、空になった安物のワイン瓶が一本、転がっていた。昨夜、コンビニで買ったのは覚えている。女は、彼が思うにかなり露骨に誘ってきた。べろべろに酔っぱらって、二次会は自分のマンションでやろうと言ってきかない女に対して、ふつうの男はみんな同じことを思うだろう。

それで用件は何だったのか、彼女はきちんと説明をしなかった。もしかすると初めから用件などなかったのかもしれない。間違いなく境界性パーソナリティ障害だ。女がふらふらしながらトイレに入った隙を見て、ヨングァンは黒い手帳にそう記した。居酒屋の代金は彼が払った。女は店の外で待っていた。すでにかなり酔っぱらっていた。女が急にコートのポケットから何かを取り出して、ヨングァンに突きつけた。彼は一気に酔いが醒めた。でなければ、ここまでついてきたりしなかった。誰も信じないかもしれないが、彼自身はそう確信していた。女のコートは玄関に近いフロアに落ちていた。彼はそれを拾い上げた。左のポケットに入っていた。彼は自分のコートを取って、そうっと家を抜け出した。

大通りに出るとインターネットカフェの看板が目に留まった。

ファイルの容量はそれほど大きくなかった。

20080578-RK00092
11M
M
5.5KG
B-Type Rh+O

20080581-DK0003
8M
F
7.0KG

このように文字が並んでいた。番号は振られていなかった。一つひとつ数えてみると、全部で三十二個だった。そして最後に010で始まる十一桁の数字があった。誰かの携帯電話番号だと思われる。

彼は画面を覗き込んだ。十一桁の数字が頭の中で目まぐるしくまわった。発信者の番号を伏せて電話をかけてみることもできるだろう。あるいは、こちらの番号を伏せずに電話をする方法もなくはない。だが、ヨングァンは電話をかけないことに決めた。ほとんど本能的にそう判断した。まずはある程度、用意しておかなければならない。早朝のインターネットカフェには、うとうとと居眠りしている中年の店長以外に誰もいなかった。それでも万が一のために、トイレの中で、番号の名義人を調べてほしいと問い合わせの電話をかけた。

そのあとすぐに電話の着信音が鳴った。ウンソンだった。彼女はいきなり甲高い声で叫んだ。

「ひどいじゃない！」

USBメモリがなくなったからだろうと思っていたヨングァンの予想はまったく外れた。

「なんで黙って帰るの？　寝ている人をほったらかして、こっそり出ていくなんて。これってすごく失礼だと思いません？」

彼女はまるで不誠実な夫に腹を立てる糟糠《そうこう》の妻のように堂々としていた。彼が姿を消したことに興奮しているだけで、USBメモリがなくなったことには気づいてもいないようだった。彼は糟糠の妻に首根っこをつかまれている不誠実な夫のように、彼女の部屋に戻っていった。

ウンソンは薄くメイクでもしているのか、ほんのり白かった。

「まさか帰ってくるとは思わなかった。ありがとう」

感激した様子だった。彼はＵＳＢメモリを手のひらにのせた。ウンソンを失望させたくなかったが仕方なかった。

「どういうことですか」

「知らない」

ウンソンは口をつんと尖らせた。面白い状況になってきた、とでもいうべきか。ヨングァンはため息を呑み込んだ。こういうたぐいの女にときどきお目にかかる。自分の感情だけを最優先し、他のものは眼中に入らない女。毒づいた舌をチョロチョロさせ、日がな一日、自分の体ばかり撫でている女。いまさらながら吐き気がした。カン・ジェウから聞いた話を全部ばらしてしまおうか。だが、それで何の意味があるだろう。

「ふざけている場合じゃないんですよ。これが重要な手がかりだということは、ウンソンさんもご存じでしょう」

こういう女には同じやり方で応じなければならない。

「捜査に協力しなければ処罰の対象になるんですよ」

「でも昨夜《ゆうべ》は」

彼は耳を塞ぎたくなった。幸いにもウンソンはそこで口を閉じた。目にはあきらめのようなものが見えた。

「郵便物の中にあるのをたまたま見たのよ。受取人の名前がなかったから、広告か何かかなって思ったら」

「思ったら？」

「見たんだったら知ってるでしょ？　おかしいじゃない、誰が見ても。間違って届いたのかと思って、だから電話をかけてみたのよ。そこに電話番号みたいなのがあったから」

二度目のコールでつながったという。四十代後半から五十代ぐらいと思われる男の声がした。

「あたしが『もしもし』ってひとこと言ったら、いきなり『ああ、キム社長の娘さんか』って」

「お父さんはお元気かね？」

その男はふた言目にそう言った。

男はウンソンの返事を待たずに、またつぶやいた。

「まあ、元気なはずはないわな。ふつうの人間なら」

皮肉っているようでも侮《あなど》っている感じでもなかった。ウンソンは全身に鳥肌が立った。

「だれ……、ですか」

「私かい？　お父さんの友人だ。親しい友人」

「……」

「それをお父さんに渡してくれるかい？　私がよろしく言っていたとも伝えてほしい」

男は電話を切ろうとしているようだった。

「あ、あの」

ウンソンが慌てて彼を呼び止めた。数千個の言葉が口の中をぐるぐる駆けめぐった。

「これ、なんですか」

男が大声で笑った。カラカラと声を出して笑った。

「そうだなあ。なんと言えばいいのかな。ただ、それだよ。お父さんのビジネス。私がくわしく説明したことを知ったら、あとでお父さんに叱られるからね。父親とはまあそういう存在だ。どうしても知りたいのなら、お嬢さんの力で調べてみるんだね」

「あの、でも」

ウンソンはやっとの思いで口を開いた。

「ちょっとヘンですよね、これって」

男は、今度は笑わなかった。

「こりゃ父親に似ずかわいらしいお嬢さんだな。よい姿勢だ、キム・ウンソンさん」

男は彼女の名前をはっきりと発音した。

「一度じっくり考えてごらん。おかしいと思うこと自体が、すでに偏見に満ちているんだよ。そういう目で見ると、この世の中はおかしいことだらけだ。いずれにせよ、お父さんに必ず伝えなさい。余計なことはせずにおとなしく待っているようにと。我々にも考えがある」

我々、という言葉にヨングァンは敏感に反応した。

「ということは組織か？」

独り言のようにつぶやいた。

「聞き間違えたんじゃないですよね？」

そう言って確認する彼の顔には、昨夜の情熱のようなものは微塵もなかった。ウンソンはカチンときた。

「わからない。聞き間違えたのかもしれない」

彼の瞳孔が大きく開いた。

「正気じゃなかったから。なにがなんだかわからなかったし」

ウンソンはできるだけ憐《あわ》れみを乞うような声を絞り出した。こんなとき、涙がぽろっと落ちてくれたらいいんだけど。そう思いながら水洟《みずばな》をすすり上げた。

「その男、ユジのことは言いませんでしたか」

彼女は少し間をおいた。返事を待っている刑事の目がせっぱつまっていた。この男は信じてもいいと思った。

「ユジの失踪に関してなにか手がかりでも」

ウンソンは黙って彼の肩に顔をうずめた。男はじっとしていた。彼女はゆっくりと瞬いた。ユジ。一度も抱いてやったことのない妹。ユジを見つけたい。心の奥底からそう思った。それより、この男を自分のものにしたい。いや、いまこの瞬間、この男に抱かれて慰められたい。心配いらないと、今日も明日も何事もないだろうと。そしてこの男を慰めてやりたい。大丈夫だと、私たちはみんな大丈夫だと。それもまた切々とした真実だった。

「言ったかもしれない。子どもは……」

「子どもは?」

「無事、だろうって」

「それで、どうするつもりですか」

刑事が訊いた。

「え?」

ウンソンはぽかんとした顔で訊き返した。ヨングァンがいつの間にか身をかわしていたことに気を取られて、質問の意図がよくわかっていなかった。

「キム・サンホさん、いや、お父さんにこのことを話すつもりですか」

「さあ」

「僕の判断では言わない方がいいと思います」

　ヨングァンはがっしりと腕組みをしてそう言った。自責の念に駆られているからかもしれないが、前方一メートルにいる女から自分を保護したい、そんなヨングァンの強い意志のようなものが感じられた。彼女はがっかりし、同時に、反抗心ともいえない、かといって勝負欲ともいえない、奇妙な感情がこみ上げてきた。

「どうして?」

　正直な気持ちだった。でも、強く言いすぎたのだろうか。広くもない男の額がズボンの皺のようによれた。

「お願いします。当分の間は秘密にしてください」

「あたしがどうしてそうしないといけないのか、わからないんですけど」

　男は何かを言おうとしたが、口をつぐんで彼女の顔をまっすぐ見つめた。困惑と軽蔑、情けないという気持ちと苛立ちが入りまじった眼差しだった。大丈夫。我慢できる。こういう眼差しには慣れてるから。命さえも惜しくないとばかりに言い寄ってきた男たちも、しばらくするとみんなこんな目をする。別れのサインだ。

「簡単でしょ。あたしを納得させたら済むことなんだから」

「あなたという人は!」

　男はあきれ返っていた。

「勘違いされては困るのですが、これはお願いではなくて」

　ウンソンは男の言葉を遮った。

「命令だっていうの?　いま、あたしに命令してるの?　そうなの?」

「そうです。捜査を進めるうえで、とても重要な手がかりになるかもしれませんから」

男は職業柄、厳しくそう言った。それが彼女の機嫌を決定的にこじらせた。

「フン、笑っちゃうわよ。それ、もともとあたしのよ。ひとの服を勝手に漁《あさ》って持ち出したくせに、よくそんなことが言えるわね。警察だったら何をしてもいいわけ？」

男はすでに玄関近くにいた。彼女の声が次第に甲高くなった。

「ぜんぶばらしてやる！　訴えてやるんだから！」

男が背を向けた。さっき一度戻ってきた、心優しい人なのに。まだ可能性は残っている。彼女はさらに大声をあげた。

「昨夜なにがあったのか。あんたがあたしに何をしたのか」

バーン、とドアが閉まった。がらんとした空間に他人の体温がまだ残っていた。ウンソンは唇を嚙みしめた。ひとりになりたくないだけなのに――。その言葉をごくりと呑み込んだ。

彼女はまた、ひとり取り残された。

20 黒い春

三月はのろのろと、そわそわと流れた。この間、キム・サンホは中国に二回行った。

彼の新しい顧客である六十五歳の男は、北京のある大きな病院の特別室に入院していた。拡張型心筋症を患っていて、とても気難しい男だった。五百ウォン玉がいっぱい入った革袋のようにだらんと伸びた心臓を抱えているのだが、自分の気に入ったものが見つかるまでとにかく待ち続ける姿勢を貫いた。サンホたちが最初に紹介した心臓は、提供者が四十代だという理由で突っぱねた。

「なんだ？　あのじいさん。二十七歳以下のを持ってこいだって？」

病院に似つかわしくない豪華な特別室を出て、廊下を歩きながらカンがため息をついた。その言い方には苛立ちと軽蔑がこもっていた。

「しかも、酒もタバコもやらない体格のよい男がいいなんて。これじゃあ、心臓じゃなくて婿《むこ》探しじゃないですか」

「気をつけろ」

サンホが反射的にカンを睨みつけた。

「韓国語だから大丈夫ですよ」

心臓という言葉のせいだろうと、カンは思った。サンホはうわの空でうなずき、窓の外を眺めた。午後一時の空は高く、白っぽく曇っていた。彼は何を考えたらよいのかわからないから何も考えなかった。

「兄貴」

勢いよく垂直に降りていくエレベーターの中で、カンが彼の肩をポンと叩いた。

「なにか考え込んでます？　まさか立ったまま寝てるんじゃないでしょうね」

「ううむ」

サンホは語尾を濁した。カンは、サンホの娘がいなくなったことを知っている。知っていながら知らないふりをしているのだ。話のついでに娘は帰ってきたのかと尋ねることもなかった。

まあ、隠せないだろうな。俺の顔に書いてあるんだろう。元気いっぱいにはびこる不幸の影……。

サンホは思わず頭《かぶり》を振った。

「昼ごはん、食べましょうか」

朝、家で何も食べなかったので、彼の胃は長い間空っぽになっていた。そうしようと言ったものの、空腹感はなかった。サンホはカンのあとを黙ってついていった。病院の正門を抜けると、すぐ前にタクシー乗り場があった。どこの国でも似たような光景だ。おろおろしながら車を降りる人たち、疲れきった顔をして車を待つ人たち。列は長くなかった。まだ少し肌寒いという感じと、前回この場所にいたときよりはずいぶん暖かくなったという感じを、同時に覚えた。サンホはトレンチコートのポケットに両手を入れた。カンがタクシーの運転手に王府井《ワンフージン》に行ってくれと言った。コリアタウンのある繁華街だ。

「そこの肉がうまいんですよ」

カンの言う〝そこ〟がどこなのか、どんな肉がうまいのか、何ひとつわからなかった。だが、どうだってよかった。帰りの飛行機は午後六時半。残りの数時間をどういう方法であれ埋めなければならない。あってもなくてもいい時間のことを何と呼ぶのだろう。いきなりそんな疑問がサンホの頭の中をよぎった。


彼らは王府井通りの先でタクシーを降りた。ハングルで書かれた居酒屋やカラオケの看板が軒を連ねていた。カンがサンホを連れて入った店は、やや低めの建物の二階にあった。入口にドラマ「大長今《テジャングム》」〔韓国で放映された人気歴史ドラマ。邦題「宮廷女官チャングムの誓い」〕の主人公に扮したイ・ヨンエの写真が掛かっている、典型的な韓国料理店だった。以前、一度来たことがあるような気もしたが、ないような気もした。


「いらっしゃいませ」

体格のよい男性従業員は北の地方の方言があった。カンとは顔なじみのようだった。カンが余裕のある態度で、片手を挙げてそれに応えた。店の中は思った以上に広くて複雑だった。彼らは一番奥の別室に通された。まるでB級のルームサロンのように装飾された部屋だった。濃い紫色の壁紙が張られており、椅子も長いソファのようだった。そして三人分のテーブルがセッティングされていた。ソファに腰を下ろしたものの、変な感じがした。


「まだ誰か来るのか?」

「あ、そうだ」

カンが唇を横に裂くようにしてニッと笑った。

「あれ、言いませんでしたっけ?」

そのときドアが開き、一人の男がゆっくりと部屋の中に入ってきた。ハン氏だった。

「おお、ひどくやつれておるな」

ハン氏が最初に口にした言葉だった。外からカチャッとドアを閉める音が幻聴のように聞こえた。窓がない。明らかに部屋の中には窓がなかった。サンホは現実がどれだけ過酷なのかを痛感させられた。ハン氏は仕事が終わって帰ってきた家長のようにくつろいだ。

「大変でしょう、近頃」

ていねいな言葉となれなれしい言葉を交ぜて話すのは相変わらずだった。サンホは他人の評価はともあれ、自分はわりと合理的な人間だと思ってきた。何と答えたらよいかわからない状況に陥ると、社交性のある柔軟なジェスチャーで、瞬発力のある対処ができると自負していた。それがいま、いったいどのくらいの速さで瞬きをしたらよいのか、眉間に何本の皺を寄せたらよいのかもわからなかった。コーヒーのシミなのか、ハン氏が着ている淡いグレーのシャツの袖に、点々と、蟻《あり》の死体のようなものがついていた。サンホは所在なくそこを見つめた。

「歳をとるにつれてあらためて実感するんですがね。昔の人はよく言ったものですよ。まあ、私も人のことをとやかく言っている立場じゃないんだが、わが子には本当に泣かされますな。つくってしまったら最後。生涯、死ぬまで、この任務は続く。大した業《ごう》ですよ」

「まったくです」

ハン氏とカンが互いに勝手なことを言い合った。口まかせに喋っていた。サンホの意識がゆっくりと戻ってきた。やがて高波のように怒りがこみ上がってきた。彼はテーブルの上の箸をわしづかみにした。

「あんたたか？」

ろくに声も出なかった。

「答えろ！」

しかし、サンホがハン氏の首を狙うよりも先に、カンがサンホの腕をつかんだ。ひ弱だと思っていたカンの腕力はずいぶんと強かった。カンはサンホの両手に手錠をかけるように、後ろにまわして押さえた。

「カオスだ。この世はすべて」

何事もなかったかのようにハン氏はつぶやいた。

「お互い助け合って生きていかねばならないときに、これじゃあ誰も信じられなくなる。そうでしょう？　キム社長」

「娘はどこだ。何が望みだ。言え。なんだって聞いてやる」

サンホの吐き出すような絶叫を聞いているのか聞いていないのか、ハン氏は服の裾をパンパンと叩いて皺を伸ばすふりをした。シャツのシミはそのままだった。

「どこにいるんだ。いったいどこに」

彼は脅しと哀願を繰り返した。心臓が不規則に拍動した。

「無事なんですよね？　元気、なんですよね？」

切迫した希望と溝《どぶ》のような絶望、そしてまた希望が、彼を交互に襲った。彼の霊肉を揺り動かした。娘は無事なのか、それだけでもわかれば、老いぼれた犬のように四つん這いになってワンワン吠えたって構わない。ハン氏はチッチッと小さく舌を打った。

「さあ、どうだろう。おたくの考えは？」

ハン氏は平然と話を続けた。

「今度、我々がやっていることを少し拡張しようと思ってね。世界的に不景気だというのにありがたいことだ。感謝しなきゃならん。そこでだな、どうせだからキム社長にも加わってもらいたい」

サンホは奥歯を嚙みしめた。

「ああ、難しく考えなくてもいいんですよ。さしずめ役職変更ですな。一生ずっと同じ部署にいるわけにはいかないからね。企画室に何年かいたら営業部に移ったり、そのうちまた人事異動があれば総務部に行くことだってある。人生ってのはそうやって回りまわるんだ。それこそ生きる醍醐味だ。どうです？　私の言ってることは間違ってるかな」

「そんなはずがありますか」

カンが素早く答えた。サンホは答えなかった。ハン氏の言葉の裏に隠されたものが何なのかわからなかった。冷たい水をごくごく飲み干したい気分だった。

「どうもまわりくどい言い方をしてしまったようだ。きょとんとしているのを見ると。よろしい。もう少し具体的に話しましょう。今後はキム社長に重責を担ってもらいたいのです」

「……………」

ハン氏は声のトーンをいちオクターブ下げた。

「ドナーに関することだが」

ドナー。〈donor〉。臓器提供者のことだ。

「ペディアトリックス」

ペディアトリックス。〈pediatrics〉。小児科。

「これまで我々は消極的な姿勢を貫いてきた。だが、もうそんな時代ではないようだ。より積極的な戦略が必要だと、内部では判断している。つねに需要過剰だといわれてきた市場システムを一度変えてみようと思ってね。移植希望者にできる限りの選択権を与えること。それこそが供給者のあるべき態度じゃないだろうか」

「…………………」

「その核心的な役割をキム社長に果たしてほしいのだ。どう考えてもキム・サンホ社長をおいて他にいないいんだよ」

二十個が必要だと言った。十歳以下の子どもの心臓が。いや、ドックンドックン拍動している小さな心臓を胸の中に抱えた二十人の子どもが。

「十日だけやろう」

ハン氏がゆっくり話を続けた。

「ベストコンディションにしてきたまえ。言うまでもないが」

ベストコンディション。最高の状態。絶対に死なせてはならないし、意識があってもいけない。拍動する心臓を、必要なときに取り出して使えるように。

「ユジ…………うちの娘は」

「十日後に話しましょう」

「元気なんですか。せめてそれだけでも…………」

「我々にもわからんな。これから最善を尽くして捜さないことには。あいつらを使って」

「あんたらのしわざだろ！」

「ほう、ひどく不信感を募らせているんだなあ。我々はこんな仲じゃなかったはずなんだが。誰が連れ去ったかなどどうだっていいだろう。いずれにせよ、連れ戻してくればいいんだから」

「…………………」

「忘れるな。十日間だ」

「キム社長の仕事は当分、うちのカン社長が引き継ぐことになる」

ハン氏は、うちの、をわざと強調した。

「だからあれこれ考えずに、一つのことに集中してくださいよ。ほら、言うでしょう。ラジオを聴きながら勉強して成績のいいやつはいないと」

「おっしゃるとおりです」

カンが口角を上げて笑った。

「兄貴、ワニ、覚えてます？　抜き打ちのシステム点検にはやっぱり弱いですねえ」

何を言っているのか、わかるようでわからなかった。サンホは唇を噛みしめた。

「こりゃ、キム社長はまだボーッとしておられる。カン社長がちょっとアドバイスして差しあげたらどうかね？」

「私なんかとんでもない。でも国境の方に行けばわりと楽に手に入ると思います」

彼らの話が、遠くで鳴っている太鼓の音のようにドンドンと耳をつんざいた。

「じゃあ私はこれで。ゆっくり食事をしてください」

ハン氏が席を立った。サンホはハン氏が宙に差し出した右手を見下ろした。五本の指がついた平凡な手だ。自分は右手を出してその手を握っただろうか。もし握ったとしたら無意識がそうさせたのだろう。

「一緒に食事ができたらいいんだが、別の約束があってね。残念だけれど」

ハン氏がドアノブをまわした。外から鍵がかかっているとばかり思っていたドアが、当然のごとくさっと開いた。カンはサンホに向かって頭を下げてから、ハン氏について出ていった。ドアが閉まるなり、サンホはドスンと椅子に崩れ落ちた。この部屋に入ってきて十分しか経っていなかった。

「忘れるな。十日間だ」

十日。実感が湧かなかった。

彼は長くて騒がしい廊下をひとり歩いた。一歩踏み出すたびに膝がかすかに震えた。地上へと続く最後の階段を下りたとき、電話の着信音が鳴った。彼は慌てて電話に出た。

「ああ、さっき言い忘れたんだが」

ハン氏は落ち着いていた。

「つらい気持ちはようくわかるがね、こんなときほど冷静な判断力をなくしちゃいけない。そうだろ？　余計なことはしないように。青二才を雇ってあちこちほじくり返す暇があったら、長女の監視でもするんだな。いくら時代が変わったとはいえ、年頃の女の子をひとり外に出しているとろくなことがありませんよ。生みのお母さん似なのかな。なかなかきれいな子じゃないか」

「…………」

「どうやらキム社長は博愛主義者のようだ。一番大切なものが何かわかっていない」

電話の向こうの男が豪快に笑った。いくら考えても、何を言っているのかわからなかった。

サンホは曲がり角でぼんやりと立ち尽くした。遠くの砂漠から吹いてきた塵風《じんぷう》が彼のまつ毛にそっと触れた。いつの間にか春だ。また春が来たのだ。

占い師は少女だった。二十歳は過ぎているだろうか。淡いピンク色のチマチョゴリを着ていた。チョゴリの襟に当てた白い布がまぶしかった。柔らかな産毛がふわっと覆った白い顔に、喜怒哀楽は一切見られなかった。座布団に座ったオギョンの前で、少女は立ち上がった。部屋に構えた神壇の前に行き、ろうそくをつけると、両手を合わせて頭を下げた。淡いピンク色のチマの裾に、小指の爪ほどのミルク色のシミがついていた。オギョンは両膝を折った格好で、それを見ていた。窓のない部屋だった。大きな象に心臓を踏みつけられたような気分だった。

「苦しんでますね」

オギョンが渡した娘の四柱を見て、占い師の少女は最初にそう言った。真っ先に、よかったと思った。娘は生きているのだ。どこかで。

「無事、ですか」

そう訊くのが精一杯だった。

「…………」

長い沈黙が続いた。

「真っ暗です」

少女の声が震えていた。

「暗い。まったく光が入ってきません。でも」

オギョンは息を止めた。

「でも、動いている。手も足も、手の指も足の指も、みんな動いてる」

「どこですか。どこにいるんですか。そこは、どこ?」

少女は目を閉じ、額に皺を寄せた。そして百歳を過ぎた老婆を思わせるしわがれた声でつぶやいた。

「瓦葺《かわらぶ》きの家だ。古い昔の家。庭に柿の木がある。なかなか立派なもんじゃ」

「そこにいるんですか。うちの娘が、ほんとうに?」

少女が突然、ぱっと目を見開いた。

「見えんのか、自分の子どもが」

甲高い声が部屋の中に響いた。

「ママ、会いたい。とても寒い。子どもが泣きながら訴えている声が聞こえんのか。母親ともあろうものが」

オギョンの目からいつしか涙がぽとぽと落ちた。ショックのあまり涙が出た。彼女の耳には何も聞こえてこなかった。娘が訴えている声も、泣き叫んでいる声も、何も。庭に柿の木がある家と、光が差し込んでこない小さな部屋はどこにあるのか、いくら考えてもわからなかった。わかるはずがなかった。左足のくるぶしがしびれた。羞恥心を伴う痛み、残酷な昼間だった。

前が見えない。

オギョンは無意識に瞬きをした。宙にぶら下がった緑色の道路標識が迫ってきては遠ざかっていった。彼女はアクセルペダルもブレーキも踏まなかった。右足はどこかにぽっかり浮いたまま、車と一緒に流れていった。彼女は柿の木について考えた。立派な柿の木とはどういうものなのか、葉の形と根元、枝にぶら下がった硬くておいしそうな果実について考えた。しかし、実際は何も考えていなかった。

何時間走り続けているのか、彼女は意識していなかった。財布に入っているありったけの紙幣をおろおろしながら占い師に渡し、車に乗ったところまでは何となく覚えている。

「じゃあ、どうすれば………」

最後に彼女は追いつめられたような声で訊いた。もちろん占い師、あるいは彼女の肉体を借りて顕現した全知全能の神に向かって嘆いているのではなかった。少女は何か答える代わりに、オギョンの目をまじまじと見つめた。顎を一度、意味もなく動かしたようにも見えた。

オギョンはいつもの習慣でエンジンをかけ、ギアをドライブモードにした。本能的に家に帰りたいと思った。靴を脱いで裸足になりたかった。家族の口の跡がついたコップでうがいをし、背中を伸ばしてごろんと横になりたかった。何も言わずに死んだように深い眠りにつきたかった。なのに彼女は車を家の方に向けなかった。目的なしに走らせた。道の果てに向かってどんなに走っても、この世界から抜け出すことはできなかった。

助手席のバッグの中で電話が何度も鳴ったが、オギョンは出なかった。娘がいなくなって以来、電話の着信音が三回鳴るまで放っておいた。娘が見つかったというメッセージに違いない、そんなほのかな期待が彼女をここまで支えてきたのだ。でも、いまこの瞬間、自分はもう二度と幸せになれないと思った。

黒い車が一台、さっと彼女の車を追い越した。同時に、何かが目の前に飛び込んできた。それが動物だと気づくまで一秒しかかからなかった。全身の体重をかけてブレーキを踏んだ瞬間、すでに手遅れだった。本当に、ぶすっと音がした。脆《もろ》くて柔らかいものが、時速八十キロで走っている金属の塊に潰される音だった。国道沿いには誰もいなかった。韓紙《ハンジ》に墨汁を落としたように、暗い静寂が地球に沁みていった。オギョンはハンドルに顔をうずめた。

車から降りる前に非常用ライトをつけた。猫だった。茶色の毛をした猫が小さな体を仰向けにして倒れていた。アスファルトの地面が血に染まっていた。オギョンはその場にうずくまった。どうしたらよいかわからなかった。猫の方に手を伸ばしてみた。そのとき、猫の前足がぶるっと震えた。まだ生きていた。つり上がった目が少し揺れたような気がした。喉の奥からしわがれた声が聞こえたような気もした。猫は死ぬまいと必死で悶《もだ》えていた。

オギョンは伸ばしていた手を引っ込めた。対向車線をダンプトラックが一台、通り過ぎた。彼女はあたふたと運転席に戻った。バッグの中ではひっきりなしに電話が鳴っていた。ミンだった。

「もしもし」

自分の声がまるで地獄から聞こえてくるようだった。

「あ…………俺」

彼女が電話に出たので戸惑っているようだった。

「うん」

「大丈夫？　大丈夫？」

彼は二回続けて尋ねた。放っておけば二十回でも繰り返しただろう。

「……………………」

沈黙の意味を二人ともよく知っていた。

「気にしないで」

彼女はゆっくりと、はっきりと、話を続けた。

「うれしいけど、あんたが気を遣うことじゃないから」

ミンは深いため息をついた。

「ウィリン。そんな言い方ないだろ。気にしないでいるなんてできっこないよ」

「ひょっとして」

オギョンはミンの言葉を遮った。

「誤解してるようだけど」

彼女は力いっぱいエンジンをかけた。耳慣れた轟音《ごうおん》が聞こえてきた。

「あんたの子じゃないから、ユジは」

頭の中がキーンと鳴り響いた。悶えていた猫は今頃、息絶えただろうか。彼女は再びアクセルペダルに足をのせた。対向車線の車がそれぞれのスピードで通り過ぎていった。夜十時頃、ようやく大田《テジョン》の料金所に着いた。オギョンは迷わず車を走らせた。母の家。それ以外は何も考えられなかった。

古いマンションの駐車場は混み合っていた。車が重なるように止まっていた。警備員が彼女の車に気づくと、走ってきて場所を空けてくれた。

「久しぶりですね。近頃ちっともおいでにならない」

警備員が自分に気づいたことで、彼女はわけもなく後ろめたい気分になった。彼の言うようにどれだけ長い間訪ねてこなかったのか、考えてみようという気にはなれなかった。久しぶりだった。ほんのしばらく肉体がここに留まっている間でさえ、早く抜け出したくてたまらなかったから。

母が下着姿でドアを開けた。何も言わないで来たのに、まるで仕事から帰ってきた娘を出迎えているかのようだった。もともと小柄で痩せているが、しばらく見ないうちにますます痩せて老け込んでいた。母は中国の山東省で生まれ、四歳の頃、家族に連れられて韓国に来た。その後、忠清道《チュンチョンド》で幼年期を過ごした。にもかかわらず母の韓国語が完璧でないのは、オギョンにとっては不思議だった。母は、十歳年上の夫と話すときはいつも、そして四人の子どもたちと話すときはたいてい、中国語を使った。親しい友人もほとんどが華僑だった。中国人の男と結婚し、韓国で暮らしてきた中国人の女たちだ。台湾で暮らす同じ世代の女たちなら、集まると麻雀《マージャン》をするのだろうけれど、母の老いた友人たちは暇つぶしに花札をした。

「やめてよ、もう」

この前、実家で母が友人たちと花札をやっているのを見て、オギョンは露骨に嫌な顔をした。

「みっともないったらありゃしない！」

母の友人たちはあたふたと家に帰り、母は黙って板の間に広げていた毛布を片づけた。

「ごはんは食べたのかい？」

母が中国語で訊いた。生涯使ってきた母の中国語のアクセントは、母の故郷の人たちの耳にはたどたどしく聞こえるだろう。テレビのドキュメンタリーで在日二世が韓国語で話しているのを聞くときのように。オギョンは首を横に振った。母が彼女の肩を抱き寄せた。背の低い母が娘に抱かれたような格好になった。母は両手でオギョンの背中を優しく叩いた。母の胸からは懐かしいにおいが、――きれいに乾いた布巾《ふきん》のにおい、米びつにいっぱい入った米のにおい、晩秋に採れたりんごの皮のにおいがした。オギョンはゆっくりと息を吸い込んだ。かくれんぼで鬼に見つからなかった子どものように、そこにじっと隠れていたいと思いながら。

食事はシンプルだった。片栗粉をまぶして揚げた豚肉と、卵を溶き入れたスープ、千切りにして塩で味つけをしたじゃがいもの炒めもの、ニンニクの芽を炒めたものがすべてだった。そして片隅に白菜のキムチがあった。小さい頃から食事にキムチは欠かせなかった。

「家でキムチも食べますか」

彼女が華僑だとわかると、好奇心に満ちた顔でそう尋ねる人もいた。正統な中華料理を食べるときも、即席麺を食べるときも、食卓にはいつもごく自然にキムチの入った器があった。

真っ赤な唐辛子の粉がついた白菜を口の中に入れた。萎《しお》れた酸っぱい野菜が奥歯の間で潰れた。母が、揚げた豚肉をひと切れ、娘のごはんの上にのせた。母はユジの名前すら口に出さなかった。彼女を抱いて泣きもしなければ、地面がへこむほどの深いため息もつかなかった。ユジがいなくなってから初めて、オギョンは茶碗一杯のごはんをゆっくりと平らげた。満腹感も、喪失感も、人間の持ついかなる感情も生じなかった。

「心配だねえ」

食事を終え、母がようやく口を開いた。

「こんなにやつれてしまって」

母はいま、誰よりも自分の娘のことを心配しているのだ。オギョンは何も言わずに水を飲んだ。持ちこたえるためには強くなりなさい、だから体には気をつけなさい。そういう意味の中国語が耳もとで割れた。オギョンは力なく箸を動かし続けた。力なく食べ物を噛む行為が、彼女の意識を一時的に真空状態にした。幸いだった。

母が、何よりあんたがしっかりしないとサンホさんまで崩れてしまう、彼もどれだけ気が動転していることか、と言ったとき、オギョンは顔を上げた。

「妈妈《ママ》」

妈妈。ユジには一度もそう呼ばれたことがなかった。

「お母さん《オンマ》」

オギョンは韓国語にしてもう一度呼んだ。すぐ近くでユジの柔らかな声が揺れながら聞こえてくるようだった。

「お母さん、ユジは」

母は目を見開いた。自分はいったい何を言おうとしているのだろう。ユジはサンホさんの子じゃないのよ、と言ったら、母はどんな顔をするだろう。お母さん、ユジはわたしの娘よ。オギョンはテーブルに突っ伏した。母が音を立てずに立ち上がる気配がした。母はガスレンジの上の鍋を持ってきて、娘の空になった器にスープを入れた。スープはすっかり冷めていた。

21　二つの世界

暗闇の中でその家は、没落した王族の古城のようにそびえ立っていた。一昨日《おととい》の夜も昨日の夜も、彼はここに来た。自動車専用の出入口を時折、無彩色の車が通り過ぎた。歩いて出入りする人たちのほとんどが、犬の散歩に出かけるスポーツウェア姿の中年女性たちだった。千鳥足で仕方なしに家路を急ぐ酔っ払いも、ひと晩に一人くらいは見かけた。ミンは何も考えずにその光景を眺めた。彼女には会えなかった。

彼女にはもう電話をしなかった。電話をしようと思わなかったわけではなかった。ただ、彼は電話というコミュニケーション手段、つまり、目に見えない糸でつながっている、その力が弱すぎるのではないかと思うようになった。人類の作った人為的な方法がすべてそう感じられた。

三月の夜の風は冷たかった。風が北東の方向に吹いていた。彼は古い街路樹のようにそこに立っていた。警備室の中では、紺色のユニフォームを着た警備員が行ったり来たりしていた。しかし、ミンを怪しむ人はいなかった。もしかしたら自分は透明人間かもしれない、誰の目にも映らない存在かもしれない、と自らをあざ笑った。

「あんたの子じゃないから」

彼女は何のためらいもなくそう言った。ためらいもなく、というよりは、いきなりそう言ったという方が正しいかもしれない。聞く方だけでなく、言う方にとってもそうだ。少なくとも彼女の口の中でじっくりと、何度も考えた末に吐き出した言葉ではなかった。どうにでもなれとばかりに言い放った彼女の心情、そこにはジグザグに刻まれた刃物の跡があるのだろうと思うと、ミンは胸が張り裂けそうになった。彼がいまここでさまよっている理由は、彼女をそっと支えてやりたい、それだけだった。

青年が表に出てきたのは夜の十一時頃だった。青年は彼の前をさっと早足で横切った。歩いているのでも走っているのでもなかった。人がふつう前に向かって進むときの歩幅だった。自分がどこに向かっているのかわかっていない者、それを知るのを恐れている者の足取りだった。後ろ姿は初めて会ったときよりやつれていた。ミンは思わず青年のあとを追った。


下半身がむずむずし、再び衝動に駆られた。ズボンの中に手を入れてから、出した。どうやっても抑えられない欲望だった。彼はタンスを開けて、手当たり次第に上着を取り出した。冬の間ずっと着ていたウールのコートだった。どのくらい厚手の服を着たらよいのか見当もつかない季節だった。連日のように朝晩と昼間の気温は十度近く差があった。リビングは真っ暗だった。電気をつけずに探り足で階段を下りた。

家には誰もいなかった。父は家に帰ってきていなかった。三日目になる。

「行ってくる」

リビングの長いソファの上に死んだように横たわっているオギョンに向かって、そうつぶやいた父の姿を見たのは三日前の朝だった。

義母は瞬きもしなかった。父の視線はそばで気まずそうに立っていたヘソンに一瞬向けられた。その一瞬の間に彼は父の目を避けた。父は気づいただろうか。そうだったらいいのに、とそのときは思った。仕事の約束でもあるのか、父はグレーのスーツを着ていた。明るい卵色のネクタイだけが脳裏に残った。それは父の陰気な顔とまったく似合わなかった。父もまた手当たり次第に選んだのだろうと、いまになってヘソンは思った。

その日の夜、昨日の夜、そして今夜も、父は帰ってこなかった。ずいぶん迷った末、一度だけ父に電話をかけてみた。電源が入っていないとアナウンスが流れた。

昨日から家を空けている義母は何度か電話をしてきた。

「実家にいるから心配しないで」

声が乾いた紙のようにパサパサだった。

「うん」

ヘソンは素直に返事をしてから、思い出したようにつけ加えた。

「気を、つけて」

本心だった。何に対して気をつけろと言っているのか自分でもわからなかった。義母もわからないだろう。唾でも呑み込んでいるのか、何の返事もなかった。喉が締めつけられた。「じゃあ切るよ」とも言わずに受話器を下ろした。

義母も父も、ユジもいない家。その家の堅い門をヘソンは飛び出した。再び道、恐ろしい道だった。ヘソンの足が震えた。まだ家の前の道にいるのに、すでに後悔に襲われた。それでも立ち止まれなかった。彼はかき分けるようにして前に進んだ。

青年は後ろを振り返らなかった。追ってくるのが真っ黒なマントを翻している悪魔であろうと、鋭い凶器を切り札のように隠している殺人者だろうと構わない、というふうだった。青年の足が速くなれば、その分、ミンも早足で追いかけていった。

「悪くないわ。幸いにも」

オギョンが初めてその青年について話したときのことを、ミンは覚えている。オギョンと再び連絡を取り合うようになった頃なので、彼は十三、四歳だったはずだ。彼女は長女のことは話したがらなかったが、彼の名前はときどき出した。「夫の息子」ではなく、「ヘソン」と言うときのオギョンの顔はとても穏やかだった。新兵訓練所で心を許せる友人ができたときのように。

「クールなのよね。あの家で唯一」

オギョンがそう言うとき、ミンは彼の姿を想像した。ユジの顔よりも彼の顔を思い浮かべる方が易しく、安心できたのは不思議だった。

青年は盤浦《パンポ》にあるマンションの工事現場の方に向かった。背の低い古いマンションを壊して、その地に大規模なマンション街を建設していた。夜の工事現場は昼間よりもずっと巨大で、空洞のように感じられた。工事現場の出入口に続く道は一本しかなく、両脇に車がずらっと止まっていた。ミンが方向を見定めている隙に、青年の姿は消えていた。

間もなくして、ほど近い所でバーンという音がした。それとほぼ同時に、空に煙が舞い上がった。

火。

火だった。

「火《フォ》!! 火《フォ》!!」

ミンは夢中で叫んだ。韓国語はまったく出てこなかった。火の方へ走っていくべきか、あるいは反対側に逃げるべきか、体が先に決めなければならなかった。彼の体は迷わず炎が燃え上がっている方へと動いた。そのときだった。炎の方から黒い影が一つ、さっと飛び出した。

ミンは死にものぐるいでその男の肩をつかんだ。ミンにつかまれた男は、捕獲された鹿のようにもがいた。青年だった。彼らは暗闇の中で視線がぶつかった。

ヘソンはその男が誰なのか気づかなかった。彼は真空状態にあった。彼は自分が置かれた状況を把握するなり、背筋が凍りついた。来るべきときが来た。逃げなければならない。本能的なものだった。彼は男から逃れようともがいた。男はヘソンより手のひら一つ分、背が低かったが、力は強かった。男がヘソンの体をつかむために死力を尽くしているのが感じられた。暗闇が凶悪な獣のようにうずくまって二人を見つめていた。少し離れた所で炎がメラメラ燃えていた。

「火《フオ》……、火《フオ》……」

男の口からあふれる聞いたこともない叫びが中国語だと気づいた瞬間、車のヘッドライトの光を感じた。彼らは同時に動きを止めた。膝の力がすーっと抜けた。ヘソンは地面に座り込んだ。男も途方に暮れているようだった。やがて人々が慌てて走ってくる足音が聞こえてきた。

男がヘソンの体をむりやり起こした。そして襟をつかみ、引きずるようにして、うず高く積まれた鉄鋼の山に身を隠した。ヘソンはされるがままになっていた。二人は荒い息を吐きながらうずくまっていた。幻覚の中で遠くの方からサイレンが聞こえてきた。かび臭《くさ》い風が額をよぎった。自分の体からはシンナーのにおいがするはずだ。おそらく。ライターにシンナーを入れて火をつけたのはこれが初めてだった。それはそうと、なぜいまこうして身を隠しているのか。男は誰なのか、なぜこんなことをするのかわからなかった。ヘソンはもぞもぞ腰を浮かした。

「動くな」

男が低い声で言った。

「危険だ」

ヘソンは男を睨みつけた。あの男だった。ユジの学校で会った男。ばらばらに散らばっていた破片が頭の中で揺れながら入りまじった。本当に偶然の一致だろうか。彼は戦慄した。この怪しい男はいったい誰なのか。

「ユジ…………」

ヘソンは妹の名前を大声で呼んだ。言葉がたどたどしく噴き出した。

「妹は、ユジは、どこにいるんですか」

男の背中がビクッと動いた。

ヘソンは電話に出なかった。サンホは少し前に、ソウルで国際ローミング設定をしてきた携帯電話の電源を入れた。ここにいる間、仕事で使う電話はズボンの後ろのポケットに入れていた。それをくれた男は、昨夜からサンホが泊まっている延辺《ヨンビョン》朝鮮族自治州の延吉《ヨンギル》にあるゲストハウスのオーナーだった。カンに紹介されたので、男もおそらくハン氏の手先だろう。

ヘソンの番号にかけると、やかましいロックミュージックが聞こえた。ユジがいなくなった日に聞いたのと同じ曲だった。呼び出し音を変えるような余裕は息子にもなかったようだ。曲名はやはりわからなかった。電源が切れている間に、息子はなぜ電話をかけてきたのだろう。よほどのことがない限り、かけてくることはなかった。いつもはそれをおかしいとか寂しいと思うことはなかった。内心では、むしろ離れて暮らしている娘から連絡がないことが気になっていたが、ヘソンに対してては違った。一緒に暮らしているからかもしれない。ヘソンにはわざとそっけなく振る舞っていた。ひょっとしてユジの消息をつかんだのだろうか。無駄だとわかっていながらも、彼は藁《わら》にもすがる思いだった。

家の電話にかけても誰も出なかった。ほんの一瞬、体が凍りついた。ユジのことで連絡があるかもしれないからと、妻はいつも電話のそばから離れなかった。彼は高鳴る胸を抑えて、今度はオギョンの携帯電話にかけてみた。

「もしもし」

妻はいまにも粉々に砕けてしまいそうだった。サンホはため息を呑み込んで電話を持ち直した。

「俺だ」

「うん、わかってる」

「なんで出ない、家の電話に」

そういうつもりはなかったが、問いつめるような言い方をしてしまった。

「いま大田にいるの」

妻が声のトーンを変えずに言った。彼女は実家にいるのだろう。

「そうか。大田か」

彼がつぶやいた。

「お義母さんの具合はどうだ?」

妻は沈黙の中に沈んだ。彼女がそう反応するのもよく理解できた。あの街の郊外にある小さな古いマンションで、妻の母がどんな暮らしをしているのかについて、彼はこれまで何の関心も見せてこなかった。

「すまない」

突拍子もなくそう言う夫に、彼女は何も答えなかった。

「出張が長引きそうだ。いろいろと面倒なことが起こって」

「……………そう」

早く電話を切りたがっている彼女の気持ちがひしひしと伝わってきた。彼はなぜかもどかしくなった。妻を少しでも喜ばせたかった。

「確かじゃないんだが……………、もしかしたら何か手がかりが見つかるかもしれない」

「え？　どういう意味？」

妻の息遣いが変わった。サンホはそっと目を閉じた。

「いいことがあるかもしれない」

いいこと。そう口走ってしまった舌を切るわけにもいかなかった。オギョンは喜んだのだろうか。彼女はむしろ息をしていないようだった。慌ただしく電話を切ってから、サンホは部屋の外に出た。ゲストハウスの狭苦しい部屋にとじこもっていてはもったいない天気だった。

ゲストハウスは高層マンションふうの共同住宅だった。リビングには安価な革のソファと、サムスンのロゴが入ったテレビが置かれていた。韓国の大規模なマンション街で手当たり次第に玄関のドアを開けても、似たような光景が広がるだろう。ベランダはがらんとしていた。家族が住んでいるように見えて、実際は誰も住んでいない所。物干し台でも置いておけばいいのに。彼は意味もなくそんなことを考えながらタバコを吸った。

「どうですか」

主《あるじ》の男が近づいてきた。サンホはつい、くわえていたタバコを取った。

「ああ、構いません。どうぞ吸ってください」

男もズボンのポケットからタバコを取り出して口にくわえた。サンホは習慣的に男のタバコに火をつけた。

「やめようやめようと頭では思っているんですが、うまくいきませんね。なかなか難しいです」

男が髪のない頭を掻きながら笑った。

「一杯どうです？」

男に連れられて行った所はすぐ向かいにある焼き鳥屋だった。くるくるパーマの女がビールを運んできた。生ぬるいビールだった。何とも言えない不快な味の液体が喉を通った。サンホはさっきグラスについだビール瓶をちらっと見やった。中国大陸でよく見かけるビールだった。ラベルに異常はなかった。どうせ偽物だろう。彼は心の中でつぶやいた。向かいの男はさもうまそうにごくごく飲み干していた。それから先の尖った串に刺して炭火で焼いた肉を奥歯に運んだ。用件はこちらから先に言った方がよさそうだった。

「いくつ手に入りますか。緊急で」

「とりあえず二つですかね」

男は肉をギシギシ嚙みながら答えた。生きている人間ではなく、死んだコガネムシでも取引しているような言い方だった。

「二人ともじきにブレインデス（brain death）が言い渡されるそうですよ。ベンチレーター（ventilator）を外せばいますぐにでも使えるんですがね」

男の口からごく自然に医学用語が飛び出した。近いうちに脳死と判定されるはずの患者が二人いて、判定が出ればすぐに臓器移植が可能だという意味だった。

「しかし、ちょっと問題がありましてね。一人は親が同意したんですが、もう一人は保護者がいないんです。どこの馬の骨だかわからない。七、八歳ぐらいだそうですが、物乞いでもやってたんですかね、ひと月ほど前に道端で発見されたそうですよ」

口の中いっぱいに広がった肉汁のせいで吐き気をもよおした。サンホはトイレに駆け込んで吐き出した。プラスチックの便器はひどく汚かった。

集中治療室の入口には、ステンレス製の広い洗面台があった。そこで手を洗うと、ユニフォームのズボンを履いた女の看護師がやって来て、群青色のマスクと帽子を手渡された。同じ色のガウンを着ないことには、集中治療室の中に入れない。

広いホールに患者のベッドが点々と置かれ、あちこちからスースーと人工呼吸器の稼働する音が聞こえてきた。まるで青と白だけの古い映画のフィルムが目の前でまわっているようだった。見慣れない光景なのに明瞭なその感じは、韓国でも中国でも同じだった。サンホはゲストハウスの男の後についていった。男が足を止めたのは、ある子どものベッドのそばだった。

その子は髪の毛を剃っていた。肉眼では男か女か区別がつかなかった。本当に七歳なのか。目を閉じているその子は歳よりも小さくて痩せていた。ベッドは、その子には少し大きかった。背中は痛くないだろうかと、余計な心配をした。幼い鳥のような細い腕と足で、この子はきっといろんな所を歩きまわったに違いない。サンホは一瞬、その子が歩いたであろう昼と夜の道を考えてみた。みぞおちがキューッとしびれた。

半分ほど開いた口の中に人工呼吸器のチューブがつながれていた。その子は自分の力で呼吸ができない。機械が代わりに体の中に空気を押し込むと、その瞬間、子どもの胸は大きく膨らみ、やがてしぼんだ。サンホは顔をそむけた。人工呼吸器の動きとともに上下するその小さな体をずっと見ていられなかった。同じ年頃のユジの姿がしきりに重なって見えたのだ。

髪の毛がふさふさの若い医師が彼らのそばに近寄ってきた。医師が書類を渡すと、ゲストハウスの男がサンホに早く読むようにと目配せした。少し大げさな動きだった。サンホは眉をしかめながらそれを覗いた。意味のわからない漢字がびっしりと書かれた文書だった。医師が人さし指の先で一番下の項目を指した。保護者の名前を書く欄だった。サンホはそこに「父」と書いた。そしてその横に、さっき練習した見知らぬ漢字でサインをした。

この子の肉体を自由に使って構いません。保護者、父。

もしそう書かれていたとしてもどうしようもなかった。いまさら手遅れだ。キム・サンホが誰かの父親であること、それだけがこの瞬間の唯一の真実だった。

書類にサインをしたあと、サンホは廊下の待合椅子に腰かけた。残りのもろもろの手続きはゲストハウスの男が処理するだろう。今回はこの場ですぐに摘出されることになっていた。心臓と肺、それと腎臓を。

「公安が来ているようです」

しばらくしてゲストハウスの男がサンホの耳もとでささやいた。公安という単刀直入な単語が無感覚に響いた。昨年あたりから政府の取り締まりが強化されたのは事実だった。夏に開かれる北京オリンピックを控え、政府は、中国という国がこの世の万物を闇取引する所として烙印を押されるのではないかと恐れていた。当然のことだろう。

「物乞いじゃないか嗅《か》ぎつけてきたんでしょう」

「……………」

「脳死と判定されたらすぐに手術に入るのですが、最後に遺体を出すときは親のふりをした方がいいと思います。強制ではありませんが、親がいればふつうそうしますからね」

男はサンホの沈黙を別の意味に取ったようだった。

「あ、時間内にできるよう最善を尽くします。いずれにしても今日中に済ませた方がいいですからね。新鮮なうちに」

サンホは思わず体をぶるっと震わせた。男はやはりプロだった。何をどうしたのか、二時間後には脳死判定が出され、すぐに摘出手術が始まった。サンホは男の指示どおり、病院前の居酒屋で手術が終わるのを待った。

ビールはやはり生ぬるく、肴《さかな》の落花生からは生臭《なまぐさ》い獣《けもの》の血のにおいがした。サンホは吐かずにグラスの底が見えるまでぐいぐいビールを飲んだ。いつだったか、似たような経験をしたことがあった。記憶の彼方《かなた》に葬ってあった風景が一つ、頭に浮かんだ。前妻がウンソンを産んだ日だった。ソウル郊外にあった産婦人科の分娩室前の廊下は人でいっぱいだった。若い夫より何倍も悲壮な顔をした妻の家族がすでにそこを占めていた。サンホはズボンのポケットに手を入れてとぼとぼ外に出た。そしていまと同じように居酒屋に行き、慣れない手つきでビールを飲みながら子どもが生まれるのを待った。そのときの赤ん坊の産声《うぶごえ》はまったく記憶に残っていない。ただ、早くここから逃げ出したいという切実な思いだけはあのときもいまも変わらない。

「無事に終わりました」

無事な終わりとは何だろう。サンホは尋ねなかった。ベッドの上の子どもは首から下を白いシーツで覆われていた。医師たちは子どもの体を開けて、腎臓と肺、心臓を取り出し、それからまた適当に閉じたのだろう。子どもはさっきよりもずっと小さくて青白い顔をしていた。体の中にはもう一滴の血もなさそうだ。サンホはそう思いながら唇を噛みしめた。規則的に上下していた胸の動きが見られないことに、ようやく気づいた。子どもは両目をしっかり閉じていた。眼球を摘出しなかったのは幸いだった。最後に彼はその子の額に右手を当てた。何の感触もなかった。

22　夕方、カーニバル

ユジは自分の乗った路線バスの系統番号を記憶した。１２３番。二人は長い間バスを待った。彼女はバスカードをカードリーダーにかざして、「二人です」と言った。なんだか頼もしかった。その声がユジの胸に残った。その日の夕方のある時間は、ユジの脳裏から嘘のように蒸発してしまった。長年タンスに入れたままの古くて薄い服地が虫に食われたかのように、あちこち穴が空いている。でも反対に、真っ暗な夜空に上がった祝砲のように、明るくてはっきり覚えている瞬間《とき》もあった。バスの中で過ごした時間のように。

彼女はユジの手を引いて一番後ろの席に座った。バスはすぐに出発した。一歩踏み出すたびに、ユジの足の裏は危なっかしく揺れた。彼女はユジを窓側に座らせた。見たことのない風景が窓ガラス越しにびゅんびゅん通り過ぎていった。

バスは大阜島《テブド》に向かって走った。初めて聞く地名だった。韓国の地図に載っている無数の島の中でユジが知っているのは、せいぜい済州島《チェジュド》と鬱陵島《ウルルンド》、独島《トクト》くらいだ。「島」というからには四方を海で囲まれた所、つまり陸地から遠く離れた所にあるので、てっきり船に乗って行くものだと思っていた。バスで行けるなんて考えてもみなかった。

「不思議よね」

ユジの心の中を読んだのか、彼女がそう言った。口もとについた甘いプリンをこっそり舐めたような顔をしていた。

「広がった海にね、夕方になると太陽がオレンジ色になって沈むのよ」

海というものは果てしなく広がっているものだし、太陽は夕方になるとオレンジ色になる。でもユジは、余計な口出しはしなかった。

「後で見せてあげるね。ぜーんぶ」

ユジはうなずいた。手はぎゅっと握ったままだった。いつの間にか雪がやんでいた。バスの車輪が踏んでいく地面がぬかるんでいたらどうしよう。ユジは少し心配になった。家のことを思い出しかけてやめた。きっと誰もいない。もし誰かがいても、ユジがいなくなったことに気づかないはずだ。いくつかの黒雲が西の方に音もなく流れていた。

「ここよ」

彼女が再びユジの手を引いた。

バスを降りてまず目にしたのは海ではなかった。二人を迎えたのは、肩を組んだようにずらりと立ち並ぶコンクリートの建物だった。明度や彩度などお構いなしの看板に、刺身、あさりカルグクス〔韓国風うどん〕、カラオケなどのハングルが乱雑に書かれていた。目の前には依然として狭い道が緩《ゆる》やかに伸びていた。道の両脇には、どんな花を咲かせるのかわからない、背の低い雑草が風に体を震わせていた。ずっと向こうの方には、畑なのか田んぼなのか見当もつかない野原が見えた。

何より寒かった。都市とは違う冷たい風が首筋から入ってきた。

「おかしいなあ」

彼女が首をかしげた。

「前はこんなんじゃなかったのに。次の停留所だったのかな」

ユジは大丈夫だというふうに胸を張り、笑みを浮かべた。

「あっちに行ってみようか」

意図的ではなかったかもしれないが、彼女は大人っぽい声を出そうとしているようだった。ユジは申し訳ない気持ちになった。二人はアスファルトの道に沿って歩いた。ソンド刺身屋、マンソン刺身屋、ブルーオーシャンカラオケなどの店名がゆっくりと過ぎていった。

「わあ、あれ見て!」

彼女がいきなり大声ではしゃいだ。二人が立ち止まった所は刺身屋の水槽の前だった。ガラスに水垢《みずあか》のついた水槽の中で、名前もわからない魚たちがゆっくりと泳いでいた。いや、ユジの目には、魚たちは泳いでいるのではなく、ただプカプカ浮いているように見えた。

ときどき刺身を食べなければならないときがあった。

「もったいないな。こんなうまいものを食わないのか?」

箸をつけない母を父が咎《とが》めた。

「いっぱい食べなさい、さあ」

母は自分は食べないのに、子どもにだけは食べろと言った。自分のせいで娘が好き嫌いをしてはいけないと思ったからかもしれない。あるいは、自分のように世の中にうまく順応できない大人になってほしくないと強く望んでいたからかもしれない。食べやすく切って皿の上に載せられた刺身と、この汚らしい水槽の中を泳いでいる魚の関係が、ユジの頭の中ではうまくつながらなかった。

「ヒラメだ。ほら、あれ。あの体の平べったいの」

彼女が指で魚をさした。

「知ってる？　ヒラメ」

ユジは首を横に振った。

「あそこにいるのはクロソイ《ウロク》。たぶん、だけど。名前がちょっとグロテスクだよね」

なんだか彼女は誇らしげだった。

「あの底に沈んでるのは貝よ。大きいねー」

ユジが少し笑った。建物の後ろの方に海が隠れていた。波のない海だった。

「海だ！」

彼女が嘆声をあげた。海は大きな水たまりのように澱《よど》んでいた。ユジは声を出さなかった。ユジがこれまで見た海とは違っていた。カモメが数羽、空中を斜めに、低く旋回していた。互いにぶつからないのが不思議だった。

海辺にはふた組のグループがいた。ひと組はユジより少し幼い男の子を二人連れた大家族で、もうひと組は彼女より少し年上に見える六、七人の若者グループだった。男女半々だった。彼らは何がそんなに楽しいのか、風が吹くたびに一斉に足をバタバタさせながらケラケラ笑った。彼らのうちの一人がカバンの中から菓子袋を取り出した。鳥たちがそこに集まった。元気な笑い声がしきりに湧き上がった。

ユジと彼女は少し離れた所で眺めていた。

「やってみたい？」

彼女が急に訊いた。ユジは戸惑った。どう答えてよいかわからなかった。空を飛ぶ鳥が好きだとか嫌いだとか、考えたこともなかった。

「うん」

ユジは思わずそう答えた。彼女の目がキラッと光った。

「待ってて」

彼女が彼らの方に走っていった。後ろ姿がおどおどしていた。ユジは海の方を見やった。水平線という言葉は知っていた。平らに果てしなく続く海の彼方に向かって、片方の手をまっすぐに伸ばしてみた。もう少し背が伸びて腕が長くなれば、あの果てに手が届くかもしれない。

彼女はすぐに戻ってきた。少し上気した顔だった。

「これ見て」

彼女の手の中にはセウカン〔えびせんスナック〕があった。彼女は誇らしげにそれをユジの手に握らせた。ユジは言われたとおり、親指と人さし指でセウカンをつまんで宙に振り上げた。白い体のカモメが一羽、すうっと近づいてきた。黒く尖ったくちばしを突き出してさっと奪い取った。一瞬の出来事だった。ユジは思わずキャッと声を出して笑った。少し離れた所で彼女も同じ声を出して笑っていた。

日曜日の午後が、穴の空いた袋の中から粉砂糖が漏れるように、さらさらと流れていった。

鮮明なオレンジ色の屋根をしたテント。それを先に見つけたのはユジで、「入ってみよう」と勇ましく言ったのは彼女だった。

うらぶれた遊園地によくある射的場だった。長い銃が四つと、拳銃二つが銃口を下にして差してあった。「五発二千ウォン」と太いマジックで書き殴られていた。ぼさぼさのパーマ頭を一つに結んだ中年女性がどこからか現れた。彼女が財布を取り出した。

「初めてよ、こんなの」

長い銃を握った彼女がもじもじしながらユジの耳もとでささやいた。わざわざ言わなくても、彼女の不自然な態度がそのことを物語っていた。

「あっ……あー……」

弾が発射する音より、彼女の口から飛び出した声の方が大きかった。続けざまに発射したプラスチックの弾のうち二つは中央の人形の腕まで届かず、あとの二つはなんとか的に当たった。一つは黄色いチョッキを着たくまのプーさんで、もう一つはキティちゃんの座布団だった。でも、どちらも少しかすっただけで、地面に落とすほどの威力はなかった。それなりに狙いを定めて撃った最後の一発は、真ん中の赤い風船に当たった。バーンと大きな音を立てて風船が割れた。彼女はペロッと舌を出した。彼女がとても幼く見えた。もしかするとウンソンお姉ちゃんよりも、いや、ヘソンお兄ちゃんよりも年下かもしれない、と思った。

彼女はユジに何も訊かずにまた二千ウォンを出した。どこにも「子どもはしないでください」とは書かれていなかった。長い銃は思ったよりかなり重かった。ユジは拳銃の方を選んだ。引き金に人さし指を当てた。金属の感触がひんやりと伝わった。ユジは下腹をぎゅっと引っ込めた。呼吸をゆっくりと整えてから、引き金を引いた。弾は予測もしなかった方向に飛んだ。一番下に無表情で座っていた猿のぬいぐるみが、嘘のようにぽとんと落ちた。

「うわわわ、すごい、すごい」

彼女が喜んでいるのか驚いているのかわからない悲鳴をあげた。猿のぬいぐるみは鼻の中央に二つの目と鼻が集まっており、口はなかった。クリーム色の毛がふさふさしていた。腕がやけに長かった。

「こうするのよ」

彼女が猿の長い腕をユジの首にネックレスのように巻きつけた。体が暖かくなった。二人はまた手をつないでテントの外に出た。

道の左側は海で、右側には食べ物屋が並んでいた。ユジと彼女は手をつないで、その間に伸びた道を歩いていった。海は他人に気づかれないほどの動きで寝返りを打った。彼女は早足で歩くのが習慣になっているようだった。ユジにはちょっと速すぎたけれど、文句を言わずについていった。空が仄白《ほのじろ》かった。

「雪が降ったらいいな。海に雪がぽろぽろ」

彼女が言った。ユジも本当にそうなればいいなと思った。「ウルワン焼き貝」と「モレ刺身屋」の間に二台の自動販売機があった。彼女がその前で足を止めて、ミルクコーヒーを一杯買った。彼女がまずユジに紙コップを差し出した。ユジは本能的に首を横に振った。

コーヒーは禁断の飲み物だった。母は冗談でも飲ませようとはしなかった。幼い子どもの母親ならみんなそうだろう。でもたった一度だけ、コーヒーを舌の先につけたことがあった。家に誰もいない午後だった。シンク台にコーヒーが少し入ったマグカップがあった。きっと母か兄が飲み残したものだろう。ユジはそっと周りを見まわしてから、急いでコップに口をつけた。初めてのコーヒーは、舌がヒリヒリするほど苦くて、とても冷たかった。

「じゃあ、コーラ飲む?」

彼女はもう一方の自動販売機の前に立ってポケットを探りながら、困った顔をした。小銭がないのだろう。財布を開け、浅いため息をついた。

「困ったな。細かいのがないんだよね」

アイボリー色の財布は垢まみれで、いかにも安っぽい合皮だった。ユジはわけもなく靴の先ばかり見ていた。カバンの中に白い封筒が入っているのを思い出した。でも、その中にあるのは千ウォンとか五百ウォンではないはずだ。

ユジは黙ってコーヒーの入った紙コップを両手で受け取った。彼女が笑みを浮かべた。安心した様子だった。二度目のコーヒーの味は、前に飲んだのとはまったく違った。熱くて甘かった。好きになったらどうしようと思った。ユジはその茶色の液体を口に含まずに、ごくっと呑み込んだ。

彼女が訊いた。

「何時に帰らないといけないの?」

「……別に大丈夫」

ユジが小さく答えた。彼女は少し目をつり上げただけで、それ以上は訊かなかった。彼女はポケットから携帯電話を取り出して時間を見た。

「もうこんな時間」

それに続いた言葉は、「じゃあもう帰ろうか」ではなくて「お腹がすいた」だった。ピザひと切れしか食べていないのだから当然だった。ユジは「あたしも」と答えた。すると、急にお腹の中が空っぽになったような気がした。

「わあ、ほんと? ペコペコ?」

彼女が心配そうに訊いた。周りの食べ物屋はほとんどが焼き貝の店か、あるいはシーフードカルグクスと刺身のどちらも食べられる店ばかりだった。

「何か食べなきゃいけないいんだけど」

彼女が独り言のようにつぶやいた。似たような店が軒を並べていた。ガラス窓には赤と青の文字でメニューが書かれ、入口には水垢で汚れたガラスの水槽があった。葉の黄色くなった大きな鉢植えを置いている店もあった。どの店も外からは値段表が見えなかった。

道の先の方に小さな店があった。コンビニともスーパーともいえない店だった。海なんかまったく興味なさそうな、退屈な目をした中年の男がカウンターに立っていた。彼女は店の中をゆっくりと、ぐるぐるまわった。二人はパンの前を通り、カップ麺の前を通り過ぎた。ユジはそれでもいいよと言いたかったけれど、彼女が何かじっと考えている様子だったので、口に出して言えなかった。

彼女がカウンターの方に歩いていった。

「あの、ここにATMありませんか」

現金を下ろしたいだけなのに、万引きして捕まったかのようにおどおどしていた。男が不愛想に首を振った。ユジは陳列台の方を見て、見ないふりをした。男と短く言葉を交わしたあと、ユジの背中をトンと叩いた。

「行くよ」

彼女はさっき通った店のうちの一つに入った。中に入るには靴を脱がなければならなかった。毛のブーツを脱ぎながら、ユジは足が凍りついていたことに気づいた。彼女はユジを隅のテーブルに座らせた。

「寒いからここで待ってて。すぐ戻ってくるから」

どこに行くのかわからなかったけれど、すぐ戻ってくると言うのは信用できた。彼女がユジの分のカルグクスを注文しようとした。

「あとで……」

ユジが言った。

「あとで食べるから。あとで一緒に」

「そうする？」

彼女が目尻に皺を寄せて笑った。店には時計がなかった。彼女は戻ってこなかった。すぐ、という時間の単位について、ユジは何度も考えた。周りのテーブルが次々といっぱいになっていった。すぐ隣には登山服を着たおじさんたちが座った。顔はすでに真っ赤だった。ユジは肩をすぼめた。足の小指がしびれてきた。

「注文しないのかい？」

緑色のエプロンをしたおばさんが突っけんどんに言った。さっきユジが彼女と一緒にいるのを見ていたおばさんだ。

「もう少し後で」

ユジはしっかり者に見えるような口調で言った。おばさんは汚い布巾《ふきん》を握ったまま他のテーブルに行ったあとも、テーブルを拭いては時折ユジの方をうかがっていた。しばらくして、同じエプロンに同じヘアスタイルをしたもう一人のおばさんがやって来た。

「お母さんはいつ帰ってくるの？」

「…………お母さんじゃなくて、お姉ちゃん」

次に何と言えばいいのかわからなくて、唇だけぴくぴくさせた。

「だから、そのお姉ちゃんはどこに行ったんだい？」

ちょっと、そこ、すぐ、のような非連続的な単語が浮かんだけれど、消えた。ユジは舌を丸めた。

「さっきの学生がお姉ちゃんだって？」

さっきのおばさんが口を挟んだ。何となく怪しんでいるような言い方だったので、ユジは力いっぱいうなずいた。

「席も足りないってときに」

「まったくだよ。客の多い時間にここで待たされちゃあ、困るねえ」

彼女たちが咎めているのは自分なのか彼女なのか、わからなかった。

「いま席が足りないんだよ。お姉ちゃんが戻ってくるまで、あっちにいてくれるかい？」

おばさんの一人が顎でさしたのは、入口にある靴箱の前だった。そこでは靴を脱いで中に入った一行が大声で喋りながら順番を待っていた。中には三、四歳くらいの子どももいた。ユジもこれまで両親と一緒にいろんな店に入ったけれど、親が一緒にいればこんなものの言い方をされることはなかった。ユジのコートは一日中みぞれに濡れては乾き、風の吹く海辺をなりふり構わず歩いてきたせいで髪はぼさぼさになっていた。ユジはもぞもぞと腰を上げた。

ガラス戸を開けて外に出たのは、もしかしたら彼女が迷っているのではないかと思ったからだった。この通りには似たような名前の食べ物屋が並んでいるので、充分にありえることだった。

「あの、お姉ちゃんが戻ってきたら、ここで待ってるように伝えてください」

店を出る前に、ユジはさっきのおばさんにはきはきとそう言った。でも、そう言い終わらないうちに、男の客が「トイレはどこ？」と尋ねたので、おばさんがユジの声を最後まで聞いたかどうかはわからない。外の風は覚悟していたほど冷たくはなかった。ユジはいま出てきた店の看板を目に焼きつけてから、ゆっくりと歩き始めた。

曲がり角まで行ってみたが、彼女の姿はなかった。彼女と行き違いになってはいけないと思い、瞬きもせずに見ていた。道には怪しげな暗闇が垂れ込めていた。さっき彼女と歩いているときは気づかなかったけれど、人の姿はほとんどなかった。退屈なサファリを楽しんでいるかのように、ゆっくりとしたスピードで走っている車と、その車を呼び止めようとする客引きがいるだけだった。

誰ひとり、小さな子どもに目もくれなかった。道の中間あたりでユジはふと足を止めた。もと来た道を引き返すべきか、それともこのまま前に進むべきか。

彼女の電話番号はわかっていた。昼、中央駅《チュンアン》で公衆電話を必死に探したことを思い出した。ここもそうだろう。大人はみんな携帯電話を持っていた。店の前で行き交う車に向かって手を振り続けているおばさんも、大きな網に名前も知らない魚を入れて、水をぽとぽと落としながら店に入っていく若い男も、みんなズボンのポケットなどに携帯電話を入れているはずだ。でも、彼らに近寄る勇気はなかった。

ユジはカバンをそっと開けてみた。いくら残っているのかわからないテレフォンカードと、白い封筒が入っていた。封筒の中に手を入れると、パリッとした紙が指に触れた。

少し前に彼女と一緒に入ったコンビニが見えた。ユジは中に入った。さっきの男ではなく、ニキビ面《づら》のアルバイトがカウンターに座っていた。

「あの、すみませんけど」

ユジはていねいに口を開いた。知らない人に話しかけるときに母がよくそう言った。

「近くに電話ありますか」

「さあね」

アルバイトがそっけなく答えた。

「ないんじゃないの」

「あの…………、だったら」

ユジがカウンターに出したのは十万ウォンの小切手だった。彼は眉間に皺を寄せた。

「何が買いたいの？」

「……そうじゃなくて」

動悸が激しくなった。

「電話を貸してほしいんですけど……」

ユジがまだ言い終わらないうちに彼が声を荒《あら》らげた。

「はあっ？　最近の子ってすごいな。十万ウォンやるから電話を貸してくれだって？」

「……………」

彼の表情が急変した。

「おい、この金、どこで手に入れたんだ？」

切れ長の目がますます細くなった。

「おまえ、まさか……」

彼はとても怒っているようだった。怒っている彼は、『赤ずきんちゃん』に出てくる口の尖ったオオカミのように見えた。

「家出したのか？」

ユジはその意味をすぐには呑み込めなかった。

「これ、盗んできたんだろ？　そうなのか？」

彼がしきりに責め立てた。ユジは目をぱちぱちさせた。

「…………」

そうじゃないとは言えなかった。足もとがぐらぐらした。

「家はどこ？」

時給四千ウォンの学生アルバイトに悪意などなかったかもしれない。家出した幼い女の子を見た瞬間、ごく平凡な倫理観を持った一市民として、その倫理観が働いただけかもしれない。でも、ユジは逃げ出した。右なのか左なのかわからない方向にしばらく走ったあと、十万ウォンの小切手をカウンターに置いてきたことに気づいた。

ユジは道の真ん中に立ち尽くしていた。東西南北。どの方角にも行けるけれど、どこにも行けなかった。彼女を待っていた店はどちらか、彼女と手をつないで降りたバス停はどちらか、家はどちらなのか、何ひとつわからなかった。車がユジの脇をゆっくりと通り過ぎていった。誰もユジのことなど気に留めなかった。自分ひとりで方角を決めなければならなかった。ユジはそっと目を閉じ、開けた。首にぶら下がった猿の腕をさすってみた。再び歩き始めた。いくら歩いても、さっき見たおかしな刺身屋通りは現れなかった。

やっと見つけた公衆電話は高い所にあった。つま先立って受話器を取った。カードには三百ウォン残っていた。ユジは彼女の電話番号をぎゅっぎゅっと押した。彼女は電話に出なかった。一回、二回、三回。三回目は音声メッセージを残した。

「お姉ちゃん、あたし……」

だんだん胸が苦しくなってきた。

「ここはどこ？　公衆電話にいるんだけど…………、ここで待ってるから」

どこからか犬のおしっこのにおいがしてきた。ユジは地面にうずくまった。肘《ひじ》を膝にぴったりくっつけた。少し経ってから、ユジは起き上がって受話器を取った。頭の中にまず最初に浮かんだ番号を押した。家だった。誰も電話に出なかった。それから母の番号を押した。呼び出し音がゆっくり鳴った。

「……もしもし」

母の声だった。その声ははるか遠くの方から聞こえてきた。相手はこちらの声がよく聞こえないようだった。

「もしもし？　もしもし？」

母が次第に遠ざかっていった。電話がぷつりと切れた。日曜日の午後、六時半が過ぎようとしていた。

23 風は後ろから

キム社長と連絡がつかなくなって三日が経った。彼の依頼人であるキム・サンホは、「しばらくは動かないでくれ」と言い残して姿を消した。こういうときはどうすればよいのか。喉が焼けるようなウィスキーを口に含んだ心情で、ムン・ヨングァンは依頼人の過去三か月の通話履歴を覗き込んだ。

資料を手に入れたのはこの方面のプロだった。彼らはサンホだけでなく、妻の分も同じ形の封筒に入れて持ってきた。先日、妻の通話履歴を貰ってきてほしいと言ったとき、サンホは露骨に深いため息をついて、それに見合う現金を懐《ふところ》から取り出した。

「妻の分だけですか」

指の先で小切手の枚数を数えながらサンホはそう言った。

「いまのところは」

ヨングァンはそう答えた。そのときはそう思った。だが、いまはそうではなかった。

ヨングァンは、サンホとその妻の過去三か月の発信記録をくわしく調べた。一日に何度もかける特定の番号は、二人とも見当たらなかった。互いに電話をかけ合った形跡もほとんどなかったが。まあ、それはいいとして、かといって、痴情のもつれはないとは断定できなかった。これは単なる報告書だ。意味のない書類にすぎない。本当に秘密にしたいと思うなら、私的な電話を使って話したりしない。肝心なのは、どこからかかってきた電話に出たか、ということだった。

内偵捜査だけは誰にも負けないと自負しているやつらでも、個人の通話履歴を手に入れるのは生易しいことではなかった。第三者が個人の携帯電話の通話履歴を照会するためには、必ず裁判所の発布した捜索令状がなければならない。閲覧記録も残る。サンホ夫妻の通話履歴をそっくり手に入れるには、それだけの時間と代価を要した。

特筆すべき点といえば、ユジがいなくなった日、オギョンは自分の携帯電話から一度も発信していなかった。彼女が大田《テジョン》の実家に行かずにどこへ行ったのかという疑問はすぐに解けた。ユジがいなくなった次の日の朝、彼女は一本の電話を自宅にかけていた。

確実に調べるために何か所かに連絡をした。間もなくして、その電話は台湾からかけていたことが判明した。ユジがいなくなったのは日曜日。そして翌月曜日の午前、ユジの母親は台湾にいた。大田には行っていないという推論が当たったわけだ。ヨングァンはホテルの部屋の小型冷蔵庫からビールを一缶取り出し、音を立てずに開けた。仕事中の飲酒は禁物だが、こうしたささやかな祝い酒は許されるだろう。

コンピュータのモニターの片隅に、ユジが七歳の頃の写真を貼りつけていた。ユジの母親から貰った写真のうちの一枚だった。背景は幼稚園だと思われる。ユジは頭にかわいらしい王冠を載せ、ウェディングドレスを短くしたような地味なレースのついた白いワンピースを着ていた。彼はユジの目を見ながら、軽く缶を持ち上げて乾杯をした。実際にこうできる日が来るだろうか。彼はふっと失笑した。写真の中の子どもは泣き顔でもしかめっ面でもなかった。その日、君にいったい何があったんだ、ユジ。

　ビールを飲みながらヨングァンはサンホに十回以上電話をかけ、オギョンにも同じようにかけた。サンホの電話は電源が切れており、オギョンは電話に出なかった。少し迷ったが、ウンソンにはかけなかった。彼女が親の居場所を知っているはずがなかった。たとえ、どこかの山で飢えたヤマネコに食いちぎられた遺体で見つかったとしてもだ。

「もしもし」

　サンホの息子は小さな声でおっとりと喋った。まるで口の中いっぱいに苦い飴玉が詰まっているようだった。謙遜しているのか卑下しているのか区別のつかない、彼が苦手とするタイプだった。

「ムン・ヨングァンです」

「あ、はい……………」

　相手はずっと押し黙っていた。

「ご両親と連絡がつかないもので。何かあったのですか？」

「いいえ」

　ヘソンの返事は思いのほか毅然としていた。ヨングァンは少しうろたえた。

「ならご両親はどちらへ？」

「少し留守にしています」

「どこに」

「……………」

「私が知っていた方がいいのでは…………」

ヨングァンは言葉を濁した。相手からは何の反応もなかった。お手上げだった。

「わかりました。またのちほど連絡します。では」

受話器を置こうとした瞬間、ヘソンが彼を呼び止めた。

「あの、待ってください」

「え？」

「あなたは……何者ですか？」

なぜ言えなかったのだろう。私立探偵ジェイムス・ムン。本名ムン・ヨングァンです。お宅の妹さんを捜すために昼夜を厭《いと》わず働いています、となぜ堂々と答えられなかったのだろう。それは青年の声が何かを強く望んでいたからだと、のちに彼は苦々しく自分を慰めた。


キム・ユジ一家の携帯電話の通話履歴は翌日の午後に届いた。それによってわかったことは、安《アン》山《サン》市大《テ》阜《ブ》島《ド》地域の公衆電話からの着信があったことだけだった。果たして日曜日の夕方にかかってきたその一本の電話が、この失踪事件を解く何かの手がかりになるのか。ヨングァンは何の確信もなかった。

公衆電話は、火山が噴火したあと寂しく生き残った遺物のようにぶら下がっていた。なぜこんな所に電話を備えつけたのだろう。二十一世紀を迎えたある日、全国の公衆電話を撤去する任務を負った韓国通信の職員が、うっかり置き去りにしたのかもしれない。

カード専用の電話だったが、テレフォンカードというものは彼の財布に入っていなかった。電話の前に、黒いサインペンでいくつかの数字が殴り書きされていた。その最後の四桁と、その日の夕方、オギョンの携帯電話にかけてきた番号が一致した。

キム・サンホ、チン・オギョン、キム・ウンソン、キム・ヘソン。

車の助手席には彼ら彼女らの名前がそれぞれ記された書類があった。それらを見ながらヨングァンは再び思いにふけった。人はなぜ人と触れたがるのか。声と声が触れた瞬間、何が触れたと思うのだろう。そんな一瞬で。冷気の混じった風がガラス窓から入ってきた。最近の着信番号の中で重なるものはないかクロスチェックをしてみたが、特定の番号は見つからなかった。キム・サンホの電話にかけてきた番号はさまざまだった。むしろそれが不審に思われた。中でも目につく番号にはいちおう印をしておいた。

ウンソンの着信履歴を見て、ヨングァンはあきれて笑ってしまった。かかってきた電話はほとんどなかった。夜の十一時以降にあちこち電話をかけ続けた形跡が見られる発信履歴と比べると、可哀想になるほどだった。ヘソンはその反対だった。発信履歴はきれいな反面、着信履歴はガールフレンドと姉の番号が単調に繰り返されていた。相対的に見て、姉よりもガールフレンドの方が通話時間が長かった。

次にオギョン。彼女の場合は、ここ二週間に特定の番号がいくつも記されていた。ユジがいなくなる前にはなかった番号だっただけに、どうも引っかかった。しかも、どれも通話時間は一秒か二秒だった。電話に出るなり切ったということか。もしかしたら二人だけの合図ではないだろうか。台湾に行ったことを隠しているのと何か関係があるのだろうか。次から次へと疑問が湧いた。ひょっとしたら、突然実家に帰ったことも関係があるのかもしれない。

大阜島の橋を渡ると海は終わり、陸だった。

青年は酒に弱いようだった。焼酎グラスに一杯飲んだだけで首まで赤くなっていた。薄暗い蛍光灯の下で、ミンはそう思った。彼はヘソンの空いたグラスに、酒ではなく水をついだ。青年は目を伏せたまま、黙ってその様子を見ていた。いや、見ているけれど見えていない状態。それがどういうものか、ミンもまたよく知っていた。彼は自分のグラスを飲み干したあと、そこに水を入れた。二杯の透明な水がグラスの中で揺らいだ。

店の女将《アジュンマ》がチョークのように切ったきゅうりとにんじんを皿に盛って、テーブルに運んできた。厨房のガスの上では、彼らの頼んだ貝汁が煮えているはずだ。不思議なことに胸の片隅が温かくなった。ソレマウルの路地の奥まった所にあるこの室内屋台は、オギョンを初めて家まで送った日に偶然見つけた。ここから五分ほど歩いた所に、彼女と彼女の家族が暮らす家がある。ミンはよくひとりでここに来た。

「何度か来たことがあるんだ」

ミンは自分がなれなれしく話していることに気づいていなかった。初めは偶然すれ違ったように会い、これでようやく二度目だというのに、昔からの知り合いのような気がした。彼だけの錯覚かもしれない。貝汁が来た。女将が箸とスプーンをテーブルの上にばらまくように置いた。ずっと目を伏せている青年がそれを取って、まずミンの前に並べた。意識していないようだが、おとなしい手つきだった。焼酎グラスの横に箸とスプーンがきれいに並んだ。

「ほかにも何か食べる?」

青年は首を横に振った。彼は壁に貼ってあるメニューを見渡した。視界が霞んだ。

「卵、好きかい?」

「…………」

青年は何も答えなかった。発音がおかしかったのだろうか。彼はもう一度、はきはきと言った。

「卵、卵が好きなら、卵焼きを頼もうと思う」

「…………はい」

ここに来て初めて青年が口を開いた。

「好きです、卵焼き」

でっかい卵焼きだったらいいのに、とミンは思った。追加注文をしてから、彼は焼酎グラスに入った水で唇を濡らした。苦くて澄んだ味だった。

「僕が誰だか気になる？」

青年はほんの少し顔を上げてから、またうつむいた。

「僕は…………」

どこから始めたらよいのだろう。

「僕は台北に住んでいる。そこから来たんだ」

彼は蒼白な勇気に自分を任せた。時間がつるつるっと滑っていく。

「僕について聞いたことはないだろうけど…………僕はウィリンの、あ、つまり……君のお母さんの友達だ」

お母さん。ミンはオギョンのことを「お母さん」と言った。こう言うまでずいぶん長い道のりだった。もしかすると四十年の生涯すべてをかけて。

「同じ学校に通ってた。……ウィリンは僕の仲のいい友達《チング》だった」

彼はどもりながら言った。「友達《チング》」よりも正確な韓国語が思い浮かばなかった。自分の話を青年は聞き取れただろうか。いや、無理だろう。第三者が完璧に理解できるような話ではないのだから、とミンは思った。自分の人生をすべて、小さかった希望と大きな絶望、何となく生きている間に生じた取り返しのつかない傷跡について、何もかも話したわけではないのだ。

しかし、話さないのと嘘をつくのとは違う。少なくとも、彼は自分の信じている事実を曲げたりはしなかった。だから彼は恥ずかしくなかった。もちろん、どちらがより卑怯なのかということは自ら判断できることではなかったけれど。

彼が話している間、青年は何の反応も見せなかったが、それはミンを不安にさせると同時に安らかな気持ちにさせた。彼はその両面的な気持ちをどう言い表せばよいかわからなかった。青年は頭を上げた。目もとに灰色の影が差した。ミンは青年のやつれた長い首筋を見た。青年が起こした火花と、若い狂気で揺らいでいた世界が頭に浮かんだ。

「つまり、全部で二回会ったんですね」

ユジに、これまで、という言葉が省略されていた。ミンは曖昧にうなずいた。

「…………そうなんだ」

ヘソンはまた視線を落とした。そして用心深く口を開いた。

「最後に会ったのは正確にいつですか」

いま青年の頭は妹のことでいっぱいだ。ミンは恥ずかしかった。おそらく彼は自分をまだ疑っているのだろう。当然のことだ。ミンは、ユジを誘拐したのが自分だったらよかったのにと思った。そしたらユジがどこにいるのか答えられるだろうに。目の前の青年を喜ばせてやれるだろうに。

彼は青年の聞きたがっている話をしてやった。記憶を引っ張り出すのに額に皺を寄せるまでもなかった。日付と曜日、その日の朝の風の強さまで、細かく彼の胸の中に刻まれているのだから。

男から聞いた話は感動的ではなかった。理解できるような、できないような。ただ、この不審な男が、自分はユジの誘拐犯ではないと主張している点だけは確かなようだった。この男を、小さな肩をすくめている目の前の男を信用してもいいのだろうか。ヘソンは自問した。いや。この世に信用できる人間なんていない。眼差しを交わしたと感じるのも一瞬で、振り返ればそこまでだ。手のひらには何も残っていない。

　でも、ユジについて話すときの男の表情を見ていると動揺した。それこそ、ヘソンが疑いを晴らすことになった決定的な証拠かもしれなかった。男がポケットから半分に折った紙を取り出した。ユジの顔が印刷されたチラシだ。思わずため息が漏れた。

「あれから何か連絡は…………？」

　男は語尾を濁した。胸の中から熱い水滴のようなものがこみ上げてきた。ヘソンは急いで妹の写真から顔をそむけた。泣いてしまいそうで怖かった。

　これまで、ユジを見たという電話が十件近くかかってきた。みんな、「似ている」ではなく「ユジに間違いない」と言った。ほとんどは、先に金を送れと言った。あるいは、お宅の子どもを夢で見たのだが、もっとくわしく見るにはクッ〔お祓いのようなもの〕をしなければならないと言い張る女もいた。どこに住んでいるのかと問いただすと、全羅南道《チョルラナムド》の海南《ヘナム》の近くだと言った。ヘソンはわかったと言って電話を切った。自分ひとりの力ではどうすればよいのかわからなかった。父とも義母とも連絡がつかなかった。刑事だと信じていた男は刑事ではなかった。自分はひとりぼっちだと思ったとき、この男が目の前に現れた。

「…………わかりません」

　ヘソンは唇を動くがままにしておいた。

「どうすればいいのか…………わかりません、とても」

男はヘソンの次の言葉を促す代わりに、厨房に暖かい白湯《さゆ》を一杯頼んだ。プラスチックのコップに入った白湯は生ぬるく、何の味もしなかったが、ヘソンの気持ちを少し落ち着かせてくれた。

「失踪届を出していなかったんです」

「え？」

「初めから。出したって言ってたけど、ぜんぶ嘘だったんだ」

ヘソンはつっかえながら言った。その後に話したことを男は呑み込めただろうか。これは第三者が完璧に理解できるようなたぐいの話ではないと、ヘソンは思った。

「考えてみたんです。なぜだろうって。なんで出さなかったんだろうって」

「…………」

「事情があったんでしょう。僕の知らない」

「うん、そうだね」

男の声はとても小さく、二人の眼差しは宙でぶつからなかった。

「大人はいつもそうだから」

ぎゅっぎゅっと押さえつけていた石ころが吹き上がってきた。

「でも僕には理解できない。どうしたらいいのかわからなくて、だから……」

つらい、という言葉を呑み込んだ。男は何も答えなかった。男が飲み干したのは水ではなく酒だった。

ぐらぐらに沸いていた貝の汁も、コップの中の生温かい水も、冷たくなっていた。もうこれで充分だとヘソンは思った。そもそも何かを解決したかったわけではなかった。肩が潰れそうなほど重い荷物を下ろすなんて初めから無理だった。

「じゃあ、これで」

ヘソンがそう言うと、ずっとスプーンをいじっていた男がゆっくりと口を開いた。

「まずは警察に届けるべきだな」

警察と聞いて、ヘソンは反射的にギクッとした。さっき火をつけたのをこの男に目撃されている。

男は目をしばしばさせながら息を整えた。毅然とした動きだった。

「それしかない。僕はそう思う」

男の声は穏やかだった。

「これだけはなんとしても避けたい、って思うことがあるんだよ。人は誰でも」

「…………」

「だけど、いつかは正面から向き合わないといけないときが来る。誰にでも、公平に」

こういうときは何と答えたらいいのだろう。男が反芻《はんすう》するようにつぶやいた。

「神は公平だから。必ず、きっと」

その低い声を自分に聞かせているのを、ヘソンは知るよしもなかった。


玄関のベルが鳴った。うたた寝をしていたウンソンはびっくりして跳ね起きた。夢の中で鳴っているとばかり思っていたベルの音が現実だったのだ。ふらふらと玄関に向かう短い間、心臓の鼓動が激しくなった。「どなたですか?」などと、自分をがっかりさせるようなことは訊かなかった。

ドアの前にひょろっと立っていたのは、ムン・ヨングァン刑事ではなくヘソンだった。ヘソンの無彩色のコートの肩に積もった白いフケと、どこでつけてきたのかわからない埃《ほこり》が、ウンソンの胸をえぐった。三月も深まっていた。道行く人たちは誰も冬のコートなど着ていなかった。気温のせいではなかった。誰もが過ぎゆく季節を早く捨てたがっていた。玄関の非常灯が消えたかと思うと、また明るくなった。

「うわ、そんな格好して暑くない？」

ウンソンは弟と目が合うなりそう言い、いつものように言い終わるよりも早く後悔した。またしても自分の意図とかけ離れた愚かなことを言ってしまった。ヘソンは黙ってコートを脱いだ。中にはラウンドネックの古い半袖のTシャツを着ていた。弟はふだんより暗い顔をしていた。血の気がまったくなかった。ウンソンはヘソンのそばに座った。まだ蒸発していないアルコールのにおいがぷーんと漂った。

「なんか悪いことでもあったの？　こんな時間に……………」

ウンソンは口を閉じた。悪いこと？　悪いことじゃないことは何もなかった。夜と明け方、朝と昼が繰り返される日々をただ生きているだけだ。無力に。

「……………姉ちゃん」

弟が彼女を呼んだ。駄々っ子と呼ばれていた幼い頃と同じ声だった。彼女の耳にはそう聞こえた。突然、憂鬱で激しい予感がウンソンを揺さぶった。大丈夫、あたしの予感はあまり当たらないから。だから、大丈夫。彼女は自分にささやいた。

ヘソンがカバンの中から何かを取り出した。半分に折ったチラシだ。ウンソンはそれを受け取った。ユジの名前と顔が印刷されていた。なんだか見知らぬ子のようだった。こんなユジの顔を彼女は見たことがなかった。

「これ、あんたが作ったの？」

弟がこっくりとうなずいた。

「あんたが配ってるわけ？　道端で？」

今度は弟の頭《こうべ》がガクッとうなだれた。

「はぁ、信じらんない……」

思わず、心配のこもった感嘆詞が漏れた。痛々しくて腹が立って、見ていられなかった。

「どうってことないよ、このくらい」

ヘソンは独り言のようにつぶやいた。いつもと違って発音がはっきりしなかったけれど、ウンソンはすぐに聞き取れた。どういう意味なのかはわからなかった。

「こんなことやってたんだ。馬鹿。ちょっと手加減しなさいよ」

彼女がそう言うと、ヘソンは小さくため息をついた。

「あ、そういう意味じゃなくて……」

ウンソンはまた、自分の言ったことを慌てて撤回しようとした。

「いま一番忙しいときでしょ？　予科の二年生なんだから」

いまにも消え入るような声だったが本心だった。ウンソンは自分が弟をどれだけ誇らしく思っているのか、ヘソンはきっと想像もつかないだろうと思った。

「そんなんで学校に通える？　授業は聞いてる？　ちゃんとしないとダメよ」

少しは姉らしく聞こえただろうか。差し出がましい忠告のように聞こえなければそれでよかった。

「俺、初めから」

ヘソンが低い声で話を続けた。固い決意は感じられなかった。

「行ってない。大学に」

弟はまるで、隣の家の猫が死んだと伝える郵便配達員のようにそう言った。一抹の感動も後悔もなく、小さな声で、無味乾燥に。

「なに？　どういうこと？　合格者名簿はこの目でちゃんと見たよ」

「それだけだよ」

「退学したの？」

「いや。ちょっとだけ通って、行かなかった」

「いままでずっと？」

「うん」

弟の声は淡々としていた。

「つまり、ずっと嘘ついてたってこと？　ありえない。お父さんには話した？」

「…………」

「ヘソン。ダメよ、そんなの。ぜったいダメ。あんたはあたしと違うんだから」

ウンソンは弟にすがりついた。

「あたしを見なさいよ。こんなになりしてるあたしを。もたもたしてるとね、あたしみたいになるんだよ。あんたは賢《かしこ》い子なんだから。ぜったいダメ、なにがあっても」

弟の低い寝息が部屋の中に広がった。ヘソンはいつの間にかソファの肘掛けに額をうずめて眠っていた。寝ているときでさえ用心深くいびきをかく子だった。ウンソンは家にある一番温かい毛布を肩まで掛けてやった。

弟は長い間眠った。無神経な陽ざしが窓からもぞもぞ差し込んできた。ウンソンはブラインドを下ろし、落ちかかっている毛布を掛け直してやった。家の前のコンビニで、一・五リットルのミネラルウォーター、ごはんパックを二つ、キムチ、レトルトのタラスープを買ってきた。ヘソンは起きてソファに座っていた。最後にこうして二人で向き合って朝ごはんを食べたのはいつだっただろう。

「どう？　食べられそう？」

スープをひと口すくって飲んだヘソンにウンソンが訊いた。裏面の調理法どおりに作っただけなのに、おいしくないのではないかとハラハラした。「うん」というヘソンの短い返事にものすごく慰められた気分だった。

「あたし、ひと晩じゅう考えたんだけど。悩んでる場合じゃないよ、ヘソン。なにがあっても大学だけは通わなきゃ」

弟の動きが一瞬止まったが、見て見ぬふりをしてスープを飲み続けた。

「誰でも受かる大学じゃないんだよ。どうして行かないの？」

「……………」

「どうしても行きたくないんだったら、休学して軍隊に行くって手もあるし。そうでしょ？」

「……………」

「お父さんに知られたら大変なことになるよ。お父さん、あんたが医大に受かったって、そりゃあ

……………」

「姉ちゃん」

ヘソンが彼女の言葉を遮った。

「父さんのこと、知ってる？」

「え？」

「うちの父さん。どんな人なのか、姉ちゃんは知ってるのか？　仕事は何をしていて、誰に会って、

どんな生活をしているのか」

いきなりそんなことを訊く弟にウンソンは戸惑った。誰かが高い所から投げたガラスの灰皿に頭をぶつけたような、鋭い痛みを感じた。「キム社長の娘さんか」と言った、腹黒そうな男の声を思い出した。

「あんたも、うすうす気づいてたんだ」

ウンソンの震える声にヘソンの目が光った。

「なんだよ、それ。姉ちゃんの知ってること、ぜんぶ話してよ」

ふだんはおとなしくて静かなヘソンに、恐ろしい気配が漂った。ウンソンは自分の知っていることを訥々《とつとつ》と語った。刑事がＵＳＢを持っていった件《くだり》を話していると、無性に悔しくなって泣き声になった。その刑事と寝たことは伏せておいた。いまでも彼が戻ってくるのをひそかに待っていると も言わなかった。

ヘソンは姉の話を黙って聞いていたが、一つだけ尋ねた。

「そこになんて書いてあったの？」

ウンソンは立ち上がってキッチンに行った。シンク台の引き出しを開け、何かをガサゴソ探し始めた。もしかしたらと思い、一枚プリントしておいたのを自分でも忘れていたのだ。弟は暗号解きでもするかのように、眉をしかめてその紙を覗き込んだ。

24　信号なし

キャンパスは変わりなかった。正門の前には元気よく見せようと張り切っている学生たちがいっぱいだった。正門を入ると、緩やかに伸びた坂道が見えた。坂道に沿って校庭に向かう間、ヘソンは地面ばかり見ていた。この道を歩くときはいつもそうだった。一度も短いとは思ったことはなかったが、今日に限って果てしなく続いているように思われた。

予科の学生たちのための学科室は、自然学科の建物の中にあった。ドアの前で呼吸を整えていると、さっとドアが開いた。中から助教〔教授や助教授の職務を補佐する仕事で、主に大学院生が担う〕が出てきた。入学直後、何度か見たことのある顔だった。一年生の一学期、期末テストの期間中に一度も学校に行かなかったとき、それから二学期の登録をしなかったとき、電話をかけてきて、どうしたのかと尋ねたのも彼女だったのだろうか。

「また入試の勉強をしてるんです」

休学手続きをするつもりなのかと訊く事務的な声に向かって、彼はそう答えた。前もって考えていたわけではないが、口を開くなりそう言ってしまった。彼女はやはり事務的な態度で、もしそうでも万が一のために休学手続きをしておいた方がいいと言った。人知れず大学から姿を消した学生を思って忠告しているのではなく、後で何か問題が起きないようきちんと業務処理をするためだった。ヘソンもそのくらいは区別できた。彼は、わかりました、ありがとうございます、と言って電話を切った。

「なにか用かしら？　いまからちょっと出かけるんだけど」

助教は彼を新入生とでも思っているようだった。

「いえ、そうじゃなくて。あの………」

ヘソンは急いで用件を言った。幸いにも彼女はその先輩をはっきり覚えていた。

「ああ、本科三年のホン・ミングさんね。本科の先輩に会うんだったらここじゃなくて、あっちの病院の方よ。そこの教室か図書館にいるんじゃないかしら。実習に行っていなければ」

電話番号までは訊けなかった。ホン・ミングは同じ高校の先輩だった。昨年の今頃、ヘソンが入学した直後に、同窓会に顔を出すようにとわざわざ電話をかけてきた。仕方なく一度だけおずおず顔を出したことがある。隅っこで目を伏せているヘソンを見た先輩は、自分なりに彼のことを気遣った。その後も廊下や食堂などで一度か二度すれ違った。そのたびに遠くの方から大声で彼の名前を呼び、親しげに話しかけてきた。最初で最後に行った同窓会で、二次会のカラオケに移動するときにヘソンが抜け出したのは知らない様子だった。会うと必ず肩をトントンと叩いてくるのは嫌だったけれど、悪い人ではなさそうだと思った。

いずれにせよ、ホン・ミングは彼の知っている唯一の学科の先輩だ。そのことを頼める、ヘソンの頭に浮かんだ唯一の人だった。階段式になっている大型の講義室の中には誰もいなかった。机の上にはカバンがいくつか放りっぱなしになっており、ハードカバーの分厚い本もちらほら見えた。

ヘソンは入口から一番近い席に崩れるようにして座った。時間が経つにつれ胸の鼓動が激しくなった。無我夢中でここまでやって来たけれど、果たして正しかったのか、こうしてよかったのか、確信が持てなかった。

ミング先輩はこの暗号のような文字をきちんと解読できるだろうか。同窓会で周りの人に「こいつ、今学期もまた奨学金貰ったんだって」と言われていたから大丈夫だろう。でも、仮にそうだとしても、これを他人に見せていいのだろうか。

胸に抱いてきた紙を再び広げる勇気がなかった。いくつかの単語が頭の中をぐるぐる浮遊した。〈DM〉〈Trauma〉〈Drowning〉……………。医大予科一年生一学期の医学用語の授業を真面目に聞いていないヘソンに理解できるのは、せいぜいそれくらいだった。糖尿、外傷、溺死……………。不吉なものばかりだった。

医師のガウンを着た学生たちが教室の中に流れ込んできた。ヘソンはおどおどしながら廊下に出た。

「ミング？　内科の実習だけど、さっき終わったからすぐ帰ってくるんじゃないかしら」

早足で通り過ぎようとしていた女の学生が教えてくれた。しばらく経ってから先輩がやって来た。白いガウン姿がどことなく不自然だった。

「あれ……………ヘソン！」

のそりのそり歩いてきていた先輩が彼の名前を正確に呼んだ。別にそのせいではないだろうけれど、目もとに血が押し寄せてくるような感じがした。ヘソンは深々と頭を下げた。

先輩が眼鏡を上げながら、ヘソンの差し出した紙を覗き込んだ。

1	20080578-RK00092	m	11m	5.5kg	B-Type Rh+O	A1, A29; B5, B7; DR1, DR4	AGN / ESRD
2	20080578-RK00093	m	4	12kg	B-Type Rh+A	A2, A3; B8, B14; DR3, DR1	Alport / ESRD
3	20080578-RK00094	m	52	52kg	B-Type Rh+A	A2, A24; B27, B13; DR3, DR4	DM / ESRD
4	20080578-RK00095	m	60	48kg	B-Type Rh+B	A11, A29; B44, B62; DR4, DR9	DM / ESRD
5	20080578-RK00096	m	68	72kg	B-Type Rh+O	A2, A24; B44, B7; DR7, DR9	HTN / ESRD
6	20080578-RL00099	m	5m	4.2kg	B-Type Rh+B	-	BA
7	20080578-RL00098	m	55	42kg	B-Type Rh+O	-	HBV / LC
8	20080578-RL00100	m	60	62kg	B-Type Rh+O	-	HCV / LC
9	20080578-RL00101	f	5m	3.8kg	B-Type Rh+B	-	Wilson
10	20000578-RL00102	f	32	42kg	B-Type Rh+O	-	HBV / LC
11	20000578-RL00103	f	52	51kg	B-Type Rh+O	-	HBV / LCn
12	20080578-RL00104	m	3m	3.1kg	B-Type Rh+B	-	HLHS
13	20080578-RL00105	m	33	55kg	B-Type Rh+A	-	ICMP
14	20080578-RL00106	f	42	51kg	B-Type Rh+B	-	DCMP
15	20080578-RL00107	f	52	65kg	B-Type Rh+A	-	DCMP
16	20080578-RL00108	f	55	75kg	B-Type Rh+B	-	ICMP
17	20080581-DK0003	f	8m	7kg	B-Type Rh+O	A2, A3; B5, B7; DR1, DR4	Drowing
18	20080581-DK0004	f	6	17kg	B-Type Rh+A	A2, A24; B8, B62; DR3, DR1	Unknown
19	20080581-DK0005	m	45	58kg	B-Type Rh+A	A2, A33; B27, B13; DR3, DR4	LD
20	20080581-DK0006	f	50	52kg	B-Type Rh+B	A11, A1; B44, B62; DR4, DR9	TA
21	20080581-DK0007	m	52	77kg	B-Type Rh+O	A1, A11; B44, B7; DR7, DR9	ICH
22	20080581-DL0008	f	4m	8.0kg	B-Type Rh+B	-	LD
23	20080581-DL0009	m	60	60kg	B-Type Rh+O	-	Trauma
24	20080581-DL00010	m	42	65kg	B-Type Rh+O	-	SDH
25	20080581-DL00011	m	4	10.0kg	B-Type Rh+B	-	LD
26	20080581-DL00012	f	38	55kg	B-Type Rh+O	-	LD
27	20080581-DL00013	m	45	60kg	B-Type Rh+O	-	Unknown
28	20080581-DH00014	f	4m	4.1kg	B-Type Rh+B	-	Unknown
29	20080581-DH00015	f	40	60kg	B-Type Rh+A	-	SDH
30	20080581-DH00016	f	51	66kg	B-Type Rh+B	-	ICH
31	20080581-DH00017	m	55	70kg	B-Type Rh+A	-	Unknown
32	20080581-DH00018	m	60	80kg	B-Type Rh+B	-	ICH

「誰かTPLやってるのか?」

先輩が口にした最初の言葉だった。

「え?」

「おまえさ、予科二年だろ?　そんなことも知らないのか。少しは学校に出てこいよ…………」

「…………」

「トランスプランテーション。移植のことだよ。腎臓とかの」


地下鉄はゆっくりと入ってきた。ホームは電車を待つ乗客たちであふれていた。ヘソンは見知らぬ人たちに交じって立っていた。足の裏がぐらっと揺れた。周りのものがすべて動きを止めたように見えた。ミング先輩の声が地球の果てまで追いかけてきそうだった。

「どれどれ。1番。十一か月で五・五キログラム。えらく小さな赤ん坊だなあ。A1、A2、こういうのは腎臓移植のときに必要な検査結果だな。ESRDは腎臓がかなり壊れてるってことだから、赤ん坊が腎臓移植をするんだろう」

ヘソンは何も答えられなかった。

「1番から5番まで、あ、17番から21番までもHLAタイプがほとんど一致するな。前半はRK、後半はDK。レシピエントとキドニー、ドナーとキドニーの略だ。腎臓《キドニー》を受け取る人、提供する人。おお、これ見てみろ。二つずつ、組みになってる。1番と17番、2番と18番」

ヘソンが返事もしないで目をぱちくりさせているので、先輩はあきれたように笑った。

「本当に二年生か?　こんな簡単なのもわからないなんて」

「…………」

「17番以降は死因が出てるじゃないか。ICH、SDH。これは脳出血のことだから」

先輩が鼻の先をしかめながら、眼鏡をもう一度上げた。

「ん？　このLDは何だ？」

しばらくして彼はうーんとうなずいた。

「ああ……………リビングドナー………」

生きている供与者という意味だ。ヘソンは紙を奪い取った。先輩にちゃんと礼を言ったのだろうか。そのあとのことはほとんど思い出せなかった。

電車が入ってきた。目的地に着いた人たちがどっとあふれ出し、どこかに向かう人たちが乗り込んだ。ヘソンは動かなかった。一歩も踏み出せなかった。電車が去り、次の電車、その次の電車が乗客を乗せて去ってしまったとき、彼はようやく振り返った。急いでホームから逃げ出した。

男子トイレの一番奥が空いていた。彼は便器と向かい合うようにして立ったまま、もう一度紙を取り出した。先輩の言ったとおりだ。1番と17番、2番と18番、3番と19番がそれぞれ対になっていた。生後八か月、体重七キロの女の子は水死し、その腎臓は生後十一か月、五・五キロの他の子に移される。それだけのことだ。紙に書かれた文字や数字は、それ以外のことは何も語っていなかった。何の確証もなかった。

それなのに、膝がガクガク震えている。

父はいま、どこにいるのだろう。


あと四日だ。

サンホは数字の4が好きではなかった。いや、もっと正直に言うと、すこぶる不吉だと思ってきた。「四《サ》」と同じ発音だという理由で「死《サ》」を連想する、大多数の韓国人の根強い迷信のせいだろう。馬鹿か、たかがそんなことで。彼はわざと勇ましくつぶやいてみた。だが、気分はよくならなかった。

今日が過ぎ明日になれば、幸運の数字だといわれる「3」になる。彼はふっと自分をあざ笑った。その分、一日減るんだぞ。イカれてるな。最大級の罵声を自分に浴びせても、浴びせきれなかった。もしかしたらこの一週間で頭がおかしくなったのかもしれない。彼は力いっぱい水道の蛇口をひねった。宙にぶら下がっているシャワーから冷たい水がざあーっと降ってきた。ぞっとするような冷気に身を包まれた。

六日目、これまで十二件を処理した。肺と心臓、腎臓をその場ですぐに摘出したケースを除き、十人の患者が北京に移送された。約束の数にはまだ八件足りなかった。できるだけのことはやった。腎臓だけならまだしも、心臓と肺はわけが違う。ドナーが死ななければ、いや、少なくとも死を目前にした昏睡状態でなければ取り出せない。この短期間に彼が動員できるのはこれが限界だった。これだけでも奇跡だった。認めたくないが、もうどうすることもできなかった。

ゲストハウスのキッチンに、牛乳の入った容器と、シリアルの箱が置いてあった。彼は器の中にシリアルを入れ、がぶがぶ食べ始めた。

「食欲が出てきたようですな」

ゲストハウスの男がこっそり入ってきた。サンホは答えなかった。二日前の朝、目を覚ますと、韓国から持ってきた携帯電話がなくなっていた。

「会長の命令でしてね。終わったら返しますから、無事に」

男は彼に向かってにっこりと笑って見せた。男はハン氏を会長と呼んでいた。そんなことはどうだっていい。彼らのビジネスなのだから。その日も今日も、朝食は一杯のシリアルだけだった。

「児童養護施設に行きたいんだが」

サンホの声が小さすぎたのか、男が「え？」と訊き返した。あと四日で八つ。サンホはただ現実味のない数字のことばかり考えていた。

「さすが………ですな」

ゲストハウスの男の顔に浮かんだのは畏敬の表情か、それとも軽蔑の表情か。どっちだって構わない。いまサンホにはそんなことを考える余裕はなかった。

「ここはそんなに無法地帯じゃないんですがね」

男は表情を繕いながら言った。

「しかしまあ、世の中は表通りだけじゃないですから」

空は澄んでいた。急に本物の春が来たようだ、と運転していた男が感嘆の声をあげるほど、ぽかぽかと暖かかった。男がブレーキを踏むたびに車体がアンバランスに揺れ動いた。一時間余り走っただろうか。着いた所は市内からずいぶん離れた郊外の町だった。

男の知っている養護施設は、町の中心からも少し離れた小高い丘の上にあった。外壁が灰色の建物だった。サンホはサングラスを外さなかった。二人は粗末な長い廊下を通って、院長室に案内された。背が低く、丸々した体形がそっくりの五十代の男女が二人を迎えた。人のよさそうな夫婦のように見えた。

サンホ以外の三人は中国語で話をした。ふた言、三言話すと、妻らしき女が席を立ち、開いていたドアをかっちり閉めた。コーヒーは夫らしき男が入れた。安っぽいカップに入った茶色のコーヒーは、韓国のコーヒーミックスの味と同じだった。彼らの会話はひと言も聞き取れなかった。耳まで届かずに砕けてしまう異国の言葉。

サンホは窓越しに、猫の額ほどの運動場ばかり眺めていた。運動場には古いバスケットゴールが二つ、ぽつねんと立っていた。障害を持った三歳以下の子どもだけが生活しているここで、いったい誰がバスケットボールをするのか。サンホはとっさに息子のヘソンを思い出した。

しばらくして男がサンホに廊下に出ようと言った。

「大きいのを一枚、要求していますが、どうしますか」

「……………………」

「あ、一件につきですが」

サンホはすぐには答えられなかった。高額なのかそうでないのか判断に困った。基準がないのだ。やったことがないのだから。

「ネゴ《ネゴシエーション》は？」

「あ、交渉はしてみましたが、まったく相手にしてくれませんね」

さっきの夫婦はこの男の一味かもしれないと疑った。だが、いずれにしても同じことのように思えた。支払いは明日、現金ですることになった。ブツと交換である。夫婦はドアの外で彼らを見送った。取引は無事に成立したようだった。

「黒孩子《ヘイハイズ》ですから、後で問題になるようなことはないでしょう」

男がそうつぶやくのが聞こえた。政府の一人っ子政策によって、多くの家庭で二人目を戸籍に載せられないケースが生じた。戸籍のない子どもたち、隠された子どもたちを黒孩了と呼んでいることを、サンホもよく知っていた。その中でも先天的に障害を持った子どもたちだった。サンホは口を閉ざした。

「とりあえず四つは確保したけど、残りが問題だなあ」

男がハンドルをまわしながら数字遊びをしていた。

「なんとかなりませんかねえ。私もできる限りお手伝いしますよ。今回ご一緒して、ソウルの社長さんのお人柄がよくわかりましたし、私にも娘がいますから他人事《ひとごと》じゃないんですよ」

男は余計な空世辞《からせじ》を並べ立てた。サンホはもう少しで男の胸ぐらをつかむところだった。だが、じっとしていた。サングラス越しに見える世界は相変わらず青かった。野原の端の方の草がゆっくり芽吹き、春の胎動を感じさせた。

「明後日《あさって》までに大きいのを二枚用意してくださったら、数字を揃えてみますが」

「…………………………」

「事業に大失敗したのが二人、もう二人は子どもの具合がかなり悪いそうですよ。いずれにせよ、金に困っているやつらを見つけてあります」

二人しかいない車の中で、男は急に声をひそめた。どことなく得意気だった。

「あ、四人とも健康ですよ。四十から四十五歳くらいで。どこの馬の骨だかわからない死刑囚よりはいろんな面で………」

サンホが何も答えないのが気になったのか、そのあたりでやめた。

「もちろん、決めるのは社長ですが」

生きている赤ん坊四人と、生きている中年男四人か。四人の男が子どもを一人ずつ受け持って移送すればいいかな。子どもを一人ずつ、抱っこひもで胸に抱いて。残酷な冗談だった。男が道端に車を止めた。

「昼めしでも食べましょうか。この店は鴨《かも》スープがうまいんですよ」

「戻ろう」

「体が資本なんですから、まずは腹ごしらえを…………」

「くそっ、ごたごたぬかすな！」

サンホはいきなり大声を出した。

「いや、腹がすいたから…………」

男はあきれていた。サンホは目を閉じた。ここはどこなのだろう。すべてが狂気じみていた。他の人はどうだろう。誰だって同じことを思うだろう。サンホは人生に何か目的があると信じたことは一度もなかった。数百個の腎臓を密輸入したり、未成年だとわかっていながらルームサロンの少女をホテルの部屋に連れていったり、少しでも新鮮な心臓と肺を手に入れるために中国人の刑務官に少なからぬ賄賂を渡したりした。何をどこで間違えたのだろう。収入の半分以上を妻に生活費として渡し、前妻との子どもたちのために最善を尽くした。ユジが望めば、アメリカ、イギリス、いや、アフリカだろうと留学させるつもりでいた。自分ではなく、家族のためだった。彼の人生はそうやってまわっていった。それなのに、なぜ？

何事もなかったかのように車は再び動き始めた。

「そうしよう。四つ四つで八つ。明後日まで」

サンホは小さくつぶやいた。腹をすかせた男はちゃんと聞き取ったのだろうか。

25　彼らの選択

午前零時五十分、京釜《キョンブ》高速道路の上り線、竹田《チュクチョン》サービスエリアの駐車場は三分の二ほど埋まっていた。女性トイレに行くには、外にある階段を上がらなければならなかった。高速道路を走っているときは、膀胱がいまにも破裂しそうなほどの尿意をもよおしていたのに、尿の量は多くなかった。用を済ませたあとも、下腹を押しつけるすっきりしない残尿感があった。

オギョンは階段を下り、サービスエリアの裏の方にまわった。最後に訪ねていった占い師は紙の札《ふだ》を書いてくれた。黄ばんだ楮紙《こうぞがみ》に赤いペンで流れるように書かれた文字は間違いなく漢字なのだが、何と書いてあるのかわからなかった。占い師はそれを道の上で燃やすようにと言いつけた。しかも、必ず真夜中でなければならないと強調した。彼女は用意していたライターをポケットから取り出した。戦死通知書より遅れて届いた若い兵士の最後の手紙のように、紙は勢いよく燃えた。オギョンは目を見開いてそれを見た。

「いいことがあるかもしれない」

夫はたしかにそう言った。

「待とう…………もう少し」

「ユジは？　ユジはどうなの？　確かなの？　ほんとに？」

　オギョンは野獣のような声を吐き出した。

「だと思う。きっとそうだ」

　夫の声は慎重だった。全宇宙がずっしりと肩にのっかかったようだった。そうでなくても彼女は夫を信じるしかなかった。その後、夫とはもう一度電話で話した。

「どうして？　どうして待たないといけないの？　なんであたしが。ユジがどうして」

　オギョンが泣きながら絶叫すると、夫がなだめた。

「だから、いま説明するわけにはいかないんだ…………、そういうことだ。ソウルに戻ってからぜんぶ話すよ。俺のことを信じて、もう少しだけ待ってくれ。数日のうちになんとかする」

「俺のことを信じて」と言いかけて夫の声は急に小さくなり、「なんとかする」のところで再び大きくなった。洟《はな》をすすりながらオギョンは思った。この男と暮らしながら、ただの一度も信じなかったことはなかったと。もちろん、世間でいう愛とか情熱とは異なる感情だった。それよりは、誰もが家族に対して抱く気持ちと変わりないだろう。それをいちいち意識しないで暮らしてきたという点で確かにそうだ。

「当分はそこにいろ。じっと息を殺して」

　オギョンは息が詰まりそうになった。

「気を確かに持てよ。頼むから。ユジは…………大丈夫だ」

　それを最後に夫とは電話がつながらなかった。携帯電話は電源が切れていたし、ソウルの事務所は留守電だった。

紙は全部燃えた。オギョンは落ちている木の枝を拾って、燃えかけの灰を突っついた。そこに周りの土をかぶせた。あたりは真っ暗だったが、怖いとは思わなかった。そのとき、暗闇を破るように電話が鳴りだした。彼女は目を細めて画面を覗き込んだ。知らない番号だった。

「どこだい?」

ミンからだった。彼女は答えなかった。

「会いたい。会って話したいことがある」

彼は単刀直入に言った。

「ユジと関係のあることだ。決めるのはおまえだ」

ミンは変わりなかった。もう何日も髭を剃っていないのか、顎髭《あごひげ》がずいぶん伸びていたし、頬がげっそりとこけていたけれど、ミンは変わっていないとオギョンは思った。彼女の目に刻印されたミンの顔は、二十年前のある瞬間に停止したままなのかもしれない。こうやって向かい合うのも久しぶりなのに、昨日会ったばかりのように何の違和感もなかった。

前に一緒に行ったことのある二階のカフェで会った。ソファはやはりあちこちに垢をつけたまま、素知らぬ顔をしてそこにあった。しかし、そのときよりいっそう重い時間の垢が積もっているはずだ。ミンは酒を頼まなかった。「つらいだろ?」なんてことも言わなかった。その代わり、すぐさま本論に入った。

「あの子に会ったよ。ユジのお兄ちゃん」

ユジのお兄ちゃん? それがヘソンであることに気づいたオギョンはあっけにとられた。

「あんたがなんで?」

本能的に中国語が飛び出した。

「偶然会ったんだよ。会いたいとは思っていたんだけど」

ミンは淡々とした韓国語で答えた。その落ち着きはらった眼差しがオギョンをますます刺激した。

「それで？　会ってなにを話したの？」

「いろいろ。ユジに関することさ」

オギョンは我慢できなくなって彼の言葉を遮った。

「信じられない」

「……………………………」

「どうして？　あたしに恨みでもあるの？　いったいなんの権利があって、あんたがあたしの娘の話をあの子とするわけ？」

オギョンは両手で額を押さえた。思ってもいないことだった。目の前の男は、彼女の知っている人ではなかった。見知らぬ広場にひとり放り出されたような気がして、オギョンは身悶《みもだ》えた。

「それからなにを話したの？　あんたが何者なのかってこともあの子に話したの？　あの子、きっと変だと思ったでしょうね」

「ウィリン」

男が低い声で彼女の名前を呼んだ。限りなく耳慣れた発音で。

「それがそんなに大事なのか、おまえには」

彼女は顔をこわばらせた。

「だったら、悪かった。でも賢い子だから心配いらないよ」

「……………………………」

「ユジのこと、警察はまだ知らないらしい。父親が嘘をついたんだろう、家族みんなに。そうするしかなかった事情については知らないけど」

父親、という言葉が出たとき、ミンの胸の中で何がガラガラと崩れたのか、オギョンは永遠に知るよしもないだろう。

「おまえは知ってた方がいいと思って言ってるんだ。ヘソンの許しは得ていないけど。あの子がひとりで背負うには荷が重すぎるだろ？」

「……あたし……あたし……」

韓国語も母語もきちんとした言葉になって出てこなかった。ミンの手は彼女の手を避けて、テーブルの上のグラスをつかんだ。ミンが言った。

「時間がないんだ」

今度は彼女が答える番だった。窓越しに道行く人の頭の上が見えた。胸の中に苦しみがぎっしり詰まっていた。

「きっと手違いがあったのよ」

ようやく彼女の口から出た声はひどく小さかった。

「ありえないわよ。警察も訪ねてきたし、捜査だってしてる。それにあの人が、あらゆる手を尽くしてる。もうすぐ解決するって言ってたんだから」

「ウィリン」

「仮に警察じゃないとしたら、警察よりマシだと思ったんでしょ。もっと信じられるって」

慌てて組んだオギョンの両手がぶるぶる震えていた。そのとき、もしかしたらオギョンは切実に願っていたのかもしれない。ミンが指を伸ばしてわたしの手をさすってくれたら、と。蛇《へび》のようにひんやりとした体を温めてくれたら、と。大丈夫だ、怖がらないで、いい子だから、と言いながら。骨の奥深くに刻印された醜い習慣のようなものだろうか。汚い矛盾だった。しかし、ミンは身動きもしなかった。

「何か事情があるんだろ。でもこれ以上は俺が立ち入っちゃいけないんだ」

「…………」

「よく考えてみろよ。おまえは母親なんだから」

ミンが先に腰を上げた。彼女はついてこなかった。ただ彼の後ろ姿を眺めていた。ミンは振り返らなかった。地面を踏みしめながらゆっくり歩いた。彼女のいる場所から見下ろせるのをまったく意識していないように見えた。通りが急に白っぽくなり、いまにも雨が降りそうだった。彼女はガラス窓の汚れを拭く代わりに、目をぬぐった。

男の声を聞くなり、ヘソンはドキリとした。電話で聞くと不透明な発音がひときわ目立った。

「お母さんに話したよ」

男の言う〝お母さん〟とはユジの母親のことだろう。ヘソンの口もとが硬直した。ユジの母親のことを、何の説明もなしに自分の母親だと思ったことがあっただろうか。なかった。この先もないだろう。それはヘソンが彼女とどのくらい親しいのか、彼女のことをどのくらい気の毒に思っているのかとは関係なかった。

「お母さんはじきに帰ってくるよ。でなければ、とりあえず君に電話をするだろう。そのときは驚かないで」

「…………はい」

「みんなで話し合って決めるのがいいと思う。君の家族が一緒に」

「……………」

「ヘソン。僕がこんなことを言うのはなんだけど、君はとても強い人だよ」

おかしなことに喉がカラカラになった。ヘソンは咳払いをした。

「どんな状況になっても自分を守るんだ。それと、悪いけど」

男の声が何か所かはっきりしなかった。

「お母さんを守ってやってくれ」

ヘソンが答える前に電話が切れた。いま男はどこに立っているのだろう。男のやつれた猫背が目に浮かんだ。

オギョンは一時間ほどして帰ってきた。化粧っ気のない青ざめた顔をしていた。目には生気がなく、少し前に流した涙の跡は残っていなかった。乱数表のような紙を見せる前に、ヘソンは何度か深呼吸をした。オギョンは低く沈んだ声で尋ねた。

「なに？　これ」

ヘソンはミング先輩に教えてもらったことを慎重に話した。オギョンは意外な反応を見せた。

「それで、これがユジとどういう関係があるの？」

「だから………」

「わたしには何のことだかさっぱりわからない。これを見たらユジがどこにいるかわかるの？」

「父さん宛てに来たんだよ。父さんがやってることは」

それ以上は言えなかった。オギョンはヘソンをまっすぐに見つめた。

「お父さんが何やってるかなんてどうだっていいのよ。それとこれとは関係ないから」

「大事なことなんだよ。大事なことかもしれない！」

「ヘソン……」

「父さんが人に言えないようなことをやってるから、だから警察に連絡もしなかった。偽の警察を家に連れてきた。父さんは知っているんだ。どうしてユジが……」

「やめて」

オギョンが鋭い声を出した。

「そうね、そうかもしれない。もしそうだとしても、いまわたしたちに何ができるっていうの？　お父さんがなんとかしてくれるわ。待ってろって言ってたから。すぐに解決してくれるはず。信じなきゃ」

「なに言ってるんだ。そんなの嘘だよ。手遅れなんだ。いますぐ警察に連絡しなきゃ」

「ダメよ、ダメ。いまはダメ。韓国の警察が信じられる？　あの人たち、絶対に捜してくれやしないんだから。何の助けにもならないわ。事を大きくするだけで」

権限を決めるのは誰だろう。デリバリーのピザを六等分するように、ここまではあなたの権利、ここからは私の権利、と正確に分けられるのは誰だろう。オギョンは強硬だった。「ややこしくしないで。じっとしてるの。待ってみましょう」という意味の言葉を繰り返した。自分が決めたことを擁護するのに必死で、いま何を言っているのかわかっていなかった。ヘソンは彼女から目を離さなかった。ボーイスカウトの少年のように、額が半分見えるくらいにカットした、洗練された彼女の前髪はいつの間にか眉毛を覆っていた。

知ってたんだ。そうなんだ。

彼女は知っていたのだ。父がなぜこんな行動をとったのか。そして、これまで彼がどうやって家族を養ってきたのか。胸の真ん中にしこりのような痛みを感じた。裏切られたと思ったわけではなかった。あたかもふざけて片足を上げた赤ちゃん象に胸をぐうっと踏みつけられたような感じだった。ヘソンは心臓を押さえた。オギョンが先に目を閉じた。彼女は体を斜めにして座っていたソファから、そのまま滑るように倒れた。瞼《まぶた》は動かなかった。額が火のように熱かった。

「病院に行こう」

「いいえ」

救急車を呼ぼうとしたヘソンを、オギョンが止めた。

「病院？　わたしが？　いま、こんなときに？」

ヘソンは冷水に浸したタオルをぎゅっと絞って、彼女の額にのせてやった。

「ありがとう」

オギョンが乾いた唇を動かした。

「薬、買ってくる」

「待って……、ここにいてくれる？」

「……………」

「なんだか…………怖くて」

彼はまた腰を下ろした。肩をすくめた沈黙が二人を覆った。ヘソンはあらためて周りを見まわした。家。彼らの家。オギョンが横になっているソファは四人掛けで、ヘソンが座っているソファは一人用だった。はるか遠くの大陸に暮らしていた水牛の皮を剝《は》いで鞣《なめ》したあと、ブルーブラックに染めたものだ。父と義母が論峴洞《ノニョンドン》にある輸入家具展示場で買ってきた。手のひらで肘掛けをこすってみた。冷たかった。ぞっとするような冷たさだった。

捨てるべきものは何だろう。守るべきものは何だろう。自分に何ができるのか。何をしなければならないのか。

ヘソンは次の日の朝早く、家を出た。


ハン氏とは、カンを介してのみ話ができた。

「約束の日が過ぎたら話をしましょう」

ユジは無事なのか確かめてくれとサンホが泣いて頼んでも、カンはただそう答えるだけだった。

「先生は悲しんでおいでですよ。これだけ長い月日をともにしてきたのに、自分を信じてくれないと」

下唇の内側の真ん中に大きな口内炎が二つできた。丸く腫れ、白くただれていた。サンホは舌でそこをぐっと押した。ヒリヒリした痛みがむしろ、彼の気持ちを慰めてくれた。

約束の日まであと三日。サンホは韓国に戻ってきた。正確にいうと、仁川空港の到着ロビーを出て、約束していた小切手の束を駐車場で受け取ってから、再び出発ロビーに入るまでに要した一九〇分ほどの時間だけだ。それが彼の考えあぐねた最もスマートなやり方だった。

延吉《ヨンギル》空港の税関カウンターを通過しながら、サンホは気が気ではなかった。見つかりやしないかとハラハラするのとは少し違っていた。無表情の若い公安に突然、首根っこをつかまれてどこかに引っ張られていくようなことになったら、サンホは最後まで抵抗する覚悟でいた。大声で叫ぶつもりだった。二本の足が折れたとしても、死にものぐるいで逃げるつもりだった。ところが何も起こらなかった。たいていの不安がそうであるように、不透明な結末で終わってしまった。

背の低い茶色の建物を出ると、ゲストハウスの男が車で迎えに来ていた。

「ああ、なんとか間に合いました。とんでもないのが家の前に来ましてね」

男に文句を言わせているのが誰なのか、間もなくして自分の目で確認することになった。ゲストハウスの駐車場に入ろうとすると、一人の男が車の前に立ちふさがった。骨が歩いているような、痩せこけたその中年男が突然、地面にひざまずいた。

ゲストハウスの男が窓を開け、中国語で罵声を浴びせた。韓国語ならさしずめ「このイカレた野郎め」だろうか。ひざまずいた男はそんなことなどお構いなしに、彼らに向かって両手をこすり合わせて哀願し始めた。それほど切実に何かを求める目を、サンホはかつて見たことがなかった。

「まったく手こずらされますよ。こんな忙しいときに」

ゲストハウスの男が窓の外に顔を出して、中国語で何やら鋭く言い放った。タイヤで踏み潰しても構わない虫じゃないのが残念だ、と言わんばかりの勢いだった。

「放っときゃいい」

ゲストハウスの男の不機嫌な声を無視して、サンホが車のドアを開けた。地面にひざまずいている男がさらに頭を深く下げた。額を何度も地面にぶつけた。男の吐き出す異国の言葉が、罠にかかったロバの鳴き声のように聞こえた。

「自分を買ってくれと言ってるんですよ」

いつの間にか車から降りたゲストハウスの男が説明した。

「裸一貫でも健康でなけりゃどうしようもない」

男は北の地方で事業をやっていたが、大失敗して故郷に戻ってきた。妻と幼い娘は重い病気にかかっている。それで金がいる。自分も黄疸《おうだん》と肺炎はひどいが、心臓だけは規則的に元気に動いている。それを売りたいと言っているのだった。

自分のことを言われているのがわかったのか、男が顔を上げた。よく見ると顔が黄色く、白目の部分がテカテカ光っていた。

「どうしましょう」

ゲストハウスの男が尋ねた。空には太陽が斜めにかかっていた。サンホはからだじゅうに鳥肌が立った。

「いったいどういうことだ?」

サンホはカッと腹を立てた。二人の男の肩が同時にビクッとした。

「こんな男が訪ねてくるくらいなら、ずいぶん噂が広がってるんじゃないのか? この男が知っているのに、公安が知らないってことはないだろ。この先、この男がどこかで触れまわったりしたらどうするつもりだ」

サンホはズボンのポケットに手を入れて、財布を取り出した。とりあえず紙の札を何枚か抜いた。毛沢東、周恩来、劉少奇、朱徳、と中国の政治家四人の顔が重なるようにして印刷された人民元をゲストハウスの男に渡した。彼は一瞬ぽかんとしていたが、やがて地面にうつぶしている男の頭の前にそれを置いた。誰も何も言わなかった。

男の顔の筋肉がゆがんだ。そのすさんだ顔に絶望の色が浮かんだのを、サンホはまざまざと見た。男が悲しそうな目で彼を見上げた。サンホは目をそむけた。彼は車に乗らずに、とぼとぼ歩いてゲストハウスの玄関に入っていった。

仁川駅を出ると、正面に「チャイナタウン」の看板が見えた。何を真似てつくったのか見当もつかない大きな城門がそびえ立っていた。そこからが新しく造られた仁川チャイナタウンだ。緩やかな坂道をのぼりながら、ミンは注意深く周りを見まわした。それは長い間、体に沁みついた習慣だった。

大きな中華料理店がメイン通りの両脇に並んでいた。共和春、紫禁城、北京楼などの看板の前をゆっくりと通り過ぎた。ここはどこだろう。迷路にはまったように頭の中は混乱していたが、足が本能的に前へと進んだ。生まれて二十年間住んだ街だった。

かなりの観光客がいた。日曜日だからだろう。晴れても曇ってもいない日だった。広場の片方に多くの人が群がっていた。見世物をやっていた。紫色のスパンコールのついたスーツに身を包んだ年老いたコメディアンが、マイクを持って何やら話していた。耳鳴りがするほど大きな声の韓国語だった。彼が今日売らなければならない薬の箱が地面に積み上げられていた。

「子どもは耳を塞げ！」

老いたコメディアンが男の性器の大きさについて幼稚なジョークを言った。彼を囲んだ人たちは曖昧に笑った。ミンもつられてクックッと笑った。それ以外に何もすることがないかのように。しばらくして観光バスが一台、停まったかと思うと、青少年の一行がどっと降りた。台湾からの修学旅行生だろう。韓国語と中国語が混ざり合って、ミンの内耳の蝸牛管《かぎゅうかん》の一番奥深い所で鳴り響いた。このままうずくまってしまいたい、と彼は思った。

メイン通りから少し離れて路地に入ると、以前と変わりなかった。いや、これは正しい言い方ではないとミンは思った。路地は時間の風化作用をからだ全体で見せ、さびれていた。空に向かって続く石の階段と、崩れかかった塀、廃タイヤをのせたオレンジ色の屋根。ミンは瞬きをした。数えきれないほどこの道を上り下りした。走ったり歩いたり、歌ったり、泣いたり、夢を見たりした。ここから出ていきたくて、逃れたくて、一日に何度も拳を握りしめた。

昔住んでいた家の前で足を止めた。いまではみすぼらしいとしか言いようのない、小さな二階建ての家だった。きょうだいはばらばらになっているし、韓国人の母と所帯を持っていた父が死んでからは、帰ってきたいとも思わなかった。粗末なこの家をめぐって兄たちが争ったという噂は聞いた。表札には見知らぬ人の名前が刻まれていた。韓国人だろう。二階のベランダを見上げてみると、まだ乾いていない洗濯物が風に揺れていた。古くなったタオルと黒いジャージの間に、手のひらほどの子ども用の下着が干されていた。

いいな。

ミンは韓国に戻ってきて初めて、心の底からにっこりと笑みを浮かべた。彼はくるりと背を向け、そこを去った。これっぽっちの未練もなかった。

26 日曜日は知らない

大韓民国では一日平均一六四人が姿を消す。

二〇〇八年現在、韓国の警察で受理される失踪事件は年間六万件に及ぶ。そのうち、十四歳未満の児童と知的障害者、認知症の高齢者らの場合を「失踪」とし、十四歳以上の青少年と成人は「家出」として扱われる。失踪と家出を区別する基準は、自発的な意志があるかどうかだ。自発的な意志をもって家出をしたと認められる年齢が十四歳というわけだ。

ソウルS警察署の刑事課に所属する担当捜査官は、直感でこれは怪しいと思った。当然のことだ。十一歳の女の子がいなくなったのに、失踪してからひと月も経った頃に失踪届を出すような家族がどこにいるだろう。ひと月分の給料を賭けてもいい。

最初に届けを出したのは失踪者の兄だった。満二十歳の大学生で、担当者がまだ出勤していない朝早くに警察署を訪ね、当直の警察官に届けを出した。関連書類を作成したあと担当者に引き渡された彼は、失踪当日の状況をわりと落ち着いた態度で供述した。また彼は、妹の身体的特徴や人相、服装を説明したチラシを持っていた。かなり念入りに作られていた。下の方に彼の携帯電話番号が大きく印刷されていた。

多くの失踪者の家族は個人的なやり方で街に出る。小学生以下の子どもがいなくなった場合は、ほとんどの家族がそうだった。仕事を投げ捨てる家長は数えきれないほどいたし、彼らは子どもを捜して全国津々浦々をさまよい歩いた。だがそれも、いったん警察に失踪届を正式に出してからのことだった。誰でもまずは警察に連絡する。やむをえない事情がない限りは。

例えば、絶対に警察に届けるなと誘拐犯から脅迫されている場合である。金品等を要求する脅迫電話がかかってこなかったかと尋ねると、キム・ヘソンは少し間《ま》をおいてから、かかってきたことはないと答えた。蚊の鳴くような声だったので、よく聞こえなかった。警察はその短い沈黙に注目した。

最初にキム・ユジの母親であるチン・オギョンが事情聴取を受けた。チン・オギョン。満四十歳。忠清南道瑞山《チュンチョンナムドソサン》生まれ。台湾国籍者として生まれるが、一九九七年に大韓民国の国籍を取得した。キム・ユジの父親であるキム・サンホと婚姻届を出した明くる月のことだった。チン・オギョンは初婚だが、キム・サンホは再婚だった。キム・サンホは前妻との間に、現在満二十四歳の娘と満二十歳の息子をもうけている。つまり、最初に届けを出したキム・ヘソンはキム・ユジの腹違いの兄ということになる。初めから一般的な家族ではなかったと、担当捜査官は思った。周知のとおり多くの場合、児童をめぐる犯罪は家族の内部で起こる。今回の場合はどうだろう。どう見ても単純な児童失踪事件とは思えなかった。

チン・オギョンが事情聴取を受けるために警察署にやって来た。江南《カンナム》の生活圏にあるS警察署に勤めて五年目になる警察官の目には、彼女は「典型的な江南の若いママ」だった。年齢不詳の体型とヘアスタイル、おしゃれをしているわけでもないのに自然と滲み出る洗練された雰囲気は、この付近のマンションやショッピングモール、小学校の前でよく見かけるタイプの女性だった。いつだったか同僚の女性警官にそんな話をすると、「市場に行くにも二百万ウォンのバッグを持って、百万ウォンの靴を履いていれば、みんなそう見えますよ」と冷たい反応が返ってきた。いずれにせよその警察官の目には、彼女は信頼できる誠実な主婦には映らなかった。

彼女は、夫つまりキム・ユジの父親であるキム・サンホは中国に出張中だと言った。妻の供述によると、小さな貿易業をしているらしかった。出入国管理局に確認した結果、昨日、延吉—仁川—延吉を二時間間隔で往復した事実が明らかになった。妻は知らないようだった。娘がひと月も行方不明だというのに、呑気にビジネスなんかに没頭できるものだろうか。

「なぜこんなに遅く、届けを出したんですか」

唇を固くつぐんでいた女が手のひらで口もとをこすった。何かを隠しているときに見せる典型的な動きだ。

「……………それどころじゃなくて」

消え入りそうな声で言った。この女を要注意人物リストの一位にしておこう、そう思ったときだった。突然、彼女が泣きだした。こらえていたものがどっとあふれ出したような泣き声だった。

キム・ユジの姉、キム・ウンソンは、あたかも退学処分を受けた生徒が指導教員に連れてこられたような態度だった。

「前にぜんぶ話しましたけど。何度も」

あらためてなぜまた訊くのかという口ぶりだった。彼女がすでに聴取を受けたと主張する「ムン・ヨングァン」という刑事は存在しなかった。そのことを知った彼女はひどく興奮した。

「ほんとですか？　ほんとにほんと？　…………………あの男」

キム・ウンソンは「あの男」が自分に何をしたのか陳述した。興奮するあまり、前後の脈絡はめちゃくちゃだったが、結論は単純明快だ。その男は刑事だと名乗り、捜査をするという名目で悲嘆に暮れている家族のことをあれこれ探ったのだという。

「それなのに、人のことをもてあそんで………」

担当捜査官が「もてあそんだ」と言う彼女に質問すると、キム・ウンソンの目に一瞬、涙のようなものが光った。

「わかるでしょ？　そういうの。か弱い女にあんまりだわ。自分の言うことを聞けばユジを捜してやるって…………、だから仕方なく、あたし…………」

捜査官二人がムン・ヨングァンのワンルームに乗り込んでいったとき、彼はトランクス姿だった。まるでマスターベーションでもしていたかのような格好だった。テレビの画面では、マンチェスター・ユナイテッドとバルセロナの試合が終盤戦に向かって盛り上がっていた。

彼は依頼人であるキム・サンホに頼まれたことをしただけで、自分の意図ではなかったと言った。自ら警察だと名乗ったことは誓ってただの一度もない、とも。彼はまた、キム・ユジを捜すのに自分がどれほどの努力をしたのか抗弁し、これまで集めた情報を提供して捜査に協力する意志があることを必死に見せようとした。〝本物の警察〟が警察を名乗る犯罪に対してどれだけ強い反感を抱いているのか、明確に知っている人間の行動だった。

キム・サンホの家族と知り合ったきっかけについて説明する彼の供述には、ある程度の一貫性があった。キム・サンホが直接訪ねてきて、このことはどうか秘密にしてほしいと頼んだこと、そしてあるとき、当分の間は放っておいてくれと言いだしたこと。そしてここ数日は連絡さえ途絶えていること、などがそうだ。

「依頼人がもういいと言っているのに、なぜ仕事を続けている？」

捜査官の質問に、ムン・ヨングァンは初めてまっすぐに目を見た。

「任務ですから。デューティ」

「プッ、笑わせるな」

警察のあざ笑うような反応に、ムン・ヨングァンは奥歯を噛みしめた。続いて、キム・ウンソンをレイプした廉《かど》に言及すると、ムン・ヨングァンは激しく否定した。

「誰がそんなことを。私がそんな破廉恥な人間に見えますか」

そう言って彼は急に英語で話し始めた。アメリカ市民権を持つ自分を捜査する権利は韓国の警察にはない、国際弁護士を選任するまで黙秘権を行使する、という内容だった。

この事件に関する捜査官たちの反応は、大きく二つの意見に分けられる。一つは家族内部の犯罪、もう一つは家族の外部の犯罪だということだ。

犯人が家族の外にいるとすれば、小児性愛者のしわざである確率が高い。性欲を満たす目的で幼い子どもを誘拐し、殺害、遺棄するかたちの犯行は、年々急激に増加していた。まずはソウル市内に住んでいる同種の前科者を対象に、聞き込み捜査をすることにした。金を要求する一般的な誘拐ではないと思われるのは、脅迫電話が一切かかってこなかったからだ。もちろん、家族の供述が嘘ではないことが大前提となっている。いずれにせよ、これが凶悪事件であることを疑う余地はなさそうだった。

公開捜査に切り替えるべきではないかとの意見も台頭した。似たような前例に、公開捜査を行ったケースがかなりあったからだ。しかしこの場合、社会的に過剰な話題を呼ぶことになるかもしれないし、そうなれば捜査官としても少なからずの負担になるのも事実だ。先日、安養《アニャン》で小学生の女の子が失踪した事件が社会的に大きな反響を巻き起こしたばかりだった。まずは家族の内部に犯人がいないことを明らかにしなければならない。

それにしても不審なところが多すぎるというのが、キム・ヘソンとチン・オギョン、キム・ウンソンに順に会った担当捜査官の意見だった。彼が思うに、最も怪しいのは何といっても中国に逃げている父親、キム・サンホだった。キム・サンホに関する家族の陳述を聞くと、空っぽの円だけが残像として残った。つかもうにもつかめない、ぼんやりした円が。

延吉での男の足跡はまだ把握できていなかった。妻のチン・オギョンは夫が中国のどこの都市にいるのかも知らないと言い張ったし、娘のキム・ウンソンは「父さんはいま中国に行ってるんですか」と訊き返した。息子のキム・ヘソンがおずおずと差し出したのは、皺くちゃになった一枚の紙だった。彼は喉の奥深くにずっと閉じこめてあった言葉を、どもらずに、落ち着いて陳述した。

午後六時三十分。江南《カンナム》駅の交差点にあるカフェの中はとても騒がしかった。

春を思いきり楽しむように華やかな服を着た若者や、仕事帰りのネクタイ族らで混雑していた。男はゆっくりと二階に続く階段を上がっていった。急がないでと女が念を押したからではなかった。目的地に向かって最高速度で突進したい気持ちはもう、彼の霊肉に残っていなかった。

窓ぎわに一人掛けの席が横向きにずらっと並んでいた。広かったり狭かったり、大きかったり小さかったりする、たくさんの後ろ姿。男は迷わず女の背後に近づいた。女が隣の席に置いていた小さなバッグを取った。そしてマグカップを両手で包んだ。顔を隣に向けようともしなかった。まだ来ていない誰かを待っているかのように、目は窓の外に向けたまま。そしてたまたま見知らぬ人と隣り合わせになったかのように、彼らは騒がしい沈黙の中でしばらく無言のままだった。

「面倒なことになりそうなの」

女が先に口を開いた。韓国語で。二人だけの言葉。秘密の言葉。独り言のようなとても小さな声だった。視線は相変わらず遠くの方に向けられていた。そこがどこなのか、ミンは一緒に見ようとはしなかった。

「帰って、早く」

「…………………」

「警察の手があんたにまで伸びたりはしないでしょうけど、でもわからないから」

ヘソンが警察に届けたんだな。よかった。男はほっとした。それ以外に方法はなかった。

「あの日、あたしは台北で誰にも会っていない、ひとりでふらっと行って考え事をした、って話してある。あんたのこと話したって、誰も理解してくれやしない。疑われるだけ」

女は限りなく簡潔に言い放った。

「あんたまで警察に呼ばれたら、何もかもがばれてしまう。あたしたちの関係も」

あたしたちの関係？　女の口から出た言葉があんまり通俗的だったので、男は吹き出しそうになった。俺たちはどういう関係なのだろう。彼女は俺たちがどういう関係だと、どういう関係だったと思っているのか。

「あんたに渡したクレジットカードはさっき紛失届を出したから。もし訊かれたら、ずっと前に失くしたまま忘れてた、って言うつもり」

何が女をここまで焦《あせ》らせているのか。この期《ご》に及んで何を守ろうとしているのか。男は絶望ともいえる無力感で、その時間に耐えた。

「だから早く帰って。明日の朝の飛行機で」

「…………わかったよ」

言い終わったときには、女の姿はもうなかった。歩くときに女の足の筋肉がどのように動くのか、肩がどのように揺れるのか、最後に目に焼きつけておきたかったが、やはり叶わなかった。

「さよなら《アンニョン》」

男は声に出してそう言った。誰にも聞かれていないはずだ。男は唇をぎゅっと噛みしめた。舌の先にかすかに血の味がした。

外の青空は澄んでいた。見慣れたようで見知らぬソウルの道が、相変わらずくねくねと続いていた。周囲を白い霧に包まれた丘を上っていくように息切れがした。やるべきことはやった。自分の役目はここまでだ。しがないセリフをひと言叫んで舞台を下りるエキストラが、自分に与えられた役のすべてだったのだ。思いがけなく陽の光が額にたっぷり降り注いだ。この街はもう春だった。


担当捜査官は、初めから事を大きくしようと思っていたわけではなかった。しかし上層部の意向は違った。任期満了を控えた警察署長は、何か転換点になるものを求めていた。何の変哲もなく続いてきた警察生活の最後に打ち上げる、一発の神聖な祝砲のようなものを。

子どもの捜索と、臓器密売組織の捜査が同時に行われた。捜索令状を持った警察が駅三洞《ヨクサムドン》にあるキム・サンホの事務所に押しかけた。中には誰もいなかったが、サンホの業務用コンピュータのハードウェアを押収するのに何の問題もなかった。

方背洞《バンベドン》の自宅には家政婦がいた。警察が書斎にある机の引き出しの中をひっくり返しているときに、妻が帰ってきた。外出していたのだろう。家の中のコンピュータをすべて押収すると言うと、彼女が「ユジのコンピュータはこの前、彼が持っていきましたけど」と答えた。それ以外には何も言わなかった。

キム・ユジのコンピュータはムン・ヨングァンの部屋で見つかった。ムン・ヨングァンは留置所に入っていた。現行法では逮捕令状なしに拘禁してもいいのは四十八時間だ。そのことを知らないのか、拘禁後、ムン・ヨングァンの態度は目に見えておとなしくなった。

「一人を選ぶなら、いろいろな面から見てまずは母親でしょうね。夫以外にも男がいるようですし」

ムン・ヨングァンは重要機密を漏らすかのようにそう言った。

「長女も容疑者から完全には外せないでしょう。ずっと前になりますが、腹違いの妹の誘拐を企んだことがあるんですよ。証言もあります」

サイバー捜査隊は、キム・ユジのインターネットの使用履歴を一日で分析した。キム・ユジはポータルサイトにブログを持っており、たくさんのブログ記事を非公開にしていた。コメントをしたのは〈Hálka〉だけで、ユジが周期的に誰かのブログを訪問した記録も〈Hálka〉一つだった。

ID：〈Hálka〉。本名：イ・ヨンソン。二十二歳。現住所：京畿道《キョンギド》安山《アンサン》市常緑《サンノック》区《ク》四洞《サドン》。

すぐさま安山に捜査隊が送られた。イ・ヨンソンは安山市内にある軽食のチェーン店でアルバイトをしていた。痩せ細った体に、チョコレート色の汚いエプロンをしていた。警察だと言うと、化け物でも見たかのように驚き、真っ青になった。

「キム・ユジをご存じですね？」

「………キ・ム・ユ・ジ？」

彼女はどもるように一文字ずつ発音した。

「よく知りませんけど」

「ピズ。P・I・Z・Z！　知ってるだろ？」

警察がいきなり乱暴な口調になったので、イ・ヨンソンは大きな目を瞬いた。

「何かあったんですか」

彼女の声は恐怖におののいていた。警察の説明を半分も聞かないうちに、涙をぽろぽろ流した。

「突然訪ねてきたんです。ほんとです。ここまで来るなんて思ってもいなかったのに………」

彼女の告白が訥々と続いた。大阜島《テブド》、という地名はムン・ヨングァンの供述と一致した。

「あたし、現金がなかったから………キャッシュカードしかなくて………迷ってるうちにやっとATMを見つけたんだけど、壊れてて………携帯電話のバッテリーもなくなってて………そんな長くはかかってないと思ったのに………」

店に戻ったときにはユジはいなくなっていた。「女の子？　さっきまでいたけどねえ」。店の人はそう言い、彼女はそのあたり一帯、ユジを捜しまわった。

「いなかったんです。どこにも」

「それで、ひとりで帰ってきたのか？」

「………最終バスが出る時間になって………それを逃したら島から出られないから………」

聞いていた警察官が舌打ちをした。

「家に帰ったんだと、ひとりでここまで来たんだから、ひとりで帰ったんだって思ったんです。賢い子だし………」

イ・ヨンソンは泣き声になっていた。痩せっぽっちの小さな娘だった。あんまり泣くので、そのうち体の中が枯れてしまうのではないかと心配になるほどだった。担当捜査官はキム・ユジの写真をもう一度取り出した。「銀の匙《さじ》を咥《くわ》えて生まれてきた」というのは、どこの国のことわざだったか。生まれてこれまで一度も土を踏んだことのないようなキム・ユジは、イ・ヨンソンとは生涯を通じて何ひとつ接点などなさそうに見えた。それなのに、まだ幼いユジがひとりで地下鉄とバスを乗り継いでこの娘に会いに来ただと？　それを信じろというのか？　いったい何が真実なのか。

嘘探知器にかけてみたが、イ・ヨンソンが言っていることは嘘ではなかった。イ・ヨンソンの供述をもとに、大阜島地域での聞き込み捜査が始まった。ユジが持っていた十万ウォンの小切手の行方も同時に追跡された。だが、そこからユジは姿をくらましたのだ。この島のようで島ではない所からどこに行ったのだろう。ユジが失踪状態であるのは最初からまったく変わっていない。

中国に逃げたキム・サンホの所在は依然としてつかめなかった。彼が中国国内で使っていた携帯電話の番号は、他人名義で作られた飛ばし携帯だった。キム・ヘソンが提出した証拠品にある電話番号は、すでにこの世に存在しなかった。それもまた飛ばし携帯であることが明らかになった。

捜査が進められている間も、チン・オギョンとキム・ヘソンは方背洞《パンベドン》の家で過ごした。彼らは同じ家の上と下でそれぞれ息をひそめていた。意識的に、廊下や階段の踊り場でも顔を合わせることはなかった。いまはじっと耐えるよりほかなかった。生のまま腐りつつある、生きた屍《しかばね》のにおいがしても。

キム・サンホとの通話を何度も試みたが、連絡は取れなかった。

27　はるか遠くの家

延吉《ヨンギル》空港までタクシーで行った。ゲストハウスの男がまるで長年の友人のように空港まで送ると言ったが、その場で断った。少しの間だけでもひとりでいたかった。延吉から北京までは国内線に乗るつもりだった。今日の午後六時にこの前の店で会おうと、カンが伝言を送ってきた。数を揃えたと言ったキム・サンホへの返信でもあった。

チェックインカウンター前の列は長くなかった。窓口に紺の制服を着た男が座っていた。キム・サンホはパスポートを渡した。男は習慣的に目を通した。キム・サンホは渇いた食道にごくりと唾を流し込んだ。短い時間が過ぎた。男は受話器を取ってボタンを押し、誰かと短く通話をした。早口すぎて、取り調べ、以外はまったく聞き取れなかった。中国語をもっと勉強しておくんだった。呑気にそんなことを考えた。

疲れた。彼らの決めた数をやっと揃えたというのに解放感はなかった。胸を抑えつけるような苦しさは相変わらずだった。搭乗券を受け取ったら、どこでもいいから腰を下ろしたかった。そのとき、突然後ろから誰かが彼の両腕をつかんだ。

ついに来たか。まずはそう思った。制服を着た二人の公安だった。彼は本能的に体を揺さぶった。公安たちは彼の体をさらにがっしり縛りつけた。カウンターにいる職員と彼らが何か言葉を交わした。やはりひと言も聞き取れなかった。巨大なラップで空間全体を覆い、密閉したかのようで、耳鳴りがした。行き交う人たちは、ぽかんとした顔で、あるいは興味なさそうに、彼のそばを早足で通り過ぎた。

公安たちは彼をどこかに連れていこうとした。自由なのは首から上だけだ。サンホは首を少しまわして、二人のうち小さい方の男の額に頭をぶちつけた。驚いた男は悲鳴をあげ、両手で額を覆った。サンホはその隙に逃げた。

彼は脇目も振らずに必死で走った。彼らの足音がすぐ後ろから追いかけてきた。笛の音も鳴り響いた。じきに捕まるだろう。明らかに敗北の予感がする。彼は足と足の幅をさらに大きく広げて走った。おしまいだ。俺の人生はこれで終了だろうか。彼は思わずクックックッと笑った。

あきらめたらすべてが終わるだろう、と期待するのはなんとむなしいことだろう。息苦しくなった。それでも彼は走り続けた。笑いながら走った。水の流れに逆らって進んでいく老いた魚のように、キム・サンホは道の中に吸い込まれていった。

大韓民国の旅券所持者であるキム・サンホが中国の公安に逮捕されたと、二日後、中国駐在の大使館を通して韓国の警察に伝えられた。韓国の警察が下した指名手配とはまた違う経路だった。現地の公安当局が長い間、力を入れてきた臓器密売組織の掃討作戦の一環で、韓国と中国を行き交う大きな組織の責任者だと嫌疑をかけられた彼は、現地の刑務所に収監された。公安は、公にはできないが信頼できる筋からの情報によって、彼の身柄を確保した。自分は一つの点にすぎない、上の指示に従って動く組織員にすぎない、とキム・サンホは主張したが、受け入れられなかった。

オギョンは生まれて初めて自分が華僑であることに感謝した。亡くなった父と母の親戚の中に、中国に定着して暮らしている人たちが多くいた。一九九二年、大韓民国が台湾と断交し、中華人民共和国と国交正常化したあと、台湾国籍ではなく中国国籍を選んだケースだった。北京にしっかり根を下ろして暮らしているいとこも二、三人いた。中国で逮捕された韓国人被疑者を専門的に担当する、中国朝鮮族の弁護士を紹介してくれたのも、彼女の従兄だった。

「オギョン」

彼女を見るなり、夫がひと言喘《あえ》ぐように吐き出した。オギョンはうなだれた。彼の目をまっすぐ見つめることができなかった。

「ふうぅ………」

彼は深く長いため息をついた。肘をついた机に頭を打ちつけた。隣に立っていた公安が目を鋭くつり上げた。

「ようく聞けよ」

彼が早口でつぶやいた。

「警察に頼っても無駄だ。とりあえず釜山のハン氏を捜すんだ。絶対に警察には気づかれるな。ハン・チョルスというんだが、本名じゃないかもしれん。一年のほとんどをソウルと釜山で過ごして、あとは日本と中国を行き来している。なんとしても捜すんだ。慶尚道《キョンサンド》一帯の大きな病院に行って、ブローカーたちを絞ってみろ。手がかりがつかめるかもしれない」

夫の口から次から次へと出てくる言葉を、オギョンは朦朧とした意識で聞いていた。外国の拘置所の面会室よりも、十年をともに暮らしたこの男の方が現実感がなかった。オギョンはからだじゅうの骨がしびれた。

「ハン氏がユジを捜してくれるはずだ。仮にやつらのしわざじゃなかったとしても。ほかのことは何も言うな。望みどおりにしてやると言えばいい。娘を捜してくれたらなんでも言うとおりにする、と。中国のことは全部、この俺がかぶる。だから娘だけは返してくれと」

彼女はようやく顔を上げて夫を見た。夫の眉がぴくぴく震えていた。彼の目の中で揺れているのは絶望の炎だった。

「警察にも誰にも言うな。誰もわかってくれやしない。あいつら、ユジに何をするかわからんからな」

わかった、そうするとオギョンは答えた。あなたを早く出してあげるとか、濡れ衣を晴らしてやるという約束はしなかった。

「時間がない。早く帰れ」

「また来るわ」

いま二人が交わせる唯一の別れの言葉だった。

いかなる手段をもってしてもなるべく早く韓国に移送させた方がいい、と弁護士が言った。未決の間に何とかしないことには、裁判で判決が下ってしまうとお手上げだと言った。お手上げ。そんな言葉を朝鮮族の弁護士はどこで覚えたのだろう。面会室を出るなり、千丈の断崖に立たされたかのように、彼女の膝はがくっと折れた。

この先、この道をどれだけ行き来することになるだろう。仁川空港高速道路を走ってソウルに戻ってくる車の中で、彼女は小さな声で自問した。警察はユジの失踪と関連づけて、自分を容疑者に挙げていた。いまは出国が禁止されないことを望むばかりだ。きわめて現実的な望みだ。灰色がかったくすんだ霧が立ち込めた午後だった。

四月のある夕方、首都圏にはずいぶん前から予告されていた雨が降った。降水量は十〜十二ミリ。甘い春の雨だと言う、交通情報のキャスターの興奮した声がラジオから流れてきた。そのあと、雨による交通事故のニュースが続いた。

「安全運転を、お気をおつけになってください」

女性キャスターが敬語を重ねて念を押した。不自然だったが不快な感じはしなかった。バスの運転手が急ブレーキを踏んだ。ヘソンのひょろりとした体がぐらっと揺れた。立っていた乗客は一斉に、高い、あるいは低い悲鳴をあげた。ヘソンは声をあげる代わりに唾を呑み込んだ。これぐらいのことで悲鳴をあげるわけにいかなかった。いつの頃からか、胸に詰まっているものを声に出して言えなくなった。

中国に行ってきた義母は、いつもより独り言が多くなった。彼女がヘソンに正直に相談を持ちかけてきたのは、意外なことかもしれなかった。彼は内心、義母に憎まれているとばかり思っていた。彼女の頼みを聞かずに警察に届け出た自分を許すはずがなかったからだ。

「そんなことがあってはいけないけれど、もしかしたら帰ってこられないかもしれない」

主語の「お父さんが」が省かれていた。ヘソンは良心の呵責でからだじゅうの骨と筋肉が麻痺していった。彼女はさっそく行動を起こした。サンホに頼まれたハン・チョルスを捜すためだ。華僑には、華僑学校の同窓生たちを中心に緊密なネットワークがあるらしかった。

「中国本土と韓国を行き来しながら貿易業をやってる人なら、誰か知っているかもしれない」

その男を捜しまわっているときの彼女は、まるで狂人だった。そんな彼女が今朝、ひどく興奮した声で「見つけたわよ!」と言ったのだ。

「会うことにしたわ。会ってくれるって」

キム・サンホの妻だとこちらの身分を明かしたところ、すぐに、さぞご心配でしょうと返事があった。ユジのことを話し、どうか会わせてくれと言うと、少し間をおいてから承知したようだった。そんなに悪い人じゃなさそうよ。彼女が独り言のようにつぶやいた。行かない方がいい。ヘソンは彼女にそう言いたかった。

「明日の夜十時に、揚平《ヤンピョン》総合撮影所の近くで」

「僕が行くよ」

「いいえ、ヘソン」

彼女があらたまってヘソンの名前を呼んだ。

「ダメよ、そんな所に行っちゃ」

彼女は幼い子どもに言い聞かせているようだった。ヘソンは急に、彼女に初めて会った十歳の頃を思い出した。

「いちおう話しておいた方がいいと思っただけなのよ。もし、何かあったら……」

「一緒に行くよ。僕がついていく」

オギョンがふっと笑った。ピンク色の歯茎が力なく少し見えた。十年前、ユジを産んだ日、産婦人科の病室で見せたあの笑みだった。

「ありがとう。そう言ってくれるだけで。でも」

「…………」

「大丈夫、怖くないから」

彼女は毅然としていた。

バスが目的地に着いた。窓の外の、雨の降る風景の中に飛び込む前に、ヘソンはパーカーについたフードをかぶった。そこで降りる人は誰もいなかった。この雨はじきにやむだろう。雨がやめば春はさらに深まるだろう。深まった春は異常な早さで去っていくだろう。しかし、異常な早さと正常な早さとは何が違うのか。

バス停に降りるとどこからか男が現れ、ヘソンの頭の上に傘を差しかけた。男が傘をヘソンの方に傾けた。反対側の肩は雨で濡れていた。彼らは歩道の端を歩いた。歩道に舗装されたブロックに沿って、雨水があてもなくどこかに流れていった。

店舗が入った建物の軒下に並んで立った。男は傘を畳まずに、そのまま地面に置いた。風が吹くたびに細い傘の骨がぶるぶる震えた。その不安定な直線の動きを、二人はしばらく黙って見ていた。

「電話に出たので驚きました。てっきり台湾に帰ったとばかり」

「帰れなかったんだ」

男の目もとに濃い影が落ちていた。

「正直、帰る場所もないしね」

男は少し笑いながらつけ加えた。疲れているようだった。ヘソンは笑わなかった。前にこの人は台北に住んでいると言った。二十年前に通った大学の近くでいまも暮らしていると。「どこだっておんなじさ」。二度目に会ったとき、男はそう言いながら焼酎を見下ろしていた。その部屋は長いこと留守になっているのだろう。窓の枠に白く積もった埃《ほこり》、いつ見ても髪の毛が一本ついている枕、乾いた鉢植えの上に留まっていくひっそりとした寂しい陽ざしについて、ヘソンは想像した。それからもう一つの留守になっている場所——ユジの部屋を思い出した。

「助けてください」

ヘソンはため息をつくように言った。

「母を止めなきゃ」

ヘソンの話を聞いている間、男はポケットに手を入れたまま身動きもしなかった。

「そんなことしたって無駄なのに……、なのに……僕の言うことは聞いてくれないんだ、誰も」

しばらく沈黙があって男が答えた。

「無駄だとわかっていながら、そうするしかないときがあるんだよ」

「馬鹿だよ。どうかしてるよ」

「どうかしててもだ」

「希望なんかあるわけないのに」

「そうは思ってないんだろ。希望があると信じてるんだ」

男は少し間をおいてから続けた。

「親だから」

いつの間にかあたりは暗くなり、雨脚は少し弱くなっていた。

「明日の夜って言ったな？」

ヘソンがうなずいた。

簡単な方法を思いついたかのように男が言った。

「僕が行くよ」

ヘソンはその場で凍りついた。

「……どうして？」

男は霧雨の降る夕方の通りを、黙ってじっと見つめていた。

「なぜ、あなたが」

「そうするのがいいと思う。……君のお父さんには借りがあるしね」

「借り?」

「そう。返さなきゃ」

男がふっと笑った。

何を言っているのかわからなかった。

「ユジのことを知る唯一の方法なんだから、お母さんは必ず行くだろう」

「…………」

「約束してくれるかい? お母さんにだけ伝えるんだ。僕が代わりに行くってことを」

そのときヘソンは、この人を止めることはできないと思った。

「なら大丈夫だ。僕が行けば、お母さんも安心するだろ」

男は少しおどけたように肩をすくめて見せた。

「こう見えても、僕はかなり信頼できる人間なんだぞ。そんな顔するなよ。うれしいんだ。僕にできることがあって」

「もし……悪いことになったら……」

「大丈夫だ。これでも体力には自信があるんだ」

彼の口もとにちらっと笑みが浮かんで、消えた。

「どうせ僕は、誰も知らない人間だから」

男は雨の降っている空のもとに、さっと飛び出していった。地面に広げたままの傘を持たないで。

振り返らずに男が手を振った。ヘソンへの別れの挨拶だろう。男の後ろ姿が青みがかった暗闇の中に沈んでいった。ヘソンは手の甲で目をこすった。男は次第にヘソンの視界から消えていった。それが最後に見た男の姿だった。

28 おしまいの始まり

韓国各地の河川や湖、海では、年平均一千体を超える漂流遺体が発見されている。

二〇〇八年、五月最後の日曜日、京畿道Y大橋の北端で見つかった男性の遺体もそのうちの一つだった。剖検《ぼうけん》の結果、遺体の直接的な死因は溺死と判明した。遺体の胃と肺の内部から大量のプランクトンが検出された。これはまだ息があるときに水の中に入ったことを意味した。外傷はないが、腹部に凝固した血液がかなり溜まっており、肝臓と脾臓《ひぞう》の一部にも出血の跡があった。他殺の可能性もあるが、自殺の可能性も捨てられない。

発見当時、男性は拳をぎゅっと握っていたが、腐敗が激しく、指紋のほとんどがなくなっていた。国立科学捜査研究院でどうにか指紋の一部を採取するのに成功したが、遺体の身元を明らかにすることはできなかった。遺体のものと一致する指紋が、国民の指紋データーベースの中に存在しなかった。しかも裸で、本人の身分を証明できるものは何ひとつなかったため、捜査を始める前に行きづまってしまった。

時間がくねくねと流れていった。ひと月余りの間に、南漢《ナマン》川沿いのY警察署管轄区域だけでさらに三体の漂流遺体が見つかった。一人はうつ病を患っていた若い女性で、あとの二人は生活苦を悲観した三十代の男性と三歳の息子だった。父子は古い自動車の後ろの席でしっかりと抱き合ったまま発見された。この父子心中はいくつかの日刊紙に記事が出た。彼らが国立科学捜査研究院の冷凍安置所に入れられた身元不詳の遺体と違うところがあるとすれば、比較的すんなりと身元が明らかになった点だった。死んで見つかった男は次第に忘れ去られた。決して珍しいことではなかった。

七月は蒸し暑かった。

路地を歩けば歩くほど、もっと狭い道に、果てしなく続いているような気がした。ひどい熱帯夜に見舞われた翌日は、どの家でも水槽の中の魚が水面にプカプカ浮いていた。

太陽がぎらぎら燃えるような真昼に、一本の電話がかかってきた。

「P警察署です」

晩春から初夏にかけて、いくつかの警察署から電話があった。女の子の遺体が見つかったので確認してほしいという内容がほとんどだった。どれもユジではなかった。しかし今回は違った。電話が切れたあとも、ヘソンはしばらく左の耳から受話器を離せなかった。「キム・ユジと思われる女の子を保護していると連絡がありました。いろいろな面でかなり信憑性のある情報だと思われます。家族の方が直接、確認をお願いします」。蝸牛管《かぎゅうかん》の奥深い所から、細く鋭い金属の音が響いた。

義母は家にいなかった。中国の刑務所に収監されている父の最初の公判が、近いうちに開かれる予定だった。

「ダメ、いまは話すのよそう」

ウンソンが悲壮な声でそう言った。

「もし違ってたら？　すごく悲しむよ」

姉は義母が受けるかもしれない残酷な仕打ちを心配しているのだ。人は変わるものだ。小さな陰りひとつない晴天だった。高速バスの車内温度はひどく低かった。バスの中でウンソンはずっとぶるぶる震えていた。ヘソンは羽織っていた半袖のシャツを姉の膝にかけてやった。彼はバスターミナルを出たときから、焼けそうなほど喉が渇いていた。売店で水を買う余裕さえなかった。

その子のいる病院は市内からほど近い所にあると聞いていたが、清州《チョンジュ》ターミナルからタクシーに乗って三十分以上かかった。病院はこんもりした丘の上に立っていた。外壁は灰色に近い白だった。主に縁故のない患者たちが入院しているナーシングホームらしい。

曲線を描いた螺旋《らせん》階段の途中で、ウンソンがうずくまった。ヘソンもそのそばで足を止めた。安物の消毒液のにおいが空っぽの胃を刺激した。こみ上げてくる吐き気を何とか呑み込んだ。

病室は六人部屋で、患者のほとんどが年老いた女たちだった。一番奥のベッドの脇に警察の制服を着た男が立っていた。男は中年の女性と話をしていた。宗教団体を通してボランティア活動をしている介護人だった。

介護人はベッドで寝ている子どもを「サラン（愛）」と呼んでいた。

「サランちゃんは私のことだけはわかるんですよ。毎日注射をしに来る看護師さんを見てもぽかんとしてるけど、私が来ると、こうやって目尻を震わせながらじっと見るんです。喜んでるのよね」

ウンソンがヘソンの手を握った。姉の手のひらは熱くて湿っていた。

「ここに初めて来たときは想像もつかなかったけど」

この子が最初に発見された所は、清州《チョンジュ》と鳥致院《チョチウォン》の間の国道沿い。ユジが消えた日から二日後の明け方だった。すでに生命が危なっかしい状態だった。近くの大学病院で応急の脳手術を受けた。手術後、集中治療室で何とか命をつないでいる間も、保護者は現れなかった。ここはこの子が移された三番目の医療機関だという。

その子はとても痩せていた。人間の肉体は骨だけでも成りえるのだと、からだ全体で証明しているかのようだった。丸坊主にした頭に毬栗《いがぐり》のように短い毛が不恰好に生えていた。右の頬から耳介《じかい》をつたって後頭部に、適当に縫った赤紫の長い跡がはっきり見えた。

「お確かめください。失踪した妹さんですか」

警察が事務的な口調で訊いた。

「合ってる?」

ウンソンはさすがに大きな声で言えなくて、ヘソンの耳にささやくようにつぶやいた。

「ヘソン、この子、ほんとにユジ?」

姉の目に溜まっていた涙が頬をつたってただただ流れ落ちた。

「わからない。ああ、あたしにはわからない」

ウンソンのささやくような絶叫を聞き取ったのはヘソンだけだった。介護人が誇らしげに子どもの頭を撫でた。

「昨日まで鼻にチューブを入れてごはんを食べてたけれど、口で食べられるようになったんですよ。ほんしに奇跡としか言いようがないわ」

奇跡。完全無欠な言葉だった。ヘソンは舌の先でその言葉をゆっくりとつぶやいてみた。見知らぬ人たちが来て不安なのか、ベッドの上の子どもが荒い息を吐いた。鼻に皺を寄せて、落ちくぼんだ目をしきりにきょろきょろさせた。子どもは長袖の患者衣を着ていた。ユジの右肘の裏側にはコインほどの大きさの、茶色のほくろがあった。患者衣の袖をまくるまでもなかった。ヘソンは視線を落とした。掛け布団から子どもの細い足が出ていた。空に向かって伸ばした小さな足の指がむずむず動いているようにも見えた。

「キム・ユジさんに間違いありませんか」

警察が急かした。

口を開ける代わりに、ヘソンは子どもの足の小指に向かってそうっと手を伸ばした。ユジ。死んでも忘れない名前。この子の足の指に手が届くだろうか。この子の体温をこの指の先でまざまざと感じることができるだろうか。天井でまわっている扇風機が熱のこもった埃を一所懸命に吐き出していた。

慈悲深く、残忍な夏だった。季節が変わるのはまだまだ先だと、ヘソンは思った。震える指が長い間、宙に止まっていた。

エピローグ

＊

再びの冬。

父の裁判はまだ進行中だ。弁護士たちの中には、韓国に送還されるよりむしろ中国で最終宣告を受け、刑期を終える方がいいと主張する人もいた。相対的に中国の方が減刑してもらいやすいかららしい。もちろん、死刑を言い渡されないことが前提になっている。ありとあらゆる手段を動員し、最終宣告の日をできるだけ延ばすことが、いまのところ最善の方法だと義母は言う。僕はまだ一度も面会に行っていない。父を憎んでいるからではない。かといって理解しているわけでもない。もし父に会ったら謝るかもしれないし、そうできないかもしれない。いまのところどちらも自信がない。

姉は相変わらず野菜を食べないし、感情の起伏が激しい。学校前のワンルームマンションでひとり暮らしを続けている。契約の期間がまだかなり残っているらしい。ただ、以前とは比べものにならないほどしょっちゅう方背洞《パンベドン》の家に来るようになった。初めは義母が中国に行っている隙に来ていたのに、次第にここにいる時間が長くなっている。姉がユジの世話を喜んでするようになるとは思ってもみなかった。ユジをお風呂に入れたり、スプーンでお粥をすくってユジの口に運ぶ手つきは拙《つたな》いけれど、でも、そういうことを自らすすんでやっている。いつだったか姉は患者用のベッドで眠っているユジを見ながら、小さくため息をついた。「こんなにかわいかったんだね」。父のことについて姉と話したことはない。姉が思っていることは、たぶん僕とは違うだろう。だけど僕たちは互いに何も言わなかった。

義母は忙しい。ユジの世話はほとんど彼女が一人でやっているし、一週間に一度は中国に行くからだ。朝の飛行機で行き、夕方の便で帰ってくる。ユジが戻ってきてから、義母はたしかに数百倍頼もしくなった。そう見えた。そうしなければ現実に耐えられないからだろうと思っていたけれど、ある日、彼女がユジの枕元に座って小さく鼻歌を歌っているのを聞いてからは考えが変わった。どんな姿であれ、ユジが生きて帰ってきただけで彼女は不幸ではないのだ。ユジを再び胸に抱くことができただけで。

ユジは良くもならなければ悪くもならなかった。まだまだ道のりは長いと小児リハビリテーションの担当医は言った。どれだけ好転するのかは、今後の結果を見ないことにはわからないらしい。時間だけが希望だ。毎週水曜日には市内の大学病院に行き、理学療法を受けている。僕はユジを抱き上げて義母の車に乗せ、目的地に着いたら下ろして車椅子に座らせる。ユジの体重が少し重くなったような気もする。ユジの部屋からはヴァイオリン演奏曲がよく聞こえてきた。ヴァイオリンの曲を聞かせると、ユジの体調が目に見えてよくなると義母は思っている。口に出して言ったことはないけれど、いつかまたユジが弓を持てる日が来ればいいとひそかに願っている様子だ。僕の考えを訊いてくれたら、大きくうなずいてみせたのに。

ミンおじさんからはあれから何の連絡もない。僕は最後に交わした約束を忘れてはいない。誰にも言っていないが、おじさんがユジを家に連れ戻してくれたのだと、僕は信じている。あの日のことについて義母は何も言わない。でもきっと僕と同じ考えだと思う。

義母は十月頃、不動産屋に家を売りに出したが、まだ見に来た人はいない。「なんとかなるでしょ」。悲観も楽観も混ざっていない彼女の口調が嫌ではない。僕も一日一日を生きている。夜の外出はしない。春。春が来る前に決めなければならない。学校に戻らないのなら、これ以上は入隊を延ばせない。家を出ていけるだろうか。ひとりで。長いこと夢見た場面《シーン》なのに、頭の中でうまく描けない。これはどんなたぐいの勇気と関係があるのだろう。


「ユジ！　これ見て！」

玄関にあがるなり姉は大騒ぎをしている。姉が手のひらをぱっと広げる。魚の形をしたプラスチックのピアスだ。魚は真っ赤なザクロ色をしている。薄い毛布を掛けてリビングのソファで寝ていたユジがぴくっと目を覚ます。真冬にしては陽ざしの暖かい午後だ。

「お姉ちゃんがね、ユジにあげようと思って買ってきたんだよ」

姉がユジのそばに行って座る。ユジが口を開けて笑う。小さな白い歯が見える。

「そっか、ユジ、まだ耳空けてないんだ。明日にでも空けに行こっか」

姉がユジの耳たぶにピアスを当てて揺らして見せる。

「きれいね」

そばで見ていた義母がひとこと言う。

「ヘソン」姉が僕を呼ぶ。「どう？　ユジに似合ってる？」

僕はソファの後ろに立って、彼女たちをぼんやりと眺めている。静かな世界だ。ふと僕は、この人たちを理解する日は永遠に来ないだろうという予感がした。

そこに向かって僕は、そっと一歩踏み出す。■

作家のことば

「作家のことば」は何度書いても慣れない。

心を込めて小説を書き、世に送り出す。それだけだ。いかなる言い訳も通じない世界だということは知っている。でも、少し怖い。

尊敬するヴィスワヴァ・シンボルスカ〔ポーランドの詩人〕がこう言っている。

「私がいま彼らのためにできることは二つだけ。彼らの垂直飛行についてあれこれ細かく描写すること、あるいは最後の文章を補わずに思いきって締めくくること」

私の書いた人物たちが、最後の文章を越えたところでも忠実に生きてくれることを願うだけだ。

この小説を書いている間、私の日常にもいくつかの事件があった。いろんな意味で忘れられない日々である。いつも見守ってくださる読者のみなさんに、そして最初の読者であるＰｉＺとＬｅｏに愛を込めて。

二〇〇九年　初秋

チョン・イヒョン

訳者あとがき

本書は二〇〇九年に文学トンネより刊行されたチョン・イヒョンの長編小説『きみは知らない』の全訳である。

チョン・イヒョンは一九七二年ソウル生まれ。二〇〇二年に「ロマンチックな愛と社会」でデビューし、その後、読者の記憶にまだ新しいソウル江南《カンナム》で起きたデパート崩壊事件を扱った短編「三《サム》豊《プン》百貨店」（二〇〇六年）によって高い評価を受けた。当時は珍しかったソウル生まれの若い作家であることも注目を浴び、ソウルの富裕層エリアで暮らす人々を描く独自のスタイルを確立した。

なかでもチョン・イヒョンの名前を広く知らしめたのは、二〇〇五年十月から二〇〇六年四月まで「朝鮮日報」に連載された長編『マイ スウィート ソウル』（清水由希子訳、講談社）だった。スマートフォンなどなかった当時、新聞というメディアを通して、リアルタイムで同世代の、ソウルでひとり暮らしをする女性の日常が描かれた小説を読むのは新鮮な体験だった。恋愛、結婚、仕事に悩む彼女たちは、同時代を生きる女性たちを代弁するかのようにリアルで、また彼女たちはそれまでの韓国の小説にはほとんど見られなかった人物だった。この作品は多くの人の共感を呼び、ドラマ化された。この頃から、チョン・イヒョンの小説には緻密で挑発的だという評価がつきまとった。

本作『きみは知らない』はその二年後に刊行された。チョン・イヒョンは「都市の記録者」と呼ばれることも多いのだが、それがさらに顕著にあらわれたのが『きみは知らない』である。著者にとって小説を書くという行為は「社会の弱者を描く」ことであり、その点ではソウルに生きる若い女性を描いたそれまでの作品も同じだが、『きみは知らない』の頃から都市に暮らすさまざまな人たちにより深く関心を寄せるようになる。二〇〇八年八月から一年ほど、インターネットで連載されて話題を呼んだ『きみは知らない』は、前作の『マイ スウィート ソウル』が軽快で挑発的だというイメージがとても強かったため、チョン・イヒョンらしくない、テーマが重いという読者の声もあったが、刊行後すぐにベストセラー入りし、同じ頃、翻訳刊行された村上春樹の『1Q84』と並ぶ人気だった。いま思うと、二〇〇九年は長編小説がよく読まれた年でもあった。

インターネットで連載しているときのタイトルは『ハウス』だった。「ホーム」でも「家族」でもない「ハウス」に暮らす個人の話だ。登場人物は相変わらず江南の富裕層エリアに住んでいる家族だが、誰一人として特定の主人公はいない。

著者は『きみは知らない』について、「言うなればミステリー小説のその後の話」を書きたかったと答えている。少女ユジの失踪後、家族はみな自分のせいでいなくなったのではないかと思い、それぞれが捜しに出かける。それによって互いに知らなかった家族の秘密が次第に明るみに出るのだが、本作は家族の絆を取り戻すようなホームドラマではない。著者も言っているように「家族小説ではなく、家族の中の個人を書いたもの」であり、私たちは「家族というと最後までお互い助け合う温かい存在だという幻想を抱きがちだが、実際ほとんどの家族はそうではない」、「何もかも見せているようで隠し、隠しているようでも真実を見せる個人を、家族というつながりのなかで観察した」物語である。家族はお互いわかり合えない集団だという認識から出発し、少しずつ歩み寄る姿勢を見せている。すると、家族というつながりの向こうに孤独な存在である人間が見えてくる。

小説の最後で、交通事故に遭って戻ってきたユジに家族が寄り添うシーンがある。私たち読者がこれをハッピーエンドだと思うのは、恐ろしい事件を経て、これでようやく家族が理解し合えるようになったと信じたいからかもしれない。だが、「静かな世界だ。ふと僕は、この人たちを理解する日は永遠に来ないだろうという予感がした」というエンディングはまるでホラー映画のようだ。彼らはいつまたばらばらになるかわからない。家族という名の彼ら彼女ら一人ひとりを観察している著者の視線がうかがわれる。


本作の中で華僑《かきょう》の存在は大きい。著者自身、この小説を書くときにまずは仁川《インチョン》のチャイナタウンに暮らす華僑たちにインタビューをしたと語っている。「韓国社会でいつまでも疎外者という特殊な位置にいる彼らのことを書きたかった」と。華僑の家で子どもが生まれるとほとんどは華僑のコミュニティで暮らし、親から中国人というアイデンティティを強調されるが、現実は韓国語も中国語も母語とはいえない異邦人だ。

『きみは知らない』の読者の感想や評論家の書いたものを読むと、華僑に触れたものはほとんど見当たらず、たいていは家族の重要性を強調している。家族なのに互いを理解していなかった、私の家族はどうだろうと、自分の家族を振り返るものが圧倒的に多い。私は、ミンこそこの物語の主人公ではないかと思う。この物語の中ですら隅に追いやられた（ように思える）ミンの生を思うと、体が引き裂かれそうな苦痛をおぼえる。

ミンは韓国生まれの台湾国籍者だ。生まれ育った韓国ではビザを更新しながら暮らし、台湾では正社員になって生活をすると兵役が課せられるためどこにも属さない暮らしを選ぶ。孤独な生に身をまかせ、寂しいのが当たり前だというかのように、台湾のある街でひとりひっそりと暮らしている。ところが自分にも大切なものがあることを知った。作中では、それを守るためにミンのとった選択についても、冒頭の遺体が誰なのか、なぜ死んだのかについても明かされていない。だが、遺体となって川に流されていくあまりに悲しい人間の姿は、該当する指紋が韓国国内では見つからなかったということからも、ミンだろうと想像させられる。

『きみは知らない』の刊行後、チョン・イヒョンは二〇一六年に『優しい暴力の時代』（斎藤真理子訳、河出書房新社）、二〇一八年に『知らないすべての神たちへ』などを発表した。私たちの暮らす社会は相変わらず混沌としており、昨日と今日が違うほどめまぐるしく変化している。若い女性たちの代弁者といわれたチョン・イヒョンも、私たち読者も、慣れない現実の中で日々を観察しながら生きている。次の作品は私たちの生きる社会をどう記録するのか、読者として期待している。

最後に、本書の編集にあたられた新泉社の安喜健人さん、そして、いつも私を支えてくださるすべての方々に心から深く御礼申し上げる。

二〇二一年二月

橋本智保

〔著者〕

チョン・イヒョン（鄭梨賢／정이현／JEONG Yi Hyun）

一九七二年、ソウル生まれ。誠信女子大学政治外交科、ソウル芸術大学文芸創作科卒業。

二〇〇二年、第一回「文学と社会」新人文学賞を受賞し、作家デビュー。

二〇〇四年、短編「他人の孤独」で李孝石《イヒョソク》文学賞、二〇〇六年、短編「三豊《サムプン》百貨店」で現代文学賞を受賞。二〇〇六年、「朝鮮日報」連載の長編『マイ　スウィート　ソウル』が大ヒットしベストセラーとなり、ドラマ化される。

巧みなストーリー展開と卓越した観察眼で都市生活者たちの心の機微を描き、圧倒的な支持を集める現代韓国を代表する作家のひとり。

邦訳書に、『マイ　スウィート　ソウル』（清水由希子訳、講談社）、『優しい暴力の時代』（斎藤真理子訳、河出書房新社）。

〔訳者〕

橋本智保（はしもとちほ／HASHIMOTO Chiho）

一九七二年生まれ。東京外国語大学朝鮮語科を経て、ソウル大学国語国文学科修士課程修了。

訳書に、キム・ヨンス『夜は歌う』『ぼくは幽霊作家です』（新泉社）、鄭智我《チョンジア》『歳月』（新幹社）、千《チョン》雲寧《ウニョン》『生姜《センガン》』（同）、李炳注《イビョンジュ》『関釜連絡船（上・下）』（藤原書店）、朴婉緒《パクワンソ》『あの山は、本当にそこにあったのだろうか』（かんよう出版）、クォン・ヨソン『レモン』（河出書房新社）『春の宵』（書肆侃侃房）、チェ・ウンミ『第九の波』（同）、ウン・ヒギョン『鳥のおくりもの』（段々社）など。

韓国文学セレクション
きみは知らない

2021年4月20日　初版第1刷発行©

著　者＝チョン・イヒョン（鄭梨賢）
訳　者＝橋本智保
発行所＝株式会社 新 泉 社
〒113-0034 東京都文京区湯島1-2-5　聖堂前ビル
TEL 03 (5296) 9620　FAX 03 (5296) 9621

印刷・製本　萩原印刷
ISBN978-4-7877-2121-1 C0097 Printed in Japan

韓国文学セレクション　夜は歌う

キム・ヨンス著　橋本智保訳　四六判／三二〇頁／定価二三〇〇円＋税／ISBN978-4-7877-2021-4

詩人尹東柱《ユンドンジュ》の生地としても知られる満州東部の「北間島《ブッカンド》」（現中国延辺朝鮮族自治州）。現代韓国を代表する作家キム・ヨンスが、満州国が建国された一九三〇年代の北間島を舞台に、愛と革命に引き裂かれ、国家・民族・イデオロギーに翻弄された若者たちの不条理な生と死を描いた長篇作。韓国でも知る人が少ない「民生団事件」（共産党内の粛清事件）という、日本の満州支配下で起こった不幸な歴史的事件を題材とし、その渦中に生きた個人の視点で描いた作品。極限状態に追いつめられた人間は精神の自由を保ち続けられるのか、人間は国家や民族やイデオロギーの枠を超えた自由な存在となりえるのか、人が人を愛するとはどういうことなのか、それらの普遍的真理を小説を通して探究している。

韓国文学セレクション　ぼくは幽霊作家です

キム・ヨンス著　橋本智保訳　四六判／二七二頁／定価二二〇〇円＋税／ISBN978-4-7877-2024-5

九本の短篇からなる本作は、韓国史についての小説であり、小説についての小説である。キム・ヨンスの作品は、歴史に埋もれていた個人の人生から〈歴史〉に挑戦する行為、つまり小説の登場人物たちによって〈歴史〉を解体し、〈史実〉を再構築する野心に満ちた試みとして存在している。本作で扱われる題材は、伊藤博文を暗殺した安重根、一九三〇年代の京城（ソウル）、朝鮮戦争に従軍した老兵士、延辺からやって来た中国朝鮮族の女性、そして現代のソウルに生きる男女などである。だが時代背景を忘れてしまいそうなほど、そこに生きる個人の内面に焦点が当てられ、時代と空間はめまぐるしく変遷していく。彼の作品は、歴史と小説のどちらがより真実に近づけるのかを洞察する壮大な実験の場としてある。

韓国文学セレクション　舎弟たちの世界史

イ・ギホ著　小西直子訳　四六判／三四四頁／定価二二〇〇円＋税／ISBN978-4-7877-2023-8

「聞いてくれたまえ。これは、全斗煥《チョンドゥファン》将軍が国を統べていた時代の話だ」

一九八〇年に全斗煥が大統領に就任すると、大々的なアカ狩りが開始され、でっち上げによる逮捕も数多く発生した。そんな時代のなか、身に覚えのない国家保安法がらみの事件に巻き込まれたタクシー運転手ナ・ボンマンは、政治犯に仕立て上げられてしまい、小さな夢も人生もめちゃくちゃになっていく。軍事政権下における「国家と個人」「罪と罰」という重たいテーマを扱いつつも、スピード感ある絶妙な語り口、人間に対する深い洞察、魅力的なキャラクター設定で、不条理な時代に翻弄される平凡な一市民の人生を描いた悲喜劇的な秀作。韓国でロングセラーの話題書、待望の邦訳刊行。

韓国文学セレクション　ギター・ブギー・シャッフル

イ・ジン著　岡　裕美訳　四六判／二五六頁／定価二〇〇〇円＋税／ISBN978-4-7877-2022-1

新世代の実力派作家が、韓国にロックとジャズが根付き始めた一九六〇年代のソウルを舞台に、龍山《ヨンサン》の米軍基地内のクラブステージで活躍する若きミュージシャンたちの姿を描いた音楽青春小説。朝鮮戦争など歴史上の事件を絡めながら、K－POPのルーツといえる六〇年代当時の音楽シーンの混沌と熱気を軽快な文体と巧みな心理描写でリアルに描ききった、爽やかな読後感を残す作品。米軍内のクラブで演奏するためのオーディションシステムや熾烈な競争、当時の芸能界に蔓延していた麻薬と暴力についての描写はリアリティがあり、当時の風俗を知る貴重な資料として読み解くこともできる。作家チャン・ガンミョンが激賞し、第五回「秀林文学賞」を受賞した話題作。

韓国文学セレクション

我らが願いは戦争

チャン・ガンミョン著　小西直子訳　近刊

『韓国が嫌いで』を発表して話題を呼んだ新聞記者出身の作家、チャン・ガンミョンによる長篇作。北朝鮮の金王朝が勝手に崩壊する――。韓国で現在、最善のシナリオとみなされている状況が〝現実〟になった後の朝鮮半島という仮想の世界を舞台に繰り広げられる社会派アクション小説。仮想の現実とはいえ、朝鮮半島の実情や人々の認識、社会的背景がよく反映されていて読みごたえがあり、元記者ならではの簡潔明瞭かつ疾走感あふれる文章とストーリー展開で、大部の長篇ながらも読者を一気に引き込む力を持つ力作。二〇一六年、朝鮮日報「今年の作家賞」、東亜日報「今年の小説賞」受賞作。

韓国文学セレクション

イスラーム精肉店

ソン・ホンギュ著　橋本智保訳　近刊

朝鮮戦争に参戦した後、韓国に残ることになったトルコ人が、心と身体に深い傷を負った孤児の少年を養子に迎えるところから物語は始まる。ムスリムであるにもかかわらず豚肉を売る仕事に従事するトルコ人、親戚を射殺した後悔から故郷に戻ることができないギリシャ人、戦争で一切の記憶を失ってしまった韓国人の中年男、暴力をふるう夫から逃げてきた女性……。作家は、ソウルのモスク周辺のみすぼらしい路地に集う多様な人物を登場させ、戦争という集団的狂気が残した傷と暴力の凄まじいトラウマとその後遺症を露わにするが、やがて少年が苦しめられ続けた深い傷を癒し、逞しく成長していく過程を流麗な文体で描く。

目の眩んだ者たちの国家

キム・エラン、キム・ヨンス、パク・ミンギュ、ファン・ジョンウンほか著　矢島暁子訳

四六判上製／二五六頁／定価一九〇〇円＋税／ISBN978-4-7877-1809-9

傾いた船、降りられない乗客たち――。

国家とは、人間とは、人間の言葉とは何か。韓国を代表する小説家、詩人、思想家たちが、セウォル号の惨事で露わになった「社会の傾き」を前に、内省的に思索を重ね、静かに言葉を紡ぎ出した評論エッセイ集。

「どれほど簡単なことなのか。希望がないと言うことは。

この世界に対する信頼をなくしてしまったと言うことは。」――ファン・ジョンウン

「人間の歴史もまた、時間が流れるというだけの理由では進歩しない。

放っておくと人間は悪くなっていき、歴史はより悪く過去を繰り返す。」――キム・ヨンス

海女たち　愛を抱かずしてどうして海に入られようか

ホ・ヨンソン詩集　姜信子・趙倫子訳　四六判／二四〇頁／定価二〇〇〇円＋税／ISBN978-4-7877-2020-7

済州島の詩人ホ・ヨンソン(許榮善)の詩集。

日本植民地下の海女闘争、出稼ぎ・徴用、解放後の済州四・三事件――。

現代史の激浪を生き抜いた島の海女ひとりひとりの名に呼びかけ、語りえない女たちの声、その愛と痛みの記憶を歌う祈りのことば。作家・姜信子の解説を収録。

「白波に身を投じる瞬間、海女は詩であった。海に浮かぶ瞬間から詩であった。

海女は水で詩を書く。」